모두를 위한 돌파

모두를 위한 돌파
정의와 진실을 향한 한 역사학자의 고군분투

1판 1쇄 인쇄 2023년 12월 26일
1판 1쇄 발행 2024년 1월 5일

지은이 서상문

발행처 문학의숲
발행인 고찬규

신고번호 제2005-000308호
신고일자 2005년 10월 14일

주소 (04029) 서울특별시 마포구 양화로7길 84 영화빌딩 4층
전화 02-325-5676
팩스 02-333-5980

ISBN 979-11-87904-43-4 03810

모두를 위한 돌파

정의와 진실을 향한 한 역사학자의 고군분투

서상문 자전 에세이

문학의숲

추천사

진정 용기 있는 '21세기 정의의 史官' 서상문 박사! 그는 '한국전쟁의 영웅'으로 떠받들어지던 백선엽 장군이 스스로 '구국 영웅'을 자처한 '셀프 영웅'임을 밝힌 한국전쟁 전문가다. 두려워서 아무도 진실을 말하지 못하고 침묵할 때 그만이 진실을 말했다. 이 나라가 이토록 거짓과 위선이 판치고 탐욕스러운 것은 서상문 같은 양심적인 정치인, 판검사, 언론인, 학자다운 학자가 없기 때문이다.

— 국제 PEN클럽 한국본부 고문, 예) 육군 준장 **박경석**

아주 오래전 어느 여름 동아일보사 주일 특파원으로 명성을 날린 고 박경석 선배의 점심 초대 자리에 갔다. 그때 처음 서상문 박사를 만났다. 셋은 같은 포항 출신으로 사학과를 나온 동지였다. 세월이 더 흐른 후 그는 『혁명러시아와 중국공산당 : 1917~1923』, 『마오쩌둥과 6·25전쟁 : 파병 결정 과정과 개입 동기』, 『6·25전쟁과 베트남 전쟁』, 『중국의 국경전쟁 : 1949~1979』 등 중국 현대사의 굵직한 주제를 다룬 저서를 잇달아 보내왔다. 중국 현대사 전공자는 아니지만 같은 역사학도로서 그의 학문 수준을 알아보기는 어렵지 않았다. 타이베이와 베이징의 일급 역사학자들이 그의 업적을 높이 평가하고 있다는 것도 곧 알게 되었다. 중국어와 일본어 실력은 달인급. 대학생 때 미술사 공부에 빠져 그림 솜씨도 보통이 아니다. 연전에 개최한 개인 전시회에서 나는 그의 그림이 송나라 연원의 문인화풍이라고 아낌없는 찬사를 보냈다. 이 책에는 서상문이 학문 여정에서 만나고 겪은 파란만장이 병풍 그림처럼 담겨 있다.

— 서울대 명예교수, 前 국사편찬위원회 위원장 **이태진**

다년간 해양전략연구소 연구위원, 해군발전자문위원을 지낸 서상문 박사는 현대 중국의 혁명, 전쟁, 대외전략을 심층 연구하여 막대한 연구 성과(『중국의 국경전쟁 : 1949-1979』)를 낸 국제 수준의 중국통이다. 그는 과거사만 연구한 단순한 역사학자가 아니라 현대 중국의 역사, 공산 혁명, 전쟁, 정치, 대외전략을 모두 꿰뚫고 있으며, 중국과 타이완에 대한 다양한 경험으로 중국인의 심리, 행동 양식과 미래까지도 내다볼 수 있는 통합형 중국 전문가이다. 서상문 박사의 연구 결과와 전문성, 경륜 등이 복잡해져 가는 동북아 정세에서 국가발전에 널리 쓰이리라 믿는다.

— 제1연평해전 당시 제2함대 사령관 **박정성 제독**

서상문 박사는 역사가요, 사회 비평가요, 시인이다.

서상문 박사가 쓰는 역사는 역사의 아버지 헤로도토스가 그랬던 것처럼 책상을 떠나 현장에서 발로 쓴 생생한 기록이며, 과거에 머물지 않고 현재를 비추고 미래를 전망한다. 서 박사는 단순한 이야기를 역사로 격상시킨다. 그는 사회 비평을 몸으로 실천하는 행동하는 지성이다. 그의 시는 불교 사상을 품은 인생시다.

— 전 경향신문 부국장, 대한언론인회 이사, 시인, 수필가, 영화평론가 **김 화**

목차

2부

불의는 가고 정의여 오라!

3부

영일만, 나의 영원한 고향

4부

학문의 첫걸음, 의심하기

5부

역사와 시대에 고하노니

머리말

또 다른 여정을 준비하며

어느덧 인생의 겨울을 준비해야 할 시기에 와 있다. 되돌아보면 공부가 싫어서 하루빨리 어른이 되고 싶었던 유년 시절이 엊그제 같은데 벌써 이순을 넘은 나이가 됐다. 40대까지는 그래도 시간이 흐르는 게 고속도로 위를 달리는 버스를 타고 가는 기분이었는데, 50대에는 고속철을, 60대에는 비행기를 타고 가는 느낌이다. 지나고 나니 정말 '백구과극'(白駒過隙, 흰 망아지가 빠르게 달려가는 모습을 문틈으로 보고 사람의 일생이 잠시라고 느끼는 것)이라는 말이 실감난다.

이제 내게 시간이 얼마나 남아 있는지는 모르겠지만, 아마 빛의 속도로 지나갈 것이다. 이 시간이 더 지나가기 전에 지금까지 나의 삶을 되돌아보고 일부나마 그것들을 기록으로 남기기로 했다. 그리고 새로운 삶의 이정표로 나아가기 위해 젊은 날에 그랬던 것처럼 성찰을 통해 지혜를 얻고 또 한번 도전하는 계기로 삼으려고 한다.

누구에게든지 단 한 번밖에 주어지지 않는 소중한 인생이지만 완벽하고 흡족한 인생을 살았다고 만족하는 이는 아주 드물 것이다. 나 역시 예외가 아니다. 지난날들을 돌이켜보면 나는 인생에서 각별히 우여곡절이 많았다거나 모진 풍파나 환난을 만나지는 않았다. 그래도 여느 평범한 삶을 산 이들에 비해선 제법 남들에게서 흔히 들을 수 없는 이야깃거리가 적지 않다. 그 이야기들은 대부분이 개인적인 과거사의 범주를 넘지 않지만 그중에는 당대인들에게 어떤 식으로든 참고가 되거나 훗날 사가들에게 20세기 중반부터 21세기에 걸친 시기 한국 사회의 한 단면을 이해하는 데 도움이 될 내용도 없지 않다. 또한 이 시기의 어느 중국 전문가는 무얼 생각하고 어떻게 살았는지 파악하는 데도 유용할 것이다.

나는 나름대로 국가와 사회 발전을 위한 것이라면 언제 어디서든 부름에 응하며 옳은 소리를 아끼지 않았지만 돌이켜보면 아무도 알아주지 않는 삶을 살았다는 생각이 든다. 나는 사적인 일이든, 공적인 일이든 불의나 부정에 부딪쳐야 했을 때는 결코 물러서지 않고 싸워 왔다. 그런 일화의 일부가 이 졸저에 소개되어 있다. 누구도 알아주지 않더라도 내가 좋아서 한 일이었으니 후회할 것까지는 없다. 나는 나의 이익을 위해 남을 이용하거나 거짓말하지 않았고, 양심을 팔지 않고 소신껏 살았다고 자부한다. 한마디로 얍삽하게는 살지 않았다. 비겁하게도 살지 않았다.

나의 그러한 항거나 경험들은 타고난 천성에서 유래한 것이다. 어느 철학자가 곱사등이에게서 혹을 떼어버린다면 그의 영혼이 없어지는 것이라고 했듯이, 앞으로도 나는 내가 살아온 방식과 나의 성향을 애써 바꾸려고 하지는 않을 것이다. 나는 아직도 양심을 버리지 않고 정의를 실천하는 것이 나에게 주어진 타고난 운명이라 느끼며 그렇게 살고자 한다.

오래전부터 나의 경험담을 듣고선 흥미로워하며 관심을 가져 준 친구가 있다. 젊은 날 모 언론사에서 동갑내기로 인연이 된 이문재 교수였다. 그가 어느 날 내게 자서전이나 회고록을 남기는 게 좋겠다고 말했다. 그 뒤로도 같은 이야기를 몇 번이나 했다. 그저 지나가는 소리가 아니었던 것이다. 꼽아보니 처음 얘기가 나온 게 벌써 대략 7~8년도 더 전의 일이었다. 그의 권유가 있었던 데다 나도 이참에 지난날을 되돌아보는 게 의미가 없지 않을 것 같아 본격적으로 집필을 시작하게 되었다. 그런데 이 책을 '회고록', '자서전'이라고 부르기엔 조금 민망하다. 나는 회고록을 남길 만큼 경륜도 많지 않을뿐더러 아직 더 활동해야 할 나이이기 때문이다. 게다가 나는 세속적으로 성공한 고위직 인물도 아니요, 우리 사회에서 제법 알려진 유명인사도 아니다. 단지 필부필부, 장삼이사의 보통 시민에 지나지 않는다. 단지 한 권의 자전적 에세이를 쓸 수 있을 뿐이다.

크게 공적이나 공덕을 내세울 게 없는 삶이었지만 그냥 덮어두기엔 아쉽거나 아까운 이런저런 추억들, 여차여차한 사건들의 경험담이나 과거사를 떠올려 보니 분량이 꽤 되는 편이다. 그 모든 내용을 다 쓰면 줄잡아 서너 권의 책이 될 정도다. 그러나 그걸 다 기록할 수는 없다. 또 요즘은 어떤 책이든 부피가 크면 독자들이 집어 들지도 않는다. 그래서 이번엔 대폭 줄여 약 3분의 1 정도의 분량으로 내기로 했다.

감사의 마음을 담아

지난 60여 년의 삶을 크게 보아 유년기, 청소년기, 청장년기, 중년기로 나눠서 나의 행적을 기록하고 사회적인 의미가 있는 것들 위주로 정리하기로 했다. 성장 과정, 교육 과정, 그리고 직장생활과 유학, 그 뒤 귀국과 함께 시작한 학자로서의 삶과 정부기관의 연구원 생활 과정에서 맺거나 얻게 된 사람들과의 인연, 삶의 고난과 굴곡, 고군분투, 성취 등이 이 책의 주된 내용이 된다. 본서를 읽다 보면 독자들은 다양하게 전개되는 이러한 내용의 소실점이 모두 상식과 정의의 실천, 양심의 발로 등으로 모아진다는 것을 알게 될 것이다. 한 가지 미리 양해를 구하고 싶은 건 연구원 시절 내용의 경우 내가 다녔던 정부기관, 근무 시기, 충돌한 상사 등에 대해선 모두 실명을 밝히지 않고 익명으로 처리했다는 점이다. 다소 현실감이 떨어지더라도 너그러이 이해해 주시리라 믿는다.

졸저를 내고 독자들에게 질정을 바라는 건 학인의 미덕이다. 모쪼록 본서에서 소개된 나의 경험과 지식들이 독자 제현들에게 도움이 되면 좋겠다. 특히 아래 세대들에게 삶을 살아가는 데 시행착오를 줄일 수 있는 타산지석이 되길 바란다.

오늘날 내가 있기까지 다양한 가르침으로 자양분을 얻게 해주시고 사표가 되어주신 고마운 선지식들에게 두 손 모아 깊은 존경심과 사의를 표한다. 지금은 건강히 계셔 주시는 것만으로도 큰 위안과 힘이 되는 오래된 인연 석성우 큰스님과 김영희 시인, 4년 전 고인이 되신 박경석 전 의원님과 사모님, 같은 사학 분야에서 내가 치학(治學)의 엄밀함과 많은 지도 편달을 받고 있는 이태진 서울대 명예교수님, 정의로운 삶에 귀감이 되는 삶을 살고 계시는 시인이자 소설가이신 박경석 장군님, 첫 직장의 상사로 인연이 돼 지금까지 40년 가까이 늘 변함없이 격려와 성원을 아끼지 않고 계시는 김화 부국장님, 제1연평해전의 승리의 주역 박정성 제독, 해군 역사 연구의 개척자 역할을 해낸 임성채 박사님, 늘 지근거리에 있는 것처럼 박학과 협조로 많은 용기를 북돋아 주시는 배안석 해군사관학교 명예교수님, 타이완 유학 시절 동학의 인연으로 평소 다양한 배려와 기회를 제공해 주시는 차웅환 순천대 명예교수님과 손준식 중앙대 교수님에게도 마음에서 우러나오는 보은의 정의를 표하고 싶다.

나의 인생에서 가장 곤고했던 유학 시절, 내가 공부하는 데 적지 않은 도움을 주면서 같은 고향을 지키며 말없이 믿고 지켜봐 준 의형 김일수 형님에게 이 기회에 심심한 고마움을 전하고자 한다. 그리고 이외에도 일일이 적시하지 못하지만, 직접 일부 원고를 보고 의견을 주신 이상국 형님과 구범회 형님처럼 전국은 물론, 해외에서도 살아가면서 지침이 될 만한 조언을 아끼지 않거나 늘 내가 건승하기를 바라는 많은 친구들과 선후배들에게도 깊이 감사한다.

이 책을 쓰게 된 계기가 되어 준 이문재 교수에게도 친구로서뿐만 아니라 문학계의 후배로서 사의를 듬뿍 담은 기분 좋은 찬사를 보낸다. 그는 등단한 지 3년도 되지 않은 햇병아리 시인인 내가 흉내낼 수 없는 천부적인 시인의 예지를 지녔다. 만약 그가 권유하지 않았다면 아마도 본서는 빛을 보지 못했을 수 있다.

이름 없는 무명의 개인이 쓴 자전적 에세이집은 찾는 독자가 많을 리 없다. 그럼에도 나의 특이한 경험들을 흥미진진하게 봐주고 사회 정의를 추구하는 이들에게는 다소 의기가 통할 것이라는 막연한 기대감 하나로 흔쾌히 나에게 이야기를 펼칠 수 있는 장을 마련해 준 문학의숲 출판사 고찬규 대표에게도 감사의 마음을 전한다.

무엇보다 가사와 직장 일을 동시에 해내면서 나의 부족함이나 필요로 하는 것들을 메워주는 나의 처 박은영에게 미안하고 고마운 마음을 전하지 않을 수 없다. 지금까지 적지 않게 펴낸 학술연구서가 아닌, 생애 최초로 지난 삶을 되돌아보는 에세이집을 내게 되니 누구보다 기뻐하실 부모님의 얼굴이 연신 눈에 아른거린다. 이 졸저는 두 분의 음덕이 바탕이 된 것이다. 고인이 되신 부모님께 필설로는 다하기 어려운 불효에 대한 죄스러움과 은혜에 대한 고마움이 교직된 마음으로 삼가 이 책을 바친다.

2023. 11. 9.
북한산 청승재(淸勝齋)에서
운정(雲靜) 서상문

프롤로그

나는 계속 돌파할 것이다

— 한 역사학자의 정의와 진실을 위한 고군분투

내 인생에는 지금까지 세 번의 전환점이 있었다. 첫 번째는 고등학교 졸업 후 대학을 가게 된 것이고, 두 번째는 불교를 만난 순간이며, 멀쩡하게 다니던 신문사를 그만두고 해외 유학을 떠난 것이 세 번째에 해당한다. 이 같은 변화는 모두 서른 살 이전에 일어났다.

우선, 1970년대 말 대학에 들어간 것이 무슨 삶의 전환점이 되었다는 소린가 하고 의아해할 수 있겠다. 마찬가지로 종교는 누구나 가질 수 있는 것인데 불교를 접한 것이 어떤 전환점이 되었다는 것일까? 반면 유학을 간 것은 제법 큰 변화라고 볼 수 있다. 이 세 가지 터닝 포인트에 대해 이야기를 풀어 나가 보겠다. 돌아보면, 정의와 상식이 통용되는 세상을 위해 분투하면서 학문과 예술을 추구해 온 나의 지난날은 십 대 후반과 이십 대에 그 틀이 형성됐다. 먼저 '눈물 젖은 빵'조차 먹기 힘들었던 세 번째 변곡점, 타이완 유학 시절부터 소개하고자 한다.

'맨손으로' 타이완 국립정치대학에 입학하다

준비한 유학비는 단돈 50만 원. 빈손이나 다름없었다. 신문사 퇴직금과 부모님에게 받은 목돈은 친구들에게 빌려주거나 잠겨 있어 당장 쓸 수 없었기 때문에 50만 원이 내가 가져갈 수 있는 최대치였다. 더 큰 문제는 언어였다. 나는 중국어를 인사말 정도나 하는 수준이었고, 전공하려는 정치학에 대한 기초 지식도 전무한 상태였다. 즉 유학 비용, 어학 실력, 전공지식 등 유학 생활에서 가장 중요한 세 가지 요건을 한 가지도 갖추지 못하고 있었다.

이런 처지에 타이완(臺灣) 국립 정치(政治)대학 대학원 석사반(석사 과정) 시험에 합격한 것은 기적과 같은 일이었다. 애초에 시험에 응시한다는 것 자체가 어불성설이었다. 하지만 입학했다. 심지어 전공을 미술학에서 역사학으로 바꾸고서. 당연하게도 1990년 4월 처음 도전했던 국립 타이완대학 정치학과는 고배를 마셨다. 그 여파였는지 잠시 건강이 안 좋아져 귀국해 몇 개월 쉬고 난 다음, 이듬해 5월 타이완 국립정치대학 대학원 역사학과에 입학했다. 말 그대로 천신만고, 천우신조였다.

입학은 했지만 산 넘어 산이었다. 중국어로 말하는 것은 물론이고 중국어 서적을 비롯해 영어와 일본어로 된 텍스트를 읽고 수시로 중국어로 된 보고서를 써내야 했다. 처음 2년 동안은 앞이 보이지 않았다. 매주 보고서를 작성하고 토론하고 과목마다 학기말 보고서도 제출해야 했다. 여기에다 러시아어까지 배우느라 정신이 없었다.

학업에만 열중했다면 나의 유학 기간은 훨씬 줄어들었을 것이다. 학비와 생활비가 부족해서 갖가지 아르바이트를 했고, 집안일 때문에 한국을 자주 오갔다. 잊을 만하면 고향 집에 우환이 생겨 달려가야 했다. 3중고, 4중고에 시달리며 대학원 과정을 밟았다. 하지만 내 본업의 직분은 공부하는 학생이었다. 어떤 어려움이 닥쳐도 학업만큼은 따라가겠다는 신념을 잃지 않았다. 하루에 아르바이트를 두 개씩 하면서도, 중국 본토나 홍콩, 일본 등지로 학술회의나 일을 하러 갔을 때도 자투리 시간을 모아가며 관련 서적을 읽고 보고서와 논문을 작성했다.

5년 만에 겨우 석사 과정을 마쳤다. 석사학위를 받은 1996년 타이완 정치대학의 은사 후춘후이(胡春惠) 교수의 추천을 받아 그해 9월부터 중국 베이징

(北京)대학 국제관계학과 박사 과정의 입학이 허락되어 있었다. 당시 베이징대학은 외국인 박사 과정 유학생을 받은 지가 얼마 되지 않은 초창기여서 체계가 잡히지 않아 허술한 상태였다. 외국 유학생의 경우 입학시험도 형식적이었다. 무엇보다 내가 들어가고자 한 국제관계학과의 J교수가 나를 받아주기로 한 상태였다. 그는 내가 석사 과정 때 학술지에 발표한 논문을 읽고 호평을 한 바 있어서 나의 입학은 기정사실이나 다름없었다. 외국 유학생은 졸업 자격시험도 까다롭지 않아서 길어도 3년 반에서 4년이면 박사학위를 취득할 수 있었다.

반면, 내가 다닌 타이완 정치대학 역사학과는 박사학위를 받는 데 보통 7~8년이 소요되었다. 그 이상 걸리는 경우도 적지 않았다. 그 이유는 학사관리가 매우 엄격했기 때문이다. 예를 들어, 석사학위든 박사학위든 졸업 자격시험에 두 번 떨어지면 바로 퇴학이었다. 퇴학을 당하고 싶지 않으면 휴학을 해야 한다. 자격시험에 합격하지 못할 것 같아 휴학계를 내면 그 시험은 무효가 되기 때문이다. 반대로 합격이었는데 무효가 된 경우도 있다. 그래서 한국 학생들은 석사반 학위를 받는 데 보통 4~5년, 박사반은 7~8년 정도가 소요됐다. 10년이나 걸리는 학생도 있었다. 졸업시험에 통과하지 못해 중도 포기하고 일본이나 홍콩 혹은 중국에 가서 박사학위를 더 빨리 받은 사람도 있었다.

베이징대학에 들어가면 박사학위를 취득하는 데 들어가는 시간도 크게 줄고, 한국으로 돌아가 일자리를 구하는 데에도 그만큼 더 유리할 것이었다. 그런데 뜻밖의 장애물이 나타났다. 나를 받아 주기로 한 J교수가 '이상한 심부름'을 시키는 것이었다. 인사차 댁으로 찾아간 나에게 J교수는 책 목록이 적힌 종이를 주면서 베이징에 다시 올 때 사서 가져와달라고 했다. 나는 바로 타이완으로 돌아가 입학에 필요한 서류를 준비하고, 여기저기 책방을 돌아다니며 50권 가까운 책을 구해서 나흘 뒤 다시 베이징으로 향했다. 책 보따리를 전했더니 J교수는 고맙다고 말하면서도 책값은 줄 생각을 하지 않았다. 도서 대금은 대략 60만 원쯤으로, 당시 내게는 적지 않은 금액이었다. 교수 표정을 보니 내가 당연히 갖다 바치는 것으로 생각하는 듯했다.

이상하다 싶어 교수 댁에서 나오자마자 평소 알고 지내던 한국 유학생들에게 수소문해봤다. 그들은 이구동성으로 "그 교수는 뇌물을 받아먹는 게 버릇처럼 되어 있는 사람"이라고 말했다. J교수는 한국 유학생들에게 이런저런 물건은 물론 심지어 자기 손자에게 줄 금반지까지 해달라는 부탁을 했다고 한다. 나는 내가 맞닥뜨릴 미래의 어떤 그림이 떠올랐다. 이런 사람과 박사 과정을 함께 하다가는 반드시 충돌이 일어날 것이라는 불길한 예감이 들었다. 나는 이런 인간형의 사람과는 조화롭게 잘 지내지 못한다. 결국 나는 베이징대학 입학을 포기했다. 박사 학위를 받는 것도 중요하지만 어떤 사람과 함께 학문을 하는가, 혹은 스승이 어떤 분인가 하는 것 또한 중요한 일이었다. 내 소신을 바꾸면서까지 사제관계로 엮이고 싶지 않았다.

전공을 바꾸지 않고 베이징대학이나 칭화(清華)대학 역사학과를 노크할 수도 있었다. 당시 나는 베이징대학 역사학과와 칭화대학 역사학과의 저명한 교수들과도 교류하고 있었기에 부탁만 하면 그 학교들에 입학할 수도 있었다. 하지만 시간이 없었다. 입학원서 제출 시간이 베이징대학 대학원과 겹쳐 있어 어쩔 수 없이 단념할 수밖에 없었다.

나의 연구 활동

나는 다시 타이완으로 돌아가 10년을 더 공부한 끝에 박사학위를 받았다. 1996년에 취득한 나의 석사학위 논문은 러시아혁명과 중국 공산주의 운동과의 관계를 다룬 것이다. 나는 다음과 같은 문제의식을 갖고 있었다. 도대체 러시아에서 꽃을 피운 마르크스(Karl Heinrich Marx, 1818~1883)의 공산주의가 어떻게 중국에 들어왔으며, 러시아 공산주의와 중국 공산주의는 또 어떻게 다른가? 이 주제를 밑동부터 살펴보고자 했다.

내가 2006년에 취득한 박사학위 논문은 중국, 특히 마오쩌둥(毛澤東, 1893~1976)의 한국전쟁 개입 문제를 다룬 것이다. 원래는 한국전쟁의 전개 과정과 이 전쟁이 한국과 남북관계, 동아시아 국제정세에 미친 영향을 비롯해 남들이 주목하지 않은 문제, 가령 한국전쟁이 중국 내부의 정치, 사회, 경제, 문화, 사상에 어떤 영향을 미쳤는지를 샅샅이 훑어보려고 했다. 하지만 너무 방대한 주제여서 주어진 시간 내에 소화해 낼 수가 없었다. 결국 박사학위 논문은 원래 계획의 4분의 1 수준으로 대폭 줄인 뒤에야 완성할 수 있었다. 원대한 구상을 다 구현하지는 못했지만, 나의 박사학위 논문은 한국 학계에서 중국의 한국전쟁 개입 문제를 최초로 조명한 의미 있는 연구 성과였다.

박사학위를 받기 전인 2004년 1월, 나는 정부 모 부처 산하 연구원의 선임연구원으로 입사했다. 2016년 12월까지 이 연구소에서 13년 가까이 근무했는데 우여곡절이 있어 정년을 채우지 않고 사표를 던졌다. 이 연구원에서는 많은 일을 했다. 처음엔 베트남전쟁 연구 담당자로 입사했다가 나중에 중국 문제를 담당했고, 한동안 일본도 담당했다. 학인으로서 왕성하게 학문 활동에 매진하던 때였다. 혼신을 다한 연구로 학계에서 인정받는 논문을 쓰고 저서를 발간했다.

지금까지 전문 학술서를 10권 이상 출간했고, 중국 근현대사, 중국공산당사, 한국의 독립운동, 한국전쟁, 티베트, 독도 등의 영토 문제, 일본 근현대사, 손원일·박태준 같은 인물 관련 논문 30여 편을 국내외 유력 학술지에 발표했다. 또한 한국 국내 학계는 물론, 세계군사학회가 주최한 포르투갈, 불가리아 등의 세계군사사학회 대회, 러시아 국방부 군사연구소, 중국공산당 창당연구중심, 베이징대, 타이완의 타이완대학과 중앙연구원, 일본의 방위연구소 등등 여러 곳에서 열린 학술대회에 참가했고, 틈틈이 대중 강연도 했다. 일간지와 월간지 등 대중 매체에 150편 이상의 글을 싣기도 했다.

내가 2013년 6월에 펴낸 연구서인 『중국의 국경 전쟁 : 1949~1979』에 대해서는 조금 소개하고 넘어가야겠다. 이 책에서 나는 중화인민공화국 국가 수립 후 중국이 치른 5개 주요 전쟁 중 한국전쟁을 제외한 4개 전쟁, 즉 중국의 티베트 '해방' 전쟁, 중국-인도 전쟁, 중국-소련 전쟁, 중국-베트남 전쟁을 830쪽에 달하는 방대한 분량으로 다뤘다. 한국전쟁은 많은 지면이 별도로 필요했기 때문에 독립된 주제로 연구서를 냈다.

『중국의 국경 전쟁 : 1949~1979』는 한국어는 물론이고, 영어, 러시아어, 중국어, 일본어, 베트남어, 티베트어, 독일어 프랑스어 등 9개국 언어로 된 자료를 섭렵하며 완성한 연구로, 권위 있는 전문가들로부터 '혼자 연구한다면 100년이 가도 나올 수 없는 역작'이라는 평가를 받았다. 이 연구서가 나오기 전까지 국내외 학계에서는 중국의 4개 전쟁을 분리해서 접근하는 것이 일반적이었다. 4개 전쟁이 서로 무관하다는 인식이 지배적이었던 것이다. 하지만 나는 4개의 전쟁이 서로 인과관계가 깊다는 사실, 즉 이들 전쟁 간 상호 연관성을 치밀한 논증을 통해 밝혀냈다. 그때까지 알 수 없었던 새로운 사실들도 아주 많이 밝혀냈다. 중국과 한국, 일본은 물론 전 세계 학계에서 아무도 시도하지 않은 최초의 연구 성과였다. 지금도 이를 뛰어넘는 연구가 나오지 않고 있다.

이 외에도 나는 2006년 11월 한국전쟁을 독립적으로 다룬 저서 『毛澤東과 6·25전쟁 : 파병 결정 과정과 개입 동기』를 펴냈고 2016년 7월에는 상하 두 권으로 된 방대한 저서를 출간했다. 『6·25전쟁 : 공산 진영의 전쟁 지도와 전투 수행』이 그것이다. 이 저서를 통해 그간 학계에서 밝혀내지 못한 새로운 사실들을 상당히 많이 밝혀냈다.

나의 저서는 2003년에 나온 『프로메테우스의 불 : 혁명러시아와 중국공산당의 흥기(1917~1923)』(서울 : 백산서당) 1권을 제외하면 일반 독자들에겐 전혀 알려지지 않았다. 모두 서점 판매용으로 출판된 것이 아니라 정부 부처의 정부기관 간행물로 나왔기 때문이다. 아쉽다면 아쉬운 일이지만, 국립중앙도서관과 국회 도서관에 소장되어 있기 때문에 관심 있는 학자들이 언제든 참고할 수 있다. 중국에서는 벌써부터 나의 저작물을 주목해왔고, 그중 일부는 베이징대학 사학과에서 교재로 사용된 바 있다. 상하이(上海)의 한 중국공산당 계열의 학술연구기관에서는 나를 세계에서 단 네 명뿐인 해외 특약 연구원의 한 사람으로 초빙했고, 나의 이 책을 번역할 의사도 갖고 있었는데 책에 마오쩌둥을 비판한 내용이 있어서 결국 무산되고 말았다.

나는 2016년 12월 12일부로 다니던 정부 부처 산하 연구원을 그만두고 지금까지 '야인'으로 지내고 있다. 그사이에 시인으로 등단해서 첫 시집도 냈고, 다시 붓을 잡고 개인전과 초대전을 일곱 번이나 개최했다. 문학이나 미술은 그 자체로 큰 의미를 지니고 있지만 나의 본업이 아니다. 머지않아 나는 또다시, 새롭게 도약할 것이다. 지금까지 그랬듯이 하늘은 내가 가고자 하는 의로운 길을 절대 막지 않을 것이기 때문이다. 새벽의 빛이 내 앞에 있다.

1부

'눈물도 없는 빵'을 먹다

단돈 50만 원 들고 결행한 타이완 유학

1980년대 후반 나는 유학 대상지로 미국, 일본, 타이완 세 곳을 두고 저울질을 했다. 각기 일장일단이 있었지만 우선 고려해야 했던 것은 당시 내가 처한 처지였다. 나는 유학생이 갖춰야 할 세 가지 조건에 모두 미비했다. 학비가 거의 없었고, 언어의 숙련도도 문제가 되었으며, 석사 과정 시험에 합격해도 전공을 바꿨기 때문에 강의를 따라가기가 버거울 것이었다.

미국, 일본, 타이완 중 어느 한 곳을 가게 되더라도 나는 그 나라를 가장 깊이 이해할 수 있는 분야를 공부하고 싶었다. 예를 들어 미국으로 유학을 간다면 미국의 역사와 정치 시스템을 연구해 보고 싶었다. 그 시절만 해도 미국 유학만 갔다 오면 모든 전공을 불문하고 미국 전문가인 것처럼 행세하는 인사들이 많았다. 한 나라를 이해하는 데 있어 필수적인 것이 언어와 역사 그리고 정치·경제와 사상이다. 하지만 내겐 미국 유학을 감당할 만한 경비가 없었고 영어 구사력도 미흡한 상태였다. 미국은 우선순위에서 제일 먼저 뒤로 밀릴 수밖에 없었다.

일본에서는 역사와 정치를 탐구하고 싶었다. 이십 대 후반 나는 일본어를 비교적 자유롭게 구사할 수 있었다. 주한 일본대사관 부설 일본문화원에서 어학 인증을 받아놓은 상태였기 때문에 강의는 따라갈 자신이 있었다. 하지만 물가가 워낙 비싸 유학 경비를 충당하기 위해서는 아르바이트를 하지 않으면 안 될 처지였고, 아쉽게도 나는 아르바이트를 할 수 없었다. 석사 과정 첫 1년간은 지도교수 밑에서 연구생활을 해야 하는데 이 시기에는 아르바트를 허락하지 않는다는 것이었다.

미국과 일본 중 어느 나라를 택할 것인지 고심하던 차에, 1987년 12월 31일부터 약 1주일간 타이완, 홍콩, 마카오 여행을 하는 동안 타이완이 눈에 들어왔다. 그간 한국에서 보았던 것과 달리 국가 규모에 달하는 화교 사회를 직접 보게 된 것이다. 전 세계에 없는 곳이 없을 정도로 널리 퍼져 있는 중국인 공동체가 중공의 공산주의 권력 아래 결집하면 어떤 변화가 일어날지 상상해 보았다. 그 연장선에서 앞으로 다가올 미래는 중국의 시대가 될 것이라는 예감이 들었다. 충분히 연구해 볼 만한 가치가 있어 보였다.

하지만 국교가 수립되기 이전이어서 중국은 가고 싶어도 갈 수 없었다. 타이완으로 유학을 간다면 중국어를 새로 배워야 하고 전공도 바꿔야 했다. 유학 경비가 마련된 것도 아니었다. 그럼에도 불구하고 나는 타이완을 선택했다. 무엇보다 학비가 매우 저렴하다는 점이 구미가 당겼다. 지금도 그렇지만 부존자원이 거의 없는 타이완은 정부가 앞장서서 석사학위 이상 연구생을 전폭적으로 지원했다. 외국 학생들에게도 학비를 많이 받지 않았다. 각종 장학금도 많았을 뿐만 아니라 물가도 한국과 비슷하거나 더 쌌다. 한국인들이 많이 찾는 관광지여서 아르바이트도 할 수 있었다.

1989년 1월 30일 나는 타이완으로 유학을 떠났다. 세 번째 해외여행. 그러나 이번에는 장기 여행이 될 것이었다. 나는 석박사 학위를 취득하는 데 10년 정도 걸릴 거라고 생각했다. 그런데 유학 경비가 부족한 것이 문제였다. 타이완으로 떠날 때 내게 쥐어진 돈은 50만 원이 전부였다. 돈이 전혀 없는 것은 아니었지만 맨손으로 부딪쳐 보겠다는 오기 어린 의지가 작용했다. 타이완 유학을 결심하기 이태 전 어머니께서 2,000만 원을 주시면서 "이 돈으로 결혼을 하든, 공부를 더 하든 네 마음대로 하거라. 이 이상은 지원할 수 없다"고 말씀하셨다. 그 돈은 20년 넘게 시장통 한구석 좌판에서 버신 돈으로 어머니로서는 전 재산이나 다름없는 거금이었다.

친구들에게 기만당하다

어머니가 주신 돈을 들고 갔다면 나의 유학 기간은 훨씬 줄어들고, 공부하기에도 상대적으로 편했을 것이다. 그런데 그 돈이 묶이고 말았다. 신문사에 다니고 있을 때였고 유학은 3~4년 뒤로 생각하고 있을 때였다. 그래서 몇몇 친구에게 목돈을 어떻게 하면 좋을지 상의를 하던 중에 부동산 중개업을 하던 대학 동창 둘이 자기들에게 돈을 맡기면 땅을 사뒀다가 나중에 유학 가기 직전에 팔아 주겠다고 말했다. 땅을 사놓는 게 은행 이자보다 이윤이 높다는 것이 솔깃했다. 나는 친구들의 말을 철석같이 믿고 2,000만 원을 송금했다. 친구들이 사놓았다는 강원도 동해시 인근의 임야에는 가보지도 않았다.

예상은 했지만 단돈 50만 원을 들고 시작한 타이완 유학은 말 그대로 '고난의 행군'이었다. 돈이 다 떨어져 굶다시피 할 때, 땅을 팔아주겠다던 두 친구에게 연락했다. 여러 차례 간청했지만 매번 알았다고, 곧 팔릴 거라고만 했다. 유학을 떠난 지 5~6년이 되었는데도 땅은 팔리지 않았다. 다른 일로 귀국하는 길에 내 땅이라는 곳을 찾아가 보았더니, 아뿔싸, 아무짝에도 쓸모없는 형편없는 땅이 아닌가? 그제야 내가 소위 기획부동산에 속았다는 사실을 깨달았다. 얼마 후 친구 둘 중 한 명은 직종을 바꿔 어디론가 사라지고 없고, 다른 한 명은 말로만 땅을 팔아 주겠다고 했다.

4~5년 뒤엔가 땅을 팔기는 했지만 매입하고 근 10년이 지난 뒤였다. 부산에 사는 고등학교 때 친구가 나서서 해결해 줬는데 당시 그 친구는 사업에 실패하고 어렵게 살고 있었다. 땅이 팔려 잔금을 받던 날 나는 동해시 복덕방으로 가서 빌린 돈을 갚고 내가 생활비로 사용할 500만 원만 갖고 나머지 2,000만 원은 실의에 빠져 있던 부산의 그 친구에게 "이 돈을 보태 새로 재기해보라"며 줬다. 신문사 퇴직금 210만 원도 있었는데 사업하던 친한 친구가 빌려달라고 해서 선뜻 빌려줬다. (이 돈도 그 뒤 30여 년이 지나도록

돌려받지 못했다.) 내가 단돈 50만 원을 들고 타이완으로 떠나게 된 배경이었다.

여기저기 뛰어다니며 유학 수속을 밟던 중 서울 신촌 연세대 안에서 우연히 고등학교 후배를 만났다. 1987년 6월 항쟁 이후 민주화가 큰 진전을 이뤘지만 학생 시위는 가라앉지 않고 있던 시점이었다. 나와 같은 대학을 졸업한 후에도 취직하지 않고 운동을 계속해 오던 후배는 골수 운동권이었다. 그날도 그는 연대 시위에 참여해서 최류탄 가스가 자욱한 시위 현장에서 나를 봤던 것이다. 내가 타이완으로 유학을 가기로 했다고 하자 후배는 같이 싸워야 한다면서 극구 유학을 만류했다. 그 무렵 나는 여타 운동권 학생들을 지켜보면서 시간이 지나면 이 친구들은 분명히 변할 것이라는 직감이 들었다. 대학 재학 시절, 운동권 학생들과 대화를 하다 보면 하나같이 자기들이 부정하는 기성 세대와 다르지 않았다. 가끔 교내 시위에 참여해도 마찬가지였다. 기성 세대의 생각과 행태를 답습하고 있었다. 민주주의와 평등을 부르짖으면서도 자기들 사이엔 권위주의와 위계가 엄격한 것을 보고 많이 놀랐다.

그날 연세대에서 만난 후배에게 나는 이렇게 말했다. "운동권의 대다수 사람들은 변하겠지만 나는 결코 변하지 않을 것이다. 부정과 불의에 대해 죽을 때까지 투쟁할 것이니 두고 봐라. 나는 공부하고 올 테니 너는 여기서 잘 싸우고 있어라." 그로부터 30여 년이 지났지만 그 후배를 만나지 못했다. 풍문에 의하면 후배는 그 후 오랫동안 노동운동에 투신했다고 한다. 그는 변하지 않았을 것이다. 나도 그때와 비교하면 하나도 변한 게 없다. 생각, 신념과 가치관, 그에 따른 행동도 모두 지난 시절에서 크게 벗어나지 않았다고 자부한다. 나는 거창하게 무슨 민주화 운동 같은 건 하지 않았지만 사회적 적폐, 특히 공무원의 부정과 불의에 대해선 물러서지 않고 싸웠다. 나는 지금도 부정과 불의와 맞서고 있으며 앞으로도 그럴 것이다.

서글픈 창씨개명, 關口鑑三

2011년 2월 19일, 아내와 함께 타이완을 찾았다. 2006년 6월 박사학위 취득과 함께 정치대학을 졸업하고 타이완을 떠난 뒤 5년 만이었다. 타오위앤(桃源)의 중정 국제공항에 내리니 겨울비가 내리고 있었다. 지난날 수도 없이 오가던 비행장과 타이완 하늘은 짙은 운무를 품고 있었지만 정겹게 다가왔다.

우리는 시내 호텔에 여장을 푼 뒤 먼저 내가 다닌 대학에 가서 은사께 인사를 드렸다. 우리를 반겨 주신 은사는 영국에 유학한 뒤 중영(중국과 영국) 관계사 분야에서 주목받은 연구 성과를 낸 저명한 학자다. 지금은 은퇴 후 중국의 5대 명문 중 하나인 상하이 푸단(复旦)대학에서 후학을 기르고 있다.

은사의 연구실을 나와서 바로 택시를 잡아타고 난깡구(南港區)에 자리한 중앙연구원 근대사연구소로 향했다. 나와 친하게 지냈던 연구원들이 있는 곳이다. 중앙연구원은 중화민국이 자랑하는 국가 연구기관으로 아시아를 넘어 세계에서도 권위를 인정받는 학술기관이다. 근대사연구소, 타이완연구소, 미국연구소, 유럽연구소, 역사어언연구소 같은 인문·사회과학뿐만 아니라 수학연구소, 물리학연구소, 생물학연구소 등등의 자연과학 분야까지 합해 20여 개의 연구소들이 소속된 종합연구원이다.

그 규모와 예산은 실로 상상을 초월할 정도다. 내가 유학하던 1990년대 초중반 근대사연구소 한 곳의 도서관(郭廷以圖書館) 연간 도서 구입비만 한화로 4억 원이었다니 놀랍지 않은가? 근대사연구소뿐만 아니라 모든 연구소가 자체 도서관을 가지고 있으니 중앙연구원 도서관 전체의 도서 구입비만 해도 규모가 엄청날 것이다.

타이완 유학 중에 나는 중앙연구원을 자주 드나들었다. 외국인 유학생이나 학자들 중에 나만큼 중앙연구원을 많이 다닌 사람은 거의 없을 것이다. 근대사연구소의 여러 연구원들과 대학의 교수들이 결성한 "中外關係研究小組"(중국과 외국관계연구소조)가 매달 한 번씩 개최한 학술 토론회에 참여하기 위해, 그리고 연구소 부설 궈팅이(郭廷以) 도서관에 소장돼 있는 자료들을 열람하거나 책을 구입하기 위해 무수히 오갔다.

무짜(木柵)의 정치대학에서 난깡(南港)의 중앙연구원으로 넘어가는 좁은 산길은 내가 작은 오토바이를 타고 10년 가까이 넘나든 길이다. 넓은 공동묘지를 지나 산과 개울을 넘어 한 시간가량 달리는 길이다. 그날 아내와 같이 그 산길을 다시 넘을 때 세찬 겨울비가 많이 내렸는데, 어느새 내 눈에서도 빗줄기 같은 눈물이 흘러내렸다. 날씨 탓만은 아니었다. 내 고단한 유학 시절의 땀과 눈물이 배어 있는 타이페이 곳곳을 지나며 아내 몰래 눈시울을 적실 때가 많았지만, 이곳 공동묘지를 지날 때는 정말로 걷잡을 수 없이 눈물이 흘러내렸다. 공부하다가 막히거나 이런저런 생각으로 가슴이 답답할 때마다 소주 한 병을 사 들고 이곳에 와서 마음을 추스르던 기억이 되살아났기 때문이다.

그리고 그때 조지훈(1920~1968) 시인이 말했던 울음이란 "지극한 마음이 터지는 궁극의 언어"라던 말을 실감할 수 있었다. 동화작가 아동문학가 권정생(1937~2007)도 "산다는 건 눈물투성이"라면서 "인간은 한순간도 죄짓지 않고는 살 수 없는데 어떻게 행복하고 즐거울 수만 있겠습니까?"라고 말하지 않았던가? 옛 산길을 넘으면서 회한과 죄책감, 반성과 아쉬움이 교차하자 눈물이 나지 않을 수 없었던 것이다. 이곳에서 10년 이상 살면서 겪은 우여곡절이 생생한 동영상으로 자꾸만 되살아났다.

배고팠던 유학 생활

유학 생활 중에 가장 힘들었던 것은 무엇보다 배고픔이었다. 돈이 다 떨어지자 어떤 날은 하루에 한 끼밖에 못 먹었다. 길거리에서 파는 만두가 한국 돈으로 하나에 200원 정도였는데, 그것을 한 끼에 다섯 개밖에 먹지 못했다. 10개에서 15개 정도를 먹어야 한 끼 식사가 되었는데, 돈이 없거나 돈을 아끼느라 다섯 개만 먹고 돌아선 적이 한두 번이 아니었다. 그 결과 타이완 생활 초기엔 말 그대로 피골이 상접했다. 체중이 10kg이나 빠졌다. 지금도 당시 사진을 보면 참담한 심정이다. 박사학위를 받고 5년이 지나 아내와 함께 다시 타이완을 찾았을 때 정치대학 근처 그 만둣집을 지나는 길에 그 이야기를 했더니 아내도 눈시울을 붉혔다.

정치대학은 타이완 유수의 국립 대학으로 학비가 매우 낮은 편이었다. 반년치 기숙사비를 포함해 한 학기 등록금이 한국 돈으로 70만 원 정도였다. 여기에 식대, 도서 구입비, 교통비(오토바이 기름값), 잡비 등 생활비는 최대한으로 줄여 월평균 40만 원이 필요했다. 학비와 생활비를 합해 매달 50만 원(타이완 돈인 NT달러로 15,000위앤) 남짓이 있어야 했다. 그러나 앞에서 밝혔듯이 목돈을 땅에 묻거나 친구 손에 쥐여줬기 때문에 당시 나에게는 돈이 나올 구멍이 없었다. 어머니한테 다시 손을 벌리기는 죽기보다 싫었다. 내 자존심이 허락하지 않았다. 나는 자존심이 매우 강한 사람이다. 유학 초기, 그렇게 힘들었지만 누구에게 도움을 받으려고 비굴하게 머리를 조아린 적이 없다. 지금도 그 성격이 어디 가지 않았다. 밥이 없으면 라면으로 때우고 라면이 없으면 굶고 말겠다는 생각으로 살았다.

한 달에 최소 50만 원이 필요했지만 내겐 정기적인 수입처가 없었다. 한국에 들어가면 인사차 찾아간 고향 선배나 어른들께서 공부하는 데 보태

쓰라며 봉투를 쥐여주곤 했다. 한번 귀국하면 십시일반으로 100만 원 정도를 손에 쥘 수 있었다. 하지만 그것도 한두 번이지 귀국할 때마다 매번 찾아간다는 건 내 자존심이 허락하지 않았다. 그래서 타이완에서 일거리를 찾아 나서지 않을 수 없었다. 여기저기 알아보니 내가 할 수 있는 일은 많지 않았다. 당시는 한국에서 관광객이 많이 찾아오던 시절이어서 여행 관련 일자리가 많았다. 그중에서 유학생이 손쉽게 할 수 있는 일 하나는 한국인을 대상으로 하는 관광 가이드나 통역이었다. 가이드만 제대로 해도 한 달에 400만 원 이상을 벌 수 있었다. 하지만 나는 유학 생활이 끝날 때까지 가이드는 단 한 번도 나가지 않았다.

관광 가이드를 하지 않았던 데는 두 가지 이유가 있었다. 유학 초기에는 중국어가 원활하지 못했기 때문에 하고 싶어도 할 수 없었다. 다른 이유는 가이드가 한국인을 등쳐먹는다는 기분이 들었기 때문이다. 1987년 말 처음으로 타이완 여행을 할 때, 한국에서 모 스님께서 한 상점을 소개하면서 그곳에 가서 물건을 사오라고 부탁하신 적이 있다. 스님께서 일러주신 곳을 찾아가 보니 한국 관광객을 대상으로 기념품을 파는 가게였다. 그 기념품점이 한국인들에게 값을 턱없이 올려 받는 것을 보고 좋지 않은 인상이 내 뇌리에 박혔다. 가이드가 그 매개 역할을 하고 있었다. 나중에 중국어가 익숙해진 뒤에도 관광 가이드를 하지 않은 이유가 그 때문이다.

그 때문에 관광 가이드가 아닌 다른 일을 찾아야 했다. 처음에는 한국, 중국, 일본을 오가면서 면세 양주를 사 모았다가 그것을 시장 좌판에 내다 팔았는데 운이 따르지 않았다. 타이완 정부가 가짜 식품을 제조하거나 판매하는 행위를 엄단하기 위해 눈에 불을 켜기 시작한 시기였다. 가짜 양주 판매자들이 적발되었다는 뉴스가 연일 나오면서 양주 판매는 된서리를 맞았다.

양주 판매를 접고 내가 찾아간 곳은 타이페이에 있는 한국어 라디오 방송국이었다. 한국어 뉴스 진행자와 프로그램 진행자 모집에 응모한 것인데 합격하지 못했다. 경상도 사투리가 심해서 방송을 할 수 없다는 것이었다. 그다음으로 공사판 '노가다'(일본어 "도까따"의 잘못된 발음)를 할까 생각했는데 노임도 적었고, 오직 체력으로 하는 일이어서 자칫 몸이 상할 수도 있었다. 노가다는 여름 방학을 이용해 일본에 가서 하기로 했다. 일본은 타이완보다 일당이 훨씬 높았다.

마지막으로 찾아간 곳이 '보습반'(학원)이었다. 일본어 강사를 뽑는다는 광고를 보고 외국어학원들이 몰려 있는 타이페이역 건너편 충칭난루(重慶南路)에 있는 '기독교서원보습반'으로 향했다. 그곳은 구시가지의 중심지로 서울의 종로2가 같은 번화가다. 타이완에서 일본어는 영어 다음으로 많이 배우는 외국어였다. 당시에는 한국어를 가르치는 학원은 없었다.

50대 중반의 여성이었던 기독교서원보습반 학원 오너는 활짝 웃으면서 나를 반겼다. 그런데 그는 일본어를 하지 못해서 일본어 능력 테스트를 일본인이 직접 한다고 했다. 나는 일본어 실장이라는 50대 초반의 남성과 마주앉아 처음부터 끝까지 일본어로 대화를 나눴다. 그는 나에게 일본어 신문 한 부를 주면서 읽고 의미를 설명해 보라고 했다. 나는 성실하게 읽고 답했다. 계속해서 실장은 일본어 학습 경험과 일본에서 살아본 경험을 물어보았다. 나중에는 일본 역사와 문화에 대해서도 몇 가지 물었다. 나는 일본인 실장이 놀라워할 정도로 유창하게 답변을 했다. 대학 시절 일본어와 일본 역사를 열심히 공부하고 타이완 유학 전 일본 여행을 여러 번 다녀온 것이 큰 도움이 되었다.

면접이 끝난 뒤 실장이 내게 칭찬을 아끼지 않았다. 한국인인데 어디서 일본어를 배웠길래 그렇게 정확하고 품위 있는 일본어를 구사하느냐는 것이었다. 신문사 입사 시험에 이어 두 번째로 일본어 덕을 본 순간이었다. 면접을 마치자 학원 원장은 바로 다음주부터 강의를 할 수 있다고 했다. 급료도 한 시간에 450위앤을 주겠다고 했다. 한국 돈으로 약 17,000원 정도에 불과한 금액이었지만 현지 시급으로는 상당한 수준이었다. 다른 직종의 아르바이트 시급은 150위앤 미만이었다.

단, 조건이 붙었다. 원장과 일본어 실장은 내가 한국인이라는 사실을 학생들에게 절대 밝히면 안 된다고 했다. 일본인이라고 해야 채용할 수 있다는 것이다.

어이쿠, 싫었다. 수강생들도 같은 값이면 일본인에게 배우려 하지 한국인에게 배우려 하지는 않을 것이어서 이해가 되지 않는 바도 아니었지만, 나는 받아들일 수 없었다. 나는 즉각 고개를 흔들었다. 아무리 어렵기로서니 일본인 행세를 하다니! 나는 원장에게 미안하지만 그렇게는 할 수 없다면서 학원을 나와버렸다. 뒤도 돌아보지 않고 오토바이를 타고 숙사로 돌아오는데 아쉽다는 생각이 들면서 마음 한구석이 착잡하기만 했다.

모처럼 얻은 일자리를 차버리고 돌아오니 달라진 게 아무것도 없다는 사실이 뼈저리게 다가왔다. 그러나 허기는 여전했을지언정 마음은 편했다. 부족한 생활비는 주변의 선배들이나 교수들에게 빌려 썼다. 그리고 떡 본 김에 제사 지낸다고 굶는 김에 단식을 제대로 해서 체력은 오히려 좋아졌다. 하지만 일본어 강사 자리를 포기하고 반년이 흘렀을 무렵 빚은 더 늘어나고 끼니도 제대로 챙길 수가 없었다. 아르바이트를 하지 않으면 더 이상 견디기 힘든 상황이었다. 나는 하는 수 없이 충칭난로의 일본어 학원으로 다시 오토바이를 몰았다.

일본어를 가르치다

학원 원장이 나를 잊지 않고 반갑게 맞이했다. 내가 한국인이라고 밝히지 않고 강의를 하겠다고 말하자 활짝 웃었다. 그러고는 일본 이름을 뭐로 하겠냐고 물었다. 나는 자존심도 상하고 열패감도 느꼈지만 "세끼구찌 간조"(關口鑑三)가 앞으로 사용할 일본 이름이라고 말했다. 이 이름은 훗날 내가 일본 토쿄에서 '노가다'와 식당 접시 닦기를 할 때도 사용하게 되는데,

성과 이름을 이렇게 선택한 데는 나름대로 이유가 있었다. 나는 기왕에 일본 사람 이름을 사용해야 한다면 내가 현대 일본인 중에서 가장 존경하는 인물의 이름을 취하기로 했다. 나는 일제시대 토쿄제국대학교 법학과 교수였던 우찌무라 간조(內村鑑三)의 이름을 따고 성은 임의로 선택해서 성명을 세끼구찌 간조로 정했다.

우찌무라 간조는 편협한 대부분의 일본인들 중에서 보기 드물게 천황제를 반대한 자유주의자였다. 그는 또 독실한 기독교 신자로서 무교회주의를 부르짖은 인물로도 유명했다. 1970~80년대 무교회주의를 부르짖었던 함석헌 선생도 우찌무라 간조의 무교회주의 영향을 받은 것으로 알려져 있다. 이러한 우찌무라 간조를 나는 1980년대 중반 대학 다닐 때 그의 저서를 읽고 알게 되었다. 근대 일본이 제국주의, 군국주의로 치달아 조선을 비롯한 아시아 여러 나라를 침략하고 수많은 사람의 생명과 재산을 유린한 근본적인 원인이 천황제에 있다고 본 나는 일본인 중에도 뜻밖에 천황제 폐지를 주장하는 인물이 있음을 알고선 반가운 나머지 우찌무라 간조를 존숭까지 하는 마음을 가지게 된 것이다. 그는 결국 천황제 폐지를 주장하다가 토쿄대학교 교수직에서 쫓겨나고 린치까지 당하는 등 말로가 참담했다.

세끼구찌 간조라는 이름의 '가짜 일본인'이 맡은 일본어 강의는 중급반 회화였다. 수강생들은 거의 다 여성으로 직장인과 대학생이었다. 짧게는 2년, 길게는 수년간 일본어를 배워서 그런지 대부분 말하기 실력이 나쁘지 않았다. 강의는 매주 화요일과 금요일에 2시간 가량 진행되었다. 주로 일본어 기본문형과 문법 및 어법을 설명한 뒤 관련 표현을 구사할 수 있도록 다양한 질문을 하고 그에 대해 답하도록 하는 방식이었다.

강의가 시작되던 날, 나는 침울한 기분이 들었다. 처음 보는 수강생들 눈에도 그렇게 보였을 것이다. 나는 말없이 흑판에 한자로 '關口鑑三'라는 네 글자를 썼고 학원 측과의 약속대로 한국인이라고는 하지 않았다. 그렇다고 내 입으로 "일본인입니다"라고도 하지 않았다. 그 후 강의가 진행됨에 따라 수강생들과 어느 정도 친분이 생겼다. 일본의 역사와 문화, 일본인의 성격과 행동 특성도 곁들이면서 가끔 우스갯소리도 섞어서 강의했다. 그 때문이었는지 우리 반은 분위기가 좋았고, 수강생 수도 일본인 강사가 가르치는 다른 반보다 많아져 25~30명가량에 이르게 되었다.

수업을 진행하면서 나도 모르게 일본을 비판하는 이야기를 많이 했다. 반대로 한국 이야기가 나오면 한국을 긍정하는 쪽으로 이야기를 풀어가곤 했다. 그러자 대부분의 수강생들이 의아해하는 눈초리였다. 그러던 어느 날 한 학생이 "선생님, 선생님은 일본인이시면서 왜 일본인을 안 좋게 말씀하세요?"라고 물었다. 어떤 수강생은 약간 언짢은 말투로 "한국이 뭐가 좋아서 그렇게 좋게만 얘기하시나요?"라고 말하기도 했다. 당시 타이완 사람들 중에는 한국인을 무시하거나 좋지 않은 감정을 가진 사람들이 많았다. 한국인 남성들은 걸핏하면 부인을 때린다는데 왜 그런 것이냐고 묻기도 했다. 나는 그것은 선입견인데 그런 말은 어디서 들었느냐고 되물으면서 그런 편견이 생겨나게 된 역사적 배경에 대해 세세하게 설명해 주면서 앞으론 그렇게 생각하지 말아주길 당부했다.

그런 일이 있고 난 후 나는 수강생들에게 '절반의 진실'을 말해줬다. 나의 아버지는 한국인이라고, 그래서 한국에서 군대까지 갔다 왔다고. 이런 식으로 얘기하고 나자 양심상 도저히 견딜 수가 없었다. 그다음 주에 모든 걸 이실직고해 버렸다. 나는 일본인이 아니고 한국인이라고! 부모님 두 분 다 한국인이라고! 후련한 기분이 들었다. 학생들은 "어머, 그래요?"라면서 조금 놀라워했지만 다행히 그 누구도 기분 나빠하거나 강의를 듣지 않겠다고 하지 않았다. 이미 그들로부터 일본어를 잘 가르친다고 인정받았고, 마음으로도 신뢰를 얻고 있었기 때문이었을 것이다. 대학 시절 교육학을 이수하고 '중등교사 2급 정교사' 자격을 따놓은 것도 한몫했으리라 생각한다. 문제는 학원 원장이었다. 나는 해고될 작정을 하고 자백한 것인데, 이 사실을 알게 된 원장은 생글생글 웃기만 하고 별다른 말이 없었다.

강의료는 수업이 끝나면 바로 지급되었다. 그런데 하루 2시간씩 4주 다 해봐야 월 7,200위앤이어서 한 달 생활비 15,000위앤의 절반에도 미치지 못해 부족하기는 매한가지였다. 주위의 여러 지인들에게 돈을 빌려 쓰다가 한국에 다녀와서 갚곤 했다. 일이 있어 타이완에서 서울을 오갈 때나, 중국을 오갈 때는 소위 보따리 장사를 해서 경비를 충당하기도 했다. 그나마 조금 숨통을 트이게 해준 일본어 강사 일도 2년을 넘기지 못했다. 이유가 있었다. 그 시절에 한국의 고향 집과 친구들에게 법적인 문제가 자주 발생해서 그 문제를 해결해 주기 위해 한국을 자주 오가다 보니 결강이 잦을 수밖에 없었기 때문이다. 한국에 다녀오면 반드시 보강을 했지만, 빈도가 높아지자 수강생들에게 너무 미안했다. 짧다면 짧고 길다면 길었던 수강생들과의 인연은 1993년 12월 23일 끝이 났다.

궁핍한 생활은 나아질 기미를 보이지 않았다. 그러던 어느 날, 내가 살던 셋방의 공동 화장실 겸 샤워실에 들어갔다가 우연히 10,000위앤(한화 약 38만 원)이 넘는 현금 뭉치가 놓여 있는 걸 보고 망설임 끝에 들고 나온 적이 있다. 양심의 가책을 느끼면서도 배가 고파 주인을 찾아 주지 않은 것이다. 이렇게 나는 젊은 시절 돌이킬 수 없는 잘못을 저지르고 말았다. 나의 인생에 새겨진 작지 않은 흠결이라 할 수 있다. 세월이 지나서도 죄책감을 씻을 수 없어 쓴 것이 아래의 졸시 「죄사함」이다.

> 어릴 적 '밤 소풍' 다니던 곳을 찾아다녔다.
> 아직도 그 신발 상회가 있는가 싶어서,
> 지금도 호빵 파는 그 구멍가게가 하는가 싶어서
> 타이완에 가서도 세 들어 산 집을 찾아가 봤다.
> 혹여 그때 살던 이가 그대로 살고 있을까 싶어서……
>
> 절에도 가보고, 교회에도 가보지만

신께 회개하고 죄 사함 받았다고 만족할 게 아니다.
도둑맞은 운동화, 백설기, 돈 때문에
주인들의 손해나 속상함은 누가 보상해주나?
피해자에게 용서받지 못하는 한 죄는 그대로다.

수십 년이 지나도 기억이 소멸되지 않는 한,
주인은 잊었다 해도 죄책감이 남아 있는 한,
죄업은 마음 밑바닥에서 잠자고 있을 뿐
떳떳함도 자기만족적이고 일시적이지
오직 이타행의 회향(回向)만이 그나마 속죄가 된다네.

배를 곯지 않게 된 사연

내가 더 이상 배를 곯지 않게 된 것은 그 뒤 어떤 계기를 통해서였다. 그 계기가 있기 전까지는 고달픈 생활이 계속됐다. 그래도 수업은 악착같이 따라갔다. 석사 과정 1년 차 때는 교수나 동학들이 말하는 중국어가 들리지 않고 책을 읽는 것도 느려서 애를 먹었지만 사투를 벌인 끝에 2년 차부터는 성적이 순위권으로 올라갔다.

2년 차로 접어들었을 때 나는 아르바이트로 통역을 하기 시작했다. 각종 차와 불교용품을 구입하러 타이완에 왔다는 부부가 내가 아는 한국의 어느 스님 소개로 연락한다면서 통역을 부탁해 왔다. 처음 약속할 때는 통역만 하고 8시간 기준으로 미화 200달러를 받기로 했다. 하지만 통역을 하다가 일손이 부족하면 그들이 구입한 짐을 운반하거나 우체국까지 들고 가서 포장하고, 부치는 물건에 주소까지 써주기도 했다. 약속한 하루 8시간을 넘겨 10시간, 때로는 12시간이나 일해 줬다. 그나마 이런 일은 1년에 너덧 번 정도밖에 없었다. 이외에 내가 통역을 나간 것은 내가 존경하는 큰스님이 방문했을 때, 그리고 한국의 모교에서 후배들이 찾아왔을 때 뿐이었다.

그렇게 생활이 어려워도 나는 돈뭉치를 주인에게 돌려주지 않은 것을 제외하면 원칙을 지키며 살았다고 자부한다. 차와 불교용품을 구입하러 타이완에 온 부부를 도와주면서 그들 모르게 제법 큰돈을 받을 수 있었지만 나는 거절했다. 그들을 안내해 타이베이 시내 어느 보이차 전문 도매상에 갔을 때였다. 보이차 상점 사장은 부인을 셋이나 데리고 사는 부자였는데, 처음 만나는 나에게 대뜸 중국어로 '거래가 성사되면 커미션을 몇 프로 받으려 하느냐'고 물었다. 나는 경험이 없어서 '그쪽에서 얼마 주려고 하느냐'고 되물었다. 그는 '보통 거래금액의 7~10% 정도 준다'고 답했다. 그 말이 끝나자 나는 그에게 7%라고 다짐을 받았다. 물론 그 주인은 내가 받을 커미션에 해당하는 만큼 가격을 높여 받는다.

거래가 성사되고 난 후 나는 주인에게 요청했다. 한국 부부가 지불할 전체 금액에서 내게 줄 커미션 7%를 차감해서 받으라고. 나는 한국 돈 수백만 원에 달하는 커미션을 단 한 푼도 받지 않은 것이다. 만일 그때 내가 그 부부 모르게 커미션을 받고 그 뒤에도 계속 그런 식으로 거래했다면 나는 제법 큰돈을 만졌을 테지만 그러지 않았다. 그 부부는 주인이 물건 대금에서 할인을 해주는 줄 알았을 것이다. 그들은 그 사실을 몰랐고 지금도 모를 것이다.

여담이지만, 내가 타이완 유학 생활을 마치고 완전히 귀국할 때 타이완의 제법 큰 찻집 주인이 내게 큰 선물을 건넸다. 오랜 친구로서 여러 차례 자기를 도와준 것에 대한 답례 차원에서 귀국을 축하한다며 차 도매상 주인이 내게 준 차는 고목 줄기처럼 생긴 특별한 것이었다. 길이가 약 130cm에 굵기가 직경 약 30cm 정도나 되는 천량차(千量茶, 무게가 천량이나 된다고 해서 붙여진 명칭) 한 둥치를 중국 윈난(雲南)성에서 사 온 본전 가격에 주었다. 당시 한국 돈으로 치면 350만 원 정도였다. 내가 그것을 이삿짐으로 처리해서 한국에 가져왔더니 한국에서 찻집을 운영하는 부부(내가 타이완에서 통역해준 그 부부)가 그걸 보고 700만 원을 줄 테니 팔라고 해서 마음속으로 약간 망설였다가 군소리 않고 넘겼다.

그때 나는 서울 강남 현대백화점에서 동일한 천량차 한 둥치가 2,800만 원에 거래된다는 사실을 두 눈으로 확인한 상태였다. 하지만 당장 서울에서 먹고 잘 돈이 없어서 다른 수가 없었다. 당시 친구나 지인들에게 구차하게 변통할 생각은 조금도 없었다. 그리고 10년 정도 지나고 나니 그 천량차는 서울 인사동 차 도매상에서 1억 3,000만 원에 호가되고 있었다. 좋게 말하면 나는 구차하지 않고 시원시원한 사람이라고 할 수 있지만 나쁘게 말하면 융통성이 없는 꽉 막힌 사람이다.

내가 굶지 않게 된 데는 또 한 사람의 고마운 도움이 있었다. 같은 학과 박사반 선배 차웅환 선생이었다. 나는 가끔씩 돈이 필요할 때 그에게 빌려 쓰고 갚기도 했고, 내가 석사논문을 집필하면서부터는 그가 나를 데리고 점심과 저녁을 함께 먹으러 다녀 거의 굶지 않게 됐다.

타이완에서 겪은 고생을 길게 늘어놓다 보니 빅토르 위고(Victor Hugo, 1802~1885)가 한 말이 떠오른다. "삶의 고통에 울어보지 않은 사람은 세상 사물을 제대로 볼 수 없다." 나는 타이완 유학 시절, 그러니까 30대 초반부터 중반까지 약 6년간 삶의 고통에, 그것도 배가 고파서 눈물을 제법 흘렸다. 굶어 보지 않으면 배고픔이 얼마나 견디기 힘든 고통인지 알 수 없다. 삶이 고통스러워 울어 보지 않은 사람은 삶이 무엇인지, 세상이 무엇인지 알 수 없다는 빅토르 위고의 말에 나는 주저하지 않고 동의한다.

낮에는 '노가다', 밤에는 식당 알바

타이완에서 아르바이트를 했지만 경제적으로는 조금도 나아지지 않았다. 학업에 진전이 없었다면 견뎌내지 못했을 것이다. 그런 가운데 매번 방학이 찾아왔다. 내게 방학은 쉬는 시간이 아니고 일해야 하는 시간이었다. 방학이 길면 길수록 좋았지만 1993년 6월 석사 과정을 수료한 다음부터는 방학이 큰 의미가 없었다. 졸업시험과 학위논문을 준비해야 했지만, 학과 강의를 들을 필요가 없어서 일자리가 생기면 언제든 일할 수 있었다.

1990년대 초반에는 일본에서 막노동, 즉 공사판 '노가다'의 임금이 한국이나 타이완보다 훨씬 높았다. 또 노임을 엔화로 받으면 환차 덕까지 볼 수 있었다. 나는 일본으로 건너가기로 작정했다. 막노동을 하는 것만이 목적은 아니었다. 공부에 필요한 일본 자료를 수집하고, 오사까(大阪) 보현사(普賢寺)의 태연(釋泰然) 스님도 찾아뵙기로 했다. 일본 방문이 처음은 아니었다. 대학 시절에 여행을 했고 기자 시절에는 출장을 다녀오기도 했다. 또 러시아어를 배우기 위해(당시 서울에는 러시아 어학원이 없었다.) 몇 차례 오간 적이 있어 그리 생소하지 않았다.

1995년 7월 나는 김포발 토쿄행 비행기에 올랐다. 이번에는 막노동을 하는 것이었으므로 입국이 거부될 수도 있겠다 싶어 양복을 말쑥하게 차려입고 나리따(成田) 공항에 내렸다. 저개발 국가에서 일하러 들어오는 것 같아 보이는 사람들에 대해선 입국 심사를 꽤 까다롭게 하던 시절이었다. 술집에 나갈 듯해 보이는 여성과 막노동자들에게 특히 심했다. 나는 노무자가 아니라는 걸 환기하기 위해 입국 심사관이 묻는 말에 영어로 답했다. 일부러 빠르게 말하고 평소보다 혀를 더 굴렸다.

예컨대 "아이엠 고잉 투 콜렉트 데이트 포 리서취"(I am going to collect data for research.)를 "아임 고나 콜렉데이트 포어리서취"(I'm gona collect data for research.)로 말하는 식이었다. 나는 일본인 전체가 메이지유신 이래 200년 가까이 영어에 대한 지나친 콤플렉스를 안고 사는 민족이라는 걸 일본 역사를 통해 익히 알고 있었다. 나의 영어 답변을 듣자 심사관의 눈빛이 달라졌다. 내 여권에 내리찍는 스탬프 소리도 경쾌했다. "쾅!" 무사 통과였다.

일본에 체류하는 동안 낮에는 노가다를 하고 밤에는 식당에서 일했다. 막노동 작업을 마치자마자 곧장 집으로 가서 샤워 후 옷을 갈아입고 숙소 근처의 식당에 가서 서빙과 접시 닦는 일을 했다. 식당 일을 하지 않는 날엔 양복을 차려입고 일본 친구의 소개로 일본 자민당의 당 5역 중의 한 사람인 정조회장이 주관한 언론인들과의 월례회에 참석해 대화를 나누기도 했다. 일본 친구의 갑작스러운 도움 요청을 받고 달려가 100kg이 넘는 스모도리(스모 씨름꾼)와 한판 붙기도 했다.

나리타 공항에서 빠져나온 나는 토쿄 시내 와세다(早稲田)대학역 인근에 있는 외국인 집단 숙소로 향했다. 한국인 노무자들이 많이 머무는 곳이었다. 한 방에 여러 명이 함께 자고 1박에 2,000엔 했던 것으로 기억한다. 간단한 아침 식사가 나왔다. 첫날은 숙소에 있는 한국인 노무자들에게 인력시장이 어디에 서는지, 일당은 어떻게 되는지 노가다 관련 여러 가지 정보를 파악했다.

내가 들은 바에 의하면 다까다노바바(高田馬場)역 근처에 매일 인력시장이 서는데 하루 일당은 만 엔이고, 일하는 곳은 토쿄도 전역에 걸쳐 있지만, 외국인 노무자는 일본인 노무자들과 달리 그날그날 팔려 가기 때문에 어디로 가는지 알 수 없다고 했다. 하루 일당 만 엔이면 당시 토쿄에서 도시락 하나에 대략 150엔, 식당에서 먹는 식사 한 끼에 350~500엔 전후였던 때라 숙박료에다 식사비와 교통비 조로 3,000엔을 쓴다면 나머지 7,000엔은 세이브 할 수 있겠다는 계산이 나왔다. 7,000엔이면 당시 환율로 치면 한화로 6만 원이 넘었다. 열흘 치 노임과 식당 일을 더하면 100만원 쯤 되었다. 타이완에서 두 달 치 생활비에 해당하는 거금이었다.

일본인 노무자들과 일하다

나는 다음 날 새벽 한국인 노무자들을 따라 인근의 인력시장에 갔다. 중국인, 네팔인, 필리핀인, 말레이시아인 등 아시아의 여러 국가에서 온 노무자들이 보였는데 그중 한국인이 가장 많았다. 처마 밑에서 시장이 서는 7시가 되길 기다리고 있는데 한눈에 봐도 일본인 같은 남성들이 종종걸음으로 우리 앞을 지나가고 있었다. 궁금해서 옆 사람에게 "저 사람들은 뭘 하는 사람들인가요"라고 물었더니 일본 노무자들인데 자기들끼리 따로 모인다는 답이 돌아왔다. 왜 따로 모이는지 재차 물었더니 임금이 더 높기 때문이라고 했다. 일본인에겐 일당 1만 3,000엔을 준다는 것이었다. 나는 말이 안 된다고 생각했다. 일본인보다 체격과 체력이 더 좋은 한국인이 왜 3,000엔을 적게 받아야 하는가? 국적에 따른 임금 차별이었다.

그 말을 들은 나는 주저할 것 없이 바로 일본인 노무자들 뒤를 따라갔다. 이내 작은 공원이 나왔고 공원 안에는 일본인 노무자들이 제법 모여 있었다. 그중 한 사람에게 오늘 일당이 얼마냐고 물었다. 13,000엔이라고 했다. 사실이었다. 나는 다시 한국인 노무자들에게 돌아가 "나는 일본인 노무자들하고 일할 테니 염려 마십시오"라고 전하고 다시 공원으로 돌아갔다. 7시 가까이 되자 인력관리 회사에서 나온 사람이 조를 편성하기 시작했다. 줄을 서서 기다리자 내 차례가 되었다. 이름이 뭐냐고 묻길래 나는 "세끼구찌 간조"라고 헌결차게 답했다. 50대 초반 정도로 보이는 그 노무담당자는 나를 한번 올려다보고 내 이름을 장부에 적고는 "아, 소우까? 키미와 아찌라 키무라상노구미니 하잇떼"(아 그래? 너는 저기 키무라씨의 조에 들어가)라고 했다.

나는 키무라(木村)라는 성을 가진 50대 중반의 남성이 십장으로 있는 조에 속하게 됐다. 우리 조는 모두 6명이었다. 한국 노무자들의 말과 달리 공원 내 인력시장엔 일본인만 있는 것은 아니었다. 중국인도 있었다. 우리 조에도 중국인 둘이 있었다. 지금도 그의 얼굴이 또렷이 기억나는데, 사람 좋아 보이는 키무라 십장은 나를 일본인으로 알고 있었다. 7시가 조금 지나 전철을 타고 이동했다. 일터는 토쿄 시내 주택가에 있는 6층 건물이었는데 완공을 앞두고 최종 정리를 하는 것이 우리에게 주어진 일이었다. 운 좋게도 손쉬운 일이 걸린 셈이다.

8시 정각부터 작업을 시작했다. 키무라 십장이 우리 앞에 서서 오늘 해야 할 일, 각자 할 일, 그리고 휴식 시간과 함께 주의사항도 일러주면서 안전에 유의하라고 당부했다. 일꾼들 모두가 함께 화이팅을 외치면서 오전 작업이 시작됐다. 건물 유리에 칠해진 페인트를 휘발유를 발라 벗겨내고 실내를 깨끗하게 청소하고 복도와 엘리베이터에 방치된 쓰레기들을 치우는 일이었다.

오후에 나는 중국인들과 1~3층에서 일을 했다. 십장이 찾아오더니 중국인들에게 5~6층으로 올라가 작업을 하라고 지시했다. 그런데 중국인들이 못 알아들어 엉뚱한 일을 한 것 같았다. 키무라가 올라갔다 내려오더니 말이 안 통해 답답하다는 것이었다. 내가 통역으로 나섰다. 그제야 중국인들은 고개를 끄덕이면서 내게 중국어로 고맙다고 말했다. 그러자 키무라가 나를 쳐다보더니 "당신은 일본 사람이 아니냐? 어떻게 중국말을 할 수 있느냐? 혹시 중국인이냐?"라고 물었다. 나는 미소를 지으며 "일본인인데 모친이 타이완 사람입니다"라고 말해줬다. 키무라는 내게 담배를 한 대 건네면서 "보아하니 노가다 할 사람이 아닌 거 같이 보이는데"라고 말했다. 그러고는 위층에 올라갔다 온 뒤 일이 제대로 되어 있다면서 나더러 앞으로 자기

조에서 같이 일을 계속하자고 했다.

오후 6시에 숙소로 돌아가서 샤워를 한 뒤 밤에 일할 식당을 찾아 나섰다. 다행히 그날로 일자리를 구했다. 중간 규모의 식당이었는데 주인이 나를 보더니 바로 함께 일하자며 악수를 청했다. 빈 그릇을 닦고 주문을 받는 일이었다. 평일 7시 반부터 11시 반까지 일하고 시급은 400엔 정도였다.

막노동 사흘째부터는 치바현(千葉県)의 한 작은 마을로 일을 다녔다. 이날부터는 말 그대로 노가다였다. 3층짜리 신축 건물을 지을 터에 '공구리'('콘크리트'의 일본식 발음) 치기 위해 땅을 파는 일이었다. 땅을 약 3m 남짓한 깊이로 파냈다. 당시는 일본도 집 짓는 일에 기계화가 덜 되어 있어 삽과 곡괭이로 땅을 파야 했다. 나는 이 일도 다부지게 해냈다. 이런 일이라면 한국인을 따라올 외국인은 많지 않을 것이다. 한국 남자 대부분이 군대에서 사역을 해 본 경험이 있기 때문이다. 키무라를 비롯한 일본인들은 내가 한국인이란 사실을 모르지만 나는 병역까지 마친 한국인이 얄팍한 사람으로 보여선 안 된다는 생각으로 요령 피우지 않고 일에 전념했다.

야쿠자와의 술자리

육체노동을 심하게 한 날부터 식당에서 일할 때 간간이 졸음이 쏟아지곤 했다. 이 식당에서도 에피소드가 적지 않았지만 지면 관계상 한 가지만 소개한다. 식당 일을 한 지 닷새째 되던 날이었던가? 손님 중에 단골 일행이 있었다. 단골들은 여러 가지 음식과 술을 주문했다. 중요한 얘기가 끝났는지 그중 40대 중반으로 보이는 남자가 나한테 자기들 자리에 앉으라는 것이었다. 내가 종업원은 손님 자리에 앉을 수 없다고 사양하자 그는 주인에게 허락을 받고 나를 앉도록 했다.

내가 한국에서 온 대학원생이라고 소개하자 그 남자는 적잖이 관심을 보였다. 일본에서 한국에서 온 사람을 만나기가 쉽지 않던 시절이었다. 나는 그들이 야쿠자일 거라는 생각이 들었다. 내 직감이었다. 일본 야쿠자들 중에 중간 보스 이상이 되면 제법 점잖은 신사로 보인다. 하지만 아무리 정장을 말쑥하게 차려입고 있어도 얼굴 생김새나 말투, 행동거지 따위를 살피다 보면 사람의 결이 드러나게 마련이다. 그럴 만한 근거가 있었다.

내가 경향신문사에 재직하던 1988년 봄 출판국의 『월간경향』에서 전두환가의 해외 은닉 재산을 밝혀내는 특집을 기획한 적이 있었다. 나는 당시 취재 부서에 있지 않았지만 일본어가 원활하고 일본 사정에 밝다는 이유로 일본 취재팀에 합류했다. 전두환의 동생 전경환이 일본에 숨겨놓은 재산이 많다는 소문이 파다했는데, 나는 그가 일본으로 재산을 빼돌렸다면 야쿠자 조직과 손을 잡았을 것이라고 예상했다.

나는 토쿄, 오사까, 나고야, 고베 등지의 야쿠자 조직에 대한 자료를 조사하고 내가 알고 있던 몇몇 재일교포들과도 연락을 취했다. 아쉽게도 그 취재 계획은 취소되었지만 덕분에 당시 일본의 야쿠자에 대해 제법 알게 되었다. 훗날 야쿠자 관련 연구서를 내려고 자료를 모으고 몇 편의 글을 써놓기도 했다.

그날 밤 그들과 함께 한 술자리의 화제는 한일 관계로 이어졌다. 나는 한일간의 정치 문제나 양국의 역사를 이야기하면 전문적이고 딱딱하게 들릴까 봐 대화 중에 우연히 나온 쿠다라나이(くだらない=百濟ない)라는 단어에 대해 설명하기 시작했다. 우선 나는 "그 말은 한일 고대사와 관련이 있습니다"라고 주의를 환기했다. 그들은 '무슨 뚱딴지같은 소리냐'는 표정이었다. 호기심을 자극하는 데 성공한 나는 '쿠다라나이'의 어원을 풀이하며 옛날 일본이 한국으로부터 많은 영향을 받았음을 말하기 시작했다.

나는 쿠다라나이뿐만 아니라 왓쇼이(わっしょい), 케라이(今來), 다자이후(大宰府 だざいふ) 같은 말이 고대 한일 관계사에서 파생된 일본어라는 것을 사례를 들어가며 설명해줬다. 가령 쿠다라나이가 왜 현대 일본어에서 "의미 없다", "시시하다", "하찮다", "별 볼 일 없다" 등의 의미로 쓰이는지 소개했다.

'쿠다라'는 백제를 가리키고, '나이'는 없다는 뜻인데, 이를 합하면 쿠다라가 없다, 즉 백제가 없어졌다는 의미로 역사적인 유래를 지니고 있다. 대략 4세기 중반부터 7세기 중반 백제가 나당 연합군에게 패해 멸망할 때까지 백제인들은 고구려의 남하 정책에 밀려서 일본 큐슈 지역으로 계속 이주했다. 고구려에 뺏긴 백제의 옛 고토를 되찾기 위해 백제에 사람을 보내기도 했지만 결국 나당연합군의 공격을 받아 한반도에서 백제가 사라지자 '이제 더 이상 희망이 없다'는 뜻에서 '의미 없다', '시시하다' 등으로 뜻이 확장된 것이다. 내 설명을 듣더니 그들은 고개를 끄덕이며 탄성을 질렀다.

또 각지에서 마쯔리(お祭り)가 열리면 남자들이 가마처럼 생긴 미꼬시(神輿)를 어깨에 둘러메고 힘내자고 함께 외치는 "왓쇼이"는 한국어의 "왔소"라는 말에서 비롯된 것이다. 비류 백제 계열의 유민들이 고구려나 신라의 침략을 피해 큐슈 쪽으로 건너오면서 백제인 집단이 형성됐는데 나중에 도착하는 백제 유민들이 먼저 건너와 정착한 백제 유민들에게 "우리도 왔소!"라고 외치니까 서로에 큰 힘이 되었던 것이다. '케라이'(今來)라는 단어도 마찬가지다. 일본인 중에도 이 한자를 '케라이'라고 발음하고 그 뜻이 부하라는 것을 아는 사람들은 흔하지 않다. 큐슈에 먼저 와서 살고 있던 사람들이 대부분 비류 백제 계열의 귀족들이어서 나중에 이주한 이들은 귀족보다 신분이 낮은 일반 백성들이었다. 그래서 '지금 왔다'가 부하를 가리켰던 것이다.

백제와 관련된 일본어에 관한 이야기를 끝내자 야쿠자들은 내가 '실력자'로 보였는지 함부로 대하지 않았다. 심지어 그 신사는 나에게 자기와 의형제를 맺자고 말하기도 했다. 나는 정중하게 사양했다. 나는 그가 재일조선인일 것이라고 추측했다. 지금도 일본 야쿠자 조직 내 중간 보스급 이상에는 재일조선인이 상당히 많은데 당시에는 더 많았을 것이다. 그가 조선인이 아니었다면 술집에서 만난 생면부지의 한국 청년이 뭐가 좋다고 의형제를 삼으려 했겠는가? 만일 그때 내가 그의 의동생이 되었다면 그 뒤 나의 삶은 어떻게 변했을까? 생각만 해도 아찔하다. 그날 나는 야쿠자들이 따라 주는

'사께'를 계속 받아 마시는 것이 미안하기도 했지만 한국인의 자존심을 지켜야겠다는 마음에 그동안 식당에서 일한 나의 일당을 몽땅 담보로 양주를 한 병 샀다.

10년 만에 다시 찾은 오사까 보현사

식당 일이 끝나서 노가다를 며칠 쉬기로 하고 나는 오사까로 향했다. 선친께서 젊은 시절 자주 읊조리던 엔까 '오사까 구라시'(大阪ぐらし)의 무대를 다시 품어 보고 싶었다. 아니, 그보다는 나만의 애틋하고 아련한 추억 속으로 돌아가 보고 싶었다. 오사까 '후켄지'(普賢寺)에에 주석하시는 석태연 스님과 몇몇 정겨운 얼굴들이 자주 떠올랐기 때문이다. 태연 스님은 나라(奈良)와 쿄토(京都)의 중간에 있는 깊은 산속에 일제 때 희생당한 재일조선인들의 영령을 기리기 위해 희생자들의 위패를 모실 고라이지(高麗寺)라는 거대한 절을 짓는 불사를 일으킨 존경스러운 분이다.

오사까는 1985년 여름 내가 처음으로 해외 배낭여행을 하고자 일본에 갔을 때 가장 많이 체류한 곳이다. 그로부터 꼭 10년 만에 다시 찾아간 것인데 여기에는 두 가지 동기가 있었다. 첫째는 앞에서 언급한 태연 스님께 인사를 드리는 것이었다. 스님께서는 오사까에 도착한 우리가 보현사에 머물렀을 때 아르바이트거리 마련을 포함해 많은 도움을 주셨다. 두 번째는 그 당시에 만난 나오미(直美)라는 재일교포 여성에 대한 미련이 남아 있었기 때문이다. 그녀는 당시 24세였는데 그녀는 차치하고 그녀의 모친이 나를 사윗감으로 보고 노골적으로 엄청나게 호감을 표했지만 내가 매몰차게 거절한 적이 있다.

그런 송구스런 일이 있어서 그랬는지 일본에 혼자 와 있으니 태연 스님과 나오미가 더욱 보고 싶었다. 그녀와의 짧은 만남도 태연 스님과 고려사가 연이 되어 줬다. 내가 한국이나 타이완에 있을 때는 나오미와 그의 가족은 그저 아련한 추억으로만 간직했을 뿐 다시 만나 봐야겠다는 생각은 들지 않았다. 낯선 타국에서 홀로 노가다를 하고 접시를 닦고 있으려니 처량하다는 생각이 들 때가 없지 않았다. 특히 비 오는 날이면 더 심란했다. 그럴 때마다 나는 나오미의 아름다운 얼굴이 떠올랐다.

나는 토쿄발 오사까행 신깐센 열차에 몸을 실었다. 날씨는 화창했다. 당시 토쿄에서 오사까까지 신깐센 편도 티켓이 1만 2천~1만 3천 엔이었던 것으로 기억한다. 노가다 하루 일당에 해당하는 거금이었다. 그래도 마음은 소풍을 가는 것처럼 한껏 들떠 있었다. 자연산 마른 송이버섯이 가득 든 선물 꾸러미까지 들고 있어서 스스로 대견스러워 보이기까지 했다. 송이버섯은 태연 스님께 드리려고 한국을 떠날 때 서울 회현동에 있는 화교상회에서 30만 원을 주고 구입한 것이다.

나는 혼잡한 오사까 도심을 벗어나 아스라한 추억이 배어 있는 쯔루하시(鶴橋) 시장통을 지나서 이윽고 우리 일행이 묵었던 보현사에 도착했다. 모든 게 그대로였지만 주석하는 스님들은 조금 바뀌어 있었다. 나는 먼저 주지인 태연 스님께 삼배를 올렸다. 다과가 놓인 다타미 방에서 스님을 다시 뵙게 돼 너무 기쁘다고 인사를 드린 후 일본을 방문한 목적을 말씀드렸지만 막노동을 하러 왔다는 소리는 차마 하지 못했다.

나는 그곳에서 사흘 정도 묵었다. 보현사 근처와 시덴노지(四天王寺) 일대를 어슬렁거리면서 옛 추억에 젖어 들었다. 아침이면 모닝커피를 마시며 담소했던 작은 찻집들, 매번 갈 때마다 재일교포들의 애환을 느꼈던 쯔루하시 시장……. 짧은 시간이었지만 마냥 정겹기만 한 해후였다. 또 언제 뵐 수 있을까 싶은 마음에 매일 태연 스님을 찾아뵈었다. 보통은 아침 공양 후 태연 스님과 다른 스님들 그리고 신도들이 함께 차를 마신다. 그날도 차를 마시며 대화를 나누던 중 나는 자연스레 나오미네 가족의 근황을 물어봤다. 그랬더니 늘 인자한 웃음이 떠나지 않으시던 태연 스님께서 근심 어린 낯빛을 지으시며 아무 말씀도 하지 않는 것이었다. 순간 이상한 직감이 들었다.

아니나 다를까? 옆자리의 다른 스님이 나오미가 어떤 젊은 비구스님과 세속 인연이 닿았는데 결과가 좋지 않았다고 살짝 귀띔해 주셨다.

그 말을 듣자 10여 년 전의 한 장면이 떠올랐다. 나오미를 승용차에 태워 내가 묵고 있던 산골짜기 고려사까지 찾아왔던 비구스님, 우리 일행을 태워 다시 오사까로 데려갔던 그 비구스님의 얼굴이 떠올랐다. 그다음 날 우리를 태워 이곳저곳을 안내하면서 나오미와 즐겁게 얘길 나누던 그 비구스님의 모습을 어찌 잊을 수 있으랴! 물론 단정을 지을 일은 아니었다. 나는 구체적인 이야기는 더 이상 물어볼 수가 없었다. 하지만 나오미의 결혼이 파국을 맞았다는 말에 마음이 무거웠다. 차라리 듣지 않은 것보다 못했다. 이에 얽힌 가슴 아린 옛이야기는 수년 전 '인연'이라는 제목의 수필로 문예지에 발표한 바 있다.

스모 선수와 한판 붙다

오사까에서 토쿄로 돌아온 지 며칠이 지난 어느 날 저녁, 노가다 일을 마치고 숙소로 돌아와 막 씻고 쉬려던 참이었다. 전화기가 있는 거실에서 나를 찾는 전화가 왔다고 알려왔다. 전화를 받아 보니 아사꼬(朝子)라는 일본 친구가 다급한 목소리로 빨리 자기 집으로 와서 도와달라고 말했다. 아사꼬는 30대 후반의 언론사 여기자로 88올림픽 때 업무차 알게 되었는데 그 후 가끔 연락을 주고받으며 지냈다. 나는 그 며칠 전 아사꼬에게 일 때문에 토쿄에 와 있다며 연락처를 알려줬었다. 아사꼬가 전화로 하는 말인즉슨 어떤 남자가 술에 취해 자기 집 아파트 문 앞에서 행패를 부리고 있다는 것이었다.

나는 부랴부랴 택시를 잡아타고 달려갔다. 그녀의 집은 미나또구(港区) 시나까와(品川) 전철역 근처였는데 내가 머물던 다카다노바바에서 제법 멀었다. 도대체 무슨 일일까? 괴한이 행패를 부린다면 경찰을 부르지 않고 왜 나에게 도움을 요청하는 것일까? 30분쯤 달렸다. 택시에서 내려 기사가 가리킨 아파트를 보니 작은 3층 건물이었고 주변은 조용했다. 계단을 걸어 올라가 조금 긴 복도로 들어서니 그녀의 아파트 문 앞에 키가 장대만 하고 몸집이 육중한 사내가 떡하니 서 있었다. 복도의 희미한 불빛에 비친 그의 모습은 일본인도 아니고 서양인도 아닌 것 같았다.

내가 다가가자 그는 힐끔 고개를 돌려 나를 봤다. 내가 '여기가 아사꼬라는 기자의 집이냐'고 물었더니 그는 그렇다고 고개를 끄덕였다. 조금 밝은 곳에서 다시 보니 나보다 두세 살 많아 보였고 일본인이 아니었다. 한 손에는 양주병을 들고 있었다. 아사꼬의 아파트 문은 굳게 잠겨 있었지만 나의 목소리를 들었는지 집 안에서 무슨 소리가 들렸다. 아사꼬가 뭐라고 말하는지 분명하게 들리지 않았지만 나는 아사꼬에게 내가 왔음을 알리며 안에 안전하게 있는지 물어보았다.

내가 아사꼬와 말을 주고받는 사이 그 남자는 기이한 웃음을 지으면서 손에 들고 있던 시바스리갈을 벌컥벌컥 마셨다. 반쯤 마신 양주병을 들고 있는 왼팔 팔뚝에는 칼로 자해를 했는지 붉은 피가 뚝뚝 떨어지고 있었다. 그 사내는 살기가 가득한 눈빛으로 나를 쏘아보았다. 어떤 상황인지 바로 알 수 있었다. 이 외국인이 술에 취해 찾아와서 아사꼬에게 문을 열어 달라고 했는데 아사꼬가 문을 열어 주지 않자 계속 문을 두드리면서 행패를 부리고 있었던 것이다. 나는 그 사내에게 일본어로 왜 이러는 것이냐고 물었다. 그는 짜증난다는 표정을 지으면서 영어로 말하기 시작했다.

나중에 경찰서에서 진술하는 걸 들으니 그는 서사모아에서 온 스모도리(相撲取り)였다. 당시 일본에는 몸집이 130kg 이상 나가는 거구 아께보노 타로우(あけぼの たろう, 曙太郎)처럼 태평양 연안의 미국령 섬나라나 몽골, 구소련 연방국가에서 스모 선수로 성공하기 위해 온 자들이 제법 있었다. 그 사내도 그중 하나였다.

그런데 이 사내는 어떻게 아사꼬를 알게 된 것일까? 역시 나중에 아사꼬에게 들은 얘기인데, 아사꼬가 시사주간지 기자로 있을 때 '재팬 드림'(Japan dream)을 품고 일본에서 활약하는 외국인 스모도리를 취재한 적이 있었다고 한다. 그때 사모아 출신의 이 스모도리를 알게 되었는데 취재가 끝난 뒤에도 아사꼬에게 여러 차례 전화를 걸어 만나자고 했다는 것이다. 아사꼬는 처음 한두 번은 보충 취재 삼아 만나 줬는데 그의 속셈이 따로 있었다는 것을 점차 알게 되었다고 한다. 즉, 일본에서 성공하려면 일본 국적을 가져야 하는데 결혼 말고는 달리 뾰족한 방법이 없기 때문에 아사꼬를 끈질기게 쫓아다닌 것이었다. '심야의 결투'가 끝나고 며칠 뒤 아사꼬에게 들어보니 그날 밤 그 스모도리는 내가 아사꼬 애인인 줄 알았고 아사꼬가 자기를 만나주지 않는 이유가 나 때문이라고 생각했다고 한다.

아사꼬의 문 앞에서 나와 마주친 스모도리는 호주머니에서 예리한 잭나이프를 꺼내더니 팔뚝을 그어댔다. 피가 줄줄 흘러도 아랑곳하지 않고 나를 노려봤다. 그리고 이죽거리는 표정을 지으며 연신 쌍욕을 해댔다. 그는 그런 식으로 으르고 위협을 가하면 내가 겁에 질려 줄행랑칠 줄 알았던 모양이다. 그는 알 턱이 없지만 내가 누군가. 10대 때 싸움에는 이력이 났던 내가 아닌가? 상대가 칼을 들고 설쳐도, 야구 방망이 같은 흉기를 들고 위협해도 결코 물러서지 않던 나였다. 나의 담력과 싸움 실력은 타고났다고 해도 과언이 아닌데 그것이 유학하느라 몇 년 밥을 제대로 못 먹었다고 해서 사라졌겠는가?

내 오랜 경험에 의하면 싸움은 누가 어떻게 기선을 제압하는가에 따라 승부가 거의 결정된다. 물론 얼굴 표정에서 보이는 상대에 대한 심리적 자신감, 적개심과 평정심도 그중 하나다. 그래서 나는 겉으론 태연한 척하면서도 내심 나와 3m 정도 떨어져 있는 그가 기습적으로 칼을 휘두를 것을 경계하면서 그를 응시했다. 그러고는 단호한 어투로 그에게 말했다.

"Don't swear like a gentleman!" ("신사답게 욕은 하지 마시오!")

그가 뇌까렸다. "Gentleman? HaHa, Damn it!" ("신사? 하하 엿이나 처먹어!")

"I told you not to curse!" ("욕하지 말라 그랬다!")

"Fuck you!" ("꺼져, 이 새끼야!")

내가 다시 아퀴를 지었다. "This is the last warning. Don't swear! Don't swear!" ("마지막 경고다. 욕하지 마라! 욕하지 마라!")

"Let's leave the knife!" ("칼을 내려놓아라!")

"Get out of here and talk outside!" ("여기서 나가 바깥에서 얘기하자!")

그랬더니 그는 의외로 'OK!'라 말하면서 내려가자고 하는 것이었다. 그는 좁은 복도에서 나를 가격하기가 마땅치 않다고 생각한 것 같았다. 계단을 내려가는데 그의 숨소리가 매우 거칠었다. 흥분하고 있다는 신호였다. 우리 둘은 가로등이 희미하게 비추는 아파트 입구 쪽 공터에서 마주 섰다. 그는 불빛을 등지고 서 있었고 나는 그의 앞에 서 있었다. 그는 키가 190cm는 훨씬 넘어 보이는 거구였다. 스모 선수답게 몸무게도 100kg는 족히 넘어 보였다.

밤에 벌인 예기치 않은 대결

어떻게 알았는지 아파트 주민들이 창문을 열고 내다보고 있었다. 아사꼬의 아파트 쪽으로 힐끗 올려다보니 그녀도 내다보고 있었고, 공터 한쪽에도 구경하는 사람들이 있었다. 나는 이 녀석이 먼저 주먹을 날릴 것이라고 예상하고 있었다. 아니나 다를까! 그의 오른손 주먹이 나의 얼굴을 향해서 날아들었다. 나는 순간 잽싸게 머리를 숙여 피했지만 그의 주먹이 나의 왼쪽 눈을 살짝 스치면서 내 안경이 날아가고 말았다. 나는 과거 복싱하던 폼으로 머리를 깊이 숙임과 동시에 빠르게 그의 하반신 밑으로 파고 들어가서 양손으로 그의 허리를 잡고 오른발로 그의 오른발 허벅지를 감으면서 발다리후리기로 들어갔다. 이 유도 기술로 그를 뒤로 넘어뜨리면 자기 체중 때문에 큰 충격을 받으리란 계산이었다.

그런데 웬걸? 그는 꿈쩍도 하지 않았다. 내 허리만 한 그의 다리통이 거대한 통나무처럼 느껴졌다. 나는 고등학교 때까지만 대략 마흔다섯 번 정도 싸움을 했는데 나의 발다리후리기로 안 넘어간 상대가 없었다. 하지만 이 자는 그런 상대가 아니었다. 나는 잽싸게 오른발을 빼면서 왼발로 그의 오른발 뒤축에 걸어 젖혔다. 두 손으로는 그의 상체와 팔을 잡고 힘차게 왼쪽으로 잡아당겼다. 유도의 발뒤축 걸기 기술을 걸었는데 이 기술에 제대로 걸리기만 하면 상대는 넘어지면서 머리를 땅에 부딪치게 되고 뇌진탕이 일어날 수도 있다. 그런데 이번에도 그는 상체가 뒤로 약간 흔들렸을 뿐 꿈쩍도 하지 않았다.

내가 멈칫하는 사이 순식간에 그가 나의 목 뒷덜미를 잡고 땅바닥으로 내리쳤다. 나는 2~3m 정도 뒤로 내동댕이쳐졌다. 순간, '아! 이놈은 이길 수가 없겠다. 한 대 맞으면 뼈가 다 으스러지겠다'는 생각이 들었다. 스모도리가 손으로 가격하는 위력은 권투 세계 헤비급 챔피언 알리의 펀치보다 7~8배 더 강하다는 잡지 기사가 전광석화처럼 머릿속을 스쳐갔다. 그간 단 한 번도 느껴보지 못한 공포심이 들었다. 도망쳐야 한다! 다른 수가 없었다. 자존심이고 체면이고 뭐고 따질 상황이 아니었다. 그때 창문으로 내다보고 있던 아사꼬가 큰 소리로 외쳤다. "そさん, 逃げて! 逃げて!" ("서 상, 도망가요! 도망가요!")

나는 냅다 달렸다. 나는 달리기는 자신이 있었다. 고등학교 시절 육상 선수를 했던 내가 아닌가? 10여 미터를 달리다가 뒤를 돌아보니 그 녀석은 쫓아오다가 멈춰 서서 씩씩거리고 있었다. 그가 쫓아오는 걸 포기했다는 생각이 들자 내 체면이 말이 아니었다. 맞짱을 그렇게 많이 떴어도 도망간 적은 단 한 번도 없었는데, 그것도 일본인 여성 앞에서 이 무슨 망신이란 말인가? 이대로 물러설 수는 없다는 오기가 불끈 솟았다. 아사꼬가 한국인 남성은 용감하다는 걸 믿고 나를 불렀을 텐데 한국인 전체 남성 얼굴에 먹칠하게 됐다는 생각이 들었다.

중학생 때 동급생과 싸워 져본 적은 있지만 대결하다 중간에 도망간 적은 한 번도 없었다. 승부를 못 내고 줄행랑을 쳤다는 사실이 못내 개운치 않았다. 무슨 수가 없을까? 힘으로는 도저히 그를 이길 수 없었다. 무기도 없지만 무기가 있다 한들 그와 다시 붙을 수도 없다. 더군다나 여긴 외국이 아닌가? 그런데 이대로 끝나 버리면 그놈은 아사꼬를 계속 괴롭힐 게 아닌가? 다음에 아사꼬를 무슨 면목으로 본단 말인가?

빠른 걸음으로 200m쯤 앞으로 가다 보니 전방 사거리 맞은편에 경찰서가 보이는 것이 아닌가? 옳거니, 경찰에 신고하자! 시나가와 역에서 그다지 멀지 않은 곳이었으니 타까나와(高輪) 경찰서였을 것이다. 나는 정문 보초와 수위실에 묻지도 않고 바로 본관인 듯한 건물 안으로 뛰어들어갔다. 마침 정면으로 수사과가 보여 들어가니 내부에서 1층과 2층이 계단으로 연결된 복층 구조였다. 30여 년이 지났는데도 그날 밤 경찰서 내부 구조가 생생하게 떠오른다. 밤 10시가 조금 넘었을까? 넓은 사무실에 대여섯 명이 자리에 앉아 일을 보고 있었다.

경찰에 연행된 스모도리

내가 뛰어들어가자 깜짝 놀란 사복 경관들이 무슨 일이냐고 소리쳤다. 정문에서 나를 놓친 순경도 뒤따라 들어왔다. 나는 큰 소리로 말했다. "지금 당신네 일본 여성이 어떤 외국인에게 행패를 당하고 있어 위험한 상황이니 빨리 출동해야 한다." 그러자 경찰들이 "아니 정말이냐? 장소가 어디냐? 당신은 누구냐?"라고 물었다. 내가 다급하게 말했다. "나는 한국인인데, 친구를 도와주려다가 그자의 폭력을 당해낼 수 없어 신고하러 왔다. 여기서 멀지 않은 ××아파트에 있을 거다. 빨리 가야 한다."

경찰 두 명이 벌떡 일어났다. 나는 다시 외쳤다. "그 사람은 거구의 스모도리여서 두 사람으로는 어림도 없다. 대여섯 명이 가야 한다." 그제야 일본 경찰은 "오잉 그래?"라면서 긴장하는 모습을 보였다. 즉각 5~6명의 경찰이 빠른 동작으로 벽에 걸린 죽검을 하나씩 들고 바깥으로 나갔다. 총이나 경찰봉이 아닌 죽검이었다. 그중 한 명은 자전거를 타고 앞서 달렸고 나머지 경찰은 대열에 맞춰 "이찌 니"(하나, 둘), "이찌 니"(하나, 둘) 구령을 부르면서 달리기 시작했다. 나도 함께 달렸다.

조금 전의 그 현장에 다시 도착해보니 그놈이 아직도 그 자리에 서 있었다. 아파트 주민들도 웅성거리고 있었다. 내가 잃어버린 안경을 찾는 사이 경찰들이 스모도리에게 다가가 몇 가지 사실을 확인하고는 바로 그를 연행했다. 그런데 이상하게도 그자는 일절 반항하지 않았다. 경찰에게 잘못 대들었다간 추방당할지도 모른다는 사실을 의식했던 모양이다. 일본스모협회는 선수가 사회적으로 물의를 일으킬 경우 매우 엄하게 제재를 가하는 것으로 유명하다.

그는 연행되어 가면서도 나에게 계속 욕을 했다. 경찰서에 도착한 뒤에도 우리가 계속 신경전을 벌이자 그는 수사과 1층에, 나는 2층에 올라가도록 조치됐다. 서로 격리됐지만 복층이어서 얼굴을 볼 수 있고 상대가 무슨 말을 하는지 말소리도 다 들렸다. 순사가 질문하자 그자는 간단한 일본어로 서사모아에서 온 스모도리라고 신분을 밝혔다. 그러고는 그 이상의 일본어 구사가 불가능했던지 영어로 말하기 시작했다. "나는 아사꼬 기자와 친구 사이이고 두 사람 간의 문제인데 저 한국 놈이 간섭했다"라고 진술하는 것이었다. 그런데 일본 경찰은 스모도리의 영어를 전혀 알아듣지 못했다.

스모도리가 하는 말을 듣고 있던 나는 아래층을 향해 "그놈이 지금 거짓말을 하고 있다"고 소리쳤다. "아사꼬와는 친구는 무슨 친구! 술 취해 아사꼬의 아파트를 찾아가서 행패를 부렸는데 내가 간섭했다니? 나는 아사꼬가 도와달라고 해서 달려간 것인데 저놈이 다짜고짜 나를 폭행했다." 그놈은 내가 하는 일본어를 대충 알아들었는지 다시 영어로 자기는 나를 때리지 않았다고 잡아뗐다. 질이 아주 나쁜 놈이었다. 나는 아래층 경찰을 향해 "그놈은 지금 거짓말을 하고 있다. 그놈이 먼저 칼로 나를 위협하고 이어 주먹으로 가격했다"라고 말하면서 부러진 내 안경을 보여줬다.

내가 진술을 하면서 통역도 하는 가운데 조사는 일찍 마무리됐다. 경찰은 조서를 꾸민 다음 내게 스모도리를 어떻게 했으면 좋겠냐고 물었다. 난 다음과 같이 답했다. 첫째, 앞으로 이놈이 아사꼬를 찾아가 행패를 부리지 않겠다는 서약을 받고 만일 이 약속을 한 번이라도 어기면 즉각 그가 속한 체육관과 스모협회에 통보해 줄 것. 둘째, 나는 피해를 보상받을 생각이 없으니 사과를 받고 끝낼 수 있게 할 것. 경찰은 내 제안을 전적으로 받아들였다. 스모도리에게 내가 경찰에게 한 말을 그대로 전했더니 그도 고개를 끄덕였다. 아무래도 그는 일본에서 추방될 것을 크게 염려한 것 같았다.

일본 경찰은 내게 일본 여성을 위험에서 구해주어 매우 고맙다고 말했다. 하지만 나는 전혀 기쁘지 않았다. 나의 '주먹 역사'에서 처음으로 도망친 치욕스러운 결투였기 때문이다. 나는 스모도리에게 악수를 하면서 "행운을 빈다"고 말해줬다. 그 후 스모도리는 아사꼬 앞에 나타나지 않았다고 한다. 그런데 아직도 풀리지 않는 의문이 있다. 가까운 곳에 경찰이 있고, 또 일본인 친구들도 있었을 텐데 아사꼬는 왜 하필 외국인인 내게 도움을 청한 것일까?

아사꼬와의 인연

아사꼬와는 1988년 서울올림픽 때 만났다. 그녀는 일본 산케이신문사가 펴내는 잡지 기자였는데 올림픽 취재차 한국에 와서 한 달 정도 체류했다. 그때 나는 산케이신문사의 한국 협력 매체인 경향신문사를 대표해 산케이신문 취재팀을 안내하는 역할을 맡았다. 아사꼬 기자는 올림픽뿐만 아니라 한국의 젊은 샐러리맨들의 생활, 주한 미군 관련 기사 등 다양한 취재를 했는데 그때마다 내가 취재원을 연결하고 통역도 맡았다. 귀국길에 아사꼬는 나를 '한국의 젊은 실력자'라고 추켜세우며 앞으로 자주 만날 수 있으면 좋겠다고 했다.

아사꼬는 은근히 나를 마음에 담아두고 있었던 모양이다. 하지만 아사꼬는 나보다 세 살이나 많은 연상인 데다 나는 일본인과의 결혼은 생각조차 않고 있었다. 아니, 결혼 자체에 대한 필요성을 느끼지 못하고 있었다. 1990년대 중반, 내가 자료 수집차 일본에 갔을 때 아사꼬가 자기 어머니를 모시고 나온 적이 있다. 인자하고 온화한 분이었다. 아사꼬는 자기가 무남독녀이고, 모친은 나가노(長野)현이 있는 마쯔모토(松本)시 기차역 앞에 제법 큰 빌딩을 갖고 있다고 했다. 아사꼬가 왜 그런 이야기를 늘어놓는지 그 속마음을 이해할 수 있었지만 내 마음은 움직이지 않았다. 나는 아사꼬와 단지 같은 직종에 있는 동료이자 외국 친구로 지냈다. 그 후 나는 타이완으로 유학을 떠났고 내가 오랜만에 토쿄에 왔다고 하니 옛 생각이 났던 모양이다.

아사꼬는 끊임없이 노력하고 억척같이 열심히 사는 사람이었다. 대학 졸업장이 없는 것은 일본에서도 작지 않은 핸디캡이다. 고졸 학력으로 언론사에 들어간 아사꼬는 기자가 된 이후에도 자기 관리를 게을리하지 않았다. 그런데 올림픽 때 한국에 와서 내가 소개해준 미 공군 장교들을 만나고 나서부터는 영어를 배우고 싶어 했다. 자기는 외국어를 한마디로 못하는데 내가 영어는 물론 일본어까지 구사하는 걸 보고 충격을 받았다는 것이다. 그도 그럴 것이 그는 영어로 말하는 것도 어려워했지만 발음은 더 엉망이었다. 그의 발음은 미국인은 물론, 한국인에게도 전혀 통하지 않았다. "잉구란도 프라이무 미니스따 마구렛또 삿차 이자 오루소 고잉구……." 이렇게 말하면 무슨 말인지 알아듣겠는가?

그 뒤 아사꼬는 일본을 벗어나 더 넓은 세상을 경험하고 싶다면서 태평양을 건넜다. 그리고 몇 년 뒤 연락이 닿았다. 미국에서 살고 있겠거니 했는데 레바논 출신 요리사와 결혼해서 캐나다에서 행복하게 살고 있었다. 아사꼬는 나에게 "한국의 젊은 실력자 서상을 만난 뒤로 세계에 눈을 뜨게 되었고, '죠소분'(徐相文의 일본어 발음) 때문에 자신의 인생이 바뀌었다"라고 여러 번 얘기한 적이 있다.

88서울올림픽을 취재하던 시절 아사꼬는 내가 한 말을 자주 흉내 내곤 했다. "Time flies faster than Ben Johnson!" (시간은 벤 존슨보다 더 빨리 지나간다!) (벤 존슨은 88올림픽 때 100m 육상경기에서 우승했지만 도핑 테스트에서 실격한 미국 육상선수이다.) 그렇다! 시간은 벤 존슨보다 훨씬 더 빠르게 지나갔다.

‘사기꾼 중국인’ 다스리기

나는 1992년 12월 처음 중국을 방문한 이래 지금까지 백 번 이상 중국에 다녀왔다. 목적은 다양했다. 연구에 필요한 자료 수집과 도서 구입, 각종 학술회의 참가, 베이징대 방문학자, 각종 출장, 역사 현장 답사, 아르바이트, 여행 등이 목적이었다.

애초부터 그 넓은 중국을 다 다닐 순 없었고, 방문 목적에 따라 내가 간 곳은 편중되어 있다. 주로 베이징, 톈진(天津), 허뻬이(河北)성, 허난(河南)성, 산둥(山東)성, 산시(山西)성, 산시(陝西)성, 상하이, 장쑤(江蘇)성, 쩌장(浙江)성, 푸젠(福建)성, 후난(湖南)성, 꽝둥(廣東)성, 스촨(四川)성, 충칭(重慶), 헤이룽장(黑龍江)성, 지린(吉林)성, 랴오닝(遼寧)성 등의 둥뻬이(東北) 3성 등 제법 많이 돌아다닌 듯해도 지도를 놓고 보면 점과 점을 잇는 지역에 지나지 않는다. 초기에는 인천에서 천진으로 가는 배를 많이 이용했고, 나중에는 항공편을 많이 이용했다.

나는 중국을 다닐 때 문헌과 서적을 넘어서고자 했다. 중국 상류층 사람들뿐만 아니라 밑바닥의 중국 인민들의 삶과 삶의 조건, 애환, 고통 등의 실상을 경험해 중국을 입체적으로 이해하고 싶었다. 이러한 생각으로 가능하면 많은 곳을 돌아다녀 보기로 했다. 중국의 여러 곳을 다니다 보니 보통의 외국인 여행자들이 겪지 못하는 다양한 경험을 많이 했다. 심지어 위험한 상황에 맞닥뜨려 목숨이 위태로운 상황도 경험했다. 그중 하나를 소개할까 한다.

1998년 여름 방학을 맞아 나는 친구와 둘이서 2주 일정으로 중국 여행을 떠났다. 여정은 길었지만 방문지는 많지 않았다. 먼저 베이징으로 들어가 중국의 고도 시안(西安), 쩡쩌우(鄭州), 룽먼(龍門)석굴, 샤오린스(少林寺), 빠이마스(白馬寺) 등지를 둘러보고 베이징으로 돌아와 만리장성, 이허위앤(頤和園), 톈안먼(天安門) 등 베이징을 중점적으로 관광하는 일정이었다.

베이징에서 유학하던 친구 집에 여장을 풀고 맨 처음 찾아간 섬서성 서안에서는 아주 순조롭게 돌아다니며 여러 곳을 많이 보았다. 물가도 싸고 해서 우리는 어느 친절해 보이는 기사의 택시를 대절했다. 짧은 시간 동안 진시황(秦始皇, B.C.246~210) 무덤, 병마용갱(兵馬俑坑), 당고조(唐高祖, 566~635)와 측천무후(則天武后, 624~705)의 무덤, 산시성 박물관, 종남(終南)산, 양귀비(楊貴妃, 719~756)가 목욕한 곳으로 유명하고 1936년 시안사변이 일어난 화칭츠(華淸池) 등 상당히 많은 곳을 둘러보았다.

문제는 다음 행선지였던 쩡쩌우에서 일어났다. 우리가 쩡쩌우에 들른 목적은 인도로부터 중국에 최초로 불교가 전해졌다는 초전 법륜지로 알려진 빠이마스를 참배하고, 어릴 때부터 익히 들어온 룽먼석굴과 샤오린스를 보고 베이징으로 돌아오는 것이었다.

8월 초, 아침부터 햇빛이 엄청 따가운 날이었다. 아침 6시가 조금 넘은 시각, 우리는 쩡쩌우역 앞에서 샤오린스, 룽먼석굴, 빠이마스로 이루어진 삼각형 형태의 여정을 하루 일정으로 돌아본다는 승합차를 탔다. 물론 차에 오르기 전에 차장에게 행선지를 여러 차례 확인했다. 지도까지 꺼내어 룽먼석굴, 샤오린스, 빠이마스 세 군데를 가리키면서 이 세 곳을 다 돌아볼 수 있냐고 물어보고 확인까지 했다. 당시 중국 버스는 승객이 차기 전에는 절대로 출발하지 않던 시절이었다. 우리가 탄 그 승합차도 승객이 다 타고 난 뒤 거의 9시가 다 되어 출발했다.

우리가 탄 승합차는 약 2시간 정도 달린 후, 어느 도로변에 있는 큰 건물 앞에 섰다. 일정에 없던 장소였다. 그러더니 차장이 승객더러 그 건물에 들어가서 보고 오라고 했다. 건물 안에 들어가 보니 현장법사가 천축, 즉 인도에 구법여행을 떠나는 행로를 재현해 놓은 곳이었다. 이렇게 예정에 없던 장소로 우리를 데려가고, 운행 속도도 느린 걸로 봤을 때 아무래도 오늘 하루 만에 우리가 보고자 한 세 군데를 다 볼 수가 없겠다는 생각이 들었다.

승합차가 다시 출발한 뒤 나는 차장에게 이런 식으로 지체해서 오늘 안에 룽먼석굴까지 다 볼 수 있겠느냐며 좀 빨리 가자고 재촉했다. 그랬더니만 차장은 자기가 언제 그랬냐는 식으로 능청스럽게 룽먼석굴은 가지 않는다고 했다. 이런 수법은 중국 기사들이 상투적으로 써먹는 수법이라는 걸 나는 오랜 경험을 통해서 익히 알고 있었다.

달리는 버스 안에서 두 명의 차장과 여러 차례 말을 주고받으며 옥신각신했지만 그들은 끝까지 룽먼석굴은 간다고 한 적이 없다고 했다. 중국인들은 인도인들보다 오리발을 더 잘 내민다. 정말 말이 안 통하는 기사와 차장들이었다. 그러다 어느덧 점심시간이 되어 앞에 차를 식당 앞에 세워 주길래 그곳에서 식사를 했다. 물론 이 식당도 승객들을 데려가면 두당 얼마씩 건네주는 식으로 버스 기사들과 짜고 뒷거래하는 곳으로 보였다.

나는 식사도 하는 둥 마는 둥 하고 승합차에 올랐다. 주위를 보니 마침 일본인 관광객들도 있고 또 다른 한국인 관광객도 한 사람 있었다. 나는 바로 그 일본인 네 명에게 상황을 설명해줬더니, 그들은 속았다면서 내가 하는 대로 따르겠다고 했다. 나는 내 친구와 다른 한국인 관광객에게도 상황 설명을 하고 같이 행동하기로 했다.

사기꾼들을 제압하다

차가 출발하고 나는 또다시 운전기사와 차장들에게 룽먼석굴은 반드시 가야 한다고 소리쳤다. 끝까지 가지 않는다면 그에 해당하는 돈을 다 돌려달라고 했다. 그런데 이 사람들은 내 말을 귀담아듣기는커녕 거들떠보지도 않았다. 그래서 나는 중간에 차를 세우라고 했고, 차가 서자 이번에는 중국인 승객들에게 물었다. 오늘 아침에 이 차를 타기 전, 룽먼석굴 간다고 알고 탄 사람은 손들어 보라고 했다. 비용도 룽먼석굴까지 가는 비용을 지불하지 않았냐고 물었다.

그랬더니만 또 보통 중국인들의 특성이 나왔다. 중국인 승객들은 내가 묻는 말에 손을 들지도 않고 말도 하지 않고 말똥말똥 서로 얼굴만 쳐다보고 있었다. 그래서 내가 바로 선수를 쳤다. 나는 중국 공산당을 연구하는 학자인데 중국 공산당에 보고하겠다고 한 것이다. 겨우 한두 명의 중국인들만이 두 차장을 보면서 조심스럽게 입을 열었다. 자기들도 룽먼석굴에 가는 걸로 알고 돈도 그렇게 지불하고 탔다고 했다. 그제야 다른 사람들도 손을 들면서 똑같이 이야기했다.

중국인들과 일본인들이 손을 들고 룽먼석굴은 가야 한다고 이야기했지만 결과는 바뀌지 않았다. 오늘은 시간이 안 돼 룽먼석굴에 갈 수 없다는 것이었다. 다시 내가 나서서 룽먼석굴을 못 가는 비용만큼은 돈을 승객들에게 돌려줘야 한다고 말했다. 그랬더니 운전기사는 말없이 운전만 하고 차장들은 못 들은 척했다. 그러는 중 어느덧 샤오린스에 다 와 가고 있었다. 차가 샤오린스 입구에 못 미친 어느 지점에 서자 목에 표찰을 두른 여성이 올라타더니 샤오린스 입장권(문표)을 판다고 했다. 입장표 가격을 보니 상당히 비쌌다. 중국 돈 80위앤이었는데 원화로 환산하면 7,000원 정도 했다. 당시 중국 물가와 인민폐의 가치를 따져 보았을 때 사찰이나 고적지 입장료는 인민폐로 10원, 즉 한국 돈으로 1,000원이 되지 않았고 비싸 봤자 2,000원 정도였다. 그래서 나는 이들이 기사와 짜고 입장표를 팔아 이익을 챙기는 자들이라고 생각했다. 전국 어디든 중국 관광지에는 이런 일이 빈번하게 일어나고 있었다.

중국인 승객들은 표를 사기 시작했다. 나는 한국인들과 일본인들에게 이 표는 바가지이므로 살 필요가 없다고 이야기해 줬다. 차장들 입장에서는 내가 영업 방해를 하는 아주 못된 놈으로 보일 수밖에 없었다. 이윽고 샤오린스 입구에 도달해 입장권을 구입했다. 아니나 다를까 내 예상이 그대로 들어맞았다. 입장권은 인민폐로 20위앤, 한화로 2,000원도 하지 않았다.

나와 친구는 샤오린스를 재미있게 관광했다. 승합차 쪽에서 정해준 시간 안에 다 돌아보고 와서 다시 그 차를 타고 차장에게 물어보니 룽먼석굴은 가지 않고 바로 빠이마스로 간다고 했다. 빠이마스는 쩡쩌우로 돌아오는 길목에 있었다. 긴 여름 해가 중천을 넘었고, 대략 오후 4시 가까이 된 듯했다.

승합차에서 탈출하다

그런데 문제가 또 일어났다. 차가 빠이마스라는 곳에 서자 기사와 차장은 손으로 전방 약 100m 앞에 보이는 사찰이 빠이마스이니 30분 안에 보고 오라고 했다. 중국인 승객들과 일본인 승객들은 기사의 말을 듣고 빠이마스를 향해 걸어갔다. 그런데 나는 아무리 봐도, 아니 멀리서 한눈에 봐도 기사가 가리키는 건물이 2000년 고찰의 빠이마스가 아니라 새로 지은 지 얼마 안 되는 것으로만 보였다.

나는 친구에게 잠시 기다리라고 해놓고 마을 쪽으로 걸어가 마을에 있는 조그마한 구멍가게의 주인에게 물어봤다. 저기 보이는 저곳이 빠이마스냐고. 주인은 고개를 흔들면서 그건 빠이마스가 아니라고 했다. 실제 빠이마스는 여기서 차로 조금 더 가야 한다고 했다. 그 말을 듣고 나는 승합차 쪽으로 돌아왔다. 기사와 차장들은 차 옆에 작은 의자를 놓고 장기를 두고 있었다. 나는 이런 경우에 어떻게 해야 하는지 잘 알고 있었다.

사기꾼 중국인들은 어디서든 기선을 제압해야 한다. 오자마자 바로 차장들이 뜨고 있던 장기판을 발로 냅다 걷어차 버렸다. 그러고는 큰 소리로 여기가 무슨 빠이마스냐고 하면서 바로 빠이마스로 가자고 했다. 그랬더니 이들은 내가 여기가 가짜 빠이마스임을 알아차린 걸 알고 기어들어가는 목소리로 우리 두 사람에겐 돈을 돌려주겠다고 했다. 그러니 제발 입을 다물어 달라고도 했다. 우리는 돈을 돌려받았다.

다시 차는 쩡쩌우로 향했다. 쩡쩌우시 외곽이 보이기 시작하자 이놈들끼리 쩡쩌우 지역 사투리로 뭐라고 수군거리는데 나는 그들의 표정과 낯빛을 통해 뭔가 심상치 않다는 느낌을 받았다. 순간 머리에 번개같이 스치고 지나가는 생각이 있었다. 중국 전역에 그렇지 않은 곳이 없듯이 기차역 일대는 우범지역이니까 쩡쩌우 기차역 앞에 도착하면 그곳에 있던 차장과 같은 패거리가 우리를 납치하고 감금할 가능성이 있어 보였다. 나는 차장에게 중간에 내릴 테니 차를 세워 달라고 했다. 그들은 못 들은 체하면서 계속 달렸다. 그래서 나는 순간의 기지를 발휘해 급히 설사가 나서 바로 차 안에서 싸야 할 판이라고 다급한 듯이 말했다. 그랬더니 그들은 마지못해 차를 길가에 댔다. 우리는 잽싸게 내렸다.

나는 아무래도 우리가 쩡쩌우역 근처에서 숙박을 하면 차장들이 패거리를 풀어서 우리를 잡으러 다닐 거라고 생각했다. 그래서 그날 밤은 쩡쩌우역에서 조금 떨어진 시내의 다른 곳에서 자기로 했다. 호텔도 좋은 곳에 가지 않고 중국인 여행자들이 이용하는 초대소를 찾아갔다. 숙박비가 하룻밤 방 한 칸에 중국 돈 20위앤, 그러니까 당시 환율로 한국 돈 2,000원도 되지 않는 허름하기 짝이 없는 여인숙이었다. 우리는 시멘트 바닥에 물이 고여 있는 그런 방에서 잤다.

다음 날 새벽 일찍 첫차를 타고 베이징으로 가기 위해 우리는 6시경 쩡쩌우역에 나갔다. 표를 파는 곳은 창문이 닫혀 있고 커튼이 내려져 있었다. 우리가 맨 먼저 도착한 손님이었다. 조금 있으니 우리 뒤로 다른 여행객들도 와서 줄을 서기 시작했다. 이윽고 역무원이 커튼을 올리고 창구를 열어서 표를 팔기 시작했다. 나는 베이징역 첫 차표 두 장을 사겠다고 했다. 그런데 베이징행 첫 차표는 벌써 다 나가고 없다고 했다. 오늘 오후 차표밖에 없다는 것이다.

나는 순간 이것 또한 저들끼리 짜고 치는 듯한 느낌을 받았다. 이곳 우범 지역은 기차역 측에서 깡패들에게 표를 팔고 깡패들이 여행객들에게 웃돈을 더 얹어 받는 식으로 운영되고 있었다. 일종의 암표였는데 역무원들과 깡패들이 서로 짜고 인민의 돈을 갈취하는 것이다. 아니나 다를까 우리가 역사 바깥으로 나가자 사람들이 어슬렁어슬렁 다가오면서 베이징행 기차표가 있으니 사라고 했다. 물론 가격은 두 배 이상이었다.

화가 난 나는 친구더러 대합실에서 기다리라고 해놓고 역무원들이 있는 사무실로 들어갔다. 역장 있느냐고 물으니 직원은 왜 그러느냐면서 역장은 아직 출근하지 않았고 조금 있어야 출근한다고 했다. 직원이 왜 그러냐고 물어도 나는 대답하지 않고 기다렸다.

얼마 지나지 않아 역장이 오길래 나는 그에게 대뜸 베이징행 첫 차표가 다 매진됐다고 했다. 우리가 맨 먼저 와서 창구 앞에 기다리고 있었는데 이게 말이 되냐고 다그치면서 당장 표를 구해달라고 했다. 그러지 않으면 베이징에 올라가 중국 공산당 중앙에 신고하겠다고 했다. 그리고 내가 푸젠성 취앤쩌우(泉州)시 당서기라고 말하며, 타이완에서 지내면서 자연스레 익혀놓은 푸젠어 사투리로 그에게 질문하기도 했다.

그랬더니 글쎄 아니나 다를까 역장이 바깥으로 나가서 다 매진돼서 없다는 첫차 기차표 두 장을 손에 들고 오더니 우리에게 주는 게 아닌가? 푯값도 받지 않고 그냥 타고 올라가라고 했다. 우리는 그날 무사히 베이징에 올라왔다. 하지만 수도 베이징이라고 해서 문제가 일어나지 않으리라는 법이 없다. 오히려 더 많은 문제가 있는 곳이 베이징, 상하이, 톈진, 충칭 같은 대도시다.

1960~70년대 한국 사회도 그랬다. 서울역 앞에는 시골에서 올라오는 사람들을 대상으로 등쳐먹고 사기치고 속이는 우범자들이 득시글거렸다. 당시 중국도 마찬가지였다. 우리는 베이징에서도 정말 말도 안 되는 상황에 직면했다. 나는 이번에도 물러서지 않고 그들을 제압했다.

톈안먼 광장에 큰 大자로 드러눕다

베이징으로 돌아온 나와 내 친구는 제일 먼저 이허위앤을 찾았다. 친구가 제일 가고 싶어 했던 곳이었다. 이허위앤은 언제 가든 사람들로 인산인해를 이루는 곳이다. 베이징 서북쪽에 위치한 이허위앤의 경내로 들어설 때부터 그곳을 나올 때까지 내 친구는 놀라 벌어진 입을 다물지 못했다. 인공호수지만 마치 바다 같은 그 광활함에 놀라 연신 탄성을 내지르면서 비디오 카메라로 바쁘게 동영상을 찍었다.

이미 몇 차례 이곳에 왔었던 나는 선행자이자 중국 근현대사 전공자랍시고 친구에게 이허위앤이 조영된 시대 배경과 이유를 설명해줬다. 한마디로 19세기 중반부터 실권자가 된 서태후가 청조의 해군을 건조하기 위해 책정된 예산을 사용해 자신의 여름 피서 별장으로 만든 곳이 이허위앤이다. 국가 예산을 개인을 위해 전용했던 것이다. 그 인과응보는 1895년 청일전쟁 때 청나라 해군이 일본 해군에게 참패하는 것으로 나타난다.

아무튼 우리는 이허위앤을 다 보고 다음 행선지로 중국 최고의 양대 명문대학 중 하나인 베이징대학에 가보기로 했다. 이허위앤에서 베이징대학은 그다지 멀지 않은 거리에 있다. 베이징대학은 내가 1992년 맨 처음 중국에 갔을 때부터 베이징에 갈 때마다 어김없이 찾아가는 곳이다. 중국 근현대사 전공자로서 그곳의 교수들과 대화를 나누고 자료나 정보를 찾기 위해서였다. 베이징대학은 나에게 자료 수집처 중 한 곳이었다. 그날도 베이징대사학과의 몇몇 교수들을 예방한 후에 친구를 위해서 유서 깊은 베이징대 교정을 같이 둘러봤다. 우리에게 예기치 못한 일이 일어난 것은 그다음부터였다.

베이징대 교정을 둘러보고 남문으로 나와 길 건너에서 차장이 문간에 서서 행선지를 큰 소리로 외치면서 호객하는 승합차를 탔다. 친구가 선물용 비단 제품을 사고 싶다기에 비단과 약재로 유명한 치앤먼(前門)시장에 가기 위해서였다. 물론 차장에게 치앤먼시장에 가느냐고 묻고 간다고 해서 올라탄 것이다. 차가 츠진(紫禁)성이 있는 장안동로 방향으로 간 것까지는 좋았다. 치앤먼시장은 츠진성 정문에서 남동쪽으로 비스듬히 얼추 2km 정도 떨어진 곳에 있었으니 처음에 이 차가 츠진성을 거쳐 남쪽으로 방향을 틀 줄 알았다.

그런데 츠진성에 못 미쳐서 남쪽으로 방향을 트는 게 아니라 곧장 츠진성을 지나가려고 하는 게 아닌가? 그래서 내가 다시 차장에게 물었다. 치앤먼시장엔 가지 않느냐고. 그랬더니 차장은 혀가 식초에 담긴 것처럼 노골노골하게 감기는 베이징 사투리로 퉁명스럽게 가지 않는다고 내뱉었다. 아마도 차장은 츠진성 남쪽 역사박물관에서 내리면 가까운 곳에 치앤먼시장이 있으니 걸어가면 될 것이라 보고 치앤먼시장에 간다고 말한 것 같았다.

하지만 역사박물관에서 치앤먼시장까지는 최소 2km나 되는 거리였다. 한 여름의 무더운 베이징 날씨에 걸어가긴 무리였다. 이 대목에서 한국인들과 중국인들의 거리 관념이 다르다는 게 여실히 나타난다. 우리는 버스를 탈 경우 행선지에서 1km가 넘게 떨어진 곳이라면 가지 않는다고 하는 게 보통이지만 중국인들은 그 정도 거리는 아무렇지도 않게 간다고 말한다.

나는 다시 차장에게 물었다. 왜 치앤먼시장에 간다고 해놓고 가지 않느냐고 따졌다. 그랬더니 차장은 나를 거들떠보지도 않았다. 나는 또다시 큰 소리로 물었다. 그랬더니 이번에는 고개를 돌려 나를 쳐다보면서 가지 않는다고 하지 않았냐면서 짜증 섞인 투로 쌍욕을 해댔다. 나는 욕은 하지 말라고 경고했다. 그런데도 그 차장은 계속 쌍소리를 그치지 않으면서 이죽이죽 비웃기까지 했다.

그래서 내가 바로 순식간에 오른손으로 급소인 그의 목울대를 꽉 거머쥐고선 "니샹부샹후어?(你想不想活, 너 뒈질래 살래?)"라고 저음의 단호한 어투로 외쳤다. 차 안은 순식간에 살벌한 분위기로 뒤바뀌었다. 차장은 놔달라며 켁켁거렸다. 나는 계속 욕을 하겠느냐고 물었다. 차장이 하지 않겠다고 해서 나는 목을 놓아주었다. 그리고 다시 한 번 더 치앤먼시장으로 가자고 했다. 그래도 이 차장은 못 간다고 했다. 나는 즉시 다음과 같은 네 가지를 제시하면서 이 중 무엇을 선택하든 네 자유이니 뭘 선택해도 다 동의하겠다고 했다.

첫째, 지금이라도 치앤먼시장으로 갈 것.
둘째, 우리보고 내려서 택시 타고 가라고 했으니 택시비를 줄 것.
셋째, 그것이 아니면 우릴 태웠던 베이징대 앞 남문 앞으로 데려다 줄 것.
넷째, 그것도 싫으면 공안(경찰)을 부를 것.

운전기사와 차장은 네 가지 중에 아무것도 할 수 없다고 했다. 말싸움하는 중에도 차는 계속 서행하고 있었고 차 안 승객들은 누구 하나 말리려고 나서는 이가 없었다. 이런 모습이 대체로 중국 전역에서 흔히 볼 수 있는 모습이다. 그러나 대체로 다혈질이고 성격이 급한 산둥성, 베이징이나 둥베이 3성 사람 중엔 간혹 남의 일에 끼어드는 자도 없지 않다.

차 앞을 막고 도로에 드러눕다

그러던 중 차는 츠진성 왼쪽 맞은편의 역사박물관 앞 정류장에 섰다. 설전은 멈추지 않았다. 그들은 내가 제시한 네 가지 요구 중 단 한 가지도 택하지 않고 모른 척했다. 그렇다고 가만있을 내가 아니었다. 나는 자리에서 일어나 내가 선택하도록 해주겠다고 소리치면서 차에서 내려 바로 승합차 앞에 드러누웠다. 차가 후진해서 갈 것을 경계하면서 두 앞바퀴에 바싹 몸을 갖다 댔다.

그리고 다시 외쳤다. 가려면 나를 밟고 지나가라고! 그러지 않으면 내가 요구한 걸 이행하라고 했다. 기사와 차장은 각기 운전석과 차 안에서 그대로 내가 소리치는 걸 들으면서 비키라고 클랙슨을 울렸다. 나는 내 친구에게 내가 차 앞에 큰대자로 누워 있는 광경을 비디오로 찍으라고 했지만 친구는 마침 이허위앤에서 필름을 다 사용해 버려서 더 이상 찍을 수 없다고 했다. 그때 이 광경을 찍어놨으면 정말 소중한 추억의 자료가 되었을 텐데 그러지 못해 참으로 아쉽다.

시간이 한참 흘러도 차가 움직이지 않으니 뒤편에 다다른 다른 버스들이 가자고 클랙슨을 눌러 대면서 아우성이었다. 그러자 점잖게 생긴 남자 승객 한 사람이 차에서 내려와 나보고 도대체 왜 그러냐고 힐난하듯이 물었다. 옷차림은 여느 중국 사람들처럼 허름하게 보여도 얼굴에서 풍기는 분위기가 뭔가 식자층 같아 보였다. 나는 그에게 자초지종을 이야기했다. 내 말을 들은 그 사람은 내가 하는 말이 일리 있다고 하면서 다시 차에 올라 큰 소리로 차장에게 차비를 돌려주라고 다그쳤다. 그때야 차장이 내려와 마지못해 차비를 내주면서 떨떠름한 표정을 지었다. 그래도 그들은 미안하다는 소린 하지 않았다. 통상 중국인들은 공적인 상황에서 미안하다고 사과는 잘 하지 않는 편이다. 사과할 경우 자기 실수를 인정하는 꼴이 되어 책임을 져야 하기 때문이다.

나는 그 돈을 받아들고 버스를 가로막고선 큰 소리로 일장 연설을 했다. 우리는 돈 때문에 이러는 것이 아니라고 아니라고 힘주어 말했다. 포켓에 있는 두툼한 현금 뭉치를 끄집어내어 보여주면서 돈은 충분히 있으니 돈이 문제가 아니라고 했다. 당시 나는 중국에 가면 어디서든 필요한 책을 사려고 현금을 많이 갖고 다녔다. 내가 중국 공산당과 마오쩌둥을 연구하는 중국 전문가로서 인류의 스승으로 추앙받는 공자의 탄생지인 중국에 와서 이런 꼬락서니를 당하고 한국에 돌아가면 중국에 대해 좋게 이야기하겠냐고 반문했다. 역지사지로 당신네도 외국에 나가서 이런 경우를 당하고 돌아오면 그 나라에 대해 좋은 인상을 받겠느냐고도 물었다. 이게 중화인민공화국이라는 대국의 공민이 할 짓이냐고 큰소리쳤다. 또 공맹 사상을 높이 받들고 마오쩌둥 주석을 숭앙하는 인민이 "귀국"을 찾은 외국인들에게 할 처사냐고 물었다.

그랬더니 이 말을 들은 아까 그 승객은 차 안으로 들어가면서 내 말이 지당하다고 여러 번 맞장구를 쳤다. 그래도 차 안 승객들은 하나같이 무덤덤한 표정으로 멍하니 자리에 앉아만 있었다. 나의 일장 연설이 끝나갈 때쯤 운전사가 시동을 걸고 우리를 지나갔다.

순간, 남이야 죽든 말든 자기 일이 아니면 무덤덤하고 무표정한 중국인들의 행태를 보고 절망했던 근대 중국의 걸출한 사상가이자 소설가 루쉰(魯迅)의 좌절과 고뇌가 떠올랐다.

2부

불의는 가고 정의여 오라!

비명에 가신 숙부의 한을 풀어 드리다

나는 불의가, 불공정이 생리에 맞지 않다. 얍삽하게 인위적으로 뭔가를 조작해서 이득을 취하는 걸 선천적으로 싫어하는 성격이다. 지식인이든, 일반인이든 말 따로 몸 따로 사는 것도 싫어한다. 특히 종교인과 예술인이 남을 계도하거나 작품에 자신을 표현할 때 보이는 언행의 불일치를 좋아하지 않는다.

개인이든 조직이든 나는 불의를 일삼는 사람들에게 저항해 왔다. 특히 공권력을 행사하는 공무원인 경우라면 더 물러서지 않고 부딪쳤다. 나 혼자만의 문제가 아니라 우리 국민 모두의 문제이기 때문이다. 내가 타이완 유학 중이던 1990년대 초, 기업과 공무원, 그리고 언론인이 우리 집안에 불의한 짓을 저질렀을 때, 내가 강력하게 대응해 그들을 굴복시킨 일이 있다. 30년이 넘게 아무에게도 말하지 않았던 그 얘기를 조금 해볼까 한다.

A: 전무님이시라고요? 왜 사장이 나오시지 않았습니까? 사장님은 나올 형편이 못 된다고요? 그러면 귀사 사장의 전권을 위임받아 오셨습니까? 아니면 사장의 지시를 받고 나왔을 뿐입니까?

B: 사장의 전권을 위임받았습니다. 내가 대표성을 띠고 있으니 나하고 이야기해도 됩니다.

A: 그러면 본론으로 들어가기 전에 먼저 한 가지 원론적인 걸 확실히 하

려고 합니다. 오늘 여기에 오신 게 흥정을 하러 온 겁니까? 아니면 망자의 억울함을 풀어 주기 위해 왔습니까?

B: 흥정이라니요. 우리도 서○○ 씨가 사망하신 게 너무 가슴이 아픕니다. 일도 잘했고 법 없이도 살 착한 사람인데 우리 회사로서도 너무 미안합니다. 편히 눈을 감을 수 있도록 그분의 한을 풀어 드려야죠.

A: 좋습니다! 그러면 보상금을 얼마를 해주실지 딱 한 번에 금액을 제시하십시오.

B: 우리는 7,000만 원을 보상해 드리기로 했습니다. 더 이상은 회사 사정상 불가능합니다. 다른 일반 일용직 노무자들이 사고로 죽었을 때도 이 정도 금액으로 전부 보상을 했습니다.

A: 그래요? 그 금액은 흥정이 가능한 건 아니고 최종적인 금액이겠죠? 왜냐하면 오늘 이 자리는 흥정하러 온 게 아니라 망자의 한을 달래주기 위해서 나왔다고 했잖아요. 정말 7,000만 원이 최종적으로 제시하는 보상금액입니까?

B: 그렇습니다. 지금까지 포스코 일용직 노무자들이 사망했을 때 이보다 더 많은 배상금을 준 적이 없었습니다. 우리 회사야 사정만 괜찮으면 좀 더 산정해 드리고 싶지만 아시다시피 우리 회사는 3차 도급을 받아 일하는 영세 회사입니다. 그래서 이 금액 이상은 더 보상하고 싶어도 할 수가 없습니다. 이해해 주기 바랍니다.

A: 그래, 그렇다면 더 이상 이야기가 필요 없겠네요. 여기서 이야기가 끝났습니다. 왜냐면 그 7,000만 원이라는 돈이 흥정으로 제시한 게 아니라 최종 금액이니까 더 이상 다른 금액이 있을 수가 없을 테니까요. (옆자리에 앉아 계시던 부친을 보면서) 아버지! 갑시다. 이야기해봤자 시간 낭비입니다. (그러면서 자리에서 일어나 아버지 손을 잡고 나가려고 했다. 아버지는 난처한 표정을 지으면서 "아이고 야야, 이야기를 더 해보자"라고 하셨다. 그러자 전무가 손으로 제지하면서 이렇게 이야기

했다.)

B: 아니 젊은 양반이, 당신이 똑똑하면 어디만큼 똑똑해? 나, 일본 와세다 대학을 나왔어. 젊은 사람이 말이야, 그렇게 하는 게 아니야. 당신이 어떻게 했는지 몰라도 보라고! (손에 든 신문을 펼치며) 신문에도 이 사건이 대문짝만하게 나왔어! 우리는 마지막 궁지에 몰렸어! 더 이상 우리는 갈 곳이 없으니 당신 마음대로 하라고! 당신 뭘 그리 똑똑한 척해? 뭐가 그렇게 도도해? 그러면 당신이 원하는 금액은 도대체 얼마야? 말이라도 한번 해봐!

A: 내가 나이가 어리다고 함부로 말을 놓지 마세요! 그리고 전무님 당신이 와세다 대학 나온 것과 이 사건이 무슨 관계가 있습니까? 그러면 내가 만일 하버드 대학이라도 나왔다고 하면 당신은 나에게 머리를 숙이고 내가 하라는 대로 따라 줄 겁니까? 한 번만 더 말을 놓으면 그땐 내가 가만 놔두지 않겠습니다. 7,000만 원이 사망한 노무자에 대한 보상의 일반적 공정가라고요? 그건 당신들이 만들어 놓은 룰이지요. 돈을 거머쥔 당신들이 마음대로 하니까 약자인 피해자들이 울며 겨자 먹기로 받아들일 수밖에 없고, 그러니 최종 보상이 원만하게 이뤄진 것처럼 보이는 겁니다. 그러나 나는 좀 다릅니다. 젊다고 우습게 아는 모양인데, 이번에 임자를 한번 만나 보세요. 그리고 신문에 그 기사가 난 거요? 하하, 그거 다 내가 찾아가서 그렇게 만든 겁니다. 지방지에 기사화된 거, 그거 워밍업으로 몸을 푼 거밖에 안 됩니다. 지금부터는 정말 본때를 보여 드리죠. 나는 언제 어디서든 정정당당하게 사는 사람이외다. 꼼수를 부리지 않아요. 지금부터 우리 유족 측에서 할 일을 알려 드릴 테니 조직도 있고, 돈도 있는 당신들이 한번 막아보시지요.

첫째, 다음주 월요일 포스코 회장실 앞으로 숙부의 관을 들고 가서 사건이 원만하게 해결될 때까지 장례와 발인을 무기한 연기할 겁니다. 둘째, 지방 신문이 아니라 중앙 신문에도 이 사건에 대한 보도가 크게 나오도록 할 것입니다. 셋째, 도급법상 이 문제 해결의 최종적인 책임은 포스코에 있습니다. 지금부터 우리는 포스코와 협상을 벌이겠습니다. 그리고 전무님, 앞으로는 나를 찾지 마세요. 이것이 마지막 기회였는데 당신 스스로 내가 젊다고 무시하면서 기회를 차버린 겁니다. 무슨 협상의 협 자도 모르는 사람이네요. 뭐 7,000만 원? 무슨 짐승 값도 아니고! 당신네 회사의 재무제표를 보여줘봐요. 당신이 말하는 그 말에 넘어갈 사람이 있을 거라 생각합니까? 그딴 식으로 꼼수를 부리지 마세요. (탁자 위에 놓인 물잔을 다방 도끼다시 바닥에 세게 내리치면서) 아버지, 갑시다! 생사람을 눈 뜬 채 죽여 놓고 돈 몇 푼 적게 주려고 흥정이나 하려고 하고, 솔직하지 못한 이런 인간하고는 이야기가 안 됩니다!

일어서는 A를 제지하던 B는 갈 때 가더라도 보상금으로 얼마를 원하는지 말이라도 해보라고 했다. A는 문 입구 쪽으로 걸음을 옮기면서 1억 8,000만 원이라고 답했다.

A: 1억 8,000만 원요! 결코 많은 돈이 아닙니다. 내가 다 조사하고 연구한 끝에 정한 금액입니다.

위 대화에서 A는 '나'이고, B는 포스코 하청회사의 도급을 받은 건설회사 전무로, 제방 공사를 하던 중 일용직 노동자가 거푸집에 깔려 압사하자 이를 처리하기 위해 나선 인물이다. 그리고 억울하게 목숨을 잃은 노동자는 나의 숙부다.

유학 생활 초기 석사반 과정 4학기 중 3학기를 마치고 졸업자격시험을 1주일쯤 앞둔 시점이었다. 한창 졸업시험 준비를 하던 중에 숙부가 갑자기 불의의 사고로 돌아가셨다는 비보를 듣고 시험을 포기하고 급거 한국에 들어왔다.

사실은 처음엔 내가 졸업시험을 포기하지 않도록 하기 위해 어머니께서 나에겐 연락하지 않으려 했다고 한다. 그러다 회사 측과 보상 조건을 협상해야 하는데 주위에 해결할 사람이 없어 하는 수 없이 내게 연락을 한 것이었다. 숙부께서 불의의 사고로 돌아가신 날은 1992년 2월 22일(토)이었다. 숙부 나이 43세였고, 내 나이 34살 때였다.

내가 유학을 떠난 이후 집에 자주 우환이 생겼는데 그럴 때마다 내가 들어와 문제를 해결하고 돌아가곤 했다. 그리고 1992년 2월 26일, 나는 또다시 한국에 돌아왔다. 고향 포항에 도착하자마자 숙부의 사체가 안치돼 있던 기독병원 장례식장으로 달려갔다. 저녁 무렵이었다. 장례식장에는 일가친척분들이 많이 와 계셨다. 숙모님은 혼비백산 정신이 반쯤 나간 상태였고 성격이 불같으셨던 할아버지는 노발대발 연신 화만 내고 계셨다.

나는 바로 영안실로 가서 하얀 광목천으로 덮여 있는 숙부를 뵈었다. 법 없이도 살 수 있는 선량한 농부이자 마음씨 좋은 노동자였던 숙부께서 이런 모습으로 누워 계시다니……. 말이 나오지 않았다. 억울한 죽임을 당한 것에 대해 진상을 밝히고 죄지은 자들은 반드시 법에 따라 처리해 해원을 해드리겠다고 다짐했다.

아버지의 설명에 따르면, 숙부는 농번기에는 농사를 짓고 농한기에는 일용직 노무자로 일을 해오셨다. 그해 겨울에도 일용직 노무자로 포항 종합제철소 내 제방 쌓는 공사를 하고 있었는데, 공휴일이었는데도 무리하게 공사를 진행하다가 거푸집이 무너지는 바람에 그 밑에 깔려 돌아가셨다는 것이다. 참으로 억울한 횡사였다.

보통 토목 공사에서 시멘트 반죽을 넣으면 반드시 양생, 즉 시멘트가 마르기를 기다려야 한다. 겨울에는 보통 보름간 양생을 해야 한다. 그런데 회사 측에서 양생을 하지 않고 공사를 계속하도록 한 것이다. 공사 발주처는 포스코였고, 숙부가 다닌 회사는 두 번째로 도급을 받은 회사였다. 하도급을 받은 회사는 공기를 단축해 인건비를 줄이려고 양생 기간을 무시하고 거푸집에다 시멘트 반죽을 마구잡이로 집어넣은 것이다. 널빤지로 된 거푸집이 무슨 힘이 있겠는가?

장례식장에서 주위를 훑어보니 사고 낸 회사 측에서 보낸 듯한 사람들이 우리 쪽을 관찰하고 있었다. 회사 측에서 사망 보상금으로 7,000만원을 주겠다고 통보를 했는데 유족 측에서 동의하지 않고 있으니 계속 동향을 살펴보는 것이었다. 과연 할아버지나 숙부의 어린 아들들이 나설 계제가 아니었다. 그래서 타이완에 있던 나를 부른 것이었다. 숙모는 내게 모든 것을 맡겼다. "둘째 조카가 다 알아서 해라."

나는 도서관과 서점에 가서 도급 관련 법률 서적을 구해 꼼꼼히 살펴봤다. 유사한 사고에 대한 판례까지 찾아봤다. 그 결과 도급받은 회사에서 일어난 사고라고 해도 최초 발주한 회사도 함께 책임을 져야 한다는 규정이 있다는 사실을 알게 되었다. 나는 이 사고의 최종 책임이 포스코에 있다는 결론을 얻었다. 이틀간 법률 공부를 마친 후 내가 맨 처음 간 곳은 노동부 포항지청이었다.

나는 담당 직원에게 신분을 밝히고 이 사건에 관해 노동부에서 보고서를 어떻게 올렸는지 보고 싶다고 했다. 담당 직원이 두 사람이었는데 냉담하고 고압적인 표정을 지으면서 보여줄 수 없다고 잘라 말했다. 사고에 관한 보고는 끝났고 그 내용은 대외적으로 밝힐 수 없다고 했다. 나는 보여줘선 안 된다는 근거를 제시하라고 여러 번 다그쳤지만 담당자는 근거를 제시하지 않았다. 나는 이들의 태도에서 사고 낸 회사 측과 한편이 되어 있을 것이라는 느낌을 강하게 받았다.

한통속이 된 공무원들에게서는 아무런 도움을 받을 수 없다고 판단한 나는 그들에게 내가 오늘 당신들에게 요구한 것이 무엇인지, 그리고 그것을 일언지하에 거절한 사실을 잊지 말라고 호통을 친 다음, 그길로 장례식장에 돌아가 아버지와 함께 MBC 방송국으로 향했다. 이 사고가 언론에 보도된 바 있으니 방송사 보도국이 노동부가 보낸 보도자료를 갖고 있을 것이었다.

노동청에서는 완전 무시를 당했지만

마침 그날이 금요일이어서 그런지 보도국에 기자들은 한 명도 보이지 않고 보도국장만 자리를 지키고 있었다. 나는 50대 초중반으로 보이는 그에게 머리를 숙여 공손하게 인사를 하고 "일주일 전에 일어난 포스코 방벽 붕괴 사고를 아시느냐"고 물었다. 그는 안다고 답을 했다. 아버지와 내가 왜 여기에 왔는지 목적을 밝히고 난 뒤, 기사 내용을 다시 살펴보고 취재한 기자를 만나고 싶다고 말했다. 보도국장은 담당 기자가 외근을 나갔으니 기다려 보시라면서 '삐삐'로 호출을 했다.

우리가 기다리는 사이에 그는 책상 위에 놓여 있는 기사를 보라고 건네줬다. 나는 A4용지 한 장에 쓰인 기사를 훑어본 후에 복사를 해도 되겠느냐고 허락을 구했다. 국장이 괜찮다고 하길래 아버지께 복사를 부탁했다. 그리고 보도국장에게 물었다. "그날 사고가 났을 때 담당 기자가 현장을 취재했습니까?" 그때 삐삐 호출을 받은 담당 기자에게서 전화가 걸려 왔다. 보도국장이 담당 기자라며 바꿔주길래 현장 취재 여부부터 물었다. 그랬더니 그 기자는 "노동부에서 보내준 보도자료만 보고 기사를 썼다"고 말했다.

그러자 보도국장은 아차 싶었던지 복사는 안 된다고 말을 바꾸는 것이었다. 그러고는 자기 책상 위에 있던 기사를 고무판 밑으로 집어넣었다. 내가 그 고무판을 들어 기사를 끄집어냈더니 국장이 나를 아래위로 쳐다보면서 기사를 다시 고무판 밑에 넣으려 했다. 내가 다시 그 기사를 집어들자 그는 대뜸 "당신 뭐하는 사람이냐?"고 버럭 소리를 질렀다. 나는 답을 하지 않고 기사를 아버지께 건네며 복사하시라고 말했다. 이때부터 쌍방 간에 격한 언성이 오갔다.

보도국장 : 너 뭐하는 놈이야, 도대체 몇 살 처먹었어?

나 : 나는 이 사건으로 사고 현장에서 즉사하신 서○○ 씨 친조카이고 이 분은 나의 아버지다. 그런데 아저씨는 방송국 보도국장이면 보도국장이지 아무에게나 말을 함부로 놓노! 내가 나이가 젊어 보인다고 이놈, 저놈 하면서 말을 함부로 하는데, 보도국장은 눈에 보이는 게 없어? 처음에 보도자료를 보여주겠다 해놓고 왜 보여주지 않으려고 하는데? 뭔가 찔리는 데가 있는 모양인데, 나도 서울 중앙 언론사 기자를 지냈어! 이 자슥이 세상 넓은 줄 모르네. 내가 서울 올라가면 언론중재위에 바로 제소하고 중앙언론에서 다시 보도하게 할 거니까 대기하고 있어!

내가 속사포처럼 쏘아붙이자 보도국장은 움찔했다. 그사이 호출당한 기자가 들어왔다. 나보다 몇 살 아래로 보였다. 나는 신분을 밝히고 전후 사정을 설명했다.

"한 사람이 즉사하고 여러 명이 크게 다친 중대한 사고인데 현장 취재를 하지 않고 노동부에서 주는 보도자료만 갖고 보도했다는 것은 기자 자격이 없습니다. 내가 방금 당신네들이 일주일 전에 보도한 관련 기사를 보니까 바람이 조금 심하게 부는 날에 나의 삼촌이 부주의로 돌아가셨다고 돼 있던데, 이건 사고 책임을 노동자에게 뒤집어씌우는 짓입니다. 시멘트 양생 기간을 지키지 않아서 거푸집이 하중을 견디지 못해 무너진 사고로 돌아가신 건데 노동자의 부주의라니요? 당신이나 저 보도국장이나 노동부 포항사무소 공무원들 모두 이 사건을 왜곡, 은폐, 축소시킨 공범들입니다. 또 포스코와 포스코로부터 하청을 받은 두 도급 회사와 담당 경찰도 공범입니다. 힘도 없고 빽도 없는 무지랭이 일용직이라고 해서 당신들 마음대로 한 모양인데 미안하지만 세상 넓은 줄 아시오! 여기도 사람이 있습니다."

나는 쉬지 않고 계속 말을 이어갔다.

"이제 임자를 제대로 만난 줄 알시오. 다들 돈을 받아 처먹은 모양이네요. 내가 마지막 기회를 줄 테니 이렇게 하시오. 3일간 시간을 줄 테니까 젊은 기자 당신은 사고 현장을 다시 찾아가서 사건을 처음부터 원점에서 다시 취재하시고 노무자의 부주의로 사망했다는 지난번 보도는 왜곡보도라고 정정보도를 하세요."

나는 이 사고를 단순한 노무자의 부주의로 인한 사망 사건으로 취급해서는 안 되며, 건설공사 도급법의 구조적 문제를 은폐하면서 불법적으로 이익을 취하는 관련 공무원, 경찰, 기업, 언론의 부정부패 실태도 함께 보도해야 한다며 취재 방향까지 구체적으로 주문했다.

보도국장은 더 이상 말이 없었고, 담당 기자는 머리를 끄덕이면서 내 말을 수첩에 받아적고 있었다. 옆에서 지켜보던 아버지는, 젊은 내가 부모뻘 되는 방송국 보도국장과 대차게 싸우는 걸 지켜보며 아들에게 무슨 일이 생기지나 않을까 전전긍긍하시다가 상황의 주도권이 나에게 있게 되자 그제야 마음을 가라앉히고 가만히 지켜보셨다. 당시 아버지는 공무원을 두려워할 수밖에 없는 마음의 상처를 갖고 계셨다.

3일쯤 지나 포항 MBC에서 정정보도를 내보냈고, 이어 지역 일간지들도 일제히 정정보도를 냈다. 방송국에서 나온 나는 아버지와 함께 택시를 잡아타고 또 다른 한 곳을 찾아갔다. 포항 남부경찰서 수사과였다. 나는 그곳에서 경찰서장 면담을 하기 전에 수사계장과 맞붙게 됐다.

담당 형사가 외숙부의 친구였지만

방송국에서 나와 아버지와 함께 잡아탄 택시는 10여 분 뒤 포항 남부경찰서에 도착했다. 오후 3시가 조금 넘은 시각이었다.

경찰서 사무실 안으로 들어가니 형사로 보이는 40대 중후반의 남자가 벌떡 일어나면서 우리 쪽을 보고 "아 자형 오시능교?" 하고 인사를 하는 게 아닌가? 알고 보니 조사계장이었는데, 외숙부 친구라서 그 이전부터 아버지와는 서로 잘 아는 사이였지만 아버지가 사전에 방문하겠다고 연락하지 않고 갔기 때문에 조사계장도 무슨 일인가 싶었던 모양이었다. 나는 그를 본 적이 없었고, 그도 나를 본 적이 없었다.

아버지가 내게 "작은 처남 기달이 아재 친구이니 인사드려라"라고 하셨다. 그의 인상을 보니 맑은 심성의 소유자는 아닐 것 같았다. 인사를 나눈 뒤, 포스코 방벽 붕괴사고를 경찰이 어떻게 처리했는지 알고 싶어 경찰서장을 면담하고자 한다고 말했더니 그는 자기가 그 사고를 처리한 담당 형사라고 했다. 그러고는 다짜고짜 "야, 임마야, 니가 뭘 안다고 서장님을 만나? 담당은 내가 했으니까 나한테 말해봐! 뭐가 알고 싶은데?"라고 말했다.

나보다 아버지가 더 놀라셨다. 처남 친구가 이번 사건의 담당 형사였다는 것을 경찰서에 와서야 알게 되신 것이다. "아 그래 그렇다면 해결이 잘되도록 잘 봐주게." 아버지의 말씀이 끝나자마자 나도 한마디 하고 나섰다.

"계장님, 말씀이 조금 지나치시네요. 그 사고로 우리 숙부가 현장에서 돌아가시고 여러 명의 노무자가 중상을 입었는데도 현장소장이 구속되지 않았으니, 담당 형사가 아니라 서장님에게 보고가 제대로 됐는지 확인해 볼 필요가 있겠지요! 서장님은 일단 다음에 뵙고, 그럼 계장님은 조서를 어떻게 꾸몄습니까?"

"아니 이 자슥 봐라? 야 이 녀석아 네깟 놈이 뭘 안다고 어른들 일에 끼어들어?"

어디에서든 공과 사도 구분할 줄 모르는 안하무인의 인간들이 없는 데가 없다. 특히 공권력을 자기 개인의 호오나 이익에 따라 제멋대로 행사하는 공무원들은 곱게 대하면 안 된다. 나는 수사과 사무실 전체가 떠나갈 만큼 큰 소리로 외쳤다. "뭐? 이 양반이 구멍 뚫렸다고 입을 함부로 놀리고 있네. 외숙부 친구라고 당신에게도 내가 생질인 줄 알어? 너만 어른인 줄 알아, 나도 어른이거든! 이런 호로 같은 새끼가 경찰이라니 이놈부터 구속시켜야 되겠구만!"

“뭐 이 양반? 호로 새끼? 이 대가리에 피도 안 마른 새끼가 여기가 어디라고 함부로 주둥이 놀리고 있어! 야, 너 오늘 뒈질래 이 새끼야?”

고성과 삿대질이 오가기 시작했다. 아버지는 얼굴이 사색이 돼 말리려고 애쓰셨다.

“그래 너야말로 오늘이 초상날인 줄 알아라! 여기가 어디냐고? 여기는 네 놈이 오늘 들어갈 무덤이야! 너 지금 당장 현장소장을 구속하지 않으면 내가 반드시 네 옷을 벗기고 구속시키고 말 거다. 내가 서울 올라가면 바로 청와대에 고발한다. 그리고 대검에도 진상조사를 요청할 거다. 알았나? 이 간나 새끼야!”

나는 사무실이 떠내려갈 정도로 큰 소리로 외쳤다.

“경찰서장은 어딨어? 경찰서장 당장 나오라 그래! 아니 노무자가 현장에서 즉사하고 여러 명이 크게 다친 대형사고인데도 공사판 현장소장을 구속도 시키지 않어? 이게 경찰이냐? 야, 너 회사 측에서 주는 돈 얼마 받아 처먹었어?”

사무실의 다른 수사관이 “아 그기 조용히 좀 해!”라고 소리쳤다. 하지만 나는 더 크게 소리쳤다. “돈을 받아 처먹은 이 새끼부터 당장 구속시켜야 된다!” 기세등등하던 조사계장이 당황하는 기색이 보였다. 나는 할 말을 다 하고 나서 아버지와 함께 경찰서 문을 나섰다. 그리고 그날 이후 바로 현장소장이 구속되었다.

내가 보도국장과 관할 경찰서 담당 계장을 혼쭐내고 나자 그 이튿날인가 사고를 낸 회사 측에서 만나자고 요청해 왔다. 장례식장 근처에서 일거수일투족을 살펴오던 회사 측 파수꾼들이 상황 변화를 주도한 게 나라는 사실을 인지한 모양이었다. 나는 아버지와 함께 사고 회사 전무를 만났다.

오전 9시경, 장례식장 뒤편 다방에서 만난 사고 회사 전무는 신문을 펼쳐놓고 사건이 이렇게 크게 보도됐다면서 자기 회사가 보상금을 낼 수 없을 만큼 코너에 몰렸다고 핏대를 올렸다. 그리고 내가 제시한 보상금 1억

8,000만 원에 대해선 그렇게 해줄 수 없다고 잘라 말했다. 앞에서도 말했지만, 나는 그건 칼자루를 쥐고 있는 사주들이 사회적 약자인 노동자들에게 받아들이도록 강제한 것이기 때문에 이제 내가 합리적 근거에 의해 새로운 배상금 기준을 내놓겠다고 말했다. 다시는 일용직 노동자가 무시당하는 일이 없도록 만들어 놓겠다고 말이다.

나는 내가 보상금으로 제시한 1억 8,000만 원에 대한 근거를 밝혔다. 호프만법에 따라 숙부의 당시 나이, 그리고 기대 수명과 평균 수명 및 연 수입, 부양가족 등을 연계시켜 금액을 뽑은 것이라고. 그러나 전무는 납득할 수 없다며 고개를 젓다가 9,000만 원으로 올려주겠다고 했다. 나는 단호한 어조로 거부했다. 서로 자기주장을 반복하는 과정이 이어지던 끝에 전무가 또 한 번 말을 바꿨다. 최종 금액이니 1억 원으로 하자는 것이었다.

나는 "기어코 당신네 회사가 망하는 꼴을 보고 싶은 거냐"고 소리쳤다. 우리가 포스코 앞에서 초상을 치르면 중앙 언론에서 문제시할 텐데 그때 어떡할 거냐고 되물었다. 동시에 회유를 하기도 했다. 당신네 회사도 포스코라는 거대 기업의 횡포와 전횡에 당해온 피해자가 아닌가? 울며 겨자 먹기로 공사를 맡을 수밖에 없는 고충을 충분히 이해한다, 그러니 이참에 나와 힘을 합해 거대 기업의 하도급 관행을 깨부수자고 제의했다. 이 같은 동정론이 먹혀들었는지 전무의 노기 띤 목소리가 많이 누그러졌다. 그런 뒤에도 1시간 가까이 더 서로 밀고 당기기가 거듭됐고 결국 나도 한걸음 물러서줬다.

나는 마지막으로 제시하는 것이니 절대 깎으려 하지 마라, 그러는 순간 협상은 끝이라고 미리 선포한 다음, 보상금 1억 4,500만 원에다 숙부의 제사 비용 350만 원을 더해 총 1억 4,850만 원을 요구했다. 나는 불초한 조카로서 창졸간에 유명을 달리하신 숙부님의 한을 풀어 드리고 싶다고 말했다. 그러자 전무는 내 제안을 다 받아들였다.

사건이 일단락된 이후 다음과 같은 이야기를 들었다. 우리가 받은 손해보상금은 포스코가 생긴 이래 사고로 사망한 일용직 노무자에게 주어진 보상금 중 가장 많은 액수였다고 한다.

일이 수습되자 나는 바로 타이완으로 돌아갔다. 졸업시험은 놓쳤지만 아직 학기 중이어서 수업을 무한정 빼먹을 수가 없었기 때문이다. 그 때문에 당시 내가 해결하지 못한 일이 하나 있다. 노무자의 부주의로 사고가 났다고 거짓 공문서를 작성해서 상급 기관에 보고했을 뿐만 아니라 언론에까지 거짓 보도자료를 뿌린 노동부 공무원들과 담당 경찰에게 책임을 묻지 못한 게 너무나 아쉽고 화가 났다.

이 사건은 30년도 더 지난 일이다. 그때는 이 같은 비리가 비일비재했다. 이런 구조적 문제는 아마 지금도 여전할 것이다. 나는 공무원이든, 회사 경영진이든, 언론인이든 하나같이 인간의 생명을 존엄하게 여기지 않는 것이 문제의 본질적 원인이었다고 생각한다. 한 노동자가 죽고 여러 사람이 크게 다친 사고를 자판기에서 일회용 커피를 빼먹고 버리는 일 정도로 치부하는 것 같아 보인다. 그때나 지금이나 공무원의 관료주의, 보신주의, 편의주의가 곳곳에 똬리를 틀고 있다. 생명을 헌신짝처럼 취급하는 태도가 몸에 배어 있으니 정의감이나 타자의 아픔에 대한 공감 능력이 생겨날 리 없는 것이다.

여전히 갈 길이 먼 우리 한국 사회다. 내가 오랫동안 판검사와 경찰에 저항하면서 체험한 것이지만 나는 우리 사회가 어떻게, 왜 곪아 썩어가고 있는지 누구보다 잘 안다. 특히 사회 기풍과 국가 기강과 관련된 법이 법 집행자에 의해 일방적이고 편의적으로, 특히 불공정하고 범법적으로 집행되고 있는 것이 문제의 근원 중 하나다. 단적인 예로 이 지구상에 도대체 '전관예우'라는 '법제도 아닌 법제도'가 버젓이 용인되고 있는 나라가 이 나라 말고 또 어디에 있단 말인가? 예나 지금이나 시민 스스로 투사가 되지 않으면 정의, 공정, 평등, 평화와 같은 공적 가치가 구현되는 '살 만한 사회'는 아직도 요원하다.

억지 부리는 중국 학자, 이렇게 제압했다

지인들에게 서해에서 불법으로 어로작업을 하는 중국 어선 퇴치 방안을 소개한 졸문을 보냈더니 몇몇 반응이 있었다. 이어서 내가 예전에 실제로 중국의 공개적인 석상에서 한국 정부를 비난하는 중국인들의 입을 다물게 만들었던 경험을 소개한 졸문「억지 부리던 중국 학자」를 보냈더니 더 많은 호응이 있었다.

"상대를 알고 나를 알면 백전불태, 상대의 자존심을 건드리지 않고 논리적으로 국가의 품격을 올린 논리의 승리"라는 식의 여러 찬사와 격려들이 었다. 또 그 졸문을 주변 지인에게만 보게 할 게 아니라 널리 읽게 해서 모든 사람이 배워야 한다거나 청와대 게시판에 올려야 한다는 권유도 있었다.

고마운 격려다. 그래서 이참에 그 글 속의 실제 인물들과 소속을 익명 처리해 소개하고자 한다. 한국을 무시하거나 비난하는 중국인들을 어떻게 다루면 좋을지 참고가 될 것이다. 이번 경우는 내가 지난 30여 년간 100여 차례 이상 중국 각지를 다니면서 신변을 위협하던 조폭과 싸워 물리친 일이나 그 외 생명이 위험했던 상황에서 맞붙은 물리적 충돌, 그리고 한국을 무시하고 조롱하는 자를 혼낸 이론적, 논리적 충돌 등 직접 겪어 본 갖가지 사건들 중의 하나에 지나지 않는다.

2017년 12월 하순, 중국 둥베이 지역의 모 대학 소속 몇 개의 연구원(중국에선 대학원에 해당)과 한국의 모 대학 국제지역연구원이 공동 주최한 국제 학술 세미나에서 있었던 일이다. 우리 측에서는 위 국제지역연구원의 객원 연구원이던 나와 세 명의 다른 한국 학자가 참석했다.

나는 이미 논문을 발표하고 다른 발제자와 토론자의 발표를 듣고 있었다. 그런데 세미나 주제가 사드의 한국 배치로 인한 동북아 정세와 한중 관계였음에도 불구하고 좌장을 맡은 중국 측 모 연구원장이 한국 학자의 논문 발표를 듣고 난 뒤 토론하다가 갑자기 성토하기 시작하는 게 아닌가?

그는 토론 주제와 크게 상관이 없는 서해 중국 어선에 대한 한국 해경의 강력한 단속 얘길 끄집어내더니 한국 정부가 폭력을 쓴다고 비난하면서 심한 언사로 항의했다. 한국 정부, 즉 해양경찰의 폭력 사용을 강조함으로써 중국 연구원장이 우위에 서고자 하는 저의가 보였다. 당시 중국 외교부가 늘 써오던 수법을 답습한 것이었다.

사실 그 시기에 한국 해양경찰이 중국 불법 어선을 단속하는 과정에서 중국 어선을 예인하고 선원들을 압송하긴 했다. 그 과정에서 일부 중국 선원이 부상을 당한 것도 사실이다. 이에 중국 외교부가 연일 한국을 무시하고 비난하던 시점이었다.

나는 좌장의 성토를 듣는 순간 '이것은 자기 개인이 하는 말이 아니라 중국공산당의 지령을 받고 하는 공격'이라는 직감이 들었다. 그런데 우리 측 학자들은 중국 측의 공격에 대해 아무도 반박을 하지 못했다. 난감한 표정으로 눈만 멀뚱거리며 앉아 있었다.

나는 발표가 끝난 뒤여서 나설 계제가 아니었지만, 우리측 발표자의 묵묵부답이 길어지는 바람에 결국 내가 나서지 않을 수 없었다. 나는 양해를 구하고 반박에 나섰다.

나는 과거 중국에서 여러 차례 경험했기 때문에 잘 알고 있었다. 상부의 지령을 받고 움직이는 공직자에게는 '닭 잡는 칼'로 닭을 잡을 게 아니라 '소 잡는 칼'로 닭을 잡아야 한다. 학자 연, 신사 연 하면서 대응했다간 반격을 당할 수 있다. 아예 대꾸하지 못하도록 강하게 선제공격을 해야 한다.

나는 중국 측 원장에게 먼저 이렇게 물었다. "원장님, 지금 하신 말씀이 방금 발표된 논문의 주제에 부합한다고 생각하십니까? 이 질문에 대해서 먼저 Yes인지 No인지 밝히십시오!"

원장은 잠시 머뭇거리면서 답이 없었다. 나는 질문을 계속했다.

"주제에 부합하는 토론이라고 생각하시면 그건 주제 파악을 제대로 하지 못하는, 학자의 자격이 없는 것이고, 주제가 아니란 걸 알면서도 그런 말씀을 하시는 것이라면 이건 상부의 지시에 따라 정치적 의도를 갖고 하시는 말씀이라고 생각합니다. 내가 알기로 여러분이 상부의 지시, 즉 중국공산당의 지시를 받지 않고 이같이 민감한 이야기를 마음대로 할 수 있을 만큼 자유롭고 용기 있는 삶을 살고 있다고 생각하지 않습니다. 그렇지 않나요?"

아무 대답이 없자 나는 다시 말을 이었다.

과일나무 비유로 정치 공세를 불식시키다

"말씀이 없으신 걸 보니 정치적 의도를 갖고 하는 비난인 모양인데 내가 원장님의 비난이 근거 없는 정치 공세란 걸 누가 들어도 알 수 있도록 쉽게 답변을 해드리죠!

원장님! 원장님은 댁에 맛있고 진귀한 과일이 열리는 과일나무를 가지고 계십니다. 그동안 덕을 많이 쌓은 조상님의 덕분이겠지요. 그런데 그 과일이 자기 집 것보다 훨씬 맛이 있고 값이 나간다는 걸 알게 된 주변 도둑들이 원장님의 집 안을 기웃거리거나 담을 넘어 훔치려 합니다. 그런데 원장님은 지금 생긴 모습 그대로 마음씨가 너무 좋아서 처음엔 도둑들에게 그러지 말라고 좋게 타일러 보냈죠. 그렇게 여러 차례 돌려보냈는데도 도둑들이 계속 담을 넘어오고 있습니다. 그래서 다음에 한 번 더 담을 넘어오면 가만두지 않겠다고 말합니다. 이렇게 되면 원장님이나 과일을 훔치려는 자 모두 이것이 불법 행위라는 사실을 분명하게 인지한 상태입니다.

그럼에도 도둑들은 여러 차례 도둑질을 시도하고 있습니다. 게다가 과일이 맛있고 비싸다는 소문이 돌아 도둑이 계속 늘어납니다. 이럴 경우, 주인인 우리 원장님께서는 어떻게 대응하시겠습니까? 도둑들이 정원의 과일을 쓸어 담아 가는 것을 가만히 보고만 있으시겠습니까? 아니면 과일을 지키기 위한 대책을 강구하시겠습니까? 타고난 덕성을 갖고 계신 원장님은 도둑들이 담을 타고 넘어올 때마다 좋은 말로 타일러 왔습니다.

그런데 주인이 좋은 말로 하다 보니 도둑들이 말을 말 같지 않게 여기는 모양입니다. 원장님을 우습게 여기고 칼과 죽창 같은 무기를 들고 위협을 가하고 있습니다. 이제는 과일을 지키는 문제가 아니라 원장님의 생명이 위협받는 지경이 되었습니다. 그런데도 도둑들은 막무가내입니다. 경고를 경고로 듣지 않고 담을 넘어와 과일을 쓸어갑니다. 사태가 이렇게 심각해졌는데도 원장님은 무력을 쓰지 않고 말로만 대응하시렵니까?"

나는 원장에게 답을 하라고 잠시 뜸을 들였다. 하지만 원장은 답을 하지 못했다. 얼굴이 벌겋게 상기된 채 머뭇거리고 있었다. 세미나에 참석한 다른 중국인 학자들도 답을 하지 않았다. 장내는 일순 침묵이 흘렀다.

나는 웃음 띤 얼굴로 쐐기를 박았다. 원장과 좌중을 번갈아 바라보며 여유를 부리면서도 강한 어조로 말을 이어 갔다.

"중국공산당의 역사를 나는 누구보다 잘 압니다. 지난 세기 중국의 마르크스주의자들이 어떻게 해서 공산혁명에 성공했고, 어떻게 해서 반제 반민족 세력을 물리치고 중화인민공화국을 세웠는지 그 혁명정신과 역정을 너무나 잘 알고 있습니다.

내가 높이 평가하고, 여러분이 존숭해마지않는 마오쩌둥과 저우언라이(周恩來, 1898~1976)와 류샤오치(劉少奇, 1898~1969) 같은 혁명 영도자들은 불의와 강권이 무엇인지 정확히 알고 있었습니다. 그들은 강권으로 중국에 불의를 강요한 소련 '사회주의 제국주의자'들에게 강력하게 저항했습니다. 중국을 해치려고 한 소련 수정주의자들의 집요한 비난과 공격을 이겨낸 결과 중화인민공화국이 이처럼 건재하게 된 것입니다.

오늘 만약 마오쩌둥 동지께서 중국 어선들이 무단으로 한국 국경을 침입해 불법 어로를 하고, 중국 외교부가 적반하장 식으로 한국을 비난하는 행태를 보면 뭐라고 하실까요? 국가에 이익이 되니 계속하라고 부추길까요? 아니면 정의를 추구하는 중화인민공화국의 이미지를 실추시키는 졸부 같은 짓이니 당장에 그만두라고 하실까요? 내가 아는 중국공산당 영도자들은 이런 짓을 하는 소인배가 절대 아닙니다."

다시 한번 좌중이 조용해졌다. 중국인이든, 한국인이든 아무도 토를 달지 않았다. 나는 매듭을 짓는 의미에서 이렇게 말했다.

"한국과 중국 두 나라는 서로가 싫다고 이사를 갈 수 있는 사이가 아닙니다. 양국 관계는 인류가 사라질 때까지 지속될 겁니다. 갈등과 마찰은 언제든 생길 수 있겠지만 결국은 정의와 공도(公道)의 실현이라는 관점에서 서로 해결해야 합니다.

오늘 우리도 잠깐 갑론을박하고, 얼굴을 붉히는 일이 있었지만 결국 정의와 공도로 해결했습니다. 우리 모두의 가슴 속에 정의와 공도가 살아 있기 때문입니다. '비 온 뒤에 더 땅이 굳어진다'는 한국 속담이 있습니다. 중국에도 비슷한 속담이 있지요. 세미나 끝나고 뒤풀이에서 화끈하게 한잔합시다!"

한국 학자들은 세미나가 끝나자 내게 다가와 악수를 청하면서 뭔가 승리라도 한 듯 신이 난 분위기였다. 장소가 바뀌어 한중 양측 학자들과 행사를 도운 이들이 모두 참석한 뒤풀이가 시작됐다. 그런데 중국 측은 내게 어떤 반응을 보였을까? 중국인 참석자 중 내게 다가와 정중하게 술을 권하는 이들이 있었다. 그리고 원장도 내 자리로 찾아와 술을 권하며 "대단히 죄송합니다", "정말 존경스럽습니다!", "그러나 우리는 어떻게 해야 할지 여러 가지로 난처합니다"라는 등 복합적인 감정을 드러냈다.

이들에게 나는 웃으면서 말해줬다. "사실 그대로 솔직히 보고하세요. 마오쩌둥 시대에 상부에 올리는 허위 보고들 때문에 세상이 얼마나 시끄러웠는지, 나라가 어떻게 거덜날 뻔했는지 잘 아시죠?"

한중 군사 학술 교류 현장에서

나는 2004년 1월 1일부터 정부 모 부처의 직할 연구원에서 근무하기 시작했다. 대학 졸업 후 첫 직장이었던 언론사에 이어 생애 두 번째 직장이었다. 한 해 전 가을 우연한 계기로 이 연구원에서 베트남전쟁 담당 선임연구원을 공개 채용한다는 공고를 보고 시험에 응시했다. 지원자는 세 명이었는데 한 명은 현역 장교, 다른 한 명은 미국에서 정치학 박사학위를 받은 민간인이었다. 당시 박사과정을 막 수료한 상태였던 나는 여러모로 불리할 수밖에 없었다.

그런데 뜻밖에도 면접 방식이 나를 구해줬다. 일대일 면접이 아니고 세 명이 한 자리에서 같은 질문을 받고 각기 답을 하는 것이었다. 즉석에서 실력이 드러났다. 나는 지금도 세 면접관이 지그재그 형태로 던진 질문과 내가 답변한 내용이 무엇이었는지를 생생히 기억하고 있다. 면접관들은 베트남전쟁과 한국전쟁에 관한 질의에 이어 루스 베네딕트의 『국화와 칼』, E. H. 카(Carr)의 『역사란 무엇인가』의 의의를 영어로 말하고 다른 외국어로도 말해보라고 했다. 아주 오래 전부터 두 책을 여러 번 접했던 나는 핵심 논지를 영어로 답한 다음 중국어와 일본어로도 답변했다. 다른 두 지원자는 내 답변을 참고해 답을 이어갔지만, 내 차례가 되면 나는 그들과 다른 답을 내놓았다. 면접이 끝나자 박사 출신 응시자는 내가 제출한 연구서와 논문들을 보고선 경쟁 상대가 안 된다 싶었는지 내게 다가와 미리 합격을 축하한다고 인사를 했다.

시험에 합격한 나는 별정직 공무원 4급인 선임연구원으로 시작해서 나중엔 별정직 3급인 책임연구원 모집 시험에 다시 합격해 3급으로 근무하다가 정년을 6개월 남겨놓고 징계(서면 경고)를 받았다. 연구과제 제출이 늦어졌다는 이유였는데 정상 참작이 전혀 안 되어서 나로서는 도저히 납득할 수 없었다. 나는 미련 없이 사표를 던지고 연구소를 나왔다. 2004년부터 2016년까지, 곧 내 나이 46세부터 58세까지 12년 6개월 동안 중국 담당 연구원으로 주로 한국전쟁과 중국 군사사를 연구했는데, 일본 담당자가 그만둔 뒤에는 한동안 일본 군사 담당까지 맡았었다.

연구원 생활은 내 인생의 황금기였다. 이 기간에 실로 다양한 경험을 했다. 이 시기 뒤늦게 결혼해서 가정을 꾸렸고, 학문 연구에 나름대로 최선을 다한 결과 연구 성과가 좋다는 남다른 평가를 받는가 하면 대학에 강의도 나갔다. 대외적으로는 연구원을 대표해 일본, 중국, 러시아, 불가리아, 포르투갈 등지에서 열린 각종 국제학술대회에 참가해 논문을 발표했다. 그렇다고 좋은 일만 있었던 건 아니다. 대학 교수직에 네 번 응모했다가 모두 떨어졌고, 내가 속한 연구원장 공모에도 두 차례 응모했다가 쓴잔을 마셨다.

연구원장과의 갈등

이 연구원의 연구원으로 재직하는 동안 가장 기억에 남는 것 중 하나가 연구원 원장과 크게 다툰 일이다. 나는 12년여 동안 모두 4명의 원장을 모셨다. 그중에 특히 ㄱ원장이 나와 갈등 관계에 있었다. 내가 이 이야기를 꺼내는 것은 ㄱ원장과 나의 다툼에 연구원의 불합리한 운영 방식, 즉 상급자의 전횡과 비효율적인 관습이 그대로 녹아 있었기 때문이다. 물론 내가 근무한 연구원에서 발생한 일을 가지고 그 정부 부처 전체를 평가해선 안 된다.

ㄱ원장은 사관학교 출신으로 ○○대학 총장을 지낸 뒤 육군 소장으로 예

편하여 이 연구원의 원장으로 부임했다. 원장이란 본디 대한민국 모 정부 부처의 연구원 운영을 책임지고 대외적으로 연구원을 대표하는 자리임에도, 정작 그는 연구원을 대표하는 주요 연구 주제인 한국전쟁에 관해선 그다지 밝지 못했다. 심지어 몇몇 현역 영관급 장교 출신 연구원들의 말을 듣고 연구원을 비정상적으로 운영하는 모습도 자주 눈에 띄었다. 그가 연구원들에 휘둘리는 경우도 없지 않았다. 한 예로, 부서별 회의에서 내게 배정된 과제가 얼마 지나지 않아 통보도 없이 갑자기 변경되곤 했다. 알고 보니 잔머리 굴리는 자들이 자기들 입맛에 맞는 과제를 맡기 위해 기존 계획을 살짝 바꿔 원장에게 보고하고선 나에게 자기들이 하기 싫은 과제를 맡기도록 한 것이었다. 내가 항의했지만 그들은 막무가내였다. 오히려 나를 뒤에서 험담했다.

연구원에 들어간 지 얼마 지나지 않아 나는 원장의 눈 밖에 난 인물이 되었다. 앞에서 언급한 잔머리 굴리는 자들이 나를 '상관의 지시에 고분고분 따르지 않고 매번 문제만 제기하는 인물'이라고 보고했는데 원장은 그 말을 곧이곧대로 믿은 것이다. 그러나 원장과 결정적으로 멀어지게 된 건 번역 건 때문이었다. 어느 날 원장이 나를 부르더니, 연구원 도서실에 소장돼 있는 한국전쟁 관련 중국 자료집을 보여주면서 이 자료집을 한국어로 번역하려는데 중국 담당인 나의 동의가 필요하다고 했다.

나는 상중하 세 권으로 된 그 자료집은 내가 타이완에 갔을 때 구입해 우리 도서관에 소장케 한 것임을 강조하며 세 가지 이유를 들어 반대 의사를 밝혔다. 첫째, 이 자료집은 러시아어로 된 것을 중국어로 번역한 것이어서 이를 다시 한국어로 번역하면 오역을 피할 수 없다. 둘째, 러시아어 원본 자료는 김영삼(1928~2015) 대통령이 옐친(Boris Nikolayevich Yeltsin, 1931~2007) 대통령에게서 받아와 일부가 이미 한국어로 번역돼 있어 중복된다. 셋째, 이미 일부 문헌들이 한글로 번역돼 있는데 수천만 원을 들여 번역하는 것은 국민 세금을 낭비하는 비효율적 처사다.

나의 설명을 듣고 원장은 더 이상 고집을 피우지 않았다. 그러나 그로부터 2년쯤 지났을까? 우연히 연구원 도서실 서가에서 그 책의 번역본을 발견했다. 놀라지 않을 수 없었다. 원장은 번역 사업을 추진하지 않을 듯한 태도를 보이지 않았던가. 번역이라도 잘됐을까 싶어 펼쳐보니 수준 이하였다. 구문도 제대로 파악이 안 된 오류투성이 번역이었다. 이 번역 사업과 관련된 과거의 전자 문서를 찾아보니 예의 잔머리 굴리는 자들이 연관되어 있었다. 이들이 담당자인 나 모르게 번역 사업을 추진한 것이다. 나중에 들은 얘기로 원장이 자신의 사관학교 동기에게 자료집 번역을 용역 사업으로 맡기려고 했던 것임을 알게 되었다. 그 동기는 중국어를 전공했지만 이미 전역했고 당시 생활이 어려웠다고 했다.

원장과 불편한 관계가 지속되던 어느 날, 원장 주재 간부회의가 열렸다. 원장의 중국 방문을 성사시키기 위한 방법을 의논하는 자리였다. 원장은 중국 국방부 산하 군사연구기관을 방문해 향후 한국과 중국이 군사학술 교류를 할 수 있게 양해 각서(MOU)를 체결하고 싶어 했다. 원장은 베이징 주재 한국대사관에 근무하는 국방무관에게 섭외를 요청했지만 중국 측에서 시원한 답변을 내놓지 않고 있었다. 아니면 우리 무관이 중국 측에 의사를 제대로 전달하지 못했을 가능성도 없지 않았다. 내가 직접 전화를 걸어보니 중국 국방부 외사과의 전화 받는 담당자는 대위 계급의 현역 군인으로 20대 후반 나이에 불과했기 때문이다. 그는 중국어가 서툰 한국 무관이 전화를 하면 무례하게 응대했던 모양이었다. 하지만 내가 유창한 중국어로 전화를 걸자 태도가 바뀌었다. 내가 호통을 치며 공손하게 전화를 받으라고 경고하자 죄송하다며 정중하게 사과했다. 사정이 이러니 평소 한국 대사관 무관들의 의사가 제대로 전달됐을까 하는 의구심이 들 수밖에 없었다.

중국 공무 출장을 떠나다

원장은 대책을 논의하기 위해 또 한 차례 간부회의를 열었다. 이번에는 중국 담당인 나도 회의에 참석했다. 하지만 원장은 내게 눈길조차 주지 않고 보란 듯이 베이징 주재 국방 무관에게 직접 전화를 걸었다. “어이, ㄴ장군. 지난번에 부탁한 게 잘 안 돼서 그러는데 직접 좀 신경 써서 알아봐주게.” 하지만 국방 무관의 답변은 부정적이었다. 전화기에서 “그게 말처럼 쉽지 않다”는 답변이 들려왔다. 원장은 통화가 끝나자 간부들에게 “무슨 수가 없겠느냐”고 물었다. 그때 나를 회의에 참석시킨 나의 부서장이 원장에게 “서상문 연구원에게 한번 맡겨보시죠”라고 하자 원장은 내키지 않은 듯한 표정으로 나를 한번 힐끔 보더니 마지못해 고개를 끄덕였다. 나는 바로 그 자리에서 핸드폰을 꺼내서 중국 측 요로에 전화를 걸었다. 물론 중국어로 이야기했기 때문에 원장과 간부들은 내가 누구에게 뭐라고 했는지는 알지 못했다.

나는 오랫동안 교류해 오던 베이징 중국사회과학원의 모 인사에게 우리 측 의사를 명확하게 전달했다. 즉 모월 모시, 우리 연구원에서 랴오닝성 사회과학원을 방문할 계획인데 협조를 부탁한다는 내용이었다. 알다시피 중국 사회과학원은 중국에서 최고 권위를 지닌 국가 학술기관이다. 중국 사회과학원 원장은 정부의 부장(한국의 장관)보다 더 높은 부총리급이어서 베이징의 중국사회과학원에서 요청을 하면 성 단위 사회과학원에서는 거부하지 못하던 시절이었다.

계속해서 나는 주한 중국대사관의 국방 무관에게도 전화를 걸어 우리 원장께서 중국 군사과학원 소속 군사역사연구부와 학술교류를 논의할 수 있도록 방문을 승낙해달라고 요청했다. 군사역사연구부는 우리 연구원과 마찬가지로 한국전쟁(중국에선 ‘조선전쟁’이라고 한다)이 전문 연구분야 중의 하나였고, 현역 소장이 책임자였다. 나는 두 곳에서 긍정적 답변을 들었다고 즉석에서 보고했다. 원장과 간부들은 뜻밖이라는 표정을 지었다. 그리고 실제로 며칠 뒤 내가 부탁한 두 기관에서 정식으로 우리의 방문을 받아들이겠다는 답이 왔다. 이렇게 되자 원장과 함께 중국 출장을 떠날 사람은 나밖에 없게 됐다.

그해 ×월 하순 나는 원장을 수행해 3박 4일 일정의 중국 공무 출장을 떠났다. 하지만 원장과의 관계가 호전된 건 아니었으므로, 나는 공무를 수행하는 부하 직원으로서 맡은 바 역할에만 충실했다. 우리의 첫 방문지는 선양(瀋陽)에 있는 랴오닝성 사회과학원이었다. 공항에서부터 마중 나와 있던 중국측의 호의적인 환대를 받았다. 모든 통역은 내가 맡았다. 사회과학원 부원장의 환영사에 이어 ㄱ원장의 답사와 몇 가지 제안이 원만하게 진행되자 원장은 흡족한 표정을 짓기 시작했다.

다음 날 베이징 수도 공항에 도착하자 주중 한국대사관 소속 해군 무관이 우리를 영접했다. 우리는 바로 베이징의 중국군사과학원 소속 군사역사연구부로 향했다. 군사역사연구부에 도착한 순간부터 원장은 나를 의아한 눈으로 바라보았다. 우리가 건물 입구로 들어섰을 때 준장 계급의 중국 측 어떤 연구원이 나를 보고 반갑게 악수하고 포옹했는데 이 광경을 본 것이다. 원장은 마음 속으로 '아니, 서상문 저 놈이 어떻게 중국 고위급 인사와 친분이 있지?'라고 자문했을 것이다.

회의는 일사천리로 진행되었다. 한중 양측은 정기, 비정기적인 학술교류의 필요성을 공감하고 향후 실질적인 학술 교류를 하기로 의견을 모았다. 우리 연구원이 생긴 이래 처음으로 한중 군사 학술 교류의 물꼬를 텄으니 원장으로서는 큰 성과를 거둔 셈이었다. 그날부터 원장은 시종 기분이 흡족한 표정이었다. 그리고 처음으로 내게도 수고했다고 말했다.

우리는 숙소로 이동해 여장을 풀고 저녁을 먹기로 했다. 원장은 기분이 좋다며 술을 한잔하고 싶다고 했다. 하지만 나는 단둘이 있는 자리가 내키지 않았다. 나는 이런 상황이 올 것을 예상하고 미리 호텔 근방의 잘 아는 한국식당을 예약해 놓았었다. 이 식당은 내가 베이징을 방문할 때마다 찾아가는 곳으로, 주인 김 사장은 걸걸한 경상도 사투리를 쓰는 인정 많은 50대 남성이었다. 내가 잘 아는 베이징 주재 일간지 특파원들하고도 자주 드나들어 김사장과 나는 호형호제하는 사이였다.

저녁 식사 자리에서 나는 원장에게 김 사장을 소개했다. 얘길 나누다 보니 마침 김 사장 친구가 사관학교 출신이었는데 원장도 마침 김사장의 친구와 동기이고 친하게 지내는 사이라면서 두 사람은 바로 말을 트기로 했다. 술이 거나해지자 원장은 "서상문 연구원을 다시 보게 됐다"면서 입에 침이 마르도록 칭찬을 늘어놓았다. 그리고 원장은 원장으로서 부하직원에게 해선 안 될 소리를 하는 게 아닌가? 이것을 어떻게 받아들여야 할까?

독재 성향의 연구원장과 한판 붙다

그연구원장은 기분이 좋은 나머지 이런저런 이야기를 꺼냈다. 나는 원장과 김 사장 옆에 앉아 조용히 듣기만 했다. 묻는 말에만 짧게 답하고 한마디도 하지 않았다. 그리고 둘이 빼갈을 두 병이나 비우는 동안 나는 한 잔도 입에 대지 않았다. 평소 술을 좋아하는 편이지만 상관을 모실 때는 술자리라고 해도 함부로 같이 어울리는 건 부하 직원의 도리가 아니라는 생각을 갖고 있었기 때문이다.

원장은 거나하게 취기가 오르자 내게 "중국을 얼마나 다녔길래 그리 인맥이 많은가, 또 중국어가 유창한데 어디서 배웠느냐"고 물었고, "이번 일을 잘 처리했다"며 다시금 칭찬했다. 식당 주인도 한마디 거들었다. "서 박사는 내가 10년 가까이 접했지만 시종일관 변함없는 사람이다"라며 "서 박사 능력이 대단하니 잘 활용해 보라"고 말했다.

그러자 원장이 내게 이렇게 말했다. "나는 당신이 연구원 내에서 전라도 사람들 때문에 많이 힘들게 지내고 있다는 걸 잘 알고 있어. 능력도 출중한데, 앞으로는 내가 그들을 제어할 테니 원하는 대로 뜻하는 바를 한 번 펼쳐봐!"

그간 나를 오해하고 핍박한 것에 대한 미안함에서 비롯된 말일 것이다. 하지만 아무리 사석이라고 해도 국가기관의 장으로서 같이 공무 수행 중인 부하 직원에게 해서는 안 될 말이었다. 나는 근거 없이 나를 비난하는 것도 반갑지 않지만 지나치게 나를 칭찬하는 것도 좋아하지 않는 성격이다. 나는 정색을 하고 이렇게 말했다. "연구원에 그런 일은 없습니다. 설령 누가 저를 괴롭히는 일이 있다 해도 그건 제가 해결해야 할 문제이지 원장님께서 나서실 일이 아닙니다. 연구원 운영상 피해야 할 일입니다." 원장은 내 말에 일리가 있다고 생각했는지 호쾌하게 웃었다.

다음 날, 베이징 주재 한국대사관 국방무관이 우리를 초청해 점심을 같이했다. 국방무관은 육군 준장이었고, 육·해·공 3군의 무관들은 모두 대령이었다. 무관들은 중국에서 업무를 수행하는 데 고충이 많다고 하소연했다. 특히 중국 군인과 접촉하기가 쉽지 않다고 했다. ㄱ원장이 내게 조언이 될 만한 이야기가 있으면 해드리라고 하길래 내가 입을 열었다.

"중국공산당은 당원이 외국인과 접촉하는 것을 제한합니다. 특히 군인, 언론인, 외교관, 정부 고위 관료는 허락을 받아야 외국인과 만날 수 있습니다. 또 설령 당에서 허락한다 해도 그들 스스로 외국인을 만나길 꺼립니다. 외국인을 만나게 될 경우 언제, 어디서, 누구를 만나서, 어떤 이야기를 나누었는지 서면 보고를 하게 돼 있습니다. 이 때문에 만나고 싶어도 만날 수 없게 되는 것입니다. 더군다나 중국 지도층에겐 역사적 상흔이 남아 있어 외국인과의 만남 자체를 피합니다. 알다시피 1960~70년대 문화대혁명 때 중국공산당이 반마오쩌둥 편에 선 자들에게 과거 외국인들을 만난 기록을 끄집어내 그것을 근거로 처벌한 사례를 잊지 않고 있어서 그렇습니다."

내 이야기를 듣고 난 국방무관은 ㄱ원장에게 "서 박사가 하루 이틀 더 머물면서 우리에게 조언을 할 수 있도록 허락해 주십시오"라고 요청했다. 원장은 그 자리에서 승낙했다.

다음날, 우리는 중국 학자들을 초청해 만찬을 가졌다. 만찬에 참석한 이들은 모두 한국전쟁을 연구해온 중국학자들이었다. 베이징대 국제관계학과 니우쥔(牛軍 박사) 교수, 베이징대 한반도문제연구소 소장 진징이(金景一 박사, 조선족)를 비롯해 모두 네 명의 학자가 자리를 같이했다. 니우쥔 교수는 내가 베이징대학을 방문하면 가끔씩 만나서 대화를 나누는 사이였고, 진징이 교수는 직접 만난 적은 없지만 여러 번 전화 통화를 한 사이였다. 만찬에 초대할 인물과 대화 주제는 모두 내가 기획했다. 중국의 군사연구 상황과 한국전쟁에 대한 그들의 견해나 입장을 직접 청취하기 위한 목적에서였다.

이 행사를 끝으로 ㄱ원장과 나의 공식적인 출장 업무는 종결되었다. 다음 날 원장이 귀국한 뒤 나는 남아서 무관들에게 실질적으로 도움이 될 만한 조언을 많이 했는데 그중 하나가 중국 군부와 접촉하는 방법이었다. "중국 군부가 외국 무관들을 만나지 못하게 한다면 어떻게 해야 할까요? 중국 군부 측 인사를 직접 만나기보다 중국 군 인사들이 만나기 좋아하는 미국, 일본, 러시아 무관들과 친하게 지내면서 그들과 함께 중국 군부 인사를 만나거나 아니면 그들로부터 간접적으로 정보를 얻는 경로도 모색해 보시기 바랍니다." 이 밖에도 나는 무관들이 궁금해하는 중국 역사나 중국인들의 행동양식 등에 대해 내가 아는 범위 내에서 답변을 해줬다.

방중 목적을 이루고 귀국

나는 ㄱ원장이 귀국하고 나서 이틀 뒤에 귀국했다. 그 다음주 월요일에 출근해보니 중국 출장이 화제에 올라 있었다. 전체 회의에서 원장이 출장 성과와 향후 계획을 소개하면서 나에 대해 칭찬을 한 모양이었다. 회의를 마치고 나온 모 부장이 나에게 물었다. "아니, 서 연구원은 중국에 가서 원장님을 어떻게 모셨길래 원장님이 그렇게 서 연구원 칭찬을 하시지?" 다른 부장도 거들었다. "도대체 원장을 어떻게 구워삶은 거야?" 당시는 연구원들이 소장을 수행해서 해외 출장을 가면 현지에서 골프 접대를 하거나 달러가 든 봉투를 제공했다는 소리가 심심찮게 들리곤 하던 때였다. 나를 잘 모르는 부서장들은 자기 부원들의 관행이나 경험에서 그렇게 얘기한 것 같았다. 나는 그 얘길 듣고선 어이가 없어 웃고 말았지만, 부서장들 사이에서 나를 두고 이런 말을 하는 것도 자연스러운 일이었다.

중국에 다녀온 이후 원장은 나에게 매우 호의적이었다. 그로부터 거의 두 달 가까이 소장은 회의할 때마다 또는 기회 있을 때마다 나에 대한 칭찬을 이어갔다. 물론 나는 그것에 대해서 기쁘지도 않았고 전혀 공을 내세우지도 않았을 뿐만 아니라, 공이라는 생각 자체가 들지 않았다. 나는 이전과 다름없는 태도로 근무했다. 나는 '백그라운드'를 믿고 호가호위하는 그런 성격이 아니었기 때문이다.

그 연구기관의 원장 임기는 3년이었는데 임기 마지막 해에도 원장과의 관계는 나쁘지 않았다. 하지만 나는 원장의 호의에 응해주지 않고 연구원으로서 내가 맡은 바 임무에만 충실했다. 매주 월요일마다 열린 전체 회의에 참석하면 연구원들이 생산하는 연구의 질적 향상을 위해 다양한 의견을 제시했고, 사업이나 행정 측면에선 사리에 맞는 말만 했다. 내게는 옳은 말, 바른말의 기준이 있었다. 그 일이 도덕적으로 옳은 일인가, 국민 혹은 국가에 이익이 되는가가 그것이었다.

하지만 내가 하는 말이 아무리 옳고 바르다 해도 원장의 의사에 반하는 경우가 없지 않았던 게 문제가 됐다. 이런 일이 몇 차례 반복되자 나를 바라보는 원장의 눈빛이 달라지기 시작했다. 결국 원치 않았던 원장과의 '한판 대결'이 가까워지고 있었다.

원장과 다투게 된 배경은 두 가지였다. 하나는 원장이 연임을 하기 위해 연구 성과가 빨리 나오도록 연구원들을 과도하게 다그치는 것이었고, 다른 하나는 러시아 측에서 부인을 초청하지 않았음에도 러시아 국방부를 방문하는 공무출장에 자기 부인을 데리고 간 것이었다. 그것도 부인의 여행경비를 연구원들의 출장비에서 염출해 가면서까지 말이다.

원장이 모스크바 출장을 떠나기 달포쯤 전에 행정실 예산담당 직원이 해외 출장계획이 잡혀 있던 연구원들을 찾아다니면서 출장비 일부를 원장이 사용할 수 있도록 동의해 달라는 부탁과 함께 사인을 받으러 다녔다. 해외 출장계획이 잡혀 있던 나에게도 찾아왔길래 그럴 만한 사정이 있겠거니 하고 흔쾌하게 서명을 해줬다. 연구원들의 출장비 일부가 원장 부인의 여행경비로 쓰이리라곤 상상도 하지 못했다.

원장이 국민의 세금인 공금으로 자기 부인을 데리고 러시아 출장을 다녀왔다는 믿지 못할 사실을 알게 된 것은 원장이 귀국한 이후였다. 참으로 한심한 고위 공직자라는 생각이 들었다. 그래도 나는 이 문제를 공식적으로 거론하지 않았다. 이미 지난 일인 데다 원장의 퇴임이 얼마 남지 않은 시점이었기 때문이다. 이번에 문제를 제기하면 연구원 내에서 '또 저놈이냐'는 반응이 나올 것이 뻔했다. 솔직히 유쾌한 일이 아니었다. 나도 어느새 무사안일을 추구하는 연구원 분위기에 물들어가는 게 아닌가 자문하면서 '자기 검열'을 하고 있었다. 그런데 사달은 다른 데서 일어났다.

어느 날 오전, 원장실에서 ○○부 전체 연구원들의 연구 상황을 점검하는 회의가 열렸다. 부서장을 위시해 연구원 8명 전원이 참석한 자리였다. 회의는 부서장이 전체 사업 계획의 진행 상황을 개괄적으로 보고하고 이어서 연구원들이 각자 자신의 연구 상황과 함께 애로사항을 건의하는 형식으로 진행됐다. 세 번째 연구원의 보고가 끝나기 전에 일이 벌어졌다.

세 번째 연구원이 여러가지 애로사항이 있으니 연구 기간을 조금 연기해 달라고 요청했다. 그런데 원장은 일언지하에 거절하는 게 아닌가? 그 시기 원장은 연구 성과에 이상하리만치 집착하는 모습을 보였다. 모든 연구원들이 큰 부담을 느끼고 있었다. 원장은 상위 기관인 정부 부처 내에서 자신에 대한 평가가 괜찮다고 판단했는지 원장직을 한 번 더 하고자 하는 욕심이 있어 보였다. 그래서 연구원들을 심하게 압박해 왔다.

나는 이전부터 연구 실적의 질이 높지 않으니 연구원들도 더 노력해야 할 뿐만 아니라 연구원 측에서도 양질의 연구 결과가 나올 수 있도록 지원을 아끼지 않아야 한다는 소신을 갖고 있었다. 또 누가 닦달한다고 해서 연구

성과가 바로 나오는 것도 아니다. 하지만 ㄱ원장은 연구 경험이 전무했고 연구자의 고충을 이해하려고 하지도 않았다. 원장은 연구 수준은 고려하지 않고 결과물만 나오면 그것을 성과로 보는 듯했다. 그것은 원장의 과욕이었다. 연구원이 생긴 지 60년이 넘었지만 원장이 연임된 사례는 없었다.

보고하던 그 연구원은 원장에게 재차 사정을 설명하면서 연구서 발간 기간을 조금만 연기해달라고 요청했다. 부서장도 나서서 간곡히 거들었다. 그런데도 원장은 무조건 기간 내에 임무를 완수하라고 다그쳤다. 이때 내가 나섰다. 원장에게 문제의 그 연구는 그럴 만한 사정이 있다고 부연 설명하면서 마감 일정을 조정해 주시는 게 좋겠다고 건의했다. 그 연구원을 도와주려는 취지에서였다기보다는, 연구원 전체의 학술적 역량을 높이고 연구 수행의 합리성과 효율성을 높이기 위한 공적 차원에서 건의한 것이었다.

이에 ㄱ원장은 신경질적으로 반응했다. 그가 나를 노기 띤 눈으로 노려봤다. 나는 순간적으로 여기서 물러날 것인가, 아니면 칼을 뽑을 것인가 판단해야 했다. 나는 내가 옳으며, 그래서 이길 것이라는 직감이 들었다. 지금까지 나는 술자리에서나 회의에서나, 학술토론회는 물론 외국의 저명 학자들과도 토론을 붙어 단 한 번도 져본 적이 없다. 이참에 안하무인인 원장의 인성에 타격을 가하고 연구원을 자기 수족 부리듯 하는 악습을 고쳐놓아야겠다고 생각했다. 원장직을 연임하려는 헛된 꿈을 포기하도록 아퀴를 지어야겠다고 결심한 것이다. 내가 포문을 열었다.

"원장님, 제가 한 말씀 드려도 되겠습니까? 원장님은 고위 공직자가 되실 자격이 없습니다."

기선을 제압하고자 한 소리였지만 일부러 지어낸 말이 아니었다. 원장실 분위기가 갑자기 싸늘해졌다. 부서장은 사태를 짐작했는지 두 눈을 지그시 감고 듣기만 하면서 가만히 앉아 있었다. 부서장이 자기 부원인 나를 제지하지 않기로 한 듯했다. 나는 부서장이 나를 지지하는 것이라는 느낌을 받았다. 실제로 그날 회의 후 부서장은 나를 잘했다고 치켜세웠으며, 퇴근 후

술도 한잔 같이 했다. 소장과 크게 다투고 난 뒤 몇 년 후에 그 부서장에게 들은 바로는 그날 회의 후 원장은 부원들을 다 내보내고 그 부서장만 남겨 놓고 원탁 위에 침을 퉤 뱉으면서 이런 취지의 말로 그를 심하게 질타했다고 한다. "부서장이라는 자가 일개 연구원인 서상문이를 못 휘어잡다니 네가 그래도 사관학교 내 후배라고 할 수 있나?"

격렬해진 언사

아무튼 고위 공직자가 될 자격이 없다는 나의 발언에 결국 원장의 분노가 폭발하고 말았다.

"뭐라고! 그게 무슨 소리냐?" 원장은 버럭 큰 소리로 외쳤다.

"여기, 1급 고위직인 ××부 ××연구원 원장이 되실 자격이 없고, 되어서도 안 된다고요!"

원장은 험악한 표정으로 나를 노려보면서 다시 버럭 고함을 질렀다. "뭐라고? 아니 이게?"

"다들 보십시오. 저렇다니까요! 우선, 원장님은 남의 말을 다 듣지도 않고 화부터 내시니까 고위 공직자가 될 자격이 없다고 하는 겁니다. 상대의 말을 다 들어보기도 전에 흥분하시기 때문에 대화가 안 됩니다. 둘째, 이 연구원 운영상 필요한 학술 관련 전문 지식이 없습니다."

내가 이렇게 말하는 사이 원장은 울그락불그락한 표정으로 담배를 입에 물고 피워댔다.

"원장님은 남들 모두가 지키는 규칙도 지키지 않습니다. 담배부터 끄십시오!"

"아니 이 ××가? 보자 보자 하니까, 여긴 내 사무실이야!"

"이 ××라니요? 담뱃불 당장 끄십시오! 여기 ○○○건물 전체가 금연구역인데 왜 원장님 혼자만 담배를 태우십니까? 여기가 무슨 원장님의 독립 왕국이라도 된단 말입니까?"

원장은 원탁 위에 놓인 놋쇠 재떨이를 손바닥으로 잡고선 당장이라도 나에게 집어 던질 기세였다. 나는 단호하게 말했다.

"그거 던지세요! 그거 던지지 못하면 나도 가만있지 않습니다. 바로 원장님 옷을 벗겨버릴 겁니다!"

원장은 분을 못 이기면서도 재떨이는 던지지 못했다. 나는 최악의 경우를 각오했다. 사태가 이 정도까지 치달으면 승부를 내야 한다. 직위가 같으면 몰라도 아랫사람이 윗사람에게 대드는 형식의 싸움에서는 둘 중 한 사람이 치명적인 상처를 입을 수밖에 없다. 나의 목적은 분명했다. 명시적으로는 연구원장에게 자신의 비리를 인정하게 만들고 연구원들의 연구 편의를 봐주도록 양보를 받아내는 것이었다. 두 번째는 도덕적으로나 실무적으로나 자신의 무능함을 자각하도록 함으로써 연임 시도를 스스로 포기하게끔 하려는 것이었다.

내가 말을 이어 나갔다.

"원장님, 지금 보시다시피 금연구역인데도 담배를 피우시질 않나, 원장님은 작은 일이든 큰일이든 조직을 이끌어 나갈 자질부터가 부족합니다. 남의 말을 다 듣지도 않고 화부터 내시는 게 그 증거입니다. 그리고 셋째, 무엇보다 원장님은 고위 공직자로서 도덕적으로 문제가 많습니다."

"그게 무슨 소리야! 내가 도덕적으로 문제가 많다니? 내가 뭘 어쨌다고?"

원장은 계속되는 나의 공격으로 수세에 몰리고 있었다.

"원장님, 얼마 전 러시아 출장 가실 때 부인까지 데리고 간 것은 ○○부에서 정해 놓은 원칙을 위반한 거 아닙니까? 그것도 부인의 여행경비를 우리 연구원들의 출장 경비에서 갹출해 가셨다면 적어도 연구원들에게 미안한 감정이라도 갖고 있어야 하는 거 아닙니까?"

"무슨 소릴! 나는 연구원들 돈을 쓴 적이 없어!" 원장의 목소리가 한층 더 격앙됐다.

"그래요? 그 말씀 분명히 책임질 수 있으시겠죠? 만약에 거짓말인 걸로 드러나면 어떡하시겠습니까? 저 말고도 출장 경비를 떼어주고 사인해준 사람들이 있습니다. 제가 압니다."

그래도 연구원장은 자기 부인 경비는 자기 사비로 썼다고 잡아뗐다. 나는 소리쳤다.

"그럼 예산 담당을 지금 오라고 해서 확인하면 되겠네요!"

양심이 있는 사람이라면 이쯤에서 손을 들고 만다. 웬만한 국가기관의 장이라면 회의를 중단하고 뒷수습을 했을 것이다. 하지만 원장은 뭔가 믿는 구석이 있었는지 이렇게 외쳤다.

"이 ××가 정말! 끝까지 해보자는 거지 그래."

원장은 인터폰으로 옆방의 여비서에게 "행정실장 오라고 해!"라고 고함쳤다.

행정실장이 바로 들어왔다. 실장은 원래 나하고 관계가 나쁘지 않았다. 그는 나보다 나이가 한두 살 많았지만 내가 오늘 같은 문제를 일으키지 않도록 평소 내 비위를 맞추려 애를 쓰곤 했다. 인간적 유대가 맺어진 건 아니고 실장 쪽에서 다분히 의도를 가지고 접근한 결과였다. 실장이 자리에 앉자마자 내가 이렇게 당부했다.

"실장님, 오늘 이 일은 중요한 공적인 사안이니까 개인적으로 판단하지 마시고 사실대로만 말씀해 주셔야 합니다. 원장님이 러시아 출장 가실 때 사모님 여행경비를 우리 연구원들의 출장비에서 갹출하지 않았습니까?"

그런데 실장은 나의 물음엔 대답하지 않고 원장 편을 들었다.

"서 연구원님, 너무 지나치다고 생각하지 않습니까? 원장님께 이게 뭐하는 짓입니까?"

나는 즉각 대꾸했다.

"아니, 지나치다니요. 그리고 뭐 하는 짓이라니요? 실장님은 중립을 지키세요! 나는 실장님하고는 싸우고 싶지 않습니다. 자신이 해야 할 의무만 제대로 하세요. 원장 부인의 모스크바 여행경비는 누구 돈이었습니까? 돈의 출처를 분명히 밝히세요!"

실장은 원장 부인의 여행경비 출처에 대해선 끝까지 발설하지 않았다. 긍정도 부정도 하지 않았다. 어쩌면 실장 자신도 원장의 비리를 눈감아준 공범이나 다름없으니 자신의 잘못을 인정할 수 없었을 것이다. 나는 다시 원장을 향해 분명히 얘기했다.

"원장님, ○○부 부서 차원에서 사정을 말하는데, 그것도 개인적 사정이 아니라 연구를 더 잘하기 위해 요청하는 것인데 왜 그렇게 박정하게 대하십니까? 원장님은 매번 원칙을 지키셨습니까?"

이날 드잡이는 없었지만 얼마나 격렬한 언사를 주고받았는지 회의가 어떻게 끝났는지조차 기억이 나지 않을 정도였다. 하지만 지금도 정확하게 기억하는 게 있다. 그들에게는 국가공무원으로서 정의는커녕 최소한의 양심마저도 없었다는 사실이다. 국민의 세금이 바로 쓰여야 한다는 공무원으로서의 기본적 마음가짐도 없었다. 오직 원장을 한 번 더 해보겠다는 눈먼 탐욕과 상관에 대한 비뚤어진 충성심뿐이었다.

ㄱ원장과 말다툼을 크게 한 뒤에 그 연구원의 애로사항이 해결되었는지는 잘 기억이 나지 않는다. 하지만 두 번째 목적은 이뤄냈다. 원장은 연임을 포기했다. 원장이 첫 임기를 마치고 물러나게 된 이유가 나와 다퉜기 때문인지 아니면 또 다른 이유 때문이었는지는 나로선 알 수 없는 일이었다.

아무튼, 내가 다닌 연구원은 위와 같은 문제 외에도 이런저런 문제들이 적지 않았다. 나는 이러한 비효율성과 불합리를 혁신하고 연구의 질을 높혀서 연구원의 위상을 국제 수준으로 끌어올리기 위해 재임 중 연구원장 공모에 두 차례 서류를 제출했지만 두 번 다 고배를 마셨다. 그중 한 번은 내가 최고 점수를 받았음에도 알 수 없는 이유로 떨어졌다. 당시 정권의 한 유력 인사가 자기 후배를 원장 자리에 앉히려고 편법을 썼다는 소리를 나중에 전해 들었다. 내가 퇴임한 후 다시 원장직 모집에 응하려 했을 때는 응모자격이 바뀌어 서류조차 내지 못했다. 그 정부 부처에서 그 연구원의 원장 직급은 1급에서 2년으로 하향 조정을 하면서도 응시자격은 박사학위 취득

후 동일 직무 근무연한이 9년 이상이던 것을 13년으로 늘려 놓았다. 내가 근무한 기간은 12년 6개월이었다.

나는 연구원에서 나온 이후 야인으로 지내고 있다. 모든 것을 내려놓고 마음을 비운 덕분에 그간 접어 놓았던 시를 쓰고 그림도 다시 그리기 시작했다. 세상은 공평하다. 하나를 잃으면 하나를 얻고 하나를 얻으면 하나를 잃게 돼 있다. 연구원에서 원칙을 어겨가며 영달을 누린 사람들도 마찬가지일 것이다. 얻은 만큼 분명 잃은 게 있을 것이다.

3부

영일만, 나의 영원한 고향

내 기(氣)의 뿌리, 내 고향 포항

고향 없는 이가 있을까? 아마 드물 것이다. 단지 고향을 떠나 살거나 고향을 잊고 사는 이들이 많을 뿐이다. 고향을 떠나지 않고 평생을 태어난 곳에서 사는 이들도 적지 않다. 그러나 어느 경우든 사람은 자신이 모르는 사이에 나고 자란 고향의 기를 받으면서 살게 마련이다. 어떤 이는 그 기운이 평생을 가고, 어떤 이는 점차 옅어지고, 어떤 이는 도중에 사라지고 만다. 나는 대지와 바다의 기가 만나는 내 고향 포항의 기를 듬뿍 받아 그 기와 함께 지금껏 살고 있다. 나의 기는 선천적인 유전형질에다 부모님이 보여 주신 삶에서 훈습된 것 외에도 고향에서 보낸 유년과 청소년 시절에 형성된 부분이 적지 않다.

나는 사물을 아무 생각 없이 그냥 지나치지 않고 마음으로 받아들인다. 다시 말해 감수성이 예민한 편이다. 어릴 적 포항의 골목골목을 돌아다니면서 보고, 듣고, 겪은 것에서 비롯된 게 아닐까 한다. 이런 생각은 얼마 전 한 친구가 보내준 1960~70년대 포항 시내 곳곳의 옛 모습이 담긴 수십 컷의 사진에서 촉발됐다. 지금은 다 사라진 고향의 옛 모습을 보며 반백 년 세월이 이러구러 지나갔음을 실감하면서도 포항 시내 곳곳이 내 성장기 기억의 보고라는 생각이 들었다.

포항 시내 거의 모든 곳에 내 발자취가 있다. 특히 내가 나고 자란 학산동, 한때 내가 다닌 항도초등학교와 포항중학교, 나루 끝 일대, 수도산, 항구동, 북부시장을 중심으로 한 대신동과 동빈동 지역들, 내가 전학해 졸업한 중앙초등학교와 육거리, 그리고 오거리, 공설운동장, 송도 등지를 지나가게 되면 그곳엔 그 시절 내가 보고 느끼고 경험한 모든 것이 선명한 동영상으로 펼쳐진다.

내가 서너 살 때 도로 정비 사업에 나선 엄마 손에 이끌려 가보았던 포항시청 붉은 벽돌 건물과 그 주변 풍광들도 정겹다. 그곳엔 내 유년의 야윈 영혼이 그대로 누워 있는 듯하다. 외가가 있던 시골 마을 청하에서 소를 풀어놓고 풀을 뜯게 하고선 개구리, 두꺼비, 나비, 잠자리, 풍뎅이, 무당벌레, 붕어, 미꾸라지, 물방개 등등 많은 생명체를 잡고 놀던 기억이 쌓인 것이리라. 개구리를 잡아서 항문에 밀짚 대를 꽂고 입으로 바람을 불어 넣던 몹쓸 짓도 했다. 이것은 개구쟁이였다고 해서 합리화되는 일이 아니다. 훗날 자연친화적이고 모든 생명을 등가적으로 중시하는 가치관이 자리잡게 된 건 소싯적의 이런 경험과 잔인한 행동에 대한 뉘우침에서 비롯된 것이다.

천혜의 해변이었던 송도해수욕장과 북부해수욕장도 나에게 생태계를 중시하는 가치관이 형성되도록 한 배경이었다. 산보다 바다를 좋아하는 성향, 그 연장선에서 지구 생태 환경에 관한 깊은 의식이 생겨난 것은 아무래도 포항의 두 해수욕장을 자주 드나들면서 바다를 경험한 것 그리고 훗날 30대 후반 때 포스코에서 받은 배신감에서 강화되었을 것이다.

초등학교 4학년 봄날의 어느 날 포항종합제철 공장 기공식이 있다기에 내가 살던 대신동 북부시장에서 포스코까지 비포장도로를 혼자 걸어간 적이 있다. 뿌연 먼지를 덮어쓰면서 먼 길을 걸어 도착한 기공식장은 모래사장이었다. 지금 제철공장 설비가 들어서 있는 곳이다. 행사장은 북새통을 이뤘다. 나는 행사장 뒤편 먼발치에서 어른들 틈에 끼어 있었는데 축사를 하는 사람이 김종필 국무총리라는 소리를 들은 기억이 있다. 수많은 포항시민이 종합제철공장 설립을 환영했지만 수십 년 뒤 이 공장이 포항시민의 건강과 주거환경에 적지 않은 피해를 끼칠 거라 상상한 사람은 당시 거의 없었다.

추억의 병정놀이

타고난 공간지각이 후천적으로 더 강화되고, 그 어떤 불한당을 맞닥뜨려도 겁을 내거나 두려워하지 않는 담대함과 '상무 정신'이 고양된 것은 해발 100m도 채 되지 않아 보이는 수도산 일대를 뛰어다니면서 했던 병정놀이 덕분이다. 수도산과 학산은 내가 우리 동네 북부시장 주변의 골목과 함께 병정놀이를 한 주요 공간이었다. 나는 직접 졸대로 길이 약 70~80cm 정도의 나무칼을 만들어 동네 아이들에게 나눠주고선 그들을 데리고 종종 수도산에 갔다. 거기서 아이들은 두 패로 나뉘어 산을 오르락내리락하면서 칼싸움으로 공격과 수비를 하는 진지전을 벌이곤 했다.

초등학교 4학년 때부터 내가 살던 북부시장에서 골목대장 노릇을 할 때 내 휘하의 '부하'들이 대략 20명이 넘었다. 그중에는 나보다 나이가 두 살 많은 고학년 형들도 더러 있었다. 나보다 나이가 많았던 몇몇 친구 중 일부는 지금 어디에 살고 있는지 소식이 끊겼지만, 나이가 어렸던 옛 '전우'들은 아직도 가끔 연락을 주고받는다. 몇 년 전 근 50년 만에 이들과 다시 만나 회포를 푼 적이 있다. 소싯적 '전우'들은 하나같이 골목대장이었던 나에 관한 기억을 공유하고 있었다.

내가 후배들을 훈련시킨다고 장딴지에 모래주머니를 메고 산을 오르게 한 일도 기억하고 있었다. 후배들은 내가 병정놀이를 지휘하던 모습, 그리고 도화지에다 12색 사인펜으로 건물과 기물은 물론, 등고선까지 그려넣은 수도산 지도를 사용하던 것까지도 잊지 않고 있었다. 후배들이 내게 이렇게 물었다. "형님, 그때 그 나이에 어떻게 그런 지도를 그릴 수 있었습니까? 지금 생각해도 놀랍습니다." 훗날 내가 해외 유학을 마친 후 생애 두 번째 직장으로 정부의 모 부처 산하 연구원에 근무하면서 전쟁을 연구하게 된 것은 어릴 적 학산동, 북부시장, 수도산을 무대로 병정놀이를 했기 때문이 아니었을까?

이 글은 사실 기(氣) 이야기로 시작하려고 했었는데, 오늘 나의 기질이나 성품이 형성된 데는 부모님으로부터 물려받은 유전형질 외에 후천적으로 내가 나고 자란 나의 고향의 기도 작용했을 것이라고 본다. 과연 기라는 게 무엇일까? 기는 사전적 의미로는 '활동하는 힘', '숨쉴 때 나오는 기운'을 말한다. 하지만 일상생활에서 벗어나 학문의 영역으로 들어가면 개념이 달라진다. 16세기 말부터 전래된 서양의 종교와 과학의 영향으로 큰 변화를 겪었지만, 기는 보이는 물질세계의 기반일 뿐만 아니라 보이지 않는 정신작용과도 관련돼 있다. 동양철학에서 보통 원리, 근원, 본질로 인식되는 이(理)에 반해 기는 이(理)가 드러나는 현상, 작용, 물질 등으로 정의된다.

기는 서양인에게는 없던 개념이다. 그래서 그들에게는 '기'라는 단어도, 관련된 말도 없었다. 우리의 일상생활 속에서 흔히 쓰이는 '기를 받는다', '기가 막히다', '기가 약하다', '기싸움' 따위의 표현들을 서양인들은 이해하지 못한다. 그들의 언어로 아무리 친절하게 번역해 줘도 고개를 갸웃거린다. 서양사회에 중국의 유학이 널리 소개되면서부터 기의 한자음을 중국어 'Qi' 혹은 한국어 발음을 따른 'Gi'로 표기하기 시작한 것은 그리 오래되지 않았다.

나에게서도 기가 다양한 양태로 발현되고 있을 것이다. '정신작용'이나 '활동하는 힘', 또는 '근원적 토대'로서 말이다. 반평생 넘게 살아오면서 내 몸속에는 한마디로 설명할 수 없는 여러 기들이 존재하고 있음을 느낀다. 악행을 일삼는 불의한 자들과 마주치면 사생결단을 하겠다고 나서는 칼 같은 기가 있는가 하면, 리어카나 끌고 골판지 따위의 고물을 주우러 다니는 노인네들을 보면 가슴이 짠해지는 솜털처럼 여린 기도 있다. 정의로운 행동이나 옳은 말은 그대로 받아들이는 열린 기가 있는가 하면, 파렴치한 행위나 삿된 말은 누가 하든 가만있지 않는 정의로운 기도 있다.

나는 내게 이성과 감성이 반반씩 섞여 있음을 경험으로 느끼면서 살고 있다. 실제로 '이성·감성 수치 테스트' 같은 걸 해봐도 결과가 그렇게 나온다. 그것이 때로는 학자적 기질로, 때로는 무인적 기질로, 때로는 예술가적 기질로, 때로는 노마드 기질로, 때로는 정치가적 기질로 나타난다. 이러한 기질이 어우러져 '나의 기'를 만들고 그 기를 내뿜게 하는 듯하다. 나의 기질은 언제, 어디서, 어떻게 만들어진 것일까? 영향을 받았다면 어디서 받았을까? 부모님이 물려준 유전형질과 내 고향 포항이 내 기의 원형질을 만들어줬을 것이다.

여섯 살 전에 세 번 가출

소싯적 추억은 누구에게나 있다. 추억이 많거나 적거나, 아니면 또렷하거나 흐릿하다는 차이가 있을 뿐이다. 내게도 유소년기 추억이 많지만 그중에서도 가출에 관한 기억이 유독 선명하다. 나는 어릴 때 여러 번 집을 나갔다. 네 살에서 여섯 살 사이에 세 번 가출을 했고, 초등학교 4학년 때 한 번 더 집을 나갔다.

첫 번째 가출은 의도한 건 아니었다. 미필적 고의였다. 네 살 때였다. 무슨 일인지 기억이 나지는 않지만 부모님한테 심하게 야단을 맞은 날이었다. 나는 화를 참지 못하고 그 길로 포항역까지 걸어갔다. 네 살짜리 아이가 걷기에는 제법 먼 거리였다. 역에서 기차를 타고 할아버지가 사시는 월성군 안강읍의 창말이라는 마을로 갈 심산이었다. 안강은 아버지의 고향이기도 했다. 하지만 나는 기차표를 살 돈이 없었다. 천연덕스럽게 아이를 등에 업은 한 아주머니의 뒤춤에 손을 살짝 얹어 엄마를 따라가는 아들인 것처럼 개찰구를 빠져나가 기차에 올랐다.

안강까지는 멀지 않았다. 포항역에서 기차를 타고 세 역만 지나면 안강역이 나온다. 드디어 기차는 출발했고 효자역 다음의 두 번째 역인 부조역에서 멈춰 섰는데 웬일인지 기차가 한참이나 움직이지 않았다. 철길이 단선이어서 반대편에서 기차가 통과하기를 기다리는 것이었다. 나는 호기심이 발동했다. 무슨 일인가 싶어 플랫폼으로 내려가 땅바닥에 앉아서 그림을 그리며 놀고 있었다. 그런데 그사이 반대편 철길로 기차가 들어오고 내가 타고 온 기차는 출발해버렸다. 어른 같았으면 달려가서 천천히 움직이는 기차에 올라탔겠지만 네 살 먹은 어린이에게는 불가능한 일이었다. 나는 그만 미아가 되고 말았다.

나는 울기 시작했다. 그런데 마침 기차에서 내린 어떤 아저씨가 다가왔다. 아저씨는 내 머리를 쓰다듬으면서 부모님이 어디 계시냐, 집은 어디냐고 물으셨다. 나는 집 주소를 알고 있었지만 모른 체 했다. 집으로 돌아가기가 싫었기 때문이다. 결국 나는 아저씨의 품에 안겨 그의 집으로 갔다. 부조역에서 산 아랫마을 쪽으로 고개를 돌리면 바로 직선으로 눈에 들어오는 예배당 뒤 슬레이트 집이었다. 지금도 집과 마당 그리고 '정지'가 정갈했다는 인상이 남아 있다. 성인이 돼서 돌이켜 생각해 보니 20대 중반쯤으로 보였던 그 아저씨는 부인이 없었던 것으로 보아 미혼이었던 모양이고, 홀어머니와 같이 살고 있었다.

나는 그 집에서 보름 가까이 지냈다. 영화배우 빰칠 정도로 미남인 아버지를 빼닮았던 나는 서너 살 때 코가 오뚝 솟고 눈이 똘망똘망해 잘생겼다는 소리를 곧잘 듣곤 했다. 그래서 그랬는지 적적하게 지내던 두 모자의 귀여움을 독차지했다. 매일매일 노는 게 신이 났다. 아무도 간섭하지 않았다. 밥상도 우리집과 달랐다. 꽁보리밥에다 김치 아니면 수제비가 전부였던 우리집과 달리 쌀이 반 넘게 섞인 밥에다 생선이 가끔 상에 올랐다.

그러던 어느 날이었다. 툇마루 기둥에 달린 엠프(라디오)에서 검정 고무신에 까까머리를 하고 얼굴엔 마른버짐이 있는 아이를 찾는다는 뉴스가 흘러나오는 게 아닌가? 바로 나를 찾는 뉴스였다. 뉴스는 그 뒤로도 사나흘이나 계속됐지만 나는 못 들은 척했다. 심부름만 시키는 부모님과 가난한 집이 싫었고 집에 가면 또 혼이 날 게 뻔했기 때문이다.

그런데 방송이 계속되자 할머니와 그 아들이 눈치를 채신 것 같았다. 한번은 내게 참외와 수박 한 조각을 건네시면서 물었다. "니 집이 어디고?" 하며 몇 차례나 물었지만 나는 한마디도 대꾸하지 않았다. 그렇게 이틀이 더 지났다. 두 모자가 이번에는 과일 대신 1원짜리 빨간색 지폐로 나를 구슬렸다. 마음이 약해진 나는 집 주소를 말하고 말았다. 네 살짜리 아이였지만 나는 '돈맛'을 알고 있었다. 1원이면 국화빵을 스무 개나 사 먹을 수 있던 시절이었다.

당시 나는 이미 한글을 깨친 상태였다. 부모님 성함이며 집 주소, 이등병에서 대장까지 군대 계급도 줄줄 외우고 있었다. 영어 알파벳까지 쓰고 말할 줄 알았다. 동네에서 '영특한 아이'라는 소리를 자주 들었다. 다 아버지의 '조기 교육' 덕분이었다. 그 시절 아버지는 학산동 산마루에 있던 협성중학교(전수학교)에서 영어를 가르치셨다. 아버지의 존재 그 자체가 조기교육이었다. 나중에 커서 들었는데 이웃에서 나를 두고 "이다음에 크면 임금 아니면 역적이 될 놈"이라고 수군거렸다고 한다.

결국 나는 할머니 손에 이끌려 포항으로 가는 버스에 올랐고 시외버스 터미널에 내려서는 내가 앞장서서 학산동 우리 집으로 향했다. 7월 하순 무더운 여름날 오후, 집에는 아무도 없었다. 주인집 개와 주인집 아이들이 나를 반겼다. 부모님은 매일 아침 일찍부터 집을 나서 백방으로 나를 찾으러 돌아다녔다. 그날 저녁, 나는 종아리에 멍이 들 만큼 회초리로 맞았다. 맞은 건 맞은 것이고, 고마운 건 고마운 것이다. 그 뒤 나는 포항에서 기차를 타고 부조를 지날 때면 버릇처럼 차창 밖으로 예배당 뒤 그 집을 내다보는 습관이 생겼다. 20여 년이 지난 뒤 나는 어머니와 함께 그 집을 찾아갔다. 칠순이 넘은 그 옛날 아주머니에게 고맙다는 인사를 드렸다.

그날 국도변에 나가지 않았다면

두 번째 가출은 의도한 것이 아니었으나 결과적으로는 가출이 되었다. 포항 인근 장으로 장사하러 간 엄마를 찾아가기 위해 무턱대고 길을 나섰다가 해가 질 무렵에 도달한 곳에 눌러앉았다. 당시 포항시 인근 읍면에서는 5일마다 장이 섰다. 어머니는 '다라이'를 머리에 이고 나보다 세 살 아래, 그러니까 갓 돌을 지난 여동생을 업고 바다에서 멀리 떨어진 시골 장터로 생선을 팔러 다니셨다.

내가 네 살이던 늦은 봄날, 그날도 어머니는 생선을 팔기 위해 집을 나섰다. 신광장인지 청하장인지 북쪽으로 가신다고 했다. 나는 집에 혼자 있기 싫어 엄마를 부르며 뒤따라 나섰다. 등에 업은 아기도 건사하기 힘든데 네 살짜리 개구쟁이는 그야말로 큰 짐이 아닐 수 없었다. 엄마는 몇 번이나 뒤돌아보며 나에게 그만 집으로 돌아가라고 손짓을 했다. 버스를 놓칠세라 재게 걷던 엄마가 그만 시야에서 사라지고 말았다.

이런 일이 처음은 아니었다. 저녁에는 엄마가 돌아오신다는 걸 모르는 게 아닌 데도 뭐가 그리 슬펐는지 나는 자주 울었다. 울다가 지치면 혼자 철길에서 놀다가 집으로 돌아가곤 했다. 그런데 그날은 각오가 남달랐다. 끝까지 따라가 보기로 한 것이다. 네 살 꼬맹이가 혼자서 학산동 집 앞으로 길게 난 철길을 지나 우현동 '나룻끝'을 거쳐 가파른 '소티재'를 넘어갔다. 이 고개는 지금도 옛날 흔적이 남아 있다. 능선을 넘으니 멀리 달전이라는 마을이 보였다.

달전에 도착했을 때는 해 질 무렵이었다. 때마침 정미소 앞마당에서 잔치가 벌어지고 있었다. 나도 모르게 발길이 그쪽으로 향했고 천막 한구석에 앉은 내게도 작은 상이 하나 차려져 나왔다. 그날 처음 먹어본 음식과 부산한 잔칫집 풍경이 지금도 눈에 선하다. 특히 붉은 칠이 입혀진 둥근 나무상 위에 놓인 하얀 호리병이 기억난다. 겉에 파란색 돛단배가 그려진 그 병 안에는 단술, 즉 감주가 들어 있었다. 난생처음 맛보는 달짝지근한 맛이어서 아주 맛있게 먹은 기억이 남아 있다.

식후가 문제였다. 해가 저물자 그만 갈 데가 없었다. 어느 집에서 잤는지 생각이 나지 않는데 굶지는 않았다. 그 동네 또래 아이들과도 어울려 시간 가는 줄 몰랐다. 이번에도 부모님 생각은 나지 않았다. 채 반 년도 안 되어 또 아들을 잃어버린 부모님은 얼마나 혼비백산하셨을까? 유괴 사건이 심심치 않게 일어나던 시절이었다. 사나흘쯤 되던 날이었나. 오전 무렵이었다.

그날도 나는 방앗간 앞 국도변에서 아이들과 함께 놀고 있었다. 그런데 갑자기 누가 달려와 내 빰을 냅다 갈기는 게 아닌가? 고개를 들어 올려다보니 엄마와 아버지였다. 부모님이 타고 있던 버스가 잠시 헌병 검문소에 멈춰선 사이 밖을 내다보다가 길가에서 놀고 있는 나를 발견한 것이었다.

60년 가까이 지나 이 글을 쓰고 있는 지금도 당시 어머니의 마음을 생각하면 울컥 눈물이 솟는다. 그날 국도변에서 놀지 않았다면, 그때 부모님 눈에 띄지 않았다면 과연 나는 어떻게 됐을까? 고아원에 맡겨졌거나 유괴범 손아귀에 들어갔을 수도 있다. 나를 돌봐 주신 달전 정미소 마을 사람들께도 다시 한번 감사드리고 싶다. 함께 놀아줬던 또래 친구들도 고맙다. 모두의 건강과 행복을 빈다. 소풍처럼 잠시 와 있는 이승에서 무수히 스쳐 간 인연들이 내겐 고맙고 고마울 따름이다.

구척장신 할배는 무서웠다

세 번째 가출은 이전 두 차례와 달리 작정하고 결행한 것이었다. 가출이라기보다는 부모님 집으로 가고 싶어 할아버지 집에서 도망친 것이라고 하는 게 더 정확하겠다. 가출인지 실종인지 어린 아들이 잇따라 사고를 내자 혼쭐이 난 부모님은 나름 대책을 세우셨다. 나를 안강읍에서 시오리 떨어진 '창말'에 사시던 '할배'에게 보낸 것이다. 창말은 아버지가 나고 자란 고향으로 서씨 집성촌이었다.

할배와 할매는 말썽꾸러기 손자가 다시는 가출하지 못하도록 감시의 눈길을 거두지 않으셨다. 할배는 평소 성격이 불같으셨다. 할배는 방안에 계실 때도 수시로 방문에 달린 작은 유리창으로 마당을 살피셨다. 같이 살던 숙부까지 나서서 집 밖으로 돌아다니지 말라고 '심리공작'을 펴기도 했다. 가령, 마을 근처에 어린애 간을 빼먹는 문둥이(나병환자)들이 자주 나타나니 절대 문밖에 나가지 말라는 것이었다. 어린아이 간이 나병을 고친다는 풍문이 나돌던 때였다.

나는 거의 연금 상태였다. 밖으로 나가지 못하니 친구들과 놀 수가 없었다. 갑갑하기만 했다. 그러던 어느 날 할배집에서 도망쳐야겠다고 생각했다. 여러 날 기회를 엿보았다. 드디어 기회가 왔다. 날이 어둑해지면 제법 날씨가 쌀쌀했으니 늦가을쯤이었을 것이다. 할배는 키가 180cm에 달했으니 어린 나에게 얼마나 큰 거구로 보였는지 모른다. 할배는 당시 쉰을 갓 넘긴 중늙은이였지만 평소 술을 즐기셔서 위궤양으로 고생이 심하셨다. 그래서 의사가 자주 할배 집에 왕진을 왔다.

그럴 때마다 할배는 안방에 누워 링거주사를 맞았다. 나는 이때가 기회라고 생각했다. 그날도 이윽고 의사가 찾아왔다. 나는 몸을 최대한 낮추고 담벼락에 붙어 기다시피 해서 대문을 빠져나왔다. 어린 나이였음에도 그때의 해방감이란! 나는 그 길로 신작로로 나가서 안강 읍내를 향해 걷기 시작했다. 지금도 그렇지만 안강으로 나가야 포항행 버스나 기차를 탈 수 있었다. 읍내까지는 2km가 조금 넘었다. 멀리 시가지가 보였으니 길을 잃을 염려는 없었다. 비포장도로를 오가는 버스와 삼발이(삼륜차) 트럭이 일으키는 먼지를 덮어쓰면서 걸었다. 읍내가 가까워졌을 때는 '삼신 연탄'이라고 쓰인 철판을 댄 리어카를 밀어주기도 했다. 사방이 어둑어둑해지기 시작했을 때에야 안강 읍내에 도착했다.

날씨가 약간 쌀쌀한 초겨울, 날이 저물고 차도 다 끊어져 포항으로 갈 수가 없었다. 주머니에 돈이 있을 턱이 없었다. 나는 미아로 신고가 돼 가까운 안강지서로 보내졌다. 대략 저녁 8시가 넘은 시각이었을 것이다. 지서 안에는 난로가 있었던 것 같고, 커다란 벽시계가 걸려 있었다. 순경 아저씨들이 내게 주소를 물어보았지만 이번에도 나는 모른 체 했다. 밥 먹었느냐는 물음에 나는 고개를 가로저었다. 나는 지서 안쪽 따뜻한 숙직실 방에 앉아 이밥에 '메레치'(멸치) 볶음반찬을 먹었다. 정말 맛있었다.

맛있는 밥상을 차려준 순경 아저씨들의 호의에 못 이겨 나는 할배 성함과 주소를 다 말해줬다. "안강읍 양월 2리 451번지, 서기술!" 그로부터 한 시간이 지났을까? 십여 명의 일가친척 어른들이 지서로 들이닥쳤다. 손에는 호롱불이 쥐어져 있었다. 시골에는 전기가 들어가지 않아 호롱불을 사용하던 시절이었다. 그날 밤 다시 할배집으로 '연행'된 나는 목침 위에 올라서서 할배의 불호령을 들으며 종아리를 늘씬 맞았다. 그다음부터 할배와 할매의 감시가 더 심해져서 집 밖으로 나갈 생각조차 하지 못했다.

수십 년이 지난 지금도 창말 할배집 시절이 흑백영화처럼 돌아간다. 할머니께서 돌아가신 지도 벌써 30년이 돼 간다. 지금도 할매께서 하신 말씀이 들리는 듯하다. 쇠죽을 끓이기 위해 작두질을 할 때면 조심하라며 이렇게 말씀하시곤 했다. "아이고 이노무 종내가! 손가락 비킨다. 조심해라! 다황은 가마솥 옆에 놓으면 안 된다. 떨어질라. 솥 가새는 야불떼기가 꼰드라부까네 다황통은 단디 지들카 놓고 여 오나라! (아이고 이 녀석아! 손가락 베인다. 조심해라! 성냥은 가마솥 옆에 놓으면 안 된다. 떨어질라. 솥이 있는 가장자리는 옆이 위태로우니까 성냥통 단단히 받쳐 놓고 이리 오너라!)"

가출이 성공했다면 나는 어떻게 됐을까? 해찰이 심한 다섯 살짜리 꼬마가 포항 집을 무사히 찾아갈 수 있었을까? 아니면 엇길로 빠져 예기치 못한 상황이 전개됐을까? 내가 갈 뻔했던 '운명의 길'이 이미 네다섯 살 때 내 앞에 있었다. 그러나 가출에 실패한 게 천만다행이라는 생각은 지금도 변함이 없다.

나에게 포항은 고향 이상의 의미를 지닌 곳이다. 소싯적 살아 있는 인생학교였다. 엄마 치마폭에 싸여 지내야 할 유소년 시절에 네 번이나 가출을 했으니 내 인생은 출발부터 남달랐다고 할 수 있다. 부모님과 조부모님의 속을 썩여드려 죄송하지만, 그분들이 없었다면 오늘의 나는 없었을 것이다. 하늘 같은 은혜를 어떻게 갚을 수 있을지, 진 빚이 크다. 길을 잃고 헤매던 어린아이를 거둬주신 수많은 분께도 고마운 마음을 전한다. 그분들이 아니었다면 나는 지금 세상에 없거나, 살았다 해도 전혀 다른 삶을 살았을지 모른다. 나를 키워준 포항이 고맙고 미안하고 그립다.

2017. 8. 23.

첫 번째 전환점, 대학 입학

고등학교 3학년 여름 방학 때까지 나는 대학생이 되리라고는 꿈도 꾸지 않았다. 가정 형편이 어려워 대학을 갈 수 없다는 건 가족들이 말을 꺼내지 않아도 다 알고 있는 엄연한 현실이었다. 그 시절엔 대다수가 가난했다. 우리 집만 유난히 가난한 게 아니었다. 1960년대 후반까지 우리 가족은 포항 학산동에 살았다. 부모와 나, 그리고 세 살 아래 여동생 이렇게 네 식구가 판잣집 단칸방에 세 들어 살았다. 집안 형편이 어려워 나보다 두 살 위인 형은 포항 인근 안강에 있는 할아버지 댁에 맡겨졌다. 내가 초등학교 4학년 때 우리 집은 대신동 북부시장 안으로 이사했는데 비좁은 단칸방 신세는 여전했다.

중학교에 입학했을 때 사정이 조금 나아졌다. 시작한 지 3년이 넘은 어머니의 좌판 장사 덕분이었다. 우리 집은 북부시장 단칸방 바로 앞 2층짜리 목조주택으로 다시 살림을 옮겼다. 새집은 방이 세 개나 되어 지옥에서 천국으로 올라간 느낌이었지만 궁핍하기는 마찬가지였다. 북부시장은 규모가 그리 크지 않았다. 어머니는 이십 대 후반부터 그 작은 시장 한 귀퉁이에 좌판을 펼치고 채소나 과일, 곡식을 팔았다. 아버지가 가장 역할을 제대로 하지 못했기 때문이다.

아버지는 중학교에서 임시직으로 영어를 가르치다가 인쇄소에서 필경사를 하기도 했는데 중간중간 실직할 때가 더 많았다. 아버지는 오십 줄에 들어선 뒤에 어머니가 하는 장사를 돕기도 했다. 아버지는 일을 저질러 놓고 수습을 잘 못하는 타입이었다. 아버지는 잊을 만하면 문제를 일으켰다. 내가 성인이 되었을 때는 산을 사놓고 동기이전을 제때 못해서 법원에까지 가서 문제를 해결한 경우도 있었다. 형과 여동생은 타고난 재능이 많았고 공부도 잘했는데 교육을 제대로 받지 못했다. 둘째인 나만 대학에 가게 되었는데 어머니의 희생과 내 의지 및 노력의 결과였다.

고등학교 3학년 때인 1977년 여름 방학, 나는 평소처럼 친구들과 어울리느라 집에 잘 들어가지 않았다. 그러던 어느 날 어머니가 내게 "대학에 가고 싶으냐"고 물으셨다. 뜻밖의 물음에 나는 푸념 섞인 말투로 "대학 갈 형편이 안 되지 않느냐"고 반문했다. 그랬더니 어머니가 "돈은 신경 쓰지 말거라. 대학에 합격하면 무슨 수를 써서라도 뒷받침해주마"라고 했다. 어머니가 친구들하고 이야기를 나누다가 '아들은 대학을 보내야 된다'는 말을 들었던 모양이다. 나는 그 말을 듣고 결심했다. 좋다! 대학에 가자. 그길로 나는 바로 부산으로 가서 서면에 있는 단과반에 등록했다. 개학한 뒤에도 한동안 학교에는 가지 않고 학원을 다니며 혼자 공부했다. 예비고사까지 채 다섯 달도 남지 않았을 때였다.

당시 대학을 가겠다는 생각을 하지 않았다면 나는 어떻게 되었을까? 역마살을 타고났다는 내가 포항에 눌러앉았을 확률은 거의 없다. 나는 고등학교 1학년 때 친한 친구들을 모아 대구, 서울, 부산으로 여행을 가거나 청송, 안동 등지로 캠핑을 다녔다. 고등학교 3년 간은 부산을 자주 들락거렸다. 사실 나의 치기 어린 방황과 방랑은 역마살 때문이라기보다 가정 형편 때문이었다.

사람들은 내가 역마살이 몇 개나 있다고 이야기한다. 지금도 그렇지만 나는 사주팔자라는 걸 믿지 않았다. 사주나 점을 보면 이상하게도 내가 '일국의 왕'이 된다는 점괘가 나온다. 한두 번도 아니고 여러 번 그런 사주와 점괘가 나왔다. 나 혼자만 들은 게 아니다. 같이 간 후배들도 들었다. 1990년대 타이완 유학 시절에도 점을 보았는데 마찬가지였다. 나는 믿지 않았지만 기분 나쁠 것도 없었다. 타이완 점집에서 내 점괘를 프린트로 뽑아 주길래 가지고 나왔다. 그 점괘는 지금도 서랍 한구석에 있다.

40대 초반에도 후배들 손에 이끌려 점집을 찾은 적이 있다. 꽤나 유명한 집이었다. 후배들 말로는 박태준, 노태우 같은 인물이 다녀간 데라고 했다. 나와 함께 내 점괘를 들은 후배들이 점쟁이에게 캐물었다. "우리 선배님은 언제 대통령이 되는 겁니까?" 그러자 점쟁이가 "이 사람 67세 되는 해에 된다"라고 답했다. 20여 년 전의 일이다. 지금 내 나이 65세인데 점괘가 맞는다면 앞으로 2년 남았다. 하지만 나는 믿지 않는다. 왕이 될 운명을 타고난 내가 어찌 이렇게 살 수 있단 말인가? 나는 인간의 자유의지와 실천이 더 중요하다고 생각한다.

아무튼 나는 자주 바깥으로 나돌아다녔는데 역마살 때문만은 아니었다. 부부싸움이 잦은 집에 있는 것보다 친구들 집에 가서 놀고 큰 도시로 돌아다니는 것이 마음 편했기 때문이다. 그런데 만약 학력이 고졸인 데다 가진 것도 무일푼인 스무 살짜리가 객지로 나갔다면 무슨 일을 할 수 있었겠는가? 아마 조직 폭력단에 휩쓸려 들어갔거나 극장 간판 그리는 쪽으로 흘러들어 갔을 가능성이 크다. 중고등학교 6년을 보내면서 주먹싸움을 많이 해본 경험이 있었고, 각종 사생대회에 나가서 큰 상을 많이 받았을 정도로 그림에 소질이 있었기 때문이다. 당시에는 극장 간판을 그리는 것도 어엿한 전문직이었다.

대학 입학은 나의 많은 것을 변화시켰다. 대학을 가게 된 덕분에 처음 입학한 대학보다 더 나은 대학으로 가고자 하는 성취욕이 생겨났고, 두 번째 대학에서는 최고 성적을 내야겠다는 분발심도 커졌다. 이때 타고난 정의감과 자존심이 되살아났다. 이처럼 생각이 바뀌고 환경이 달라지자 자연스럽게 주먹 세계와 멀어졌다. 스무 살 때부터 주먹은 진정한 힘이 아니라 진짜 힘은 '아는 힘'에서 나온다는 걸 깨달았다. 대학에서 서양화를 전공했지만 우연한 기회에 친구의 권유로 나는 언론사 기자 시험에 응시했다.

두 번째 전환점, 불교와 만나다

겨울 추위가 시작되던 1979년 12월 4일 나는 논산훈련소에 들어갔다. 다니던 지방 국립대학에 휴학계를 내고 서울에 있는 대학으로 옮기기 위해 서울 홍은동 친구 집에 묵으면서 다시 입시 준비를 하던 때였다. 그러던 어느 날 입대 영장이 날아들었다. 대학 본고사를 보지 못한 채 끌려가게 된 것이다. 당시 전두환 군사 정권은 대학생들의 반독재 데모를 막기 위한 방편의 하나로 휴학하는 학생들에게 '학적 변동'이란 이유를 붙여 바로 군에 입대하도록 강제했다.

돈 있고 '빽' 있는 집안의 자식들은 군대에 안 가거나 가더라도 편한 보직을 받던 시절이었다. 가진 게 아무것도 없던 나는 논산훈련소를 거쳐 휴전선 바로 아래 서부 전선 육군 제1사단 포병단으로 배치됐다. 그곳에서 상황실 작전병이자 차트병으로 34개월 가까이 근무했다. 견디기 힘든 곤고한 시절이었다. 특히 겨울엔 사역이 많아서 일요일에도 쉬지 못했다. 다행히 일요일엔 군대 내 교회나 절에 가면 사역을 피할 수 있었다. 그러던 중 나는 군대 영창에서 불경을 접하게 됐다.

상병 말년 때였다. 열댓 명이 넘는 병장들이 나더러 후임들에게 얼차려를 시킬 것을 강요했다. 내가 못하겠다고 거부하자 그들은 나를 흠씬 두들겨 팼다. 가뜩이나 나는 차트병으로서 자주 여타 부대로 파견 근무를 나가고 내무반 생활을 잘 하지 않아 그들에게 눈엣가시였다. 그렇게 살벌한 분위기에서 빳따를 여러 차례 맞으면서 폭행하기를 강요당하던 나는 결국 후임에게 한 차례 손찌검을 할 수밖에 없었다. 그리고 그 일이 빌미가 되어 나는 사단 헌병대에 구속되고 말았다. 군사재판을 받기 전 미결수로 4개월 가까이 영창에 갇히게 된 것이다. 당시 영창은 언어폭력은 기본이고, 구타와 체벌 등 겪어 보지 않은 이들은 상상조차 할 수 없는 일이 벌어지던 곳이었다. 그러나 광기 어린 폭력들이 자행되던 군대 영창 생활이 무조건 나쁜 것만은 아니었다. 세상의 모든 일이 그렇듯이 음이 있으면 양도 있는 법이다. 나는 바로 그곳에서 부처님 말씀을 만났다.

영창에서 나는 부처의 일대기와 반야심경 같은 경전에 빠져들었다. 군 법사의 설법도 귀담아들었다. 영창에서 풀려난 후에는 부대 인근에서 버스를 탔다가 우연히 한 스님을 만나 불교에 관한 이야기를 듣기도 했다. 불경에 따르면, 세상 모든 것은 인연 따라 흐르고 영원한 것이 없는 세계에서 인간의 행위는 반드시 과보를 받게 된다고 했다. 즉 무상, 연기법과 업설이었다. 모든 것은 인간의 자유의지에 따라 결정되는데 그것은 영원하지 않고 인연 가합에 의해 생멸을 반복한다……. 신선한 충격이었다. 마음속에서 요동이 쳤다.

그때부터 불교 세계를 더 넓게, 더 깊이 공부해야겠다는 목적의식이 뚜렷해졌다. 1982년 9월 중순, 나는 전역하자마자 2개월 정도 공부해서 예비고사를 치르고 본고사를 통과해 동국대학교 불교대학 미술과에 입학했다. 내 나이 스물 다섯 살이었다. 불교 공부를 하면서 화가의 길을 걷기 위한 선택이었다. 동국대 미술과는 서양화, 동양화(요즘은 한국화라고 한다), 조소, 불교미술 이렇게 네 전공으로 나뉘어 있었다. 나는 서양화 실기로 입학해서 졸업할 때까지 서양화를 전공했다.

그런데 문제가 생겼다. 대략 2학년 1학기 때까지는 그림 공부에 열중했지만 2학년 2학기부터 미술이 나의 미래가 아니라는 생각이 들기 시작했다. 민주화운동이 들불처럼 일어나던 시기였다. 교정에서는 시위가 한창인데 나

혼자 실기실에 앉아 그림을 그린다는 사실이 여간 불편하지 않았다. 데모하는 학생들에게 큰 빚을 지는 느낌이었다. 정의와 진리를 외치지 않고서 어떻게 역사와 시대 앞에서 떳떳할 수 있단 말인가? 죄책감에 시달렸다. 최루탄과 돌멩이가 난무하는 캠퍼스 한구석에서 혼자 붓을 들고 있기가 힘들었다.

청년기에 불교가 끼친 영향

나는 화가의 길을 접었다. 대신 일부 운동권 학생들과 어울리면서 학업에 열중하기 시작했다. 학과에서는 전공 필수만 듣고 나머지는 불교학, 교육학, 철학, 정치학, 일본어 등 인문학과 사회과학 분야를 수강했다. 정말 열심히 파고들었기에 타 학과의 전공 학생들과 경쟁하는데도 매번 A플러스를 받았다. 그러는 한편 개인적으로 불교 공부도 계속했다. 특히 2학년 때까지 서양화는 매 학기 A플러스 혹은 A를 받았던 것이 기억에 남는다. 한번은 1학년 가을에 용문산으로 MT를 갔을 때 당시 서양화과 교수께서 내가 그린 유화를 보시고선 실기를 계속하라고 격려해 주셨다. 그는 나중에 내가 쓴 글을 보시곤 미술평론을 해보라고 권유하시기도 했다.

불교미술 교수님은 나에게 불교 미술이론을 공부하라고 여러 번이나 '유혹'하셨다. 심지어 중매를 서시기까지 했다. 4학년 봄이었던가, 어느 날 교수님은 사전에 아무런 얘기도 하지 않고 당신 처제를 데리고 오셨다. 선을 보게 한 것이다. 그러고는 당신 처제와 결혼하면 미국 유학을 보내줄 테니 박사 학위를 받아 오라고 하셨다. 심지어 교수 자리를 마련해 주겠다고도 하셨다. 고맙지만 나는 정중히 사양했다. 내가 졸업하고 나서도 교수님은 여러 차례 같은 권유를 하셨는데 나는 그때마다 뿌리칠 수밖에 없었다. 내가 가고자 하는 길이 미술 쪽이 아니었기 때문이다.

나는 학과를 옮기거나 대학을 옮겨 정치학이나 사회학을 공부하고 싶었다. 고시 공부를 해보라고 권유하는 사람들도 있었으나 법조문만 달달 외우는 공부는 '죽은 공부'라고 여기던 터라 고시 쪽은 아예 관심조차 없었다. 나는 살아 있고 창조적인 '학문'을 하고 싶었다. 전공을 바꾸려고, 또 다른 대학에 들어가려고 시도했지만 부모님의 허락을 받지 못했다. 그러려면 혼자 벌어서 하라는 것이었다. 달리 뾰족한 수가 없었다. 대학을 조기 졸업하고 대학원에 가서 전공을 바꾸기로 결심했다.

물론 친구들과 어울려 술도 많이 마셨다. 한번은 단과대학 수석을 해서 장학금으로 56만 원을 받았다. 당시 한 학기 등록금이 40만 원이었으니 적지 않은 돈이었다. 그런데 그 돈을 후배들과 친구들하고 술 마시는 데 다 써버리고 말았다. 그해 등록금은 은행에서 융자를 받아 해결했다. 그 시절 나는 한 학기 먼저 졸업하기 위해 정말 열심히 공부했다. 나는 7학기 동안 과수석 6회, 차석 1회, 단과대학 수석을 2회 하면서 매 학기 장학금을 받았다. 전 학년 성적이 4.5 만점에 평균 4.2 정도가 나와 원하던 조기 졸업을 했다. 동국대 미술학과가 생긴 이래 7학기 조기 졸업자는 내가 처음이었다. 대학 생활 3년 반을 돌아보면, 미술은 중도 포기했지만 인문사회과학 말고도 영어와 일본어 등 외국어를 전공 과목처럼 공부했고 불교 공부도 게을리하지 않았으니 가히 '넓고 깊은' 학창 시절이었다. 화가의 길 대신 정의와 사회에 대한 토대를 쌓을 수 있었던 귀중한 시간이었다.

대학을 졸업할 무렵 삶과 세계를 바라보는 내 눈은 눈에 띄게 달라져 있었다. 특히 매우 논리적으로 구성된 사상 체계인 불교적 사고방식이 내게 녹아들어 있었다. 불교의 세계관은 타고난 나의 이성적 사고력과 결합되어 시너지 효과를 나타냈다. 모든 것은 인과 연의 가합으로 생멸을 거듭한다는 인연법과 연기법, 그리고 영원성은 없다는 것을 깨닫게 되자 마음을 내려놓고 겸허하게 나 자신과 세상을 돌아보는 '성찰의 습관'이 생겨났다. 내려놓아야 할 걸 내려놓지 못하고 집착하는 태도가 현저하게 줄어들어 생각과 행동이 유연해졌다. 절대적인 것을 고집하지 않는 연습을 많이 하게 되니 정신 건강도 크게 좋아졌다.

불교는 나에게 종교나 철학에 그치지 않았다. 삼베옷을 입고 안갯속을 지나가면 자연스레 안개가 옷에 스며들듯이 불교는 나도 모르는 사이 내 인생 전반에 영향을 미쳤다. 몸이 아플 때도 그것은 내가 부주의했거나 상황이 여의치 못해 스스로 초래한 것이라고 생각하기 때문에 통증이나 불편함을 크게 개의치 않는다. 그런 연유로 나는 매 순간 자족감을 갖고 살아가는 편이다. 심지어 생사일여(生死一如)라는 말도 추상적 법구(法句)로 이해하지 않는다. 언제 어디서 마주할지 모르지만 죽음을 두렵지 않게 받아들이고 있다.

불교에 관심이 깊어짐에 따라 스님들, 불교인들과의 만남이나 교류도 많아졌다. 당연한 일이었다. 그 가운데 내가 20~30대 때 출가해 당신의 상좌가 되기를 여러 차례 권한 스님이 두 분 계셨다. 나는 세속에 더렵혀진 몸으로 청정한 비구가 될 만한 그릇(法器)이 아님을 이유로 들어 정중하게 사양했지만 유학 생활을 할 때 두 분으로부터 경제적으로 도움을 받았다. 두 스님 중 한 분은 연락이 닿지 않고 있지만 석성우 큰 스님과는 지금까지도 인연이 지속되고 있다.

불교 공부를 통해 논리력, 분석력, 종합력에 이어 합리성까지 높아졌으니, 불교는 훗날 내가 학문의 길로 들어섰을 때 많은 도움을 주었다. 불교를 주제로 여러 편의 논문과 언론 기고문을 쓰기도 했고, 중국 근현대사를 연구할 때도 큰 도움을 받았다. 예컨대 불교 국가인 티베트와 공산주의를 표방한 중국의 관계, 즉 달라이라마와 마오쩌둥의 치국 구상과 국가 운영에 관한 각자의 사상을 비교 분석할 때 불교와 마르크스 사상에 대한 이해가 필수적인데 나는 불교 공부를 해놓은 상태여서 상대적으로 깊이 있는 연구 성과를 얻을 수 있었다.

신입 기자로서의 첫 출발

그런데 막상 조기 졸업을 하고 나니 생각이 많아졌다. 진로를 정하기가 쉽지 않았다. 유학을 가고 싶은데 집안 형편은 어렵고, 유학한다 해도 미국으로 갈지, 일본으로 가야 할지 갈피를 잡을 수 없었다. 그러던 차에 하숙방 룸메이트가 퇴근길에 '신입 기자를 뽑는다는 공고가 나 있으니 한번 응시해 보라'며 경향신문 한 부를 건네는 것이었다. 요즘도 그렇다고 알고 있는데 당시에도 어느 대학이나 언론사 입사 시험을 준비하는 학생들이 많았다. 언론사 입사 시험은 사시, 외시, 행시에 이어 언론고시, 혹은 제4고시라고 불렸다. 하지만 나는 언론고시 준비를 전혀 하지 않았다. 응시해봤자 낙방이 뻔할 거라고 예단했기 때문이다. 그런데 그때는 '밑져 봤자 본전'이라는 가벼운 마음으로 원서를 내고 시험을 쳤다.

그런데 웬걸, 1차 필기시험에 덜컥 붙고 말았다. 당시 1차에 응시한 사람은 총 3,800명이었고 그중 대략 100명 정도가 1차에 통과했다. 1차 시험은 국어, 외국어, 상식이었는데 상식문제 중에서는 불교 관련 문제가 나와 반갑게 풀 수 있었다. "사람이 술을 먹고, 술이 술을 먹고, 술이 사람을 먹는다"는 말의 출전을 밝히라는 문제였는데 입사 후 알아보니 8명의 동기가 다 '시경'이라고 답했고 나만 유일하게 '법화경'이라고 정답을 썼던 것이다. 대학 시절 불경 공부를 한 덕분이었다. 2차 시험은 일반 기자는 작문이었고, 미술 기자는 편집 레이아웃 실기였다. 나는 운 좋게 2차도 통과했고 외국어 실력 덕에 최종 3차까지 합격했다. 최종 선발된 경향신문 제26기 기자 동기는 총 아홉 명이었다.

1987년 1월 5일부터 출근을 하기 시작했다. 처음 6개월은 수습 기간으로 기자로서 갖춰야 할 여러 요건과 자세, 실무 등을 교육받았다. 수습기자 생활은 정신없이 지나갔다. 나는 미술기자로 입사해 출판국에서 근무하기 시작했다. 정식 기자가 되고 나니 월급이 예상 밖으로 많았다. 당시 내가 매달 받은 봉급이 보너스를 합하면 매월 평균 70만 원 정도였다. 같은 시기에 삼성에 입사한 내 친구는 초봉이 38만 원이었다.

당시 나는 광화문 근처에서 하숙을 했는데 2인 1실 하숙비가 한 달에 9만 원이었다. 라면 한 그릇이 1,000원, 사회과학 서적 한 권이 3,000원 남짓하던 시절에 대학을 갓 졸업한 내 손에 매달 거금 70만 원이 들어온다는 건 가슴 뿌듯한 일이었다. 매달 부모님께 용돈을 드리고도 내 지갑은 넉넉한 편이었다. 그래서 내가 다니던 신문사 앞 다방에는 퇴근 시간만 되면 여러 친구들이 많이 모여들었다.

친구들과 어울려 술을 마시고, 때로 민주화 시위 현장에도 참여했지만 언론사에서 평생 월급쟁이 생활을 계속해야 한다고 생각하니 답답하기만 했다. 시간이 지날수록 언론사가 내 성격과 맞지 않았다. 상명하복이 엄격한 편이었고, 업무를 합리적으로 분장하는 것도 아니었다. 직위가 올라갈수록 직장 다니기가 쉬워지는 구조도 마음에 들지 않았다. 민주화 열기가 분출하고 있었지만 언론이 제 역할을 다하지 못하는 것도 불만이었다.

매일 출근을 하면서도 나는 다른 출구를 찾았다. 유학을 진지하게 고심하기 시작했다. 한 분야의 전문가, 즉 학자가 되는 게 내 성격과 특성에 맞아 보였다. 학부 시절에 화가의 길을 버리고 학자를 꿈꾸지 않았던가? 박사 학위를 받고 대학교수가 되면 상아탑에 안주하는 것이 아니라 시민사회와 손을 잡고 더 나은 세상을 만들기 위해 노력하는 공적 지식인, 실천적 학문을 꿈꾸지 않았던가? 나는 떠나야 했다. 더 큰 세계로 나아가야 했다.

드디어 탈출구가 보였다. 1988년 12월 말 타이완, 홍콩, 마카오 일대를 여행하면서 다가올 미래는 중국의 시대가 될 것임을 예감했다. 귀국하고 바로 타이완으로 유학을 떠나기로 결정했다. 이듬해 1월 하순 나는 미련 없이 사표를 던졌다. 그리고 유학에 필요한 조건을 하나도 갖추지 못한 상태에서 타이완행 비행기에 올랐다. 그야말로 결단, 결행이었다. 그리고 15년 만에 역사학 석사, 박사 학위를 취득하게 된다.

떠나보내지 못한 옛 친구

30여 년 전 가랑비가 추적추적 내리던 늦가을 어느 날 오후, '머스마' 둘이 포항 남빈동 선창가 뒷골목 선술집에서 대폿잔을 기울였다. 한 친구가 앞에 앉은 다른 친구에게 그윽한 눈빛으로 말없이 잔을 내밀었다. 그리고 약속이라도 한 듯이 둘은 서로 잔을 주거니 받거니 했다. 한 친구는 술을 잘 마셨지만, 다른 친구는 술을 마시지 않았기에 잔만 받았다. 취기가 돌기 시작하면 '인생이 어떻고, 저떻고'가 '시가' 요리보다 더 맛있는 안주였다. 고물 라디오에서 흘러나오는 '비 오는 양산도' 가락으로 실내에는 술기운이 흘러넘쳤다. 그 시절, 두 사람 사이엔 아무런 조건이 없었다. 그냥 만나기만 해도 좋았다. 스무 살 머스마들의 속 깊은 우정이었다.

그는 내가 고등학교 시절 다른 학교로 전학 가서 만난 친구였다. 친구는 키가 훤칠한 데다 마음이 '하해' 같았다. 한마디로 겉과 속이 다르지 않았다. 우리는 둘 다 학교를 대표하는 육상선수였다. 친구는 100m를 11초 대에 주파하는 대단한 준족이었다. 나의 100m 기록은 12초 초반대. 내 주 종목은 중장거리였다. 우리는 시민체전 육상대회에 나가 고등부를 휩쓸다시피 했다. 계주 종목에서는 고등부에서 우승한 뒤 일반부에 학교가 속한 우창동 대표로 출전해 3등으로 입상했을 정도였다. 우리는 방과 후 운동을 같이 했기 때문에 만난 지 얼마 되지 않아 급격히 가까워졌다.

내가 취기가 돌아 잠깐 화장실에 다녀온 사이, 친구는 보이지 않고 편지

한 통이 탁자 위에 놓여 있었다. 내가 편지를 열어 보고는 황급히 문을 박차고 나갔지만 친구는 보이지 않았다. 전화가 흔치 않던 시절이어서 그 후로도 연락이 제대로 되지 않았다. 이것이 첫 번째 이별이었다.

친구는 아프리카 북부 리비아로 일을 하러 떠난다고 했다. 몇 년 뒤 귀국하리라는 건 알았지만 "무사히 잘 다녀오라"는 말 한마디 건네지 못한 게 가슴에 남았다. 친구는 약속을 지키지 못했다. 아프리카 사막에서 풍토병에 걸려 조기 귀국했다. 문제는 그다음이었다. 친구는 돌연사로 세상을 떠날 때까지 간질병을 안고 살았다. 이것이 그가 떠오를 때마다 되살아나는 회한이다.

내가 서른이 넘어 단돈 50만 원을 들고 타이완으로 늦깎이 유학을 떠날 때였다. 풍토병에 간질까지 안고 살던 친구가 나에게 말했다. "니가 떠나 있을 동안 난도 돈 쫌 벌어 놓을 테니 공부 마이 하고 건강하게 살아만 돌아오나라." 친구는 껄껄 웃으며 "사람 사는 맛 나게로 같이 뭐 쫌 해보자"라고 덧붙였다. 두 번째 이별이었다.

돌아올 수 없는 길을 떠난 친구

세월이 또 지나 서른 하고도 아홉 살, 남자 인생에서 절정에 해당하는 나이에 친구는 뇌수술을 받기 위해 서울의 한 종합병원에 입원했다. 친구의 소식을 듣고 나는 유학 중인 외국에서 한걸음에 달려왔다. 그러나 수술 일정이 잡혀 있는 친구를 위해 내가 딱히 해줄 수 있는 게 없었다. 오로지 무사하길 바라는 마음뿐이었다. 용기를 북돋우고 위안의 말을 건네는 게 전부였다. 친구 곁에 오래 있을 수가 없었다. 나는 학비와 생활비를 벌기 위해 중국으로 아르바이트 여행을 떠나야 했다. 친구와 헤어지면서 이렇게 말했다. "편안한 마음으로 한숨 자고 나면 수술이 잘 돼 있을 거야!" 그리고 나는 바로 중국으로 떠났다.

당시 나는 손목시계를 안 차고 다녔다. 시계가 여러 개 있었지만 불편해서 집에 두고 다녔다. 그런데 무슨 연유였는지 그날따라 손목시계가 눈에 들어왔다. 병문안을 가기 위해 포항 고향집에서 상경해 강남 고속버스터미널에 내리니 좌판에 놓여 있는 손목시계가 눈에 띄었다. 싸구려 짝퉁들이었다. 만 원을 주고 하나를 골랐는데 그걸 깜빡 잊고 친구의 병상 머리맡에 두고 왔다.

며칠 후, 수술실로 들어간 친구는 그 길로 먼 길을 떠났다. 사망원인은 뇌출혈이었다. 간질병 약을 장기간 복용한 탓에 약해진 뇌신경이 수술 도중에 끊어졌다고 한다. 내가 그의 병상 머리맡에 놓고 온 그 시계는 친구가 먼 길 갈 때 차고 가라고 준 이정표가 된 셈이다. 나는 비보를 바로 접하지 못했다. 아르바이트 일로 중국에 가 있느라 귀국 후에야 친구 소식을 접하고 바로 포항으로 내려갔는데 이미 장례가 끝난 뒤였다. 세 번째 이별은 영원한 이별이었다.

49재의 마지막 날, 친구의 체취가 배어 있는 옷가지와 유품들이 불길 속에서 재로 사라졌다. 목탁 소리와 함께 울려 퍼지는 스님의 낭랑한 독경소리는 내 마음에 소용돌이를 일으켰다. 친구의 모든 것이 한 줌의 재로 사라지는 가운데 이승에 남겨진 친구의 약혼녀가 고별식을 지켜보며 오열하고 있었다. 그녀는 간호사였다. 뒤늦게 만난 두 사람은 결혼을 약속한 사이였다.

심성이 고왔던 친구는 자신이 앓고 있는 간질병 때문에 배우자가 힘들어할 것 같아 마흔이 다 될 때까지 혼자 살아오던 터였다. 아마 천생연분이었을 것이다. 늦은 나이에 친구와 만나게 된 약혼녀는 "요즘은 의술이 발달해 간질병은 수술만 하면 바로 완치된답니다"라며 친구에게 수술을 권했다고 한다. 친구가 수술대에 오른 건 약혼녀의 말에 용기를 얻었기 때문이었다.

나지막한 신음과 함께 어깨를 들썩이며 그녀는 연신 눈물을 흘렸다. 자기가 권한 수술 때문에 낭군 될 사람을 잃었다는 자책과 부디 잘 가시라는 애원, 그리고 홀로 감당해야 할 삶에 대한 두려움이 섞인 오열이었으리라. 나는 속으로 중얼거렸다. 신이 있다면 신은 실수를 한 거다. 내 친구 김경호를 이렇게 일찍 데려간 것은 실수 중에서도 아주 큰 실수다……. 무심한 초가을 햇볕 속에서 친구의 유품을 태우는 불길이 타닥타닥 소리를 내며 사위어가고 있었다.

친구가 비명에 떠난 후 꼭 10년이 지나 나는 결혼을 했다. 혼례를 전후해 친구의 얼굴이 자주 떠올랐다. 친구의 약혼녀는 지금 어디서 어떻게 살고 있을까 하는 생각도 설핏 스쳐갔다. 결혼은 해도 후회하고 안 해도 후회한다고 셰익스피어가 말했듯이 어차피 후회할 거라면 결혼해서 사람 사는 맛이라도 봤어야 했던 게 아닌가? 그런데 그러지 못하고 온다 간다 말 한마디 없이 홀연히 떠난 친구를 생각하면 지금도 애석한 마음이 드는 걸 금할 수 없다. "친구야 개똥밭에 굴러도 이승이 낫다잖아!" 미안함과 함께 찾아드는 그리움이었다. 남모르게 우는, 남아 있는 자의 가슴을 애통함으로 적시는 그리움이었다.

결혼 후 세월은 또 무심하게 흘렀다. 어느덧 이순(耳順)을 앞둔 나이지만 지금도 먼저 간 친구의 잔잔하고도 애잔한 미소가 하늘 저편에 뭉게구름처럼 떠오른다. 언젠가 친구와 함께 영일만에 솟아오르는 아침 태양을 보고 약속했었다. "우리 나중에 이 영일만을 벗어나 저 넓은 태평양으로 나가보자." 이는 내게 영원히 지워지지 않을, 보석처럼 빛나는 추억이다. 그리고 추억인 동시에, 하고 많은 인연 중에 같은 해 같은 곳에서 태어나 짧지만 멋지게, 누구보다 인간다운 모습으로 살다간 내 친구에 대한 약속이기도 하다. 그래, 내가 네 몫까지 다해 더 넓은 세계로 나아가마!

해마다 여름이면 나는 먼저 간 친구의 고혼(孤魂)을 어루만지며 폐부를 도려내는 듯한 이미자의 '비 오는 양산도'를 듣는다. 이승에 남은 나는 바로 옆에 그 친구가 있는 것처럼 묻는다. "친구야 잘 있지? 우리 둘이서 웃고 떠들며 지내던 너그 아파트 화단에 니카 내카 좋아했던 접시꽃이 활짝 피었더라! 오늘은 하늘이 유난히 새파랗구나, 친구야!"

친구는 지상에서 피우지 못한 꿈을 천상에서 피웠으리라. 활짝 핀 접시꽃처럼!

2014. 8.

아버지의 삶, 아들의 삶

행동은 자신의 성격과 생각의 반영이다. 크게는 한 사회, 한 민족의 문화적 습(習)일 수도 있지만 대개는 개인의 생각과 행동이 자기 운명을 결정한다. 나는 우유부단하고 패배적인 생각에 젖어 사는 사람을 그다지 좋아하지 않는다. 또 같은 소리를 여러 번 반복하는 사람도 싫어한다.

나는 어떤 일이든 신중하게 결정하지만, 일단 결정이 되면 강단 있게 밀어붙이는 성격이다. 한때 모험심과 도전 의식으로 충만하던 시절, 300대 1의 경쟁을 뚫고 들어간 그 좋다는 언론사 기자직도 근무한 지 3년도 채 되지 않은 30대 초반에 미련 없이 던져 버렸다. 단돈 50만 원만 들고 유학길에 나선 것도 그런 성격 때문이었다.

그런데 나의 선친은 내가 싫어하는 여러 성격을 한 몸에 모아 놓은 분이셨다. 나는 아버지가 평생을 우유부단하고 수동적으로, 패배주의적으로 살다 가신 게 불만이다. 물론 아버지는 장점도 많으셨다. 젊은 시절 아버지는 큰 키에다 이목구비가 뚜렷해 용모가 수려하셨다. 어릴 적 나는 내 친구들로부터 아버지가 "신영균 같다"는 소리를 자주 들었다. 신영균은 1960년대 미남 영화배우로 그 이름을 모르는 이가 거의 없을 정도였다. 아버지는 흘러간 옛날 노래도 구성지게 잘 부르셨다. 언변도 달변까지는 아니었지만 꽤 논리적인 편이어서 조리가 분명했다.

어디 그뿐인가? 필체는 정말 달필이었다. 학구열도 높아서 영어는 물론,

한문과 일본어도 잘 읽고, 잘 쓰셨다. 나이가 드시면서부터는 사주명리와 한방의학까지 공부해 주변 사람들에게 무료로 사주를 봐주시거나 처방도 해주셨다. 아버지는 고졸 학력이셨지만 지식의 폭이 좁지 않으셨다. 합리적인 성품이었음에도 처자식과 가정을 위한 경제행위에만 관심을 두시기보다 사회나 국가 수준의 문제들에 더 관심을 두신 것도 장점이라면 장점이었다.

이러한 장점들 외에 아버지의 단점, 아니 정확하게 말하면 그 아들인 내가 못마땅해한 패배주의적 모습은 아버지의 타고난 성격이셨을까? 엄청나게 강한 기를 타고나 매사 적극적으로 사신 조부의 성격을 보면 아버지의 성향은 타고난 형질이 아니었을 것이다. 일제 말기에 태어나 6·25전쟁이라는 역사의 전환기에 갖은 풍파를 겪으시면서 당신도 모르게 생존 본능 차원으로 형성된 후천적 성격이었으리라.

아버지의 인생이 꼬이게 된 최초의 계기는 조부의 의지에 따라 군대에 가지 못하게 된 것이었다. 아버지가 고등학교에 다닐 때, 하나뿐이던 아우(나의 숙부)가 다른 집 양자로 입적되면서 아버지는 외아들이 되었다. 6·25전쟁 초기 안강에 살던 조부는 치열하기로 유명한 안강-기계 전투에서 학도병들이 죽어 나가는 것을 목도하고 아들을 군에 보내지 않기로 결심하셨다고 한다. 아버지는 군에 가지 않았고 전쟁이 끝나고 나서도 취직을 할 수 없었다. 전쟁 직후의 어려운 형편으로 인해 대학은 갈 엄두도 내지 못하셨다.

어릴 적 기억을 더듬어 보면, 아버지는 어쩌다 헌병을 볼 때마다 피했다. 병역 기피자는 떳떳한 일자리를 구할 수 없던 때였다. 직장이라고 해봐야 전수학교에서 영어를 가르치거나 인쇄소에서 필경사로 일한 게 전부였다. 그나마 잠시였다. 밥벌이를 제대로 하지 못했으니 살림이 넉넉하지 못한 집안에서 아버지의 자리는 희미했다.

내가 유학을 마치고 들어와 중앙부처 산하 연구원에 들어가기 위해 공채시험을 쳤을 때도 아버지는 아들에게 힘을 실어주기는커녕 맥빠지게 하는 소리를 하셨다. 나는 아버지께서 마음 쓰실까 싶어 처음엔 응시한 사실을 말하지 않으려 했다. 그런데 안부 전화를 드리던 중 부모님께는 거짓말을 해선 안 된다는 생각에 그만 취직 시험을 봤다고 이실직고하고 말았다. 그랬더니 아버지가 물으셨다.

"그래 몇 명이 응시했더노?"

"저를 포함해 총 세 명인데 나만 석사고 모두 박사 출신입니다."

그랬더니 하시는 말씀이 이러했다. "아이고 야야, 니 안 되겠다. 다른 시험 칠 데를 알아봐라."

매사에 이런 식이었다. 아버지는 자신감이 결여된 삶을 사셨다. 도전 의식은 아예 찾아볼 수 없었다. 전쟁통에서 살아남은 뒤로 평생 '무사안일'만 추구하는 자세로 시간을 보내셨던 것이다. 세월이 흘러 내가 성인이 되고 난 뒤에야 아버지의 처지를 진지하게 생각해봤다. 여러 능력을 갖고 있는데도 군 미필자라는 사실 때문에 아무것도 할 수 없는 자신에 대해 얼마나 많은 울분이 쌓였으랴. 술을 자주 드신 것도 그 때문이었으리라.

어머니는 살아생전 아버지를 잘 이해하지 못했다. 어머니는 집안의 가장이라면 무슨 일을 해서라도 처자식을 먹여 살려야 한다고 생각했다. 어머니는 책임감이 강하고 매사 경위가 반듯한 분이셔서 아버지의 무기력함을 받아들이지 않으셨다. 스물넷에 시집온 어머니는 이내 가장이 되어야 했다. 시장 좌판에서 장사를 시작하신 게 평생 직업이 돼버렸다. 어머니가 중년에 접어들어 자주 피곤해하고 짜증을 내신 것도 그 때문이었을 것이다. 내가 어릴 적에 두 분이 자주 다투셨는데, 그때마다 나는 가족의 생계를 위해 고생을 하시는 어머니가 불쌍해 자주 어머니 편을 들었다.

아버지는 연세를 드시면서부터 더욱 약해지셨다. 가장이라는 짐을 완전히 내려놓았기 때문이 아니었나 싶다. 대신 여러 병마와 싸우셔야 했다. 전립선암을 앓으며 몇 년간 항암치료를 받으셨고, 나중에는 폐암 수술까지 받으셨다. 수술 뒤 허리가 조금 구부러져 거동이 불편했지만 의식은 멀쩡하셨다. 식사도 잘 드셨고 정신건강에도 문제가 없었다. 말씀도 잘하셨다. 아버지는 향년 79세로 애통한 생을 마감하셨다.

아버지께서 돌아가시고 나서 선친의 고뇌가 무엇이었을까 하고 곰곰 생각하곤 했다. 내가 얻은 결론은 내가 아버지의 아들이라는 평범한 진실이었다. 그리고 나의 장점으로 인정받는 합리성과 이성, 모험 정신과 불의를 참지 못하는 성격이 실은 아버지로부터 일부 물려받은 것이라는 사실을 재인식했다. 나는 논문을 발표하거나 강연을 할 때 매우 논리적이라고 호평을 받는다. 또한 감성과 영성도 발달해서 시인과 화가로 데뷔할 수 있었고, 불교 사상에도 심취할 수 있었다. 개인 문제보다 사회와 국가, 나아가 세계적 문제에 더 큰 관심을 갖게 된 것도 아버지와 무관하지 않다. 이 모두가 아버지의 유전형질을 물려받은 덕분이 아닐 수 없다.

자고로 범의 자식은 범일 수밖에 없다. 감나무에는 감이 열리고 배나무에는 배가 열린다. 어쨌거나 나는 아버지의 자식일 수밖에 없고, 그 사실에 새삼 감사하는 마음이다.

아버님, 천상에서는 이승에서 못다 이루신 꿈들 원 없이 이루십시오. 가슴에 안고 가셨을 여한 다 내려놓으시길 깊이 축원 드립니다.

2022. 11. 7.

4부

학문의 첫걸음, 의심하기

나의 학문 이력

학인의 본분은 학문을 통한 자기 수양에만 머무르는 게 아니라 지식 생산을 통해 사회의 개선과 발전에 일조하고 나아가 공동체의 지속과 투명성, 공정성 제고에도 공헌하는 것이다. 나는 학자로서의 기본 역할에 충실하기 위해 학문 연구와 사회활동에 매진해 왔다. 지금까지 나는 15권의 학술 저서를 출간한 것을 비롯해 30여 편의 학술 논문을 국내외의 각종 학술지에 실었으며, 환동해미래연구원의 설립자로서 각종 학술세미나, 전문가 초청 강연회와 인문학 강좌를 열어 내 고향 포항 지역사회의 문화 및 학술 발전을 위해 노력해 왔다. 나의 졸저와 논문과 활동들은 모두 나름대로 학술적 의의가 작지 않지만, 이 짧은 지면에 그것을 모두 다 설명할 순 없으므로 그중 주요한 것들만 소개하자면 대략 아래와 같다.

학인의 길로 접어들고 나서 최초로 학술지에 실린 논문은 「抗戰時期中國國民政府對在華韓國獨立運動之資助」, 『近代中國』, 第91期(臺北 : 1992年10月)이다. 한국 독립운동에 대한 중화민국의 지원을 논한 이 논문에서 나는 장제스(蔣介石, 1887~1975)가 어떤 계기로 상하이 한국임시정부와 김구(1876~1949)에게 독립운동 자금을 원조하게 됐는지, 또 1932년부터 1945년 광복 직전까지 매달 얼마를 어떻게 지원했는지 구체적인 금액과 총액까지 밝혀냈을 뿐만 아니라, 장제스가 임정을 지원한 목적이 무엇이었으며 그 경제 지원으로 임정 내 김구 일파와 김약산(1898~1958) 일파 간의 투쟁 등 어떤 결과를 초래했는지를 소상하게 규명했다. 중국과 타이완의 학계는 물론, 한국학계에서도 최초의 연구였다.

장제스가 한국독립운동을 지원한 사실을 알게 된 후 나는 윤봉길(1908~1932) 의사에게도 관심을 가졌다. 일반적으로 윤 의사 의거는 김구와 윤 의사가 거행한 역사적 사건이라고 알려져 있지만, 나는 과연 당시 상하이 임시정부가 처한 열악한 상황에서 중국의 도움 없이 두 사람만의 단독 거사가 가능했을까 하는 의문이 들었다. 2016년 12월 매헌윤봉길의사기념사업회가 주최한 윤봉길 의사의 상하이 의거 85주년 기념 국제학술회의(서울 프레스센터)에서 나는 중국 측 자료에 근거해 지금까지 알려진 바와 달리 윤봉길과 김구 두 사람만의 단독 모의가 아니라 국민정부의 제2인자이자 京滬(난징과 상하이) 위수사령관인 천밍슈(陳銘樞, 1889~1965)와 제19로군 군단장 차이팅카이(蔡廷鍇, 1892~1968) 등 중국 군부의 사전 지원을 받은 한중합작이었을 가능성을 제기했다. (「윤봉길 의사의 상하이의거와 중화민국의 한국독립운동지원」)

나는 석사 과정 초기에 중국공산당(이하 '중공')의 역사를 뿌리부터 탐구하고 싶었다. 그래서 공산주의 사상이 중국에 어떻게 들어왔고, 또 어떻게 변용됐을까 하는 의문을 가지고 석사논문을 준비했다. 연구를 진행하면서 나는 중국공산당 역사, 즉 중국 근현대사에 관련해 기존 학자들, 특히 중국 학자들에겐 매너리즘 혹은 하나의 패턴이 존재한다는 사실을 알게 되었다. 그들은 이념적 관점에서만 접근했지 러시아의 레닌(Vladimir Ilyich Lenin, 1870~1924) 정권과 공산주의 러시아라는 국가 및 체제의 생존 전략적 관점에서도 조명이 필요하다는 문제를 제기하지는 않았던 것이다.

나는 발상을 바꿔 '러시아 공산주의자들이 중국을 지원하고 중공을 원조한 것은 마르크스 사상의 전파와 "세계혁명"(World revolution)이라는 이념적 목적뿐이었을까?', '여타 국가 생존을 위한 안보적 측면의 동기, 국익 측면에서 목적이나 동기는 없었을까?'라는 문제의식으로 석사논문 「蘇俄對

華政策與中國共產黨的早期發展 1917~1923」(臺灣國立政治大學歷史研究所碩士學位畢業論文, 1996年6月30日)을 완성했다. 귀국 후 나는 석사논문을 수정, 보완해 단행본으로 출간했다. [『혁명 러시아와 중국 공산당 : 1917~1923』(서울: 백산서당, 2008년 제2판, 총 624쪽.)]

박사학위 논문과 관련 연구

나는 중공의 초기 형성 역사를 새로운 관점에서 이해한 뒤 1949년 10월 수립된 중화인민공화국이 어떻게 시작했는지를 제대로 이해하는 것이 대단히 중요하다고 봤다. 나는 박사학위 논문을 통해, 중국이 출범한 지 불과 1년도 지나지 않은 시점에 왜 한국전쟁에 참전하기로 결정했는지, 그리고 중공군 참전이 중국 내에 어떤 영향을 미쳤는지를 밝혀내고자 했다. 그러나 시간상 당초의 주제를 다 소화하지 못하고 중도에 연구 범위를 4분의 1 정도로 줄여 마오쩌둥의 전쟁 개입 결정 과정과 참전 동기만으로 학위논문을 완성했다. 이 논문은 2006년 단행본으로 발간되었다. [「毛澤東與韓戰 : 介入背景, 決策過程和動機」(臺灣國立政治大學歷史研究所博士學位卒業論文, 2006年7月31日), 『毛澤東과 6·25전쟁 : 파병 결정과정과 개입동기』(2006년, 389쪽.)]

나는 박사학위 논문에서 김일성의 남침 계획에 대한 스탈린과 마오쩌둥의 동의, 전쟁 발발 후 마오쩌둥의 상황 판단과 초기 대응을 비롯해, 마오쩌둥이 미국의 한국전쟁 참전을 어떻게 이해했는지를 밝혔다. 마오쩌둥은 미국이 단지 한반도 통일만을 목적으로 한 게 아니라 중국을 침공하기 위해 참전한 것('중국포위론')이라고 판단하고 이에 대응하기 위해 중공군을 파병한 것이다. 또한 김일성과 스탈린의 참전 지원 요청에 응하면서 타이완을 '해방'시키려던 계획을 변경했다는 사실 외에도, 중국 내 정치적 목적을 달성하기 위해 중국 외부에 전장(戰場)이 필요했으며 북한 정권의 붕괴를 막기 위한 의도도 있었음을 밝히는 등 다양한 관점에서 중국의 한국전 참전 이유를 규명할 수 있었다.

기존 한국의 한국전쟁 학계에는 미국, 중국, 러시아, 일본 학계의 여러 주장이 소개되어 왔고, 국내 학자들 가운데서도 한국전쟁의 발발 원인을 연구하면서 스탈린–마오쩌둥–김일성의 3자 합의에 의한 도발이라는 설이 제시되었지만 정작 마오쩌둥이 왜 스탈린의 참전 요구를 받아들였는지에 관해서는 주의를 기울이지 않았다. 마오쩌둥이 어떤 성향의 인물인지 잘 알고 있는 나로서는 마오가 단순히 스탈린의 참전 요청을 아무런 조건 없이 수용했을 리가 없다고 보았다. 그래서 나는 마오쩌둥이 왜 참전 요청을 수락했는지, 그리고 그의 '동의' 내용이 어떤 함의를 지녔는지, 또 참전 요청을 받아주는 대신 스탈린으로부터 무엇을 얻으려고 했는지 등 그때까지 알려지지 않은 새로운 사실과 여러 의문을 소상하게 밝혔다. [「새로운 사실, 새로운 관점 : 毛澤東의 6·25전쟁 동의 과정과 동의의 의미 재검토」, 『軍史』, 제71호(2009년 6월)]

한국전쟁 연구에서 공산권의 전쟁 개입, 특히 중국의 개입 이유과 과정, 그리고 그 구체적 사실은 오랫동안 사각지대로 남아 있었다. 마오쩌둥은 김일성과 스탈린의 참전 요청을 받고 대규모 파병을 결정한 장본인이어서 관련 자료들이 적지 않게 남아 있었으나 한국학계에서는 이 주제에 관한 연구가 거의 전무하다시피 했다. 그리하여 나는 김일성의 전쟁도발에 동의하고 참전까지 주도한 마오쩌둥을 학계 최초로 연구한 데 이어, 약 8년 뒤에는 '공산 진영의 전쟁지도'를 축으로 소련, 중국, 북한의 전쟁지도와 전쟁 수행의 전 과정을 추적하고 상하 2권의 약 900쪽이 넘는 방대한 연구서를 출간하였다. [『6·25전쟁 : 공산진영의 전쟁지도와 전투수행』(2016년, 908쪽.)]

또한 나는 마오쩌둥이 맥아더(Douglas MacArthur, 1880~1964)가 인천상륙작전을 구상도 하기 전인 1950년 7월 초에 미군이 인천으로 상륙작전을 감행할 것이라는 점을 예측하여 북한 지도부에 그에 대해 대비할 것을 촉구한 사실도 밝혀냈고, 이를 중국학계에 발표했다. [「關於'毛澤東預言美軍仁川登陸'的時間考」, 『中共黨史資料』, 第73輯(北京 : 2000年3月)]

한국전쟁 연구 중에 중국과 북한이 '중조연합사령부'를 조직했다는 사실을 발견한 뒤에는 중공이 단순히 이념적 동지라는 이유로 아무런 조건 없이 북한을 지원하지는 않았으리라 판단했다. 연구 결과, 나는 중국 수뇌부가 파병 전에 이미 참전에 필요한 각종 군사적, 정치적 조건을 북한 측에 제시했을 것이라는 사실을 여러 가지 사료에 근거해 제시했다. [「'중조연합사령부' 再論 : 창설과정과 배경」, 『軍史』, 제95호(2015년 6월)]

또 나는 한국전쟁이 국내외에 끼친 영향을 정리하는 가운데 이 전쟁이 타이완에 어떤 변화를 가져왔는지에 주목했는데, 구체적으로 한국전쟁이 중국의 타이완 '해방' 공격을 연기하게 만들어 결국 타이완이 오늘날까지 생존하게 된 과정을 규명했다. [「6·25전쟁과 臺灣 '안전'의 상관관계 論析」, 『軍史』, 제54호(2005년 4월)] 이와 동시에 나는 타이완의 중화민국도 한국전쟁에 참전한 사실을 한국과 타이완 학계 최초로 밝혀냈다. [「'중화민국'의 한국전쟁 참전 활동 論考」, 『중국근현대사연구』, 제91집(2021년 9월)]

한국전쟁과 중국의 대외 전쟁을 연구하면서 나는 또 다른 관심 분야인 중공 당사와 중국근현대사에도 관심을 기울이고 지속적으로 연구를 해왔다. 중공 창당 전 중국공산주의자들의 공산주의 전파와 창당 활동을 면밀히 추적했고, 레닌 사후 러시아 공산당 내 스탈린(Joseph Stalin, 1879~1953)과 뜨로츠끼(Lev Davidovich Bronstein, 1879~1940)의 권력투쟁의 요인으로 소련공산당의 중국혁명 상황에 대한 평가와 대중국정책이 서로 달랐던 점과 그 후 스탈린이 뜨로츠끼의 중국 정책안을 도용한 사실을 규명해내고 이를 논한 논문 세 편을 타이완과 한국의 유력 학술지에 발표했다. [「從蘇俄的亞洲戰略看中共'一大'以前的建黨活動」, 『國史館館刊』, 復刊 第23期(臺北 : 1997年12月); 「中共走向第一次國共統一戰線的蘇俄因素」, 『國史館館刊』, 復刊第27期(臺北 : 1999年12月); 「斯大林在蘇共黨內權力鬪爭與中共早期

‘左傾路線’的形成」,『中國史硏究』, 第46輯(2007년 2월)]

나는 2006년 중국현대사학회에서 중국 현대사의 중대한 분기점이었던 1936년 12월의 ‘시안(西安)사변’ 관련 논문을 발표한 바 있다. 그 뒤 10년간 자료를 수집하고 보충하여 2016년 10월 시안사변 발발 80주년에 즈음해 시안사변의 해결 과정에서 저우언라이(周恩來, 1898~1976)가 행한 역할을 조명한 논문을 발표했다. [「西安事變과 周恩來」,『군사논단』, 통권 제88호(2016년 겨울호)] 저우언라이는 장제스를 인질로 삼아 장제스 측과 담판을 벌이는 한편, 장제스를 즉각 처단하자는 중공 지도부의 강경한 태도를 완화시켜 평화적으로 해결할 수 있도록 방향을 선회하게 만들었는데, 그간 알려지지 않았던 이러한 역할을 밝혀낸 것이다.

2013년 이전까지 국내외 학계에서는 중공이 건국 후 치른 주요 전쟁 중 중국의 티베트 ‘해방’ 전쟁, 중국-인도 전쟁, 중국-소련 전쟁, 중국-베트남 전쟁이 서로 관련이 없는 별개의 전쟁으로 알려져 있었다. 그러나 이에 대해 ‘제로 베이스’에서 접근한 결과 나는 각각의 전쟁이 서로 영향을 주고받으면서 서로의 배경이나 원인으로 작용했음을 밝혀냈다. 이외에도 세계 학계 최초로 규명한 새로운 사실들이 적지 않다. 중국의 티베트 점령 전 과정, 17개조 협약을 체결해 사회주의개혁을 보류하겠다는 마오쩌둥의 약속 및 그 약속이 지켜지지 않은 이유, 그로 인한 달라이 라마(Dalai Lama, 1935~)의 인도 망명 원인도 간접적으로 제시한 셈이다. [『중국의 국경전쟁 : 1949~1979』(2013년, 829쪽.)]

티베트를 연구하게 된 것을 계기로 나는 중국이 왜, 어떻게 티베트를 군사적으로 점령하고, ‘해방’하게 됐는지 그 국제법적 근거라든가, 역사적 배경을 좀 더 깊게 해부해 보기로 했는데, 그 일환에서 진행한 연구가 중국과 티베트 사이에 1951년 체결한 “17개 협약”이었다. 나는 이 협약의 내용을 소상하게 검토한 논문을 국내 학계 최초로 써서 학술지에 발표했다. (“Conclusion Process and Analysis of ‘17 Point Agreement’ Between

China and Tibet", Journal of Northeast Asian History, Vol.6-2 Winter, 2009, Edited by Northeast Asian History Foundation.)

나는 중국 근현대사 자체에 관심을 집중하면서도 같은 시기 중-소 관계, 중-미 관계, 중-일 관계, 중-한 관계, 중-북 관계, 중국양안 관계, 중국-티베트 관계 등 중국의 국제관계사에도 관심을 가졌다. 그 연장선에서 나는 2014년 8월 불가리아 소피아에서 열린 제40차 세계 군사사학회에 참석해 일본의 제1차 세계대전 참전이 일본의 입장에서 어떤 득과 실이 있었는지 규명한 논문을 발표했다. (Trade-off Evaluation of Japan's Participation in World War I : Beyond a National History to a Universal History.)

역사 인물 연구와 국제 관계에 주목한 연구들

한편, 나는 중국 지도자들뿐만 아니라 국내의 역사 인물에도 관심을 기울였다. 이순신(1545~1598), 안중근(1879~1909), 윤봉길, 김구 등과 함께 내가 주목한 역사 인물 중에는 靑巖 박태준(1927~2011)과 손원일(1909~1980) 제독도 있다. 관련 자료가 태부족이어서 청암의 정신세계를 파악하기가 쉽지 않았지만, 그의 국가관과 사생관, 군인정신을 추적해보니 남다른 데가 있었다. 개인의 사익보다 국가와 민족의 이익을 우선하는 사생관을 가지고 있었기 때문에 그런 역사를 만들어 낸 것이다. 모래뿐인 황무지 위에 대단위 일관 제철공장을 세울 수 있었던 것은 그만의 독특한 리더십과 뛰어난 추진력이 있었기 때문이었다. (공저, 『박태준의 정신세계』; 공저, 『朴泰俊의 경영철학 1』, 아시아, 2012년)

손원일 제독은 육군이나 공군과 달리 만주군이나 일본군 출신이 없는 상태에서 대한민국 해군을 창설하여 "해군의 아버지"로 추앙받고 있는, 시대를 앞서 간 출중한 리더십의 소유자였다. 인본주의에 기반한 그의 리더십은 '변환적 리더십'과 '유비쿼터스 리더십'이 결합된 형태로서 시대를 반세기나 앞선 것이었다. 정치사상적으로 보면 그는 사랑, 긍휼, 인간 생명을 존중하는 기독교 정신과 인본주의에 뿌리를 두고, 자유와 평등을 강조한 시민국가론의 혼합형 인물이자 국가가 존립해야 개인이 존재한다는 '국가 선행존재론자' 혹은 '국가-개인 동시 발전론자'였다. [「21세기형 리더십의 20세기 顯現 : 孫元一 제독의 생애와 사상」, 『군사논단』, 통권 제61호(2010년 봄호, 3월)]

나는 또한 '자연과 인간의 상생, 바다와 뭍의 조화, 지역민과 함께'를 창립이념으로 2012년 11월 11일 포항에 '환동해미래연구원'을 설립한 후 지금까지 다양한 활동을 해오고 있다. 먼저 한국군에 대한 연구의 일환으로 나의 고향 포항에 주둔하고 있는 해병대에 주목하고 해병대가 과연 포항시의 발전에 어떤 영향을 미쳤으며, 또 향후에는 어떤 관계여야 바람직할까 하는 문제의식에서 2014년 11월 환동해미래연구원 주최로 학술세미나를 개최했다. "해병대와 포항시 발전"이 주제가 된 이 세미나에 많은 전문가들이 참석해서 논문을 발표하고 토론한 가운데 나는 해병대의 포항 주둔이 포항지역에 미친 영향을 논했다. [공저, 『해병대와 포항시 발전 : 과거, 현재, 미래』(도서출판 雲靜, 2019년)]

뿐만 아니라 2018년 8월에는 환동해미래연구원과 日本共愛學園前橋國際大學 공동으로 '巨視와 微視로 보는 구룡포 이해(巨視と微視でみる九龍浦の理解)'라는 주제로 국제학술세미나를 개최해 구룡포의 역사와 존재를 일본에까지 알렸다. 2022년 4월에는 환동해미래연구원 원장으로서 중앙대학교 접경인문학연구단과 공동으로 '동서양 접경의 전이와 전유'를 주제로 국제학술대회를 기획, 개최했을 뿐만 아니라 논문(「구룡포와 일본 : 과거와 현재를 보고 미래를 생각한다」, 「해병대와 포항시의 相生的 협력발전방향 연구」, 「달라이라마 망명 이전 중국의 티베트 정책 : 주권확립에서 사회주의 개혁으로」)도 발표했다. 여기에 그치지 않고 환동해미래연구원 주최로 서울, 부산, 대구 등지의 전문가들을 초청해 인문학 강좌와 전문가와 함께하

는 학술좌담회를 10여 차례 열었을 뿐만 아니라 포항지역 환경문제를 진단하고 대안을 제시하기 위한 지역주민 공청회를 개최해 포스코의 심각한 환경오염 실태를 지역사회에 알렸다.

나는 역사학자이지만 때로 국제정치학이나 국제관계학 등 사회과학 관점에서 현실 문제에 접근하기도 한다. 한국을 둘러싼 국제정세의 변화를 주시하면서 한중관계의 역사와 현재 상황을 고찰한 것도 그 일환이었다. [「중국의 대한반도 정책의 지속과 변화 : 역사와 현실」, 『戰略硏究』, 제21권 제3호 (2014년 7월)] 이를 통해 중국은 타이완, 티베트 및 신장(新疆) 위구르 자치구에 대한 위기관리 형태와 달리 한반도에 대해서는 무력을 사용하지 않고 위기 발생의 예방 조치, 남북한 간의 충돌 자제 유도, 사후 화해 중재 노력 등 세 형태로 진행해 오고 있음을 확인했다. 이 논문을 발표할 2014년 당시 중국의 북한 정책은 이후 전술적으로만 바뀌었을 뿐 구조적, 근본적으로는 바뀌지 않았다.

나는 위 논문에서 북한 유사시, 특히 최고지도자의 유고나 미국의 군사공격 같은 사태가 발생할 경우 중국이 군사적으로 개입할 가능성이 매우 높다고 주장했다. 이에 따라 한국은 중국과의 긴밀한 전략적 협의를 통해 유사시 중국의 이익을 침해하지 않을 것이라는 점을 이해시키는 노력이 필요하다고 강조했다. 북핵문제 해결책도 내놓았다. 즉, '선 핵포기, 후 북미 관계 정상화'를 고수하는 미국과 '선 북미관계 정상화, 후 핵포기'를 고수하고 있는 북한 간의 대립은 6자회담 내에서는 해결되기 어려울 것이기 때문에 북한 내부로부터의 압박을 높여줄 수단을 강구하거나 북미관계 정상화와 핵 포기를 동시에 진행하고 이를 유엔, 중국, 러시아, 한국, 일본이 보장하면서 그 이행을 감독하는 등의 새로운 해결방안을 모색할 필요가 있다며 몇 가지 정책도 제언했다.

최근 미중 관계가 급격하게 악화되는 상황에 조응하여 나는 타이완을 둘러싼 관계를 중심으로 미중 관계를 고찰한 논문을 발표했다. [「미국–타이완–중국 관계의 질적 변화 : '타이완관계법'에서 '타이완동맹보호법'으로」, 『군사논단』, 제113호(2023년 봄호, 3월)] 나는 이 논문에서 미국이 중국을 기존의 '협력과 경쟁 관계'가 아닌 '제압의 대상'으로 보기 시작했으며, '타이완동맹국제보호강화법'(Taiwan Allies International Protection and Enhancement Initiative Act of 2019) 기점으로 미국과 타이완이 국가 대 비국가간 관계에서 국가 대 국가 관계로 전환되었음을 밝혔다.

나는 21세기 들어 G2로 급부상한 중국이 자국의 시장을 무기로 공세적인 팽창을 거듭함에 따라 세계적 차원에서 반중여론이 비등해지는 가운데, 한국을 안하무인 격으로 대하는 중국인의 의식 구조와 행동양식을 분석하고 이를 통해 대등한 한중관계를 형성하는데 일조하고자 대중 매체에 관련 글을 기고했다. [「중국이 한국을 '봉'으로 보는 이유」, 『신동아』(2017년 6월호)] 그리고 중국인의 오만의 진원지로 보이는 '중국'이라는 국호의 기원과 그 정치적 함의의 변화를 추적한 논문을 발표했다. [「'중국' 국호의 기원과 중국 국내외의 '중국' 명칭 初探」, 『군사논단』, 제115호(2023년 가을호, 9월)] 특히, 위 논문에서 나는 '中國'이란 용어가 기원전에는 수도, 도성, 중원의 세 가지 뜻으로 사용되었지만 역대 중국왕조의 강역이 변화함에 따라 정치적 함의가 변화했고, 19세기 말 청대에 이르러서야 스스로 '중국'과 '중국인'이라고 인식하기 시작했다는 사실을 밝혔다. 청대 이전까지는 왕조명을 국호로 삼았고, 그 국가 구성원들도 왕조명을 따 자신의 정체성을 인식했던 것이다.

학문을 위한 자세
— 진실 혹은 진리에 접근하기 위한 전제

현재 한국 사회는 엄청난 혼돈의 늪에서 헤어날 줄 모르고 있다. 사물과 사안에 대해 진실과 진리를 사유하는 힘이 부족하고 생각하는 방법을 몰라서 본질이 멀리서 우리를 비웃고 있으며, 허위와 억지, 비양심과 진영 논리에 매몰된 정치 논리만 판을 치고 있다. 진실과 진리가 실종된 결과 위선과 거짓이 그 자리를 차지하고 있다. 본질을 간취할 사유 능력이 약한 데다 탐욕이 더해져 언저리나 일부의 사실만 가지고 설왕설래, 이전투구의 권력 싸움을 해대고 있는 것이다. 그렇다면 우리는 어떻게 하면 바른 사유를 할 수 있을까? 어떻게 진실, 진리에 도달할 수 있을까?

진실, 진리는 인간이 살아가면서 모든 면에서 관통되어야 할 가치나 덕목이지만 특히 진실과 진리를 추구하는 학문 분야에서는 필수적이다. 이 글에서는 학문에 어떤 자세와 태도를 견지해야 하는가에 포커스를 맞춰 내가 어떻게 살아왔는지 짚어보겠다.

특정 학문에 국한하지 않고 진실과 진리를 검증하거나 파악하는 데 의심이 가장 중요하다고 강조한 이는 근대에 들어와 처음으로 그것을 명제화한 프랑스 출신의 물리학자, 수학자이자 철학자였던 데카르트(René Descartes, 1596~1650)였다. 그 이전의 중세인들은 교권과 세속권력까지 양손에 움켜쥐고 혹세무민한 기독교계에서 말하는 걸 의심 없이, 아니 의심해선 안 되듯이 무조건 믿어 왔다. 그러한 사회 풍조에 데카르트가 강력하게 문제를 제기한 것이다. 진실, 진리를 파악하려면 반드시 데카르트가 던진 명제인 '고기토 에르고 섬'(gogito ergo sum, "나는 생각한다. 고로 나는 존재한다.")을 명심해야 한다. 세계의 일체가 허구와 거짓이라 하더라도 그렇게 생각하는 그 자신이 존재한다는 건 부정하거나 의심할 수 없다는 것이다.

방법적 회의를 실천한 인물들

진실이나 진리를 확실하게 인식하기 위해선 명증적 직관과 필연적 연역 이외에는 방법이 없다고 주장한 데카르트는 모든 명제를 자명한 공리(théorème, 公理)로부터 연역해내는 기하학적인 방법을 철학에 도입했다. 그는 다른 명제로부터 논증되지 않고 스스로 명백한 명제, 즉 모든 철학의 원초적인 명제임과 동시에 토대가 되는 것을 '제1원리'(Le premier principe)라 부르고, 이 제1원리를 찾기 위해 '방법적 회의'라는 걸 제시했다. 방법적 회의란 한 마디로 우리가 사실로 알고 있거나 진실이라고 알고 있는 상식, 지식, 진리를 모두 더 이상 쪼갤 수 없는 상태에 이르기까지 분절적으로 의심하여 더 이상 의심하려야 의심할 수 없는 명백한 진리에 도달하려는 시도라 할 수 있다.

확실하지 않은 것을 의심하는 데서 출발하라고 한 데카르트는 불완전한 인간의 감각으로부터, 또는 감각을 통해서 인식되는 감각적 사물의 존재 그리고 그것에 관한 지식을 끝까지 의심해야 한다고 일깨웠다. 일반적인 지식에 대한 의심은 물론이고, 가장 확실하다고 믿는 보편적 지식인 수학의 진리마저도 의심해야 한다고 했다. 사실, 우리가 보통 진리라고 알고 있는 1+1=2, 직각삼각형에서 직각을 끼고 있는 두 변의 제곱 합은 빗변의 길이 제곱과 동일함을 증명한 '피타고라스 정리'(a2+b2=c2), 원주율 3.141592…… 따위의 수학적 지식은 모두 자연계의 진리가 아니라 단지 인간들이 약속한 공리에 불과할 뿐이다. 자신이 명증하게 참이라고 인식하지 않은 어떤 것도 결코 참으로 받아들이지 않는다('명증의 규칙')는 점에서 데카르트의 『방법서설』은 옳다.

이러한 데카르트의 의도는 새로운 원리 위에서 학문을 통일적으로 재건하고자 한 의지의 표현이었다. 그리하여 그는 엄밀한 논증적인 지식인 수학에 근거하여 형이상학, 의학, 역학, 도덕 등을 포함하는 학문 전체를 '보편학'으로 정립하고자 했고, 공리로부터 연역해내는 기하학적인 방법을 통해 중세 철학에서 탈피할 수 있었기에 비로소 근세 철학의 창시자가 될 수 있었던 것이다. 데카르트가 중세 철학에서 탈피하고 근대성(mordenity)을 득한 근대철학의 창도자가 된 것도 이러한 방법을 통해서였다. 통상 서양철학사에서 데카르트를 '근대철학의 아버지'라 평가하는 이유도 이 때문이다. 그의 진리 탐구와 학문 방법의 원칙이 소위 합리주의 철학의 길을 연 것이다. "화이트헤드(Alfred North Whitehead, 1861~1947)가 2,000년이 넘는 방대한 서양철학이 모두 플라톤(Plato, B.C. 427~B.C. 347)의 이데아(Idea)론에 대한 각주에 불과하다고 말했다면, 근대 유럽 철학은 데카르트에 대한 각주다." (레젝 콜라콥스키)

프랑스에서 태어나 네덜란드에서 철학적 사유를 펼친 데카르트와 거의 같은 시기에 영국에는 경험론 철학자인 프랜시스 베이컨(Francis Bacon, 1561~1626)이 존재했는데, 베이컨 역시 진실 혹은 진리에 도달하기 위해서는 기존의 지식과 모든 권위를 배제해야 한다고 강조했다. 그는 편견과 고정관념에서 탈피할 수 있는 방법론을 제시한 바 있는데, 이는 진실, 진리 추구를 위해 반드시 벗어나야 할 네 가지 우상과 관련된다. 모든 우상과 편견은 종족, 동굴, 시장, 극장에서 형성되는 네 가지 범주 안에 있다는 게 그의 인식이었다. 그 첫 번째가 외재의 사물이나 현상을 인간을 중심으로 평가하거나 인간의 관점에서 해석해선 안 된다고 한 '종족의 우상'이다. 두 번째는 성급한 일반화의 오류를 가리키는 '동굴의 우상'이고, 세 번째가 언어로 인해 선입견이 생기는 것을 뜻하는 '시장의 우상', 네 번째는 근거 없는 권위를 맹신하는 '극장의 우상'이다.

종족의 우상은 한여름 매미가 우는 걸 보고 사람들이 매미가 노래하니 매미가 즐거울 것이라고 단정하는 것을 한 예로 들 수 있다. 매미가 우는 건 짝짓기할 짝을 부르는 처절한 구애의 절규인데 이걸 인간의 관점에서 해석한 것이다. 동굴의 우상은 동굴 속에 처한 것처럼 자신의 좁은 경험을 가지고 사물을 보고 해석함에 따라 생겨나는 비진리, 편견이나 고정관념을 가리킨다. 한 마디로 '우물 안 개구리'라는 소리다. 시장의 우상은 어떤 지식, 결정이나 사안에 관해 실제 조사나 관찰도 해보지 않고 진실, 진리로 믿어버리는 것을 말한다. 시장에 가서 그 시장의 모든 가게를 둘러보고 일일이 값을 물어보지 않았음에도 어느 한 집이 그 "옆집보다 싸다"는 호객의 말을 곧이곧대로 믿으면 바로 시장의 우상에 빠지는 것이다. 극장의 우상은 대학교수, 전문가, 유명인사, 인기인 등 어떤 분야 권위자나 유명인의 권위 혹은 유명세로 인해 그들의 말을 맹목적으로 믿어 진리, 진실에 다가설 수 없게 되는 것을 말한다. 유명 연예인이 하는 상업 제품의 광고를 부지불식간에 믿고선 그 상품을 품질이 좋은 것이라고 믿는 예가 그것이다.

가히 인류의 사상사에 일대 변혁이랄 수 있는 베이컨의 획기적인 사유의 방법론에 힘입어 인간들은 비로소 종래의 형이상학적이고 추상적인 신학관의 세계에서 벗어나 합리성과 과학적 세계관을 크게 발달시킬 수 있었다. 이러한 베이컨의 사상은 근대 자연과학의 발달로 입증되었다.

화이트헤드에 이은 20세기 영국의 걸출한 철학자 버트런드 러셀(Bertrand Russell, 1872~1970) 경도 유사한 인식을 가지고 있었다. 버드란트 러셀은 철학자, 논리학자, 수학자일 뿐만 아니라 사회사상가로서도 다양하고 폭넓게 활동한 지성이었다. 사회주의를 신봉한 그는 1950년에 노벨문학상도 수상했다. 그는 데카르트와 베이컨의 문제의식을 쉽게 풀어서 통속적으로 이렇게 말한 바 있다. "인간만사에서는 오랫동안 당연시해 왔던 문제들에도 때때로 물음표를 달아 볼 필요가 있다"고!

현대 중국의 저명한 학자이자 중화민국 외교부장(장관)까지 역임한 바 있는 정치가였던 후스(胡適, 1891~1962) 역시 학문함의 자세를 강조한 바 있다. 그는 이렇게 말했다.

"학문함은 의심이 되지 않는 곳에서 의심하고, 사람을 대할 때는 의심이 되는 곳에 의심하지 않아야 한다."(做學問要在不疑處有疑, 待人要在有疑處不疑—胡適)

후스는 학문이란 "대담한 가설을 세우고 조심스럽게 증명을 해가는 것"(大膽的假設, 小心的求證)이라고 했다. 가설과 증명을 전체 학문의 방법론으로 일반화한 그의 정의는 정치학이 중심이 되는 사회과학의 연구방법일 뿐, 문사철 등의 인문학, 특히 가설을 세우지 않고 각종 사료에 대한 문헌적 고증과 해석이 주를 이루는 역사학의 연구 방법론과 다르다는 사실을 간과한 오류로 보인다. 그러나 학문의 영역에선 의심을 통해서 진실과 진리를 증명해야 한다는 주장은 지당한 얘기이다.

선지식인은 중국에만 있었고 조선엔 없었는가? 아니다. 그럴 리가 없다. 조선의 많은 지식인들 중 가장 선진적이고 열린 자세의 학자 중의 한 사람이었던 연암 박지원(1737~1805)도 학문을 정의한 바 있다. 그는 학문의 방법론이라기보다는 학문하는 자세나 태도를 제시했는데, 진실과 진리를 위해선 어떤 일에서든 성실한 자세와 사전 전문 지식이 필요하다는 점을 강조했다. 연암은 68세에 생을 마감했는데, 그가 죽던 해인 1805년(조선 순종 6년)에 아래와 같은 말을 남겼다.

> "학문이란 별다른 게 아니다. 한 가지 일을 하더라도 분명하게 하고, 집을 한 채 짓더라도 제대로 지으며, 그릇을 하나 만들더라도 규모 있게 만들고, 물건을 하나 감식하더라도 식견을 갖추는 것, 이것이 모두 학문이다." (『연암집』)

이처럼 어떤 일이든 분명하게 하고, 제대로 하며, 규모를 적절하게 하고, 식견을 동원할 수 있으려면 해당 사안과 사물에 관해 깊은 궁구와 의심이 수반되어야 함은 당연한 이치다.

데카르트, 베이컨, 러셀, 후스, 박지원은 모두 인간의 지적 성장과 인간 인식의 과학성을 제고한 사상가들이었다. 조금 비약하자면, 인류의 이성과 지성은 극소수인 이런 사상가들에 의해 지탱되고 있다고 봐도 무방하다. 이들이 공통으로 말한 바와 같이 기존의 그 어떤 지식 혹은 진실이나 진리도 모두 의심하는 것에서 출발해야 한다. 사실, 절대 권력자인 대통령도, 모든 과학적 진리, 사회적 명제와 인간의 허구적인 명망과 권위도 곧이곧대로 믿지 말고 일단 의심해야 올바른 진실이나 진리에 도달할 수 있다. 심지어는 자기 부모·형제와 자신은 물론, 진리의 담지자라는 모든 종교 창시자의 말씀들까지도 의심할 수 있어야 한다. 그 과정을 거쳐야 건강한 상식과 믿음이 생긴다.

나의 이 생각을 적절하게 한마디로 정리한 신학자가 있다. "확실히 믿으려면 먼저 의심해야 한다."(To believe with certainty we must begin with doubting.) 11세기의 폴란드 국립가톨릭 교회(Polish National Catholic Church)의 성 스타니스라오(St. Stanislaus, 1030~1079)가 한 말이다. 스타니스라오는 이 말에 이어서 이렇게 덧붙였다. "그것이 너를 걷어차지 않도록, 예상한 것보다 더 심한 충격을 받는 어려움에 직면할 용기를 가져라."(Have the courage to face a difficulty lest it kick you harder than you bargain for.) 기독교의 신성을 부정한 프리드리히 니체가 왜 신념의 절대화를 경계하였겠는가? 그는 이렇게 말한 바 있다. "강한 신념이야말로 거짓보다 더 위험한 진리의 적이다."(Convictions are more dangerous enemies of truth than lies.)

생각의 오류가 발생하는 원인

생각의 오류는 근본적으로 두 가지 원인에서 비롯된다. 그것은 바로 잘못된 방식으로 증거를 찾고 판단하려는 인간 특유의 일반적 성향과, 그런 성향을 바로잡을 수 있는 사고능력과 결정 기술을 학교에서 가르치지 않는 데에 있다. 또 그렇다고 해서 개인적인 노력으로 공부할 수 있는 사회적 여건이 마련되어 있는 것도 아니다. 생각의 오류와 관련해서 우리가 착각하기 쉬운 생각의 함정들에는 어떤 것이 있는지 인지할 필요가 있다.

① 통계자료보다 입에서 나오는 얘기를 더 솔깃해하는 것, ② 자신의 기존 지식이나 생각에 의문을 품기보다 그것을 확신하려 드는 것, ③ 세상에는 운과 우연으로 이뤄지는 일도 있음을 간과하고, ④ 왕왕 자신을 둘러싼 세계를 잘못 인식하곤 하며, ⑤ 지나치게 단순하게 생각한다는 것, ⑥ 인간의 기억은 이따금 부정확함에도 그 사실을 인지하지 못하는 것 등이다. 이러한 함정들을 떨쳐버리거나 경계해야 함에도 대부분의 사람은 여기에서 벗어나지 못하고 있다.

미국 매사추세츠대학 아이젠버그 경영대학원의 토마스 키다(Thomas Kida) 교수는 "당신이 생각하는 모든 것을 믿지 말라"(Don't believe everything you think)고 말한 바 있다. 그가 강조한 대로 무언가를 믿기 전에 그 믿음의 근거를 돌아보고 객관적 증거를 구하려는 노력이 필요하다. 이것이 진실과 진리 혹은 본질의 파악 능력과 비판적 사고의 힘을 기르는 첫걸음이다. 대체로 많은 사람들이 '극장의 우상'처럼 기존 권위자, 특히 세계적으로 이름난 인물과 학자들의 발언이나 연구 성과에 대해선 의심을 하지 않는 경향이 있다. 달리 말하면 그들의 권위에 자신도 모르게 주눅이 드는 것이다.

나는 30대 초부터 학문의 길에 들어와서 지금까지 약 30여 년 동안 학문 연구를 해오고 있는 학인이다. 지금도 학술 논문을 발표하고 책을 집필하거나 대학 강의, 대중을 대상으로 한 학술 강연을 하는 등 다양한 활동을 해오고 있다. 지금까지 나는 늘 제1의 원칙으로서 모든 것을 의심하는 자세를 견지해오고 있다. 학계에서 기존에 정설인 것처럼 인정되고 있는 사실이나 학설에 대해서도 그대로 받아들이지 않는다. 일단 문제가 없는지, 잘못이 없는지 근본적으로 고찰한다. 사적으로는 사람을 의심하지 않고 믿는 "단점"이 있지만, 공적인 사안인 경우엔 누가 무슨 말을 하든, 또 언론에 나와 있는 보도 기사도, 과거의 역사 자료가 되는 공문서, 전문, 서한까지도 진위, 의미, 해석, 평가라는 면에서 의심해본다. 의심에서 출발해서 의심으로 끝나는 학문이라고 해도 과언이 아닌 역사학의 연구 자세가 몸에 배어 있기 때문일 터다.

이러한 생각과 자세는 그동안 내가 행해온 학문 연구에도 그대로 스며들어 있다. 그 결과 나는 남들이 보지 못한 여러 가지 새로운 사실들을 많이 발굴했을 뿐만 아니라 기존의 학설에 대해서도 많은 것을 수정하고 다른 관점을 제시하는 성과를 올렸다. 심지어 SNS 상이나 저명한 학자들까지도 의심 없이 사실이라고 믿고 있는 과거사나 가짜 뉴스도 진위를 밝혀낸 게 제법 있다. 지금까지 내가 발표한 50건 이상의 학술논문과 저서들 그리고 200건 이상의 각종 언론 기고문들은 거의 모두 새로운 사실들을 밝혀냈거나 기존 학설들의 잘못된 점을 수정하고 보충한 것들인데, 자세한 내용은 본서에 수록해놓은 「나의 학문 이력」을 참고하면 될 것이다.

내가 지금까지 경험한 바로, 세상의 많은 사회적, 정치적 문제들은 기존의 지식, 진리, 권위, 명성, 심지어 정치적 술책이나 '프로파간다'를 그대로 믿고 보는 데서 비롯된 것들이 대부분이다. 특히 미국인, 중국인, 일본인들과 달리 결과보다는 '동기'(motivation) 위주로 생각하는 특성이 강한 한국인들과 그 집합체인 한국 사회가 유달리 그런 성향을 보인다. 우리 사회는 전체적으로 아직도 상당 부분 이성과 합리성이 전사적(全社的)으로 작동되지 않는 단계에 머물러 있다. 원인은 상당 부분 중고등 교과 과정에서 철학(논리학 포함)을 가르치지 않는 교육 체제에 있고, 동시에 국가나 사회의 공익보다는 개인적 사익을 훨씬 더 중요시하면서 자신의 신념을 절대시하는 오만한 사법계와 정치인들에게도 있다.

나는 다시 한번 말한다. 모든 것을 곧이곧대로 믿지 마라. 진실이라고 알려진 기존의 사실들도, 정치인이나 권력기관이 공표한 언술도, 언론의 보도도, 종교인의 해설도, 국가의 교육 내용도 그대로 여과 없이 받아들이지 마라. 특히 스스로 자신의 공을 드러내는 인물들이 하는 말은 곧이곧대로 믿어선 안 되고 반드시 진위 여부를 검증해야 한다. 그런 이의 말은 거의 3분의 1 이상은 사실을 왜곡한 것이거나 지어낸 경우가 많다.

철두철미하게 의심하고 끊임없이 사유하라. 실천과 행동은 그다음 일이다. 더욱이 변증법적 수정은 실천 후의 과제다. 본질을 모르는 상태에서 아무리 행동과 실천을 가열차게 한다 하더라도 사안의 맥을 잘못 짚고 좌표를 잘못 찍으면 그런 열정은 오히려 또 다른 문제만 만들어낼 뿐 문제 해결에 전혀 도움되지 않는 무용지물에 불과하다. 우리가 본질을 깊이 생각하고 사색하는 인간형이 돼야 할 소이연이다. 생각이 깊을수록 사회도 중후해지고 정치인들도 함부로 날뛰지 못할 것이다. 그래야만 국가가 견실해진다.

2018. 10. 24.

깨달음이란
— 친구와의 대화

좋은 아침!

어제 내가 블로그에 올린 글을 본 한 친구가 깨달음에 관한 질문을 해서 그에 대한 답을 보냈습니다. 불교 얘기를 쉽게 할 기회가 없어 이참에 공유하면 많은 분들이 이해하시기에 도움이 될 듯싶어 여기에 옮깁니다. 아래 두 단락은 친구들이 내게 보낸 질문이고, 그다음부터는 나의 답변입니다.

"어차피 인생은 혼자 왔다가 혼자 가는 것이니 굳이 사람을 만나야 답을 찾는 건 아니라고 봅니다. 어쩌면 혼자만의 시간이 더 편안하고 깃털처럼 가볍지 않을까요? 소생도 집사람과 8년째 떨어져 살고 있는데 익숙해져서 그런지 오히려 편한 것 같네요. 퇴직하면 집사람한테 가겠지만 가도 특별히 나아질 건 없을 듯합니다. 인생길은 결국 혼자이고 가족, 친구, 동료는 모르는 사람보다 더 많은 시간을 공유할 뿐 누가 내 인생을 대신해 줄 수 없으니 자기 자신이 스스로 도울 수밖에요. 고통의 사바세계에서 잠시나마 자유롭거나 편할 수 있겠죠."

"雲静(필자의 아호)의 글 잘 봤네. 그 사람 나름대로 고뇌가 있겠지. 다만 풀이하는 방법이 그 사람은 사람을 만나는 것에 중점을 두고 있는 것 같네. 내 개인적 견해는 자기 자신을 위로하고 지킬 수 있는 것은 결국 자신이라는 것이네. 운정에게 부탁 하나 하겠네. 불교에서 말하는 깨달음이란 실재하는지, 그럼 그것을 판별해내는 선지식도 과연 깨달음의 경지에 다다른 상태에서 판독하는지 동양 문화를 전공한 운정의 견해를 듣고 싶네."

좋은 아침!

좋은 견해라고 생각하네. 세 가지를 질의했구먼. 불교에서 말하는 깨달음의 실재 여부, 그걸 어떻게 판별하는가, 돈오의 기준. 내가 아는 대로 답하면 이러하네.

깨달음은 실재해. 부처님 가르침의 핵심인 인연법과 연기법을 머리만이 아니라 몸으로 이해하고 실제로 그것을 실천하는 경지에 이르면 깨쳤다고 한다네. 자연계뿐만 아니라 인간의 세상사 일체가 인연법과 연기법에 의해 존재하다가 사라지고, 사라졌다가 다시 존재하는 거지.

자연계의 물을 예로 들면 물은 우리 눈에 보이고 마실 수도 있는 실체지만 기온이 섭씨 0도로 떨어지면 얼게 되고 100도가 되면 끓어서 수증기로 증발하는데, 이처럼 물이란 물이라는 액체로만 존재하지 않고 온도라는 조건에 따라 형태가 달라지잖아.

인간사에서도 마찬가지지. 기쁨, 슬픔, 고통, 성냄, 화남, 분노, 가난, 고생, 부귀, 영화, 권력, 지위, 명예 등과 같은 현상도 영속적으로 존재하거나 지속되는 게 아니라 그렇게 만든, 물질적 혹은 정신적 조건에 의해 생겨났다가 그 조건이 해소되면 사라지잖아. 인과 연이라는 조건의 결합으로 잠시 상(相)을 이루는 건데, 각각의 상은 모두 각기 다른 조건에 의해 존재하다가 사라져. 이를 연기하는 거라고 해.

힌두교에서는 이러한 상을 영원한 것으로 보는데(그래서 한번 불가촉천민으로 태어나면 죽을 때까지 평생은 물론, 죽어서도 다른 존재로 태어나지 못한다고 설함) 이를 두고 석가는 인간 위에 인간 있고, 인간 아래 인간이 있는, 즉 불평등을 고착화하는 기득권층의 계급적 논리라며 단호하게 부정했잖아.

여하튼 삼라만상(諸相)은 그 어느 하나 예외 없이 인(因)과 연(緣)이라는 조건의 결합으로 잠시 상을 이루는 거야. 그래서 인연가합(因緣假合)이라고 해. 그리고 각각의 상은 모두 각기 다른 조건에 의해 존재하다가 사라지고, 사라졌다가도 또 다른 조건에 연해서 다시 존재하는데 이것을 연기(緣起)하는 거라고 한다. 조용필의 '여와 남'이라는 노래 가사 중에 "네가 있음에 내가 있고, 내가 있음에 네가 있네"와 같은 대목이 상호연관성 또는 상호의존성을 표현한 좋은 예지.

제상과 일체가 공이라고 하는 건 무상, 즉 세상에 변하지 않고 영원히 존재하는 것은 하나도 없다는 사실에 방점을 찍은 대승불교 쪽의 관법이네. 그러니 그러한 제상들은 모두 실체가 없는 것들로서 영원히 존재하게 만드는 인자, 즉 아트만(산스크리트어로 atman)이 있어서 그렇게 되는 건 아니라고 하네.

깨달음의 유무 판별

석가모니는 자연계와 세상만사 및 만물은 단 한 가지라도 이 같은 이치, 원리, 법칙에서 벗어나는 건 없다고 했고, 이를 법(法, 산스크리트어로 dharma)이라고 했다. 이 법을 깨치면 깨닫는 것이고, 이걸 깨치면 곧 부처가 되는 것이라고 설했다네. 그러나 석가모니는 그렇다고 당장 눈에 보이는 제상이 존재하지 않는 것이라고 부정해서도 안 된다고 가르쳤지. 마치 우리가 지금 어릴 적 모습과 달리 변해 있다고 해서 그때의 모습이 내가 아니라고 할 수 없고, 지금의 자신이 과거의 자신이 아니라고 부정할 수 없듯이 말이네.

석가모니의 가르침을 아무리 얘기해도 부처가 될 순 없고 부처의 흉내만 내는 것이라고 하는 이들도 있는데, 이는 석가모니의 가르침을 잘못 이해하고 있는 거라네. 누구든 세상은 모두 연기법 및 인연법과 일체개공(一切皆空)

으로 이뤄져 있고 그렇게 굴러간다는 점을 깨치면 바로 부처가 된다네. 부처라고 하는 게 바로 보디사트바(Bohdi Sattva), 즉 '깨달은 자'(覺者)라는 말이 아닌가?

문제는 깨달음인데, 석가모니는 세상의 모든 존재는 이 법을 깨달을 수 있다고 했고(一切衆生 悉有佛性), 그렇게 깨달을 수 있는 능력을 불성이라 말하면서 이 법을 깨치기에는 동물이나 식물보다는 인간이 가장 가능성이 높은 존재라고 했다.

아무튼 인연법과 연기법을 깨치는 방법, 과정이나 속도에선 여러 가지로 얘기되고 있어. 문자로 부처의 교의를 전하는 경전에 의지해 경전 공부를 중시하는 교학(教學)이 있는가 하면, 참선 수행에 의지하거나 강조하는 선학(禪學)이 있고, 사람의 근기에 따라 누구는 천천히 깨닫게 되기도 하고 누구는 한순간에 깨닫기도 한다네. 전자는 점수이고, 후자는 돈오라고 한다.

이 두 가지 중 어느 쪽을 우선시하는가에 따라 수행의 입장이 다르니 불교 역사적으로 오랜 논쟁이 있기도 해. 또 이 두 가지를 동시에 행해야 한다고 하는 정혜쌍수(定慧雙修)가 중요하다는 주장도 있어. 그런가 하면 깨닫기만 한 채 행하지 않으면, 즉 그 깨달음(득도)은 가만히 놔두면 퇴보한다고 해서 바른 계와 율을 지켜야 한다고 하는 돈오점수(頓悟漸修)도 있다네.

이러한 깨달음의 세계는 분명 존재한다. 내 경험으로는 그 정도의 차이도 존재하는 것 같네. 깨달음을 어떻게 판별할 것인가 하는 게 자네의 마지막 의문이었제? 이에 대해선 이해하기 쉽게 바둑을 예로 들어 보겠네. 바둑을 둘 줄 모르는 사람은 아무리 바둑 두는 걸 봐도 뭐가 뭔지 몰라. 그런데 바둑도 수준이 여러 단계가 있지. 여러 급수에서 단으로 올라가고 단도 9단까지 있잖아. 굳이 단이 아니라도 내가 그렇듯 4~5급 정도만 되면 벌써 어느 정도 상대의 기력을 간파할 수 있잖아?

아무튼 몇 급이 됐든 몇 단이 됐든, 바둑은 그런 경지에 오른 사람들끼리는 상대의 기력이 어느 정도라는 걸 단박에 알아차리지. 상대의 바둑 실력은 객관식 시험 채점을 할 때 답안지를 기계에 넣어 채점하듯이 기계로 알 수 있는 게 아니라네. 최소한 단 이상이 되면 상대가 두는 수를 볼 때 자기보다 수준이 낮고 높은 걸 알 수 있고, 자신보다 고수인지 아닌지도 알 수 있는 것과 비슷하네.

불교에서 말하는 깨달음은 비정형, 비고정적인 형태로 나타난다. 묘하게 존재한다고 해서 묘유(妙有)라고 하는 이유라네. 깨닫기 전에는 알지 못해도 깨닫게 되면 형태를 보지 않아도 알 수 있다. 그런 것들이 큰 특징 가운데 하나다.

불교에서 말하는 깨달음은 깨친 자에겐 간단하지만, 그렇지 못한 자에겐 무지하게 복잡다단한 이론구조를 가지고 있는 거라네. 또 법을 깨치는 것도 사람의 영적 능력, 즉 타고난 수준(이를 근기라고 함)에 따라 어떤 이는 단박에 깨치는 이도 있는 반면, 평생을 공부하고 수행해도 깨치지 못하는 이도 있어. 또 깨쳤다고 방심하고 방만하게 살면 깨닫기 전의 상태로 떨어지기도 한다네. 즉 '도로아미타불'이 되는 거지. 이땐 수행이 중요하다. 불교에서 계와 율을 정해두고 이를 실천하라고 한 까닭이 여기에 있네.

돈오의 기준이 있는가, 그것이 어떤 상태인가라는 질문도 예를 들어 답하는 게 좋겠다. 내 경우의 간단한 예를 하나 들어보겠네. 역사연구를 하다가 역사적 인물인 어떤 연구대상자가 과거에 했던 말, 글이나 지시 혹은 명령 등등 겉으로 드러난 것과 달리 마음속에서 의도한 그가 한 말의 의도, 목적이나 진정한 동기나 맥락이 무엇이었을까 하는 것들을 해석할 때 그것들이 손에 잘 안 잡힐 때가 많다네.

그렇게 여러 날, 몇 날 며칠을 계속 생각해도 풀리지 않을 때가 있어. 그럴 때 나는 가끔 책상을 박차고 나가 산책을 하거나 여행을 하거나 아니면 친구를 만나서 술이나 차를 마시기도 하는데, 그 과정에서 갑자기 뜻하지 않게 산책을 하다가, 친구와 대화를 하다가, 버스를 타고 가다가, 심지어 화장실 변기에 앉아 있다가 풀리지 않던 그 문제가 갑자기 답으로 떠오르는 순간이 있어. "앗! 바로 그거다", "그렇다 맞다"라고 생각되는 상황 말이야. 그동안 풀리지 않던 해석이 그렇게 해석하면 되겠구나라는 생각이 들 때가 있지.

살면서 꼭 공부라든가 연구가 아니라도 이와 유사한 사례들, 말하자면 의혹이 홀연히 풀리는 마음 상태, 그것이 불교에서 말하는 돈오로 생각된다네. 그런데 돈오라는 것도 내가 보기에 돈오 상태가 오기 전에 이미 안, 이, 비, 설, 신, 이, 마나스, 아뢰야 등 인간의 여덟 가지 식(識)을 통해서 이미 각종 지식, 정보나 지혜 등이 자신 속에 내장되어 있었기 때문에 가능하다고 본다.

그렇다면 돈오의 대상은 뭔가 하니 바로 수행자들이 깨치고자 하는 것, 답을 얻고자 하는 문제, 즉 화두라고 할 수 있지. 불교의 경우엔 불교의 가장 핵심적인 부처님이 깨친 내용들이 되겠지. 예를 들어 사성제(四聖諦), 연기, 인연법, 공(空), 자성(自性)이나 불성(佛性)의 유무라든가 방점을 어느 곳에 두느냐에 따라 화두는 결코 적지 않다네.

답이 충분히 됐을지는 모르겠네만, 아침 출근길 전철 안이라 오늘은 여기까지만 하세. 못다 한 얘기나 좀 더 자세한 내용은 또 기회를 보고 얘기하세. 법음(法音)이 충만한 주말이 되면 좋겠네.

2015. 10. 30.

찰나(刹那)와 겁(劫)

일상 언어생활에서 우리가 알게 모르게 사용하고 있는 단어 중에는 불교 용어가 상당히 많다. 예컨대 유야무야(有耶無耶), 야단법석(野檀法席), 이판사판(理判事判), 현관, 지옥, 극락, 찰나, 겁 등이 그런 것들이다. 이외에도 수십 가지가 더 있다. 그에 대한 소개는 다음 기회로 미루기로 하고 여기에서는 일상 언어생활에서 자주 쓰이고 있는 '찰나'(刹那)와 '겁'(劫)에 관해 소개하고자 한다. 불교철학과 인도철학에서 말하는 찰나가 인간의 감각 기관으로는 감지하지 못할 만큼 극도로 짧은 시간이라면, 겁은 이에 대비되는 개념으로서 인간이 경험할 수 없고, 상상하기도 어려운 무한대적 시간 개념이다.

찰나란 무엇인가

먼저 찰나에 관해 살펴보자. 찰나는 인도 산스크리트어로 크사나(kṣaṇa)라고 한다. 고대 구마라지바(Kumārajīva, 鳩摩羅什, 344~413), 구라나타(Kulanātha, 拘羅那陀, 499~569), 현장(玄奘, 600~664) 법사 같은 중국의 불교 역경가(譯經家)들이 불교를 처음 인도에서 받아들일 때 이를 한자어로 '刹那' 또는 '叉拏'라고 음역했는데, 실제로 이 두 한자는 모두 중국어 발음으로 읽으면 산스크리트의 원음과 비슷한 차나가 된다. 한글 음으로는 각기 '찰나'와 '차나'가 되는 것이다. 의역으로는 한 생각, 즉 '일념'(一念)으로 쓰이고 있다.

불교에서는 손가락을 한 번 튕기는 정도의 지극히 짧고 빠른 시간을 '탄지'(彈指)에 비유한다. 그런데 통상 사람들은 막연히 이 탄지보다는 찰나가 더 짧은 시간이라는 것쯤은 알고 있는 듯하다. 그렇다면 아주 짧은 시간이라는 의미로 쓰이고 있는 찰나는 과연 불교에서 어느 정도로 짧은 시간을 말하는 것일까? 먼저 경전에 인용된 전거를 살펴보면 이렇다.

서력기원 2세기 중엽 인도 카니슈카(Kanishka I, ?~?) 왕의 보호 아래 500명의 아라한(阿羅漢)들이 모여 편찬(結集)한 책으로 알려진 불교 경전 『阿毘達磨大毘婆沙論』(원어는 Abhidharma-mahāvibhāsā-śāstra)에 의하면, "가는 명주 한 올을 젊은 두 사람이 각기 양쪽 끝을 당기고 단도로 단숨에 명주실을 끊으니 명주실이 끊어지는 시간이 64찰나였다"는 기록이 있다. 여기서 찰나가 얼마나 짧은 시간인지를 가히 짐작할 수 있을 것이다. 그러면 우리가 실제로 감지할 수 있는 찰나는 얼마나 되는 시간의 길이일까?

먼저 미얀마의 주석서에는 찰나가 "손가락을 팍 하고 울리는 시간의 일조(一兆)분의 1"이라고 설명돼 있다고 한다. 1조분의 1이라면 쉽게 상상할 수 있는 시간일까? 찰나는 그 정도로 짧은 시간이다. 불교에서는 찰나를 현대적 시간 단위로 환산해 75분의 1초, 즉 0.013초라고 말한다. 이는 보통 우리가 생각하는 시간 관념에서 느낄 수 있는 시간이 아니다. 찰나라는 시간을 '1초의 몇 분의 1인가'로 계산하는 것은 구체적으로는 불가능하다.

그러면 우리는 어떻게 하면 찰나 같은 시간을 인식할 수 있을까? 이를 이해하기 위해선 먼저 물질이 고정불변의 실재라는 의식에서 벗어나 물질은 늘 움직이고 있다는 인식에 닿아야 한다. 즉 눈으로 인식할 수 있을 정도로 커다란 물질의 덩어리는 멈추어 있는 것처럼 보이지만, 원소인 색(色, 루파)의 차원으로 들어가면 실제로는 일체의 루파가 순간순간 생멸 변화하는 물결로 움직이는 것이다. 물체는 고정된 실체로서 '이동'하는 것이 아니고, 물질 자체가 항상 순간순간 생멸 변화하는 운동이라 할 수 있다.

인간에게는 멈추어 있는 듯이 보이는 물질들도 예외 없이 역동적(dynamism)으로 변화를 계속한다. 현대 물리학에서도 밝혀졌듯이 물리학적 개념으로 말하면, 물질을 이루고 있는 모든 원자는 한순간도 쉬지 않고 끊임없이 활동하면서 변화를 지속하는 것이다.

이처럼 모든 물질이 정적(static)이거나 정지 상태가 아닌 다이나믹한 변화라는 것을 석가모니께서는 '무상'(無常)이라는 아름다운 말 한마디로 정리한 바 있다. 아비달마에서는 그것을 더 분석해서 '생, 주, 멸'(生, 住, 滅)로 설명하고 있다. 물질은 항상 움직이고 있기 때문에 우리의 신체에 접촉한다. 물질이 무상(無常)이기 때문에 '인식'이 가능하다는 것이다.

불교에서는 이처럼 물질이 흐르면서 진동하고 변화하는 속도를 찰나라는 시간의 단위로 생각하고 있다. 보통 대략 120찰나쯤 돼야 감각 기관에 포착돼 소위 '감이 온다'고 한다. 120찰나는 단찰나라고도 하는데 약 1과 5분의 3초쯤 된다.

찰나 단위로 계산하면 삼라만상 중에 가장 빨리 움직이는 것은 사람의 마음이다. 마음이 한 번 회전하는 시간, 즉 생겨났다 거하고 사라지는 것(生→住→滅)을 일심찰나(一心刹那), 즉 치타 크사나(citta-kşaṇa)라고 일컫는다. 이에 비해 물질의 변화와 움직임은 마음보다 훨씬 늦다. 물질이 한 번 회전(生→住→滅)하는 데 걸리는 시간은 17(心)찰나다.

구체적으로 예를 들면 눈에 어떤 빛, 색(色), 형(形)이 접촉했다고 치자. 눈에 부딪힌 루파는 17찰나의 시간 동안 살아 있다. 아비달마에서는 이 17찰나를 차트(chart)로 해서 물질의 1회 생멸을 17로 나누어 생각한다. 어떤 물질이 최초의 찰나에 생겨났다가 최후의 제17찰나에 가서 죽는다는 뜻이다.

이에 비해 마음의 수명은 눈 깜박할 사이보다 더 짧다. 인간이 하나의 마음을 내었다가 없어질 때까지는 1찰나밖에 걸리지 않는다고 한다. 17찰나 동안 살아 있는 물질과 1찰나에 지나지 않는 마음을 비교하면 마음의 수명 쪽이 압도적으로 짧은 것이다. 마음의 찰나로 계산하면, 사람이 꽃을 보려고 할 때 꽃을 본 그 순간에 꽃이라는 물질이 생겨나고 있기 때문에 그 물질은 이후 16찰나 정도의 시간이 남아 있다. 그 사이에 마음은 죽었다가 생겨나기를 반복해 17번이나 새로운 마음이 생겨나는 것이다.

겁이란 무엇인가

다음으로 겁(劫)에 대해 살펴보자. 겁은 한자 '겁파'(劫波, 劫跛), '羯臘波'의 준말인데, 산스크리트어 Kalpa라는 단어를 중국 역경가들이 소리에 따라 한자로 음역한 것을 단음절인 1자로 줄여 부르는 것이다. 뜻을 새긴 훈역으로는 Kalpa가 장시(長時)라고 번역돼 있다. 장시라는 말에서 짐작할 수 있듯이 겁이 긴 시간을 뜻하는 것임은 알 수 있지만, 과연 어느 만큼 긴 시간인지 보통사람들은 잘 모른다.

불교에서나 고대 인도인들에게 겁은 한 마디로 년, 월, 일 등의 인습적 시간(conventional time)의 단위로는 계산할 수 없는 무한히 긴 시간을 의미했다. '인습적 시간'이란 연속적인 시간을 초, 분, 시간, 일, 월, 년 등 분리된 시간으로 나누어 사용하는 것을 말한다. 가령 1시간을 60분, 하루를 24시간, 1년을 365일로 정한 것이 인습적 시간의 좋은 예다. 이는 자연계의 현상적, 물리적 시간과 별개로 인간이 고안해 낸 발명품으로 인식의 틀에 지나지 않는 하나의 사회적 장치다. 이는 시간을 외재하는 실체가 아니라 내부의 형식(혹은 개념)으로 보는 베르그송(Henri Bergson, 1859~1941), 칸트(Immanuel Kant, 1724~1804), 헤겔(G. W. F. Hegel, 1770~1831) 등의 서양철학과도 맞닿아 있다. 불교 철학에서도 마찬가지로 시간을 실체가 있는 것으로 보지 않고 과거, 현재, 미래의 3세, 찰나, 겁처럼 편의적으로 설정된 인간의 관념에 지나지 않는 것으로 본다.

아무튼 불교에서는 긴 시간을 '영겁'(永劫), '광겁'(曠劫)이라 하고 '조재영겁'(兆載永劫)이라고도 하는데, 조(兆)나 재(載)는 모두 지극히 많은 수를 가리키는 한자식 단어다. 통상 불교에서는 '겁'은 『대지도론(大智度論)』 권(卷) 5에 나오는데, 겨자겁과 반석겁에다 다른 두 종류의 진점겁(塵點劫)을 더해 크게 총 네 가지 설이 있다.

이에 따르면, 겨자겁은 둘레가 "사방 40리 크기의 성안에 겨자를 가득 채우고 백 년마다 한 알씩 집어내어 그 겨자가 다 없어져도 겁은 다하지 않는다"는 대목이 있다. 여기엔 조금 다른 설이 있기도 하다. 예컨대 사방 80리 성안에 겨자를 가득 채우고 백 년에 한 번 하늘에서 천녀가 내려와 겨자 한 알씩 가져가 성안의 겨자가 다 없어지는 데 걸리는 시간을 1겁이라고 했다는 것이다.

반석겁은 "사방 40리 되는 바위를 백 년마다 한 번씩 엷은 옷으로 스쳐서 마침내 그 바위가 닳아 없어져도 겁은 다하지 않는다"는 기록에 근거한다. 여기에도 이설이 있다. 이에 따르면 백 년에 한 번씩 하늘에서 천녀가 내려와 자신이 입고 있는 얇고 부드러운 비단 옷자락으로 사방 80리 크기의 큰 바위를 한 번 스치고 지나가기를 반복해서 그 바위가 다 닳아 없어지는 시간을 1겁이라 일컫는다.

진점겁에는 두 가지 설이 있다. 첫째는 삼천대천세계(三千大千世界)와 같은 크기의 먹이 다 닳도록 갈아서 만든 먹물로 1천 국토(세계)를 지날 때마다 한 방울씩 떨어뜨려 그 먹물이 다 없어질 때까지 지나온 모든 세계를 부숴 만든 수많은 먼지 하나하나가 1겁이라는 것이다. 또 오백천만억나유타아승지(五百千萬億那由他阿僧祇, 아주 많은 수를 가리키는 단위)의 삼천대천세계를 부숴 먼지를 만들고 五百千萬億那由他阿僧祇 국토(세계)를 지날 때마다 그 먼지를 하나씩 떨어뜨려 먼지가 다 없어질 때까지 지나온 모든 세계를 다시 먼지로 부숴 그중 한 먼지를 1겁이라 일컫는다는 설도 있다. 이 밖에도 겁의 크기나 겁이 늘어나고 줄어드는 것을 설명한 일주중겁(一住中劫), 이주중겁(二住中劫) 등등 많은 설들이 있는데 그에 대한 소개는 생략하기로 한다.

찰나와 겁은 불교의 시간관, 우주관을 나타내면서도 인식론, 심리학과 깊은 연관이 있으며, 부처님의 핵심 가르침인 공(空), 인연법 및 연기법과도 연결돼 있다. 이 같은 불교의 시간관을 상징하는 찰나와 겁은 우주의 광대무변함을 공간개념으로 설명하는 삼천대천세계 개념과 함께 우주를 시간적으로 설명하는 개념이다. 찰나와 겁에 대한 현대적 의미는 석가모니가 설한 이 모든 시간적 무한성이 광대무변한 우주 속의 한 티끌보다 못한 삼라만상의 일체 존재가 유한하며, 그 속의 한 점으로 살다 가는 인간의 존재 또한 무상하다는 것이다. 즉, 연기법과 인연의 소중함을 일깨우려는 것으로 볼 수 있다.

이런 관점에서 보면 우리가 살아온 지난 세월은 짧다면 짧은 찰나에 지나지 않고, 길다면 긴 겁에 해당한다. 달리 표현하면, 과거 시간의 길고 짧음은 물리적 실재가 아니라 곧 자신이 인식하는 주관적 문제로 귀결되는 것이다. 결국 불교에서 찰나와 겁이 설해진 의도는 무엇인가 하는 의문으로 돌아온다. 그것은 시간의 주관성을 통해 삶을 주관적, 주체적으로 살아야 함을 일깨워 주기 위한 시청각적 교재로 제시된 게 아닐까?

2015. 12. 12.

운명, 법, 공리와 맞서 싸우다
— 명말청초 문인 육소형(陸紹珩)의 가르침

"지혜로운 자는 운명과 다투지 않고, 법과 다투지 않고, 공리(公理)와 다투지 않고, 권세와 다투지 않는다."

중국 명말청초의 문인 육소형(陸紹珩, ?~?)이 남긴 말이다. (7권이 남아 있는 『醉古堂劍掃』, 1624년 간행) 정확한 의미를 이해하려면 어떤 맥락에서, 혹은 어떤 연유에서 육소형이 이런 말을 했는지 살펴봐야 한다. 그의 대표작인 『취고당검소』가 격언과 경구(警句)를 모은 문집인 점을 보면, 어떤 특별한 사건이나 일이 계기가 돼 위와 같은 말을 한 게 아니라 평생을 살면서 경험하고 깊이 사유한 데서 우러나온 교훈이 아닐까 싶다. 육소형이 보기에 자신의 이 가르침에 고분고분하지 않게 살아온, 현재도 그렇게 살고 있는 나는 현명하지 못한 둔사(鈍士)일 터다.

운명, 법, 공리, 권세는 세상을 살면서 지켜야 하거나 혹은 세상을 지탱하는 것들이다. 육소형은 이 네 가지와 다투지 말라고 했다. 나는 지금까지 반생 이상을 살면서 이 네 가지 중 앞 세 가지, 즉 운명, 법, 공리와 많이 다툰 편이며, 지금도 다투고 있는 중이다.

누구에게나 타고날 때 사주와 팔자에 제각각의 운명이 있다고 한다. 기를 모으겠다는 의지 차원에서 귀를 여는 사람들도 있지만, 대부분은 통계와 확률의 문제로 치부한다. 나는 나에게 주어졌다고 하는 네 기둥을 옮겨 보겠다고 각오하고서 일부러 운명을 거스르지는 않았다. 다만 세상이 바람직하지 않아서 그런 상황과 작위들을 깨어 버리거나 극복하고자 약간의 노력을 했을 뿐이다. 과거에 그랬고, 지금도 동일 선상에 있고, 앞으로도 그럴 것이다.

법과도 적지 않게 다투었다. 어제도 다투었고, 오늘도 다투고 있으며, 내일도 다툴 것이다. 왜냐고? 법과 다투지 않게끔 하려고 법과 다툰다. 세상의 법이란 그믐날 밤의 등댓불이기도 하지만 오랏줄 같은 질곡이기도 하다. 기울어지거나, 삐딱하게 선 채 굴러가는 세상을 두고만 보기엔 나의 양심이 부끄러움을 타기 때문이다. 영화 '친구'의 마지막 장면에서 주인공 준석이가 한 말처럼, 불의나 비합리적, 권력 공학적 부조리(알베르 카뮈의 개념 차용)를 보거나 당하고도 가만히 모른 채 눈감고 있으면 부아가 치민다.

나는 공리와도 다투고 있다. 반평생을 다투었고, 무덤에 갈 때까지 다툴 것이다. 공리란 누가 봐도 반박할 수 없는 자명한 이치다. 1+1=2 같은 수학의 정리와 다름없다. 테오램이라고 한다. 그러나 이것과도 다툴 때 나는 쾌감을 느낀다. 자명한 것으로 인식되는 공리나 상식을 의심하고 재검토하거나 관점을 바꿔 다시 보고 뭔가 기존의 것과 다른 내용이나 새로운 것을 발견해 내면 마음이 뿌듯하다. 성취감에 배가 부르다.

그래서 공리인 것처럼 받들어지는 것도 곧이곧대로 믿지 않았고, 받아들이지도 않았다. 역사학의 치학(治學)이 기존의 사실과 설, 상식과 정론이란 걸 회의하고 의심하는 데서 출발하기 때문이다. 의심과 회의의 폭이 크면 클수록, 결이 미세하면 미세할수록, 리(理)가 정치(精緻)하면 정치할수록 세상이 바로 서거나, 혹은 최소한 갈지자걸음을 걷지 않게 되는 기반이 된다는 걸 굳게 믿기 때문이다.

다만, 권세는 좇지 않았다. 명리도 추구하지 않았다. 부도 좇지 않았다. 의는 추구하노라고 했지만 누가 봐도 긍정할 만큼 충분하고 찰지겠는가? 본을 팽개치고 말을 쫓는 비루함은 보이지 않았던 것으로 자위한다. 천지인

(天地人)의 힘, 즉 천운, 지운, 인운이 계기적으로 조화롭게 모아져야만 하는 권세만은 운명을 거스르지 않고자 한다. 오면 오는 것이고, 가면 가는 것이다. 오면 오는 대로, 가면 가는 대로 내버려 둔 채 살고 있는 것이다.

육소형의 가르침 중에는 내가 100% 동의할 수 있는 것도 많다. 아래처럼 말이다.

"말을 적게 함은 귀(貴)에 해당하고, 저술을 많이 함은 부(富)에 해당한다. 맑고 밝음을 지님은 수레에 해당하고, 좋은 글을 곱씹는 것은 고기에 해당한다."

이 말에 대해선 달리 토를 달 생각이 없다. 그대로 따르려고 한다. 실행이 부족하긴 하지만 말이다. 박복하게 태어난 나도 육소형의 편달에 즉(卽)해서 이번 생에선 한 번쯤은 귀(貴)하게 되고, 부(富)하게 되고, 수레를 타되, 고기를 먹기보단 음미하고 싶어서다.

2019. 7. 13.

일왕은 '무조건 항복'을 말하지 않았다

— 1945년 8월 15일 정오 라디오 방송에 대한 오해

다시 광복절을 맞이하였다. 빛을 되찾은 지 70년이 더 지났다. 하지만 많은 한국인은 아직도 1945년 8월 15일 정오 히로히토(裕仁, 1901~1989) 일왕이 라디오 방송에서 비통하고 침울한 어조로 공표한 것을 '무조건 항복' 선언으로 알고 있다. 일본사 전공자 같은 일부를 제외한 대다수 국민이 그렇게 믿고 있을 것이다.

그러나 실제로는 그렇지 않았다. 일왕은 '무조건 항복'은커녕 '항복한다'라는 말조차 입에 담지 않았다. '항복'이라는 단어 자체를 쓰지 않았다. 히로히토가 공표한 담화문의 정식 명칭은 '종전 조서'였다. 그것은 미국, 영국 등의 연합국에 포츠담선언을 수락하겠다는 의사를 밝힌 것이어서 간접적으로 '항복' 의사가 내포돼 있긴 하지만, 일본 국민을 대상으로 한 담화 형식의 '종전 선언'이란 의미가 더 컸다.

당시 일왕이 공표한 종전 조서는 일본 왕실에서 사용하던 문체로 쓰여 있었는데 왕실 특유의 어조를 최대한 살려 현대적 의미로 옮기면 아래와 같다.

> 짐은 세계의 대세와 제국의 현 상황을 고려하여 비상조치로써 시국을 수습하고자 충량(忠良)한 너희 신민에게 고한다. 짐은 제국 정부가 미국, 영국, 중국, 소련 4개국에 그 공동선언을 수락한다는 뜻을 통고케 하였다.

대저 제국 신민의 평온무사(강녕)를 도모하고 전 세계(萬邦)가 다 같이 번영(共榮)하여 그 기쁨을 함께 나누고자 함은 황조황종(皇祖皇宗)이 남긴 가르침(遺範)이어서 짐도 두 손으로 받들지 않으면 안 되었던 바다. 이전에 미국과 영국 2개국에 선전포고를 한 까닭 또한 실로 제국의 자존과 동아의 안정을 간절히 바라는 데서 나온 것이며, 타국의 주권을 배격하고 영토를 침략하는 행위는 본디 짐의 뜻이 아니다.

그런데 교전한 지 이미 4년이나 되고 짐의 육·해군 장병의 용전, 짐의 많은 관료(百官有司)의 성의를 다한 노력, 짐의 1억 신민(衆庶)의 봉공(奉公)이 각각 최선을 다했음에도 불구하고 전국(戰局)이 호전되지 않았으며, 세계의 대세 역시 우리에게 유리하지 않다.

그뿐만 아니라 적은 새로이 잔학한 폭탄을 사용해 번번이 죄 없는 신민들을 살상하였으며, 그 참해가 미치는 바를 참으로 헤아릴 수 없는 지경에 이르렀다. 더욱이 교전을 계속한다면 결국 우리 민족의 멸망을 초래할 뿐만 아니라 나아가 인류문명까지도 파괴해 버리게 될 것이다.

이렇게 되어 버리면 짐은 무엇으로 수많은 신민(億兆의 赤子)을 보호하고 역대 황조황종의 신령들에게 사죄할 수 있겠는가? 이것이 바로 짐이 제국 정부가 공동선언에 응하도록 한 까닭이다.

짐은 제국과 함께 끝까지 동아(東亞)의 해방을 위해 일본에 협력한 여러 맹방에게 유감의 뜻을 표하지 않을 수 없다. 제국 신민으로서 전진(戰陣)에서 목숨을 잃은 자, 직장(職域)에서 순직한 자, 제명을 다하지 못하고 죽은 자 및 그 유족들에게 생각이 미치면 오장육부가 찢어지는 듯하다. 또 전쟁에서 상처를 입고, 재화를 당하고, 가업을 잃어버린 자의 후생에 관해서는 짐이 깊이 걱정(軫念)하는 바이다.

생각건대 금후 제국이 받을 고난은 물론 심상치 않다. 너희 신민의 충정(衷情)은 짐이 잘 아는 바이나 짐은 시운의 흐름에 참기 어려움을 참아내고, 견디기 어려움을 견뎌내어 금후의 만세를 위해 태평을 열고자 한다.

짐은 이에 국체를 보호 유지하여 충량한 너희 신민의 충심(赤誠)을 믿고 늘 너희 신민과 함께할 것이다. 만약 감정이 격하여 함부로 사달을 일으키거나 혹은 동포들끼리 서로 배척하여 시국을 어지럽게 하여 대도를 그르치고, 세계에 신의를 잃는 것은 짐이 가장 경계하는 것이다.

모쪼록 나라 전체가 한 가족처럼 단결하고 자손들이 이어지는 것을 굳게 하여 신주(神州, 일본)의 불멸을 믿어, 책임은 중하고 길은 멀다는 것을 마음에 담아 두어 총력을 장래의 건설을 위해 기울이고, 도의를 두텁게 하고 지조를 튼튼하게 하여 맹세코 국체의 정화를 발양하고 세계의 흐름(進軍)에 뒤처지지 않도록 기할지어다. 너희 신민은 이러한 짐의 뜻을 잘 지키도록 하라.

이게 이른바 종전 조서란 것의 전부다. 이것을 과연 항복선언이라고 할 수 있는가? 일본 정부는 일왕의 종전 조서 공표 전후로 연합군 측에다 일왕의 존속과 '천황제'가 유지되도록 해주길 바란다는 의사를 전하기도 했다. 무조건 항복이 아니라 '조건부 항복'을 시도한 것이다.

또한 여기 어디에 이웃 나라를 침략하고 형언 불가의 고통을 가한 것에 대하여 반성과 사죄가 있는가? 원폭을 맞은 자국민의 인명 살상에 대해선 가슴이 아프다고 했지만, 일왕의 이름 아래 일본군이 아시아 국가들을 침략해 수많은 약탈, 만행을 저지르고 인명까지 살상한 데 대해선 일언반구도 사과가 없다. 일왕 자신의 전쟁 도발 책임에 대해서도 단 한마디 언급도 없다. '천황제' 국가의 특성인 아무도 책임지지 않는 구조가 그대로 드러난 것이다.

또한 위 조서 내용을 분석해 보면 당시 일본이 항복하게 된 이유와 일왕의 심사가 오롯이 손에 잡힌다.

첫째, 일왕이 항복하게 된 이유는 연합군의 공격을 감당하기 힘든 "세계 대세"에 밀린 데다 "잔학한 폭탄"으로 규정한 원자폭탄을 맞아 전쟁을 계속할 수 없는 상황이었기 때문이라는 것이다. 전쟁을 계속했다간 일본 민족의 멸망에 그치지 않고 인류문명이 파괴될 것이기 때문에 부득이 포츠담선언을 받아들인다고 했다. 종전조서에는 일본민족의 멸망과 인류문명의 파괴를 막기 위해서 종전한다고 돼 있다. 하지만 그 전날 8월 14일 밤 어전회의에서 일왕이 수상, 육군상 등 주요 수뇌부 인물들과 나눈 얘기들을 보면 일왕이 인류문명의 파괴를 우려해서 종전을 결정했다기보다는 일본이 재기할 수 없게 되는 최악의 상황을 피하는 것이 더 중요했음을 알 수 있다. 그들은 이 회의에서 일제의 국력과 전력을 가지고 전쟁을 계속하면 국체도 없고 국가의 장래도 없어지게 되지만, "즉시 정전(停戰)을 하면 장래 국가발전의 근기는 남는다"고 판단했다. 종전을 결정한 일차적 동기가 어디에 있었는지 알게 해주는 대목이다.

둘째, 일왕은 사실을 왜곡하면서 일본의 전쟁 도발에 대한 책임을 얼버무렸다. 일본은 19세기 말의 청일전쟁, 20세기 초의 러일전쟁, 1931년 만저우사변, 1937년 중일전쟁, 1941년 태평양전쟁에 이르기까지 단 한 번도 공격개시 전에 미리 상대국에 선전포고한 적이 없다. 그런데도 일왕은 태평양전쟁 개전 시 미국에 선전포고한 것처럼 거짓말을 하고 있다. 더군다나 하지도 않은 '선전포고'를 한 이유가 일본제국의 자존과 동아시아의 안정을 위한 것이었다고 호도했다.

셋째, 일본의 침략은 일왕 자신의 뜻이 아니었다고 하면서 침략전쟁의 도발에 대한 책임을 회피한 사실이다. 이는 당시 군사적 모험에 승부를 걸어 대외 강경노선으로 치달았던 군부에 그 책임을 미루려는 의도가 내포되어 있었던 것으로 봐도 된다.

넷째, 일본인 전체에게 거국적으로 허구에 지나지 않은 '만세일계의 천황제'를 유지, 보존시키고 "제국의 국체를 수호, 발양"할 것에 힘써 줄 것을 당부한 사실이다.

다섯째, 패전의 책임을 방기하는 한편, 일본 민족의 불멸을 강조함으로써 다시금 재기할 것을 일본 국민에게 호소한 것이다.

이 종전 조서를 일본국민에게 공표하기로 한 결정과 내용은 일왕 단독의 의사가 아니었다. 그 전날 밤 어전회의에서 수상을 비롯한 육군상, 참모총장, 군령부총장 등등 주요 수뇌부 인물들도 상주한 집단적 의사였다. 일왕은 국가와 국민의 행복을 위해선 청일전쟁 후 러시아, 프랑스, 독일의 압박을 받아(삼국간섭) 랴오둥(遼東) 반도를 중국에 되돌려 주기로 한 메이지 일왕(明治, 1852~1912)이 내린 결단을 참조하여 결심했다고 한다. 그리고 라디오 방송으로 국내에 종전을 알리기로 한 것은 곧 무장해제를 당할 육군과 해군의 통제가 곤란할 것을 예상하고 이를 방지하기 위해서였다. 또 종전조서를 연합국 측에 보낸 뒤 이 조서의 공표를 그 다음 날 12시 정오로 연기하고, 라디오 옥음 방송이 개시되는 같은 시각에 신문 발표도 동시에 하기로 한 것은 육군상의 요청에 따른 결정이었다.

오늘날 일본 정부가 시종일관 과거의 침략에 대해 조금도 반성하지 않고, 오히려 그릇된 절치부심을 통해 재기한 후 군사적 팽창을 시도하고 있는 것은 이미 패전할 때 일왕이 읊은 '종전 조서'에 고스란히 담겨 있었다고 해도 과언이 아니다.

해마다 돌아오는 광복절이 어느덧 70여 회나 된다. 일본의 과거사 무시와 왜곡 작태를 시정시키려면 늦었지만 이제라도 일왕의 항복 내용을 바르고 정확하게 이해할 필요가 있다. 이보다 더 예리한 무기가 또 어디 있겠는가? 우리 스스로 역사를 왜곡하는 자세로는 일본을 이길 수 없다는 사실을 명심해야 한다.

왜 '종군 위안부'라고 불러선 안 되는가?

일본 극우세력의 과거사 진실 지우기는 한국인의 분노 지수를 임계점까지 치솟게 한다. 그들의 고약한 심보를 알고 나면 일본이 과연 우리의 좋은 이웃이 될 수 있을까 하는 의구심을 떨쳐버리기 어렵다. 김대중(1924~2009) 정권 때 '21세기 새로운 동반자'가 되자던 한일 양국의 다짐도 과거사 문제가 불거지면 새삼 회의를 자아내게 한다.

우리는 분노를 참아내면서 한일의 새 세대에게 평화로운 미래를 물려주기 위해, 과거사에 관한 한 더도 말고 덜도 말고 '있었던 그대로' 대내외에 알리고 학생들에게 가르쳐야 한다고 끝까지 요구해야 한다. 그런데 일본에 역사 왜곡을 바로잡으라고 요구하면서 정작 우리 자신이 역사를 곡해하는 일은 없는가? 만약 그렇다면 엄청난 자기모순, 자가당착이 아닐 수 없다.

한국의 유수 일간지와 방송사 대부분이 여전히 '정신대', '종군 위안부', 혹은 '군 위안부'라는 용어를 그대로 쓰고 있다. 그뿐만 아니다. 극일 민족주의적 성향의 단체가 발행하는 기관지뿐만 아니라 관련 시민단체도 마찬가지다. '정신대' 출신 할머니, '일본군 위안부', '종군 위안부', '군 위안부', 이 가운데 어느 용어가 본질을 드러내는 개념일까? 그 어느 것도 합당하지 않다.

'일본군 성 노예'(Military sexual slavery)가 맞는 말이다. 유엔인권위원회에서도 일본군의 '조직적 강간, 성 노예, 노예적 취급'을 인정했다. ('쿠마라스와니 및 맥두걸 보고서') 우리가 '종군 위안부', '정신대'라는 용어를 사용하는 것은, 피해 당사자인 우리가 도리어 일본의 부녀자 성 유린 범죄를 인정하는 셈이 된다. 정신대는 '나라(일본)를 위해 몸을 바친' 조직이며, 종군 위안부는 '황군을 위안하는 부녀자'라는 의미를 내포한다. 전적으로 일본을 위해, 일본에 의해 만들어진 용어다.

'종군 위안부'라는 용어가 보편화된 배경

한국 사회에 '군 위안부'라는 용어가 정착된 배경이 있다. 일제강점기 일본 자료에 기록된 '군 위안소', '군 위안부'라는 말이 일차적 근거다. 그리고 피해 당사자들이 증언할 때 자신들을 '위안부'라고 언급했기 때문이다. 전후 일본 오키나와에 거주하던 배봉기 여사가 한국인으로서 일본군 성 피해 여성의 존재를 증언하며 일본이 국가적 차원에서 조직적으로 여성의 '성'을 강제 동원한 사실을 전 세계에 처음으로 고발할 때, 그리고 김학순 여사가 국내 최초로 자신이 일본군 성 피해 여성이었다는 사실을 증언할 때도 자신이 '일본군 위안부'였다고 한 말이 그대로 언론에 보도되었다.

하지만 이 용어들은 그 어느 것도 피해자들이 처했던 참담한 삶의 실상을 적나라하게 전달해 주기엔 역부족이다. 더욱이 우리가 이 용어들을 아무런 정제 노력도 없이 그대로 쓰고 있다는 건 스스로 일본의 역사 왜곡에 동조하는 것과 다를 바 없다. 일본이 자행한 역사 왜곡을 규탄하면서 우리가 무심결에 행하는 왜곡은 돌아보지 않는 불감증을 부끄러워해야 한다.

우선 '정신대'(挺身隊)라는 단어의 정체를 해부해 보자. '정'(挺)은 '몸(이나 몸의 일부)을 내밀다' 혹은 '곧게 펴다'라는 일차적 의미를 가진다. 이 뜻이 나중에는 '헌신하다', '희생하다' 따위로 의미가 확장되었다. '挺'이라는 한자의 어의가 시사하듯 '정신대'란 곧 '국가를 위해 자신의 몸을 던지기로 작정한 구국대'라는 의미를 표상한다. 여기엔 국가를 위한 개인의 희생이라는 행위의 자발성, 혹은 능동성만 강조되어 있을 뿐, 강제성, 피동성의 개념을 떠올릴 여백이 전혀 없다.

과거를 돌아볼 때 현재의 기록을 역사 생성의 시공간과 그 맥락을 배제한 채 문자로만 해석하는 이른바 문자주의(literalism)에서 벗어나지 못할 경우, 누군가의 의도에 따라 재단된 허구적 실상을 따르게 될 수밖에 없다. 우리는 전전(戰前) 동원 체제 아래 일본 국가권력이 지향했던 의향(intention)과 힘의 작동 방식을 포착해내기 위해 문자주의로부터 탈피해야 한다. 그래야만 그 실상이 우리 앞에 오롯이 드러난다.

전전 일본 파시스트 국가주의자들은 '만세일계'의 '황국의 은혜'를 갚아야만 신민의 존재 의의가 드러난다는 허구 아래 민중을 죽음의 늪으로 밀어 넣었는데, 이른바 '카미카제(神風) 특공대'가 바로 자발적 희생(실제로는 타율적인 '개죽음' 같은 것이긴 하지만)을 유도한 대표적인 예이다. 마찬가지로 정신대란 일제의 침략전쟁이 1940년대 들어 세계대전으로 확대되자 전쟁 수행에 필요한 일본 및 식민지, 점령지의 탄광, 군수공장, 철로, 비행장, 병원 등에서 '근로할' 인력을 일본과 그 밖의 점령지에서 남녀 구별 없이 차출, 징용한 조직을 통칭한다. 일제는 태평양전쟁을 도발한 후 식민지 청장년 남자에게는 전장으로의 출진을, 여성에게는 의료, 보도, 군수공장의 근로 사역 등 여러 분야에 걸쳐 강제 동원에 응하도록 사회 분위기를 몰고 갔다.

일제의 남녀 강제 징발은 태평양전쟁 이전부터 행해졌으나 전쟁 상황이 점차 불리해진 1942년부터 한층 본격화되었는데, 전쟁 기간에만 총 600만 명에 달하는 인원이 동원되었다. 그중 여성 동원의 경우 일제가 '여자 근로 정신대'라는 허울을 씌워 징발했지만 이것은 '군 위안부'의 존재를 은폐하기 위한 술책이었으며, 대부분 각 전선의 일본군 성 노예로 압송되었다. 피해자들의 일치된 증언에 따르면, 그들은 예외 없이 거의 모두 처음에는 근로정신대에 동원되었지만 최종 근로처는 '군 위안소'였다는 것이다.

이처럼 납치되어 일본 '황군'의 성 노예로 능멸을 당한 우리 여염집 부녀자 가운데 그 누가 '자신의 몸을 던져 제국 천황에 희생'하려고 했단 말인가? '일본군 위안부'라고? 말이 안 된다. 먼저 '일본군 위안부'라는 말의 기원부터 따져보자. 일본 언론에 '일본군 위안부'라는 용어와 함께 그 존재가 드러나게 된 최초의 계기는, 앞서 말했듯이 1972년 함경남도 함흥 출신의 배봉기 여사가 자신이 '일본군 위안부'였다고 증언한 것이었다. 그 후 한일 양국 언론과 국민들이 이들에게 본격적으로 관심을 기울이게 된 것은 김학순 여사의 용기 있는 의거 덕분이다. 1991년 8월 14일, 김학순 여사가 "내가 바로 일본군에 매음을 강제당했던 위안부"라고 증언하며 일본으로 건너가 일본 정부에 죄의 인정과 함께 모든 '종군 위안부'에게 적법한 배상을 요구하고 나선 것이다.

일본군의 군 위안소 운영

두 피해자가 스스로를 '성 노예' 대신 '위안부'라고 자칭한 것 자체가 그들이 일본군에 기만당했음을 시사한다. '위안부'라는 단어에 대해 일본의 권위 있는 사전 가운데 하나인 『고지엔(廣辭苑)』은 "일제강점기 때 군을 따라서(종군하여) 전장에서 군인들을 '위문'해 준 여자"라고 뜻풀이하고 있다. 그러나 이때 '위문'의 내용이 무엇인지, 또한 '종군'이 자원한 것인지, 강제된 것인지 명확하지 않다. 사전조차도 피해자들이 당했던 형언 불가의 잔학한 성 학대를 외면하고 있다. 당시 군 내부에서도 이들을 '위안부'라고 불렀다. 그러기에 당사자들은 그저 습관적으로 자신을 그렇게 일컬은 것이다.

일제가 한국의 여염집 여자를 조직적으로 납치하거나 징발하여 성 노예로 '공출'하기 시작한 것은 1937년 7월 중일전쟁을 도발한 후 일본군 내 성 노예제를 실행하고부터였다. 이때부터 1945년 패전까지, 일본군이 정책 차원에서 조직적으로 운영해 온 군 위안소는 전쟁 지역의 확대에 따라 버섯처럼 번져 갔다. 이를 자세히 들여다 볼 필요가 있다.

일본군이 한 지역을 점령하면 제일 먼저 조치하는 것이 군 위안소 설치였다. 그 범위는 중국의 최북단 헤이룽장 유역에서부터 윈난(雲南), 하이난따오, 그리고 홍콩, 마카오 등지까지 일본군 점령지라면 예외가 없었다. 그뿐만 아니라 전쟁이 동남아 일대로 확전되자 군 위안소는 중국을 넘어 필리핀, 싱가포르, 말레이반도, 인도네시아, 영국 점령지인 미얀마, 베트남, 태국, 오가사와라(小笠原), 남태평양의 여러 군도, 심지어 북쪽으로 러시아령의 치시마(千島)군도, 사할린, 홋카이도(北海道)까지 확대 설치되었다.

일본이 1937년 중일전쟁 도발부터 제2차 대전에서 항복하기까지 15년간 이들 지역의 군 위안소에 성 노예로 강제 동원된 부녀자는 최소한 40만 명이 넘는다는 연구 결과가 있다. 그들의 국적도 한국, 중국, 타이완, 필리핀, 싱가포르, 말레이시아, 인도네시아, 미얀마, 태국, 캄보디아, 네덜란드, 미국, 영국, 프랑스, 러시아 등 수십 개국이었는데, 말하자면 일제는 국적을 불문하고, 인종을 가리지 않고 보이는 족족 납치하여 성 노예로 삼았던 것이다. 일본군의 성 노예는 일본 군국주의의 산물이자 그들의 퇴영적 성 문화인 근대 섹스산업과 밀접한 관련이 있다. 성 노예 여성들에 대한 학대가 일본군의 한 제도로 정착되기까지 대체로 세 단계를 거쳤는데, 그 첫 단계 이전의 배경부터 거슬러 올라가 보자.

메이지 초기 1868년에서 1882년 사이 중국 상하이에 많을 때는 600명이 넘는 일본인 거류민이 몰려들었다. 그중 3분의 2가 여성이었고, 이들 가운데 6~7할이 중국 주재 서양인을 상대로 하는 접대부 겸 매춘부(소위 '게이샤'들을 가리키는데 이들이 모두 몸을 판 것은 아니었기에 '접대'와 '매춘'의 상호 경계가 모호하다. 따라서 이후 때에 따라 게이샤를 단순 접대부와 매춘 행위자로 나누어 후자를 '위안부'로 칭하겠음)였다.

1877년 일본 접대부 유곽 동양다관(東洋茶館)이 상하이 수저우루(蘇州路)에 처음 생겨났다. 일본인 유곽은 날로 번창했고, 이 같은 호황이 일본 국내 '게이샤'들의 해외 진출을 자극했다. 일본 학자 모리사키 가즈에(森崎和江)의 주장에 따르면 이 기간에 최고 800명에 달하는 일본인 직업여성이 상하이에 몰려들었다고 한다. 이것은 근대 일본의 섹스산업의 번성을 반영함과 동시에 근대 산업에 내쳐진 일본 농촌의 피폐 및 도시빈민의 창궐을 투영하는 기형적 사회현상의 또 다른 얼굴이었다.

말로는 '후진'의 아시아를 벗어나 근대를 지향하겠다고 한 일본이었다. 서양 열강에 대한 국가 이미지 실추를 염려한 일본제국 정부는 한때 게이샤들의 중국 '진출' 단속과 함께 현지의 접대위안부 500~600명을 강제로 귀국시켰다. 그러나 단속이 부실했고 현지에서 연명하고자 하는 접대위안부들의 의지는 강했다. 이때부터 일본제국 정부는 단속보다 그들을 적절히 관리하는 정책으로 전환했다. 1905년 상하이 일본영사관은 '게이샤(藝者) 영업 단속 규칙'을 정하고 이에 근거하여 현지의 모든 접대위안부들에게 영업 허가증을 발부받도록 했다. 근대 일본형 공창제도의 해외판 남상(濫觴)이었다.

일본 '군 위안부'는 군 본령의 전투 기능을 유지해 주는 군의 살붙이로서, 하나의 제도로 정착되기까지 세 단계를 거친다. 첫째 단계는 민간업자를 군 지정위안소로 지정한 일종의 위탁 형식이었다. 위탁 위안소가 생겨난 계기는 1932년에 일어난 '1·28 상하이사변'이었다. 일본 육군은 1920년대부터 동북지역에서 군사도발을 계속했는데 상하이사변은 그 연장선이자, 만저우국(滿州國) 수립을 획책하는 과정에서 일본에 대한 서방 열강의 의심에 찬 눈초리를 남방으로 돌리게 하려는 의도를 가진 국지적 도발이었다.

1932년 1월 28일, 일제는 화중(華中) 지역의 정치, 경제, 군사 요충지이자 반일 움직임이 고조되던 상하이를 공격했으나 중국 국민당군의 예상 밖의 완강한 저항에 부딪혔다. 그러자 일본은 긴급히 본토에서 육군과 해군육전대 병력을 대거 증파시켰다. 상하이 일대에는 3만 명의 일본군 장정들이 득실거렸고, 그들은 하나같이 부녀자 겁탈에 혈안이 되어 수많은 부녀를 강간하고 폭행했다. 이에 따라 중국뿐 아니라 서방 열강에서도 일본군에 대한 원성이 자자했다.

이를 해결하기 위해 현지 육·해군 지휘부는 각기 해결책을 강구했다. 일본해군은 홍커우(虹口)에 소재한 일본 민간인이 드나드는 한 유곽을 해군의 지정위안소로 정했다. 요컨대 민간 및 군 혼용 위안소였다. 이때는 위안소라는 간판도 내걸지 않았고, 또 위안소라는 이름도 없었다. 이 같은 위탁 형식의 위안소는 일시적이었고, 이것이 상하이에 출현한 데는 이곳이 일본군의 집결지였다는 배경이 작용했다. 상하이사변이 끝나 일본군이 철수하자 위안소도 대거 철수한 것이 이 점을 확인시켜준다. 한 통계에 따르면 이때 상하이 전역의 해군 전용 위안소는 총 17개소에 달했고, 접대부 279명, 위안부 163명이 이에 종사했다.

한편 일본육군의 최정예로 평가받았던 관동군은 1931년 9·18 만저우 사변을 일으키면서 성 기갈 사태에 직면했다. 이 때문에 장교, 사병들이 영외에서 개별적으로 성욕을 해결하는 것이 공공연한 비밀이었으며, 관동군지휘부도 이를 묵인해 왔다. 이들의 성욕 해소처는 따리엔(大連), 뤼순(旅順), 창춘(長春), 차하얼(察哈爾), 펑톈(奉天, 현 瀋陽), 하얼빈(哈爾濱), 무단장(牧丹江) 등 모든 관동군 주둔지의 요정(주로 고급 장교들이 이용), 구락부, 각종 술집 등 민간 위락소였다. 이 업소들 가운데는 군 지휘부와 계약을 맺어 위안부를 데리고 관동군의 출동 전투지까지 쫓아가는 포주도 있었다. 이듬해 3월, 만저우 괴뢰국이 수립될 즈음에는 일본에서 건너온 이주자들의 대량 이입으로 관동군의 주요 거점 도시에는 위락소가 없는 곳이 없었다. 이 업소들이 군 위안소의 기능을 대신했고, 매춘뿐만 아니라 아편 흡식, 도박, 인신매매, 살인 청부가 자행되기도 했다.

한 가지 특기할 일은 관동군 지휘부가 사병들의 중국인 위안소 출입을 엄금한 점이다. 일본군 장병들은 게이샤보다 상대적으로 화대가 싼 중국인 위안부를 찾아다니곤 했는데, 중국인 위안부는 위생상 성병 감염을 빈발시켰다. 그래서 일본으로부터 한꺼번에 몇만 개의 콘돔을 공급해 오기도 하고, 한국에서 기녀를 공출하도록 한국주둔 일본군부에 협조를 요청하기도 했다. 즉 '반도출신' 기녀는 일본 게이샤의 대타로서 중국인 위안부보다 선호되었던 것이다. 아사히(朝日)신문의 보도에 따르면, 일본 관동군 지배 지역에서는 이미 1933년부터 군이 관리하는 위안소가 생겨났는데, 한국인 위안부가 다수였다고 한다. 그러나 1937년 중일전쟁 후와 달리 이때는 주로 민간 포주 업자와의 계약에 의존하였고, 군의 관여도 군의 정책으로서 전군을 대상으로 하는 계획, 모집, 배치, 관리까지는 미치지 못했다.

일본은 지금도 '군 위안부'는 일본 정부와 상관이 없고 국가권력이 여성의 동원에도 관여하지 않았다고 잡아떼고 있다. 그러나 국가가 개입했다는 엄연한 물증이 있다. 1932년 1·28 상하이사변 당시, 상하이 파견군사령관 시라카와 요시노리(白川義則) 대장이 일본군의 야만적인 성범죄 확산을 막기 위해 부참모장 오까무라 야스지(岡村寧次)의 건의를 받아들여 홍커우, 우송(吳淞), 빠오산(寶山), 쩐루(眞如) 등 일본군 점령지에 위안소를 설치하고자 했을 때 일본의 지방정부가 일조했다는 사실이다. 상하이 파견군 참모 오까베 나오사부로(岡部直三郎)가 전반적인 기획을 맡았고, 오까무라가 나가사끼현 지사에 연락하여 게이샤를 불러 모아 위안부 단체를 조직해 중국으로 송출하도록 요청했다.

나가사끼현 지사는 협조 요청을 받고 나가사끼 관내 경찰과 합동으로 게이샤 및 민간 부녀자 공출에 협력했다. 군부가 지방정부로부터 일본 국내의 직업여성을 위안부 단체로 공급받은 것은 중국 현지의 접대위안부를 모집하여 군 위안부로 활용한 해군보다 진일보한 형태로서 군대 성 노예 제도로 나아간 제2단계 형태였다. 지방정부와 경찰이 지원한 것은 분명 일본 중앙정부 내무성의 적극적인 지지, 혹은 적어도 묵인이 없었다면 성사가 불가능한 일이었다.

1930년대 초에는 이처럼 군인전용 위안소가 민간인 포주 업자에 위탁, 지정되면서 군, 민 혼용 위안소와 사창이 혼재했던 것이 특징이다. 민간 위안소 소속 위안부와 달리 군 전용 위안소의 위안부는 사병들의 성병 예방 차원에서 주 2회의 엄격한 성병 검사를 받도록 하면서 군이 부분적으로 관여했다. 그래도 이때의 위안부들은 거취가 '비교적' 자유로워서 거주를 제한당하며 인신이 구속당하는 성 노예 정도까지는 아니었다. 그러나 1930년대 후반으로 넘어가면 상황은 달라진다. 세 번째 최종 단계인 군대 성 노예의 제도화는 난징대학살 이후에 전격적으로 실행되었다. 그렇다면 양자는 어떤 인과관계에 있었는가? 그 배경부터 살펴보자.

난징대학살 이후 성 노예 제도화의 본격화

1937년 7월, '천황'의 직속기관이었던 대본영이 루거우차오(盧溝橋) 사건 확책으로 포연을 화북으로 치솟게 하자 중국 국민정부는 장기전에 대비한 전략을 세우면서 8월 초 군의 주력을 화동의 상하이 지역으로 후퇴시켰다. 이때 일본군도 이 지역으로 진격했지만 국민당군의 완강한 저항에 부딪혔다. 일본 대본영은 즉각 육군을 주력으로 한 상하이 파견군을 편성하고 마츠이 이와네(松井石根) 대장을 사령관으로 임명했다. 중국군의 예상 밖의 선전에 쌍방의 전투는 한동안 교착 상태에 빠졌는데, 9월 10일 기존의 제3사단, 제11사단에 이어 제9·13·101사단 및 제10군(제6·18·114사단과 기타 5개 단위 병력)을 증강함으로써 전황은 일변했다. 결국 치열한 공방 끝에 11월 12일 상하이는 일군의 손아귀에 떨어졌다.

이때 상하이 점령 작전에 투입된 일본군의 총병력은 1·28 상하이사변 때보다 열 배가 넘는 30여만 명이었다. 상하이 공략 후 일본 대본영은 바로 당시 중국의 수도인 난징 공격을 명령했다. 제10군의 경우 수도 진격 전에 이미 발 빠르게 큐슈(九州) 등 본토의 게이샤들을 뒤따르게 했고, 또 저장(浙江) 일대의 현지 중국인 부녀자들을 납치하여 위안부로 충당하는 민첩함을 보여 주었다. 전략적인 관점에서 볼 때, 수도 난징(南京) 점령은 중국군의 사기와 전투 의지 저하라는 심리적인 효과를 거둘 수 있을 뿐만 아니라 정치

심장부 난징과 경제 중심지 상하이 선을 잇는 화중, 화동지역의 확보는 이후의 전황에 중대한 영향을 미칠 수 있었다.

따라서 일본 대본영은 항복 요구에 거부하면서 장기 항전의 의지를 보이는 중국 국민당군에 본때를 보여줄 참으로 난징공략에 전력을 다하도록 현지 군 수뇌부를 독려했다. 1937년 12월 초, 일본군의 남경 입성에 즈음하여 화중방면군 제10군 사령관 야나가와 헤이스케(柳川平助)는 휘하 장병들에게 "산천초목이 모두 적이다"라고 적개심을 고취했고, 상하이 파견군도 "남김없이 보이는 대로 모두 죽여라"는 명령을 발포했다.

마츠이 사령관은 난징점령 직후 다시 한번 학살 명령을 내렸다. 그의 명령은 곧 일본 최고 군부의 의향 혹은 '천황'의 성지(聖志)나 다름없었다. 당시 히로타 코우끼(廣田弘毅) 외무대신도 난징으로부터 각종 천인공노할 일본군의 만행에 관해 즉각적으로 보고받고 있었음에도 이를 전혀 저지하려고 하지 않았던 것도 바로 '천황'의 성지를 받든 군부의 독주에 동조하였기 때문이다.

난징 입성 전 11월 21일 수저우에서 1,320여 명(이 중 230명은 한 장소에 가둬놓고 모든 장교가 윤간했음), 12월 19일 양저우(揚州)에서 350명, 난징 입성 3일 후 '자유행동'이 허락된 날 또 1,000여 명이 강간당하는 등 난징학살의 전 기간 도합 8만 명의 부녀자가 겁탈당했다. 인류역사상 미증유의 강간 및 집단 윤간은 일본군 내에 각종 성병을 급속히 전파하는 자업자득을 초래했다. 또한 이로 인한 군기 해이, 질서문란이 극에 달했다. 사령관 마츠이 대장의 명령하에 실시된 검사 결과 제3·9·11·13·18·114사단은 물론이고, 각종 예하 독립부대 할 것 없이 거의 모든 부대에 성병이 심각하게 퍼져가고 있음이 드러났다.

마츠이의 뇌리에 일순 시베리아의 악몽이 스쳐 갔다. 그는 1·28 상하이사변 시의 해군, 육군을 모방하여 즉각 화중방면군 참모장 쯔까다(塚田攻)에게 군 위안소 설립을 명령했고, 일본 간사이(關西)지역 각 현의 지사에게 협조를 요청했다. 현지 부녀자 모집은 예하 제11병참사령부가 담당했다. 병참부대에 맡겨지다니, 부녀자들이 군의 보급품쯤으로 인식되었던 모양이다. 병참사령부는 나가사끼, 후쿠오까(福岡) 등 지방정부의 지원 아래 12월 하순 이시바시 쇼우리로우(石橋德太郎, 1889~1976) 등 군속 모집관을 해당 지역으로 파견하여 '위안부 모집처'를 설치하였다.

이시바시 등 모집관들은 간사이 일대의 35세 이하, 성병 없는 여성을 감언이설로 속여 일차로 104명을 중국으로 끌고 갔다. 즉 한 사람당 1,000엔이라는, 당시로서는 거금의 선수금을 일시불로 쥐여주면서 전선에 나가 매일 5명 정도의 군인을 '위안'하여 3~4개월만 일하면 원금은 상환할 수 있는데, 이 돈만 청산하면 언제든지 고향으로 돌아갈 수 있다고 속인 것이다. 모집에 든 모든 비용은 모두 일본 대장성이 직접 파견군에 지급한 '임시군비'였다. 이 임시군비는 바로 일본 정부의 '임시국채'에서 충당되었다. 모집은 한 번에 끝나지 않았고 패색이 짙어갈수록 더해갔다.

한편 일본 여성의 경우, 모집에 응한 자들 가운데는 직업 게이샤들이 상당수였지만 빈궁한 농촌 여성들이 목돈에 현혹되어 난징까지 잡혀온 경우도 적지 않았다. 일본은 이 시기 이미 이러한 초국가적 탈법행위에 제동을 걸 수 있는 시스템이 중단된 상태였다. 중일전쟁 도발 후 '치안유지법'을 필두로 각종 탄압법이 맹위를 떨쳤고, 불충분했던 사상, 언론 자유마저도 철저히 통제됐다. 헌법이 보장한 국가기관은 이미 파시스트 군부 독재정치의 하수인으로 전락해 있었다. 이런 상황은 얼마 지나지 않아 곧 전 국민을 전쟁으로 내모는 국가 총동원 체제로 연결됐다.

이와 대조적으로 한국 부녀자들은 대부분이 여염집 여자였다. 직업여성으로서 한국인 위안부가 상하이 주재 일본 조계 경찰에 최초로 조사된 것은 1936년 12월이었는데, 당시 29명이 7개소의 해군 전용 위안소와 7곳의 군-민 혼용 위안소에서 일하고 있었다. 이처럼 극소수의 직업위안부를 제외하고는 모두 일본 내각의 지시를 받은 조선총독부 및 경찰에게 협박당하거나 속아서 '징발'당한 경우였다. 중국인 성 노예는 현지 군인에게 강제로 납치된 경우가 대부분이었다.

이렇게 난징의 위안소까지 끌려온 여성들은 1942년 말에서 이듬해 2월을 기준으로 일본인이 2,704명(58.79%), 중국인이 1,682명(36.56%), 한국인이 214명(4.65%), 도합 약 5,000명에 이르는 방대한 인원이었다. 화중방면군의 위안소 개설에 이어 각지의 주둔군도 잇달아 위안소를 개설하였는데, 이들 각 군 소속의 성 노예들과 일반인이 경영하는 민간 위안소의 위안부를 모두 합하면 숫자 세기는 더욱 아득해진다.

위안부라고 명명한 일본의 저의를 안 이상 우리는 이성적인 자세를 취해야 한다. 일본 극우세력을 대상으로 성 노예에 관한 부정과 왜곡을 시정하라고 요구하면서 말과 실제가 서로 부합되지 않는 명분을 내건다면 스스로 부끄러운 일이기도 하거니와 목적의 성취 또한 의심스러운 일이 아닐 수 없다. 광복절이 수없이 반복되어도 일본 군국주의의 찌꺼기인 '정신대', '군 위안부' 따위의 부적절한 용어들을 그대로 쓰고 있을 때 일본 극우파들은 "조센징은 어쩔 수 없다"고 비웃는다. 무엇보다 이 근절되지 않는 집단 망각 행위는 일본 '황군'의 군홧발에 짓밟혀 한 많은 삶을 살다 간, 또 여생을 살고 있는 이 땅의 '성 노예' 할머니들이 품고 있는 영혼 속의 '순결'을 또 한 번 더럽히는 꼴임을 명심해야 한다.

인류 보편 사상과 호연지기의 결합
— 윤봉길 의사의 상하이 의거와 그 의의

형형한 눈빛의 스물다섯 청년 윤봉길! 그는 왜 사랑하는 부모형제, 처자식과 이별하고 다시는 돌아올 수 없는 형장의 이슬길을 가기로 결심했을까? 그것은 인류 공동의 지고한 가치인 자유와 정의를 위함이었다. 조국의 독립과 민족의 부활을 위해 기꺼이 목숨을 바치고자 한 살신성인 정신이었던 것이다. 약육강식의 논리와 패도가 횡행하던 20세기 전반기, 강권의 일본제국주의가 악이 아니면 무엇이고, 식민지 약소민족이 선이 아니면 무엇이었겠는가? 침략과 피침략, 지배와 피지배 관계를 깨겠다는 것이 정의가 아니고 무엇이었겠는가?

청년 윤봉길에게 정의의 실행을 가능하게 만든 원초적 힘은 인류 보편의 가치와 호연지기가 강고하게 결합한 정신이었다. 그러한 정신은 그가 중국으로 가는 장도에 오르기 전 고향에서 농민운동을 시작했을 때, 농민들의 무지를 깨우치기 위해 만든 농민 독본의 제목을 '자유'라고 지은 사실을 통해서도 새삼 확인할 수 있다.

이 책을 통해 윤봉길은 농민들에게 "사람에게는 천부의 자유가 있다"고 강조했다. 한국인이 처한 상황을 "머리에 돌이 눌리우고 목에 쇠사슬이 걸린 사람은 자유를 잃은 사람"으로 비유하고, 일제에게 빼앗긴 "자유의 세상은 우리가 찾는다"고 설파했다. 이때 그의 나이 불과 약관 20세였다. 그는 이미 암울한 조국을 식민지 상태에서 벗어나게 하고자 정신력을 연마하면서 신념을 위해 일신을 내던질 각오를 다지고 있었던 것이다.

그로부터 5년 뒤 윤봉길은 중국 상하이(上海)로 김구(1876~1949) 선생을 찾아갔다. 김구와의 운명적인 만남은 의거가 성사되기 위한 첫 번째 조건이었다. 김구와 함께 극비리에 거사를 준비하며 기회를 엿보던 중 드디어 천재일우의 기회가 왔다. 쇼와(昭和) '천황'의 생일로 일본 사회에서 가장 성대한 축일인 '천장절' 경축을 겸해 일본군의 상하이 침공 성공을 자축하는 행사가 4월 29일 상하이 홍커우(虹口)공원에서 열릴 예정이었다.

일본은 혼잡을 막기 위해 예년엔 허가했던 장내의 각종 매점을 폐지하는 대신 일본인들에게 각자 점심 도시락과 음료수 등을 지참케 해서 입장시킬 계획이었다. 이 소식이 『上海日日新聞』에 보도되자 윤봉길은 이를 절호의 기회로 보고 일본 요인들을 처단하기로 결심했다. 먼저 김구를 찾아가 거사를 결행하겠다고 자청했다. 거사에 사용할 폭탄은 중국 군부가 제조해 줬다.

아침부터 잔뜩 흐린 날씨였던 1932년 4월 29일 오전 11시 40분경, 일본 국가인 기미가요(君が代)의 제창이 막 끝나갈 때였다. 미리 식장에 잠입해 있던 윤봉길은 어깨에 메고 있던 수통 폭탄을 상하이지구 일본군 사령관 시라카와 요시노리(白川義則, 1869~1932) 대장을 위시해 단상 위에 도열해 있던 8명의 일본 군부 및 외교계 요인들을 향해 힘차게 던졌다.

상하이 일본거류민단장 카와바따 테이지(河端貞次, 1974~1932)가 내장이 터져 나와 현장에서 즉사했고, 해군 함대사령관 노무라 키찌사부로우(野村吉三郎, 1877~1932) 중장이 실명했다. 육군 제9사단장 우에다 켄끼찌(植田謙吉, 1875~1962) 중장은 다리가 잘렸으며, 중국 주재 일본 공사 시게미쯔 마모루(重光葵, 1887~1957)는 다리를 심하게 다쳐 절단하게 됐다. 거물 시라카와 대장은 온몸에 파편이 204군데나 박혀 결국 며칠 후 사망했다. 중국 주재 일본총영사 무라이 쿠라마쯔(村井倉松, 1888~1953)와 일본거류민단 간부 토모노 모리(友野盛)도 크게 다쳤다.

일본은 그때나 지금이나 이 사건을 두고 테러라고 칭한다. 윤봉길 의사에 대해 '조선의 테러리스트'라고 평하는 게 대다수다. 이는 윤봉길 의사가 일본인들을 살상시킨 사실에만 주목할 뿐 윤 의사가 왜 상하이 침공을 진두지휘한 시라카와와 노무라 등을 처단하려고 했는지 시대적 배경과 동기에 대해서는 안중에 두지 않기 때문이다. 윤 의사가 지향한 인류의 보편적 가치는 애써 외면하고 일본인이라는 편협한 관점만 고집하고 있는 것이다.

윤봉길 의거가 지닌 역사적 의의와 영향

윤 의사의 폭탄 투척은 대일 교전단체인 임시정부가 보낸 독립투사로서 행한 엄연한 교전 행위였기에 테러가 아니라 의거다. 그런데도 당시 일본 당국은 사건 현장에서 체포된 윤봉길 의사를 그해 12월 19일 일본 가나자와(金澤) 교외 육군공병학교 내 외진 곳에서 총살할 때까지 줄곧 테러범으로 취급했다.

공공의 선을 지향하는 의거는 정당하지 못한 인명 살상을 수단으로 사적 이익 혹은 반인륜적 목적을 달성하고자 하는 테러와는 질적으로 다르다. 윤 의사는 자유와 독립, 정의와 평화라는 인류 보편적 가치에 따라 인류의 평화와 행복을 해하는 제국주의의 침략에 대해 저항했다. 침략자들을 제거해야만 한국, 중국, 일본 등 아시아인들이 침해받은 평화와 행복이 되살아난다고 본 것이다.

일본에서도 의사를 '정의로운 사람'이라고 정의한다. 일본의 아시아 침략을 주도한 이또우 히로부미(伊藤博文, 1841~1909)를 사살한 안중근 의사를 심문한 일본 검찰관 미조부찌 타까오(溝淵孝雄, 1874~1944)는 안중근 의사에게 '당신이야말로 진정한 의사'라고 했다. 이처럼 의사는 인류 공동의 평화와 행복을 위해 의거를 행한 이를 가리키는 말이다. 윤봉길 의사의 의거는 그 영향과 역사적 의의가 온전히 드러난다. 이를 보면 그가 실현하려고 한 인류 보편의 정신적 가치가 무엇을 지향했는지 가늠할 수 있다.

첫째, 한민족의 항일의지와 독립운동이 사장된 게 아니라 현재 진행형이었다는 점을 한국 국내, 중국, 일본뿐만 아니라 전 세계에 알리는 효과가 있었다. 사건 당일 중국, 일본, 한국의 언론은 긴급뉴스의 호외까지 발행해 대대적으로 보도함으로써 중국 전체에 엄청난 호응을 불러일으켰다. 미국의 신문 『New York Times』를 시작으로 서방의 유력 일간지가 모두 상하이발 인용 기사로 연일 보도했고, 윤봉길 의사의 의거 소식은 동아시아 지역을 넘어 세계적인 빅뉴스가 됐다.

둘째, 제국주의 침략의 길로 나아간 일제의 침략 원흉들이 중상을 입거나 폭살됨에 따라 일왕의 권위를 땅에 떨어지게 만들었다. 윤 의사가 폭탄을 투척한 그때, 제창이 막 끝나가던 일본국가 기미가요는 '천황'을 상징한다. 천황은 어떤 자인가? 그는 한일강제병합을 당한 한국인에게도, 만주사변을 당한 중국인에게도 공히 침략의 원흉이었지만, 일본인의 입장에선 신성불가침의 '사람 모습으로 나타난 신'(現人神)과 같은 권위를 지닌 국가 최고지도자가 아니었던가? 만주사변을 일으킨 일본군에게 "황군皇軍의 위무威武를 중외中外로 선양하라"고 명한 일왕은 1932년 2월 일본군 증원부대 사령관으로 상하이사변에 투입된 시라카와 대장에게 초기 고전한 상하이 침공 작전의 조기 수습을 명했고, 이 작전을 승전으로 이끈 시라카와를 크게 찬양한 바 있다.

그런데 상하이 침략의 선두에 선 일왕의 충직한 하수인들이 윤봉길이라는 무명의 한국인 청년에게 폭탄 세례를 당해 일왕의 절대적 권위가 곤두박질친 것이다. 실제 일왕은 사건 후 상황 보고를 받고 매우 침통해했다. 일왕의 구겨진 위신과 체통은 사건 후 일본에서 김구를 배후 지령자로 지명수배하고 그의 목에 현상금으로 60만 위앤을 내건 사실에서도 드러난다. 당시 60만 위앤은 현재의 한화로 환산하면 어림잡아 100억 원대나 되는 거액이다.

셋째, 일제의 폭압 통치에 짓눌려 고사하던 우리의 민족정신을 되살렸고,

피압박약소국 민족에게는 커다란 위안이 됐다. 또한 임시정부가 상하이 시대를 마감하고 '유랑'의 시대로 들어감과 동시에 '김구 시대'를 열게 됐다. 명성이 치솟은 김구를 성원하는 성금이 해외 한인동포들과 중국의 조야로부터 엄청나게 들어와 임시정부가 오랜 침체에서 벗어나 활력을 찾게 됐다. 윤 의사 의거 직전인 1930년 재정수입이 급감해 직원의 급여도 주지 못하고 수만 위앤의 빚을 진 채 고사 직전에 있던 임시정부였다. 재정 악화의 영향으로 1920년대 중반부터 '임시정부 무용론' 및 '해체론'마저 불거져 나온 가운데 무기력한 나날을 보내던 중이었다.

그런데 의거 이후 미국, 하와이, 멕시코, 쿠바 등지로부터 한인 교민들의 성원과 지원금이 잇달았다. 1932년 4월 말부터 같은 해 10월 9일까지 김구가 받은 물질적 원조는 현금 지원액만 해도 총 9건, 2만 9,200달러에 달했다. 모두 윤 의사 의거 후 6개월 이내에 모인 것이었다. 중국 조야의 각계각층으로부터도 상당한 성원과 지원이 답지했다. 이로써 임시정부는 만성적인 재정 악화에서 벗어났고 침체한 임시정부의 대일항쟁 및 독립운동 의지도 되살아났다.

넷째, 한국과 한국인에 대한 중국인의 인식을 변화시켜 한중 관계가 크게 개선됐다. 중국국민당의 대한국정책 실무자는 윤 의사의 폭탄 투척 의거를 두고 26년간의 임시정부 역사 중 가장 특기할 만한 것이자 임시정부가 주도한 항일운동 중 가장 돋보이는 사건으로 평가한 바 있다. 또 이 의거는 그 전해 5~7월 간 만저우에서 발생한 완바오산(萬寶山) 사건으로 인해 최악으로 치달은 한중 양 국민들 간의 상호 비난 혹은 멸시 등의 악감정을 일거에 바꿔 놓았다.

중국인들에게 한인들의 항일의지가 높이 평가되면서 한국 독립운동 단체가 중국에 존재한다는 사실도 중국 사회에 알려지게 됐다. 공동의 적에 대한 통쾌한 승리감이 매개가 된 피침략 민족으로서 동병상련의 연대감을 공유하고, 중국 내 한인들을 새롭게 인식하게 된 계기가 됐다. 이는 수많은 중국인의 지지로도 이어졌다. 체포된 윤봉길 및 안창호(1878~1938)의 석방을 위해 함께 노력하고, 그 가족을 돌보기 위한 모금으로 연결된 것이다.

다섯째, 무엇보다 중국국민당 주석이자 중국의 최고 실력자 장제스 총통이 한국 독립운동과 임시정부의 존재를 인식하게 된 계기가 되었다. 윤 의사 의거를 보고받은 장제스는 자신의 일기에 "한국인 윤봉길이 상하이 홍커우공원에서 일황의 탄신기념대회에서 일본군 사령관 및 공사를 폭살시켰다는 것을 들었다"고 기록했다. 장제스 총통이 중국 내 한국 독립운동단체에 관심을 기울이기 시작한 것은 이때부터였다. 그리고 중국국민당에 한국 독립운동을 지원하라고 지시했다. 한국인 청년들이 국민당 군사학교에 입학해 군사 인재로 육성되고, 공동 항일을 위한 한중 협력의 길이 열리게 된 것도 장제스의 관심 표명에 따른 결과였다.

또한 개인적 친분에서 이루어져 왔던 그간의 지원 형태와 달리, 정부 차원에서도 한국 독립운동에 관심을 갖게 됐다. 중국 정부는 1933년부터 중국 화폐로 매달 1,500위앤을 임시정부에 지원했다. 1930년대 초반 중국에서 생활한 안창호 선생이 그랬듯이 당시 한 달 치 집세와 식사비를 다 합쳐도 중국 돈 25위앤이면 족했는데, 1,500위앤은 대단한 거금이었다.

그 뒤에도 중국 정부는 1941년 12월 6만 위앤을 시작으로, 1942년 매월 20만 위앤, 1944년 매월 50만 위앤, 1945년에는 매월 300만 위앤의 돈을 임시정부에 지원했다. 중국 화폐 가치의 하락과 함께 치솟은 물가를 감안해 해마다 지원금을 증가시켰던 것이다. 이렇게 해서 1941년 12월부터 1945년 8월까지 지급된 지원금만 총 3,232만 위앤이었다. 이 금액은 같은 기간 국민정부의 재정 지출 가운데 특별지출비 총 7,496만 5,615위앤의 43%에 달하는 거액이었다. 만약 김구에게 보낸 '특별 기밀비'까지를 더한다면 아마도 전체 국민정부의 특별지출비 중에서 최소한 절반은 됐을 것으로 추산된다.

장제스 총통은 외교적으로도 임시정부를 지지했다. 1943년 11월 카이로 회담에서 한국독립을 지지하는 내용이 반드시 들어가야 한다면서 미국의 루스벨트(Franklin Delano Roosevelt, 1882~1945) 대통령과 영국의 처칠(Winston Leonard Spencer Churchill, 1874~1965) 수상을 설득해 '코리아 조항'이라는 특별조항을 넣어 독립의 단서를 마련하게 만든 것이 대표적인 예다. 이승만 박사 역시 장제스의 한국독립 제안과 선언문의 명문화는 윤 의사의 의거에 영향을 받은 것이라고 말한 바 있다.

일신을 초개와 같이 버리고 국가의 독립과 민족의 부활을 위해 목숨을 바쳐 한민족의 정신 속에 영원히 사는 길을 택한 윤봉길 의사! 윤 의사의 호연지기와 애국애족의 희생정신은 정의로운 사회를 갈망하는 이들에게 살아 있는 귀감이다. 특히 국익은 뒷전에 두고 사익을 위해 끝없이 이전투구를 벌이는 삿된 자들을 부끄럽게 만들고 대오각성시킬 살아 있는 교재다. 지금 우리 사회는 윤봉길 청년처럼 호연지기와 살신성인 정신을 펴는 의사들이 절실히 필요할 때다.

한시
— 하얼빈의 안중근 모자

난세일수록 의인(義人)이 용출(湧出)하는 법이련만…….

세상 돌아가는 게 어찌 이다지도 혼탁한가! 의인은커녕 세상이 탈법, 위법, 범법, 꼼수, 책임 전가, 눈앞의 정파적 이해득실만 따지는 인간들로 넘쳐 나니 참으로 답답하구나. 부른 배 더 불려 보려고 자신의 허물은 돌아보지 않고 오로지 남 탓만 하는, 끝이 보이지 않는 정치꾼들의 진흙탕 싸움의 악순환은 언제나 종식되려나? 정치꾼이란 꼭 정치인들만 가리키는 게 아니다. 일반 시민들 중에서도 평생을 각종 선거로 살아가는 이들 또한 정치꾼이다.

당대만 탓할 게 아니라 광복 후 지금까지 누대에 걸친 결과이긴 하지만, 대학을 나와도 취직이 어렵고, 서민들은 입에 풀칠조차 하기 어려울 정도로 세상이 살기 어렵기 때문일까? 요즘엔 젊은이들에게서든, 나이 든 이들에게서든 눈앞에 있는 작은 이익만 추구하는 소아를 버리고 정의를 바탕으로 국가와 민족을 먼저 생각하며 행동하는 호연지기가 아주 드물어 보인다.

정말이지 자신의 영달은 물론, 부모와 처자식의 안위까지 돌보지 않고 국가와 민족을 넘어 아시아의 평화와 인간의 정의를 먼저 생각한 도마 안중근 의사가 새삼 萬古 絶世의 義人으로서 평소보다 더 위대하게 느껴지는 요즘이다. 탁류를 밀어내고 청류가 주가 되어야 할 역사의 전환기에 호연지기가 우뚝 선 大人이 절실히 그리운 난세다. 108년 전, 안 의사께서 의거하신 현장을 찾아보니 그리움이 더욱 절절해져서 감회를 쓰지 않을 수 없다.

哈爾賓 安重根母子

生不成功死不還
豈肯埋骨祖墳下
崇高雄志留千秋
身影何處亦不殘

懷遠志投身如草
國無爲公設廟堂
賣國賊三代奢華
烈士三代惟苟且

何母願子往黃泉
慈母鐵漢一條心
爲大義敢死則孝
母咐不乞求饒命

生肉身留於陋巷
屍骨隨飛雪飄泊
母子豈能安眠乎
又誰肯獻身於邦

知否斷腸之哀痛
暮色至哈爾濱站
兆麟公園止客步
只雪飛霽虹橋上

하얼빈의 안중근 모자

살아서 성공하지 못하면 죽어 돌아오지 않을지니
어찌 뼈를 조상 묘소에 묻을쏜가
숭고한 그 정신 천추에 남겠지만
자취는 지상 그 어디에도 없구려

큰 뜻을 품고 한목숨 초개 같이 버렸어도
나라에서 묘당 하나 지어준 바 없으니
순국선열들이 3대가 망해 연명할 때
매국노들은 3대가 흥해 부귀영화 대물림되네

어느 모친인들 자식을 황천에 떠나보내고 싶겠는가?
장한 그 아들에 그 자당이라
대의 위해 의롭게 죽는 게 효도하는 것이라며
목숨 구걸하지 말라 일렀네

살아생전 누항에 머물다가
죽어 혈육마저 눈발처럼 뿔뿔이 흩어졌으니
모자는 눈이나 제대로 감았겠는가?
또 어느 누가 나라 위해 몸바치려 할까?

단장의 애통함을 아는지 모르는지
장거를 이룬 하얼빈역에 어둠이 내리니
공이 자주 찾은 조린공원마저 길손을 막고
거사 전 실사한 제홍교엔 눈발만 흩날리는구나!

5부

역사와 시대에 고하노니

자살률 저하를 위한 몇 가지 제언

『자살론(Le Suicide)』으로 유명한 20세기 프랑스 사회학자 에밀 뒤르껭(Émile Durkheim, 1858~1917)의 눈으로 보면 매 34분마다 한 사람씩 자살로 생을 마감하고 있는 현대 한국 사회는 분명 병들어 있다. 그것도 국가가 나서지 않으면 치유가 쉽지 않은 중증 상태다. 뒤르껭은 근대 유럽인의 자살을 '이기적(利己的) 자살', '이타적(利他的) 자살', '아노미(Anomie)적 자살', '숙명적(宿命的) 자살' 네 유형으로 나눠 각 자살의 발생 원인을 밝히고 정의를 내렸다.

첫째 유형인 '이기적 자살'은 개인이 사회에 덜 통합되어 있기 때문에 나타나는 것으로서 개인이 집단 내의 다른 구성원들과의 교류가 적거나 소속 집단의 공통 가치를 공유하지 못하기 때문에 나타나는 자살이다. 그는 대표적인 예로 독신자의 자살률이 기혼자의 그것보다 높다는 사실을 들었다.

두 번째 유형인 '이타적 자살'은 개인이 국가나 공동체에 지나치게 통합된 나머지 일어나는 것으로서 제2차 세계대전 때 '천황'을 위해 자살 공격을 감행한 이른바 일본군의 카미카제 특공대가 좋은 예다.

세 번째 유형인 '아노미적 자살'은 근대 유럽 산업사회의 특징을 반영하는 자살 유형으로서 개인의 사회적 기대와 그 실현 사이의 불균형 때문에 일어난다. 바꿔 말하면, 이는 일상 속 기존 공동체가 무너질 때 일어나는데, 극심한 경쟁사회에서 낙오된 결과 삶을 지탱할 힘을 상실한 나머지 삶의 의미를 잃어버린 사람들이 자살을 택하는 것이다.

네 번째 유형인 '숙명적 자살'은 과도한 사회적 규제로 인해 발생하는 현상으로서 자녀가 없는 기혼 여성의 자살이나 고대 사회에서 군왕의 죽음에 즉해 그와 같이 매장됐던 순장이나 주인을 따라 죽는 노예의 죽음이 이에 해당된다.

뒤르껭은 네 가지 자살 가운데 특히 '아노미적 자살'에 주목했는데, 오늘날 한국 사회의 자살은 대부분 이 경우에 해당된다. 한국의 자살률은 세계에서 가장 높다. 2009년 기준 인구 10만 명당 31.2명으로 세계 100여 개 국가들 중 2위였다.(세계보건기구 발표) 34개 경제협력개발기구(OECD) 가입 국가들 중에는 단연 1위였다. 한국의 자살률은 2000년을 기점으로 오히려 급증하고 있으며 2003년 이래로 OECD 회원국 34개 국가들 간 부동의 1위를 고수하고 있다. 인구 10만 명당 자살자가 2003년 이후 매년 큰 변동이 없다가 2018년에 26.6명, 2019년 26.9명, 2020년 25.7명, 2021년 26명, 작년 2022년에는 25.2명이었다.(출처 : 통계청 KOSIS)

실제로 우리는 매년 일용직 혹은 임시직 노동자, 사회안전망 바깥의 하층민, 유명 연예인, 기업체 사장, 중고등학생 중에 자살자들이 끊이지 않음을 보고 듣는다. 근년의 조사에선 청소년 5명 중 1명이 자살을 생각해 본 적이 있다고 할 정도다. 그만큼 개인의 사회적 기대와 실현 간의 불균형이 심하다는 얘기다.

한국 사회의 자살 문제

한국인의 자살 원인은 성별, 세대별로 다르다. 하지만 각종 원인의 본질을 압축하면 세대별로 원인이 중첩되기도 한다. 예컨대 10대 청소년은 학교폭력과 왕따, 입시경쟁에 따른 학업 과부하와 이에 따른 불안, 20대와 30대는 미취업, 40대와 50대는 실직에다 그에 수반되는 누적된 빚과 가정파탄,

60대 이상은 경제 사정에 따른 노후 불안정, 질병과 고독이다. 이 현상들의 이면에는 극심하다 못해 비정하리만치 섬뜩한 경쟁이 근본 원인으로 도사리고 있다. 중고등학생에서부터 대학생에 이르는 청년들은 거개가 수험 준비 그리고 창의성과 무관한 스펙 쌓기에 "올인"하고 있다. 가히 살인적이랄 정도의 치열한 경쟁에서 살아남아 사회적, 경제적 성취를 거둔 사람은 중장년은 물론 노년까지 생활이 안정된다.

반대로 그렇지 못한 사람은 노년까지 생활고에 찌들면서 "누리는 삶"이 아니라 하루하루를 "연명하는 삶"을 살게 된다. 중년 이후의 질병과 고독은 대부분 경제적으로 어려운 나머지 제대로 치료를 받지 못해서, 또 친척과 지인과 친구들과 교류할 만한 경제적 여유가 없어서 생겨나는 결과다. 따라서 지난 한 시기 우리 사회에 유행처럼 번진 자살은 삶에서 더 이상 희망이 없는 이가 택하는 유일한 현실 탈출구였다. 바꿔 말하면 자살은 사회적 타살이었던 셈이다.

경제협력개발기구가 2011년에 발표한 '행복지수'(Better life Initiative)에서도 한국은 이 기구에 가입돼 있는 전체 34개국 중 26위로 하위권이었다. 한국은 최상위권의 교육(2위)과 중상위권의 일자리(11위), 안전(11위) 등에 비해 주거(28위), 환경(29위), 노동과 삶의 조화(30위), 공동생활(33위) 항목에서 낙제점을 받았다. 특히 맨 아래에 처져 있는 노동과 삶, 즉 일과 생활의 부조화 그리고 공동생활의 부적응은 앞에서 뒤르켕이 제시한 아노미적 자살 원인과 일치하고 있음을 실증적으로 보여준 예다. 작년 4월 유엔이 발표한 '세계행복보고서'(World Happiness Report)에서도 한국은 156개국 중 56위였다.

요컨대 한국인들은 한마디로 행복하지 못하기 때문에 자살한다고 볼 수 있다. 5,200만 명의 현대 한국 국민들 중 자신이 행복하다고 답한 사람은 3분의 2에 불과하고, 나머지 3분의 1은 자신이 불행하다고 생각하고 있다는 조사 결과가 있다. 어린이와 청소년의 주관적 행복지수는 성인보다 더 못한 69.3으로 OECD기구 가입 국가들 중 꼴찌를 기록했다. 스페인이 100점보다 높은 114.9로 1위였고, 한국은 OECD기구 가입 국가들의 평균인 100점보다 무려 30점이나 낮은 70점에 불과했다.

노예시대에서부터 근대에 이르기까지 노예나 농노, 하인, 하층민이 생존에 필요한 최소한의 조건들마저 무시되고 결여된 열악한 생활환경과 조건에서 죽어라고 고생하는 모습을 보면서도 혼자 편안한 삶을 즐기는 왕이나 귀족들이 과연 행복했을까? 작열하는 태양 아래 피라미드 축조공사에 동원된 노예들의 노동을 그늘에서 보고 있는 이집트의 파라오는 정녕 행복했을까? 같은 이유로 오직 소수의 행복을 위해 숱한 노예 혹은 하층노동자들의 강제 혹사로 만들어진 중국의 이허위앤(頤和園)과 완리(萬里)장성, 인도의 타지마할 등 세계적으로 유명한 기념비적인 거대 축조물들은 많은 걸 생각하게 만든다.

오늘날 한국 사회에는 스스로 행복하다고 생각하고 있는 사람이 3분의 2 정도라고 한다. 하지만 그들도 주위의 부모 형제, 친지, 친구, 동료들이 경쟁과 생활고, 고독과 질병 등으로 고통받고 죽어나가는 상황을 목도하고 있는 이상 진정한 행복을 누리며 살고 있을까 하는 의문이 들기는 마찬가지다. 대부분이 생활고에 허덕이며 살아가는데 혼자만 잘살고, 또 점심을 굶고 있는 학생들이 적지 않는데 내 아이만 잘 입히고 잘 먹이며 고액과외를 통해 공부를 잘하게 하면 무슨 의미가 있을까? 최소한 중고등학교 학창 시절만큼은 경쟁을 부추기고 이를 좇도록 할 게 아니다. 공동체의 개개 구성원들이 의식주와 관련된 최소한의 근심 걱정이 없어야 하고, 모든 아이들이 학교생활을 즐거워해야 진짜 행복한 것이다.

더 큰 문제는 자살을 바라보는 우리의 무관심, 사회적 편견과 정부의 근시안적 대책이다. 우리는 자살자들에게 삶의 의미를 잃어버리게 하는 것이 무엇인지 그다지 주목하지 않는 게 일반적이다. 자살을 단지 자살자 개인의 심리적 문제 혹은 나약한 의지 문제로 보는 경향이 농후하다. 하지만 자살은 앞서 뒤르켕이 규명한 대로 개인 차원을 넘어 사회구조적 문제와 깊이 연결돼 있다. 바꿔 말하면, 자살은 비교를 강요하는 경쟁이라는 사회적 가치와 구조적 문제에 직결돼 있다. 만인의, 만인에 대한 경쟁사회에서 다른 경쟁자를 밟고 올라서지 않으면 살 수 없을 뿐만 아니라 경쟁력을 강화시키지 못하면 더 높은 곳을 오르지 못하는 비정한 시대의 윤리가 횡행한 데서 생겨나는 현상인 것이다.

한국인들은 대부분 성공의 기준을 오로지 경쟁에서 살아남은 결과인 사회적 지위와 경제적 부에 두고, 현재의 행복을 유예하면서 불확실한 미래에 과도하게 투자하면서 살아가는 게 현실이다. 부모들은 아이에게 명문대학 진학, 좋은 직장과 부와 출세를 보장해 주기 위해 '혹독하게' 교육을 시킨다. 그건 교육이 아니라 숫제 '사육'일 뿐이다. 여성가족부와 통계청이 발표한 2012년도 통계에 의하면, 청소년들의 고민 1위는 공부(38.6%), 2위는 직업(22.9%)이었다. '직업'이란 진로 문제로서 좋은 직장을 잡을 수 있느냐 하는 극심한 취업난을 염두에 둔 응답일 것이다.

또 '2012년 청소년 통계'에 따르면 자살충동 경험 청소년들이 꼽은 이유 가운데 15~19세는 성적과 진학 문제가 53.4%였으며, 20~24세 청년층은 경제적 문제가 28.1%로 가장 컸다. 특히 청소년들의 자살은 성인들보다 충동적인 특징이 있다. 자살 예방 상담교육을 하는 '밝은미소운동본부' 관계자는 청소년기 자살 충동이 '뇌의 장난'일 가능성이 크다고 했다. 뇌가 성장하는 과정에서 극단적이고 불안정한 사고가 자라다 외부 요인과 결합해 "욱"하고 저질러 버린다는 것이다. 이처럼 어떤 연유에서 비롯됐든 자살 고위험 상황에서 도움을 못 받고 있다가 외부 요인이 결합되면 실행하게 되는 게 자살이다.

그런데 혹독한 경쟁으로 인해 청소년과 성인의 자살이 매 시각 잇따르고 있음에도 가정은 물론 국가는 속수무책이다. 가정은 자살 예방의 원초적 집단이지만 가장의 실직으로 인한 악화된 경제 사정으로 자식에 대한 교육적 관심을 가지기는커녕 부모들이 자살하는 숫자가 늘어나고 있는 상황이다. 따라서 국가가 더 많은 자살 예방책임을 져야 한다. 원론적으로 볼 때 분명 국가는 자살을 예방하는 데 많은 노력을 기울여야 한다. 국가의 존립이 그 구성원인 국민에 근거를 두고 있으며, 나라의 주인인 국민이 보호받지 못하면 국가의 존재 가치가 상실되기 때문이다. 국가가 자살을 예방하고, 자살률 저하를 위한 정치적 책임을 져야 하는 이유다.

근대 국가의 역할은 부국강병의 달성과 신민에 대한 원활한 통치였다. 하위 개념의 실현 수단에선 국가방위, 식민지 개척과 영토 확장에 치중했다. 따라서 왕과 귀족을 비롯한 통치계급들은 백성을 위한 민본 개념을 뒷전으로 놓고 있었다. 하지만 21세기 현대 국가의 역할은 경제성장, 자연환경 보호, 자연생태계 유지, 복지사회 구현 등의 가치를 지향하고 추구하는 것이다. 구체적으로 기본권의 평등, 경제 정의의 실현, 최소한도의 삶을 보장하는 사회안전망의 확충 등이다.

국가는 자살을 방지할 의무가 있다

또한 자살은 개인 삶의 종결로 끝나지 않고, 사회 전체에 어두운 그림자를 드리우면서 적지 않은 사회적 낭비로 이어진다. 그럼에도 불구하고 앞에서 언급한 대로 국가가 자살을 방치하고 있다고 해도 과언이 아닌 셈이다. 나는 여기서 자살을 줄이기 위한 방안으로 네 가지를 제안하고 싶다.

첫째, 단기적으로 2012년 3월 정부가 시행하기 시작한 자살예방법이 구체적으로 실행되고 결실을 맺도록 자살에 대한 사회적 책임을 강조하는 한편, 사회의 그늘에 있는 약자, 소외자, 다문화가족 구성원과 청소년들이 긍정적 마음을 가지도록 정부, 지자체, 가정과 학교가 나서서 지속적으로 교육을 해나가야 한다. 자살을 미화하는 사회 일각의 그릇된 시각을 불식하고, 그것은 자유의 선택이 아니라 주위 사람들에게 심리적, 경제적 부담을 지울 수 있다는 점을 널리 주지시켜야 한다.

또한 자살 고위험군이 타인의 자살을 보고 모방하지 않도록 사전 교육도 필요하다. 자살의 외부 요인 중엔 타인의 자살을 모방하는 '베르테르 효과'가 의외로 많다. 자살을 "전염성이 강한 질병"이라고 말하는 까닭이 여기에 있다. 2008년 어느 유명 탤런트가 자살한 직후인 10월 한 달 사이에 자살자 수가 평소 다른 달의 두 배 가까이 늘어났는데, 그의 자살을 모방한 자살이지 않았던가?

둘째, 장기적으로 사회적 가치를 전환시켜야 한다. 우리 사회는 성장과 경쟁, 부와 권력 만능주의에서 분배 정의, 협동과 조화 상생, 그리고 남을 위한 봉사 및 명예와 같은 정신성을 가치롭게 받아들이고 우선시하는 방향으로 바뀌어 가야 한다. 이와 관련해 정부에 부탄 모델을 검토할 것을 권하고 싶다.

히말라야산맥 동쪽 티베트와 인도에 접해 있는 부탄은 한반도 5분의 1의 면적에 지나지 않고, 인구도 서울 송파구보다 조금 많은 67만 명에 불과하며, 1인당 국민소득도 1,200달러에 지나지 않는 약소 왕국이다. 그런데 1972년 17세의 홍안의 나이에 등극한 지그메 싱계 왕추크 부탄 국왕은 왕위 대관식에서 "국민총생산(GNP)이 아닌 국민들의 행복지수를 기준으로 놓고 통치하겠다"고 선언했다. 이에 따라 부탄 정부는 국민의 행복 증진을 위해 경제성장에 매진하기보다는 국민의 건강, 공동체, 심리적 행복, 문화, 올바른 정치 등 9개 분야에 이르는 지표를 설정하고, 이를 토대로 행복지수를 산출해 정책에 우선적으로 반영하고 있다.

부탄은 진정한 행복을 실현하고자 국민총생산에 반대하고, 국민총행복(Gross National Happiness, GNH)이라는 신개념을 만들어 경제성장 못지않게 생태계 보존, 영적인 진보와 성장을 국가정책의 우선순위에 놓고 있다. 2008년 입헌군주제로 바뀐 뒤 취임한 젊은 새 국왕도 이 정책을 그대로 유지하고 있다. 행복지수라는 참신한 아이디어가 성장을 대신하는 새로운 후생 지표로 세계의 이목을 끌고 있는 것이다. 한때 유럽공동체(EU)에서도 국민총

행복개념을 도입하자는 소리가 나왔었다.

물론 부탄이 완벽한 낙원은 아니다. 완벽한 인간이 없듯이 지구상에 완벽한 나라도 없다. 남녀 불평등, 남성의 여성 폭력, 네팔계 부탄인에 대한 인종차별과 도시로 들이닥치는 농촌 청년들의 취업 문제와 같은 인권 및 사회적 문제들도 없지 않다. 이유가 어쨌든 자살률도 세계 20위권이었다. 하지만 부탄에는 근대화와 발전이라는 신기루를 쫓아 성장만을 위해 치열하게 경쟁사회로 내몰린 우리들이 놓친 가치가 존재하는 것은 분명하다. 2006년 세계인의 행복도 조사에서 1인당 국민소득 2만 달러의 한국은 조사에 응한 178개국 중 103위에 머물렀을 때 이 나라는 8위를 차지했다고 한다.

그런데 올해 유엔에서 발표한 '세계행복보고서 2023'에 의하면 2021~2022년 한국인의 행복도는 전년보다 2계단 상승했지만 선진국들 중 낮은 최하위권인 57위로 평가됐다. OECD 국가들 가운데 한국보다 순위가 낮은 국가는 그리스, 콜롬비아, 튀르키예 3개국뿐이었고, 부탄은 2010년 영국에 본부를 둔 유럽신경제재단(NEF)이 실시한 국가별 행복지수조사에서는 1위를 차지했다는데 2016년 국가별 행복지수 조사에서는 이상하게도 56위로 추락했다. 2010년 조사에서 응답한 부탄 국민 가운데 97%가 행복하다고 답변했다는 게 의심스러울 정도로 급전직하한 것이다.

그러나 부탄의 행복지수가 1위로 조사됐을 때 GDP는 낮아도 의식주에 별 걱정이 없고, 빈부차가 없으며, 가족·친지들과 같이 보낼 수 있는 시간이 많다는 것이 부탄인들이 스스로 행복하다고 느끼는 이유였다고 한다. 이 조사가 사실이라면 우리는 부탄에 비해 1인당 국민총생산이 10배 이상 높은 한국이 조사 대상 143개국 가운데 중위권인 68위에 그쳤던 사실, 그리고 부탄인들이 스스로 행복하다고 생각하게 만든 두 가지 요인, 즉 빈부격차 없이 가족 친지들과 함께 시간을 많이 보낼 수 있는 점을 눈여겨 봐야 한다.

셋째는 배타적 경쟁 관계에서 협력, 조력, 상생관계로 바뀌도록 사회 경제적 제도면의 각종 제도를 개선해야 한다는 점이다. 비정규직의 정규직 전환, 입시경쟁 위주의 교육 제도를 학습의 자율 성취제로 바꿀 획기적인 전환이 필요하다. 이를 통해 경쟁을 완화하고 사회공동체적 가치를 회복하면 자살률을 상당 부분 낮출 수 있을 것이다. 경쟁 완화와 사회공동체적 가치의 회복은 왕따 등의 학교폭력 문제까지도 부수적으로 해결할 수 있는 일거양득의 효과가 있다.

마지막 넷째로 각 지방자치 단체장 직할로 자살 예방기구를 설립해 운영하도록 정부 수준에서 법제화할 것을 제안한다. 즉 자살 예방을 위해 지역사회가 더 많은 역할을 할 수 있도록 정부가 앞장서서 제도적으로, 재정적으로 지원을 확대해야 한다. 예를 들어 정부나 사회단체에서 운영하는 '중앙자살예방센터'와 '한국자살예방협회'와 같은 기구를 각 시도에 설치하는 것도 한 방안이다. 이를 통해 각 지역별 자살 가능자의 숫자, 또 그들이 처해 있는 경제, 생활환경 및 조건에 대한 실태를 파악하고 문제에 대한 대책을 수립해 자살 원인으로 밝혀지는 사안에 대해선 조건을 완화, 개선, 근절해나갈 필요가 있다. 자살 문제는 어느 한 주체의 노력만으론 해결하기 어렵기 때문이다. 개개인의 인식 전환은 물론, 정부와 지역사회가 유기적으로 협력해 현실적이고 중·장기적인 해법을 찾는 데 노력을 경주해야 할 필요가 있다. 이에 소요되는 재정 증가는 당연히 국가가 지급해야 한다.

단체 회식 시 가끔 소개되는 건배사가 있다. "세상에 필요한 세 가지 금, 즉 황금, 소금, 지금이 있는데, 황금과 소금보다 지금을 위해 건배합시다"라는 말이다. 이 건배사처럼 가장 가치로운 것은 황금을 좇는 미래에 있지 않다는 점을 깨달아 불확실한 미래보다 '지금'에 더 많은 것을 투자하고, 남을 위해 봉사하는 소금이 되는 삶을 사는 게 아닐까? "자살 공화국"과 "입시지옥"이라는 오명처럼 아귀 같은 세상을 후대에 물려주지 않기 위해 시민사회가 국가에게 자살방지 종합대책을 세워 이를 시행하도록 요구하고 개선시키는 데 더 많은 관심과 압박을 가해야 할 것이다.

이 글을 쓰고 있는 지금 이 시각에도 우리 사회의 한구석에선 자살을 생각하거나 자살을 결행하는 부모형제, 이웃, 친구, 동료들이 끊이지 않고 있는 한 자살 예방 문제는 더 이상 남의 얘기, 남의 일이 아니다. 그건 우리 모두의 실존적 문제이자 나의 문제가 아니겠는가! 국가의 존재 이유와 의의를 다시금 톺아봐야 한다. 국가는 적극적인 해결 의지를 가지고 효율적으로 개입해야 한다.

세월호 참사를 잊어선 안 되는 이유

아래 세월호 참사 관련 졸문은 6년 전 봄에 쓴 것이다. 세월호 사건이 일어난 지 3년 지난 시점이었다. 지금 오래된 이 글을 다시 끄집어내 본다. 이유는 당시 대통령이 대국민 담화에서 약속한 것이 지켜졌는지, 사회 및 국민안전 문제에서 무엇이 달라졌는지 가늠해보기 위해서다.

그런데 그 뒤 이태원에서 또 다른 대형 참사가 일어났다. 이 사건을 계기로 국가가 무엇이며, 국가 지도자의 책임은 어디까지인지 다시 한번 되묻고 싶다. 한심하게도 달라진 건 거의 없다. 오히려 이 대형 참사로 오랜 정쟁만 성격이 적대적인 것으로 변질, 악화되었고 국민들 사이엔 불신과 적대감만 더 조장되었으며 국가와 정치는 여전히 본연의 역할을 하지 못하고 있다.

세월호 참사든, 이태원 참사든 많은 국민들은 놀러 간 사람들에 대해서까지 국가가 책임을 져야 되느냐 하면서 목소리를 높이지만, 안타깝게도 그것은 국가의 존재 이유와 기능 그리고 국가 지도자의 의무와 역할을 잘못 이해한, 혹은 이 사건들을 자신과 자파(自派) 세력의 이익을 위해 선동적으로 이용하거나 여기에 보조를 맞춰 본질을 외면하고 악의적으로 보도하는 언론사의 저의를 간파하지 못한 무지의 소치다.

피해자들은 여전히 한이 풀리지 않은 채 국가를 원망하고, 정치인들을 불신하고, 국민에 대해 분노를 삭이지 못하고 야속하다는 응어리를 갖고 어렵게 살고 있다. 그들도 대한민국 국민들이고 그들의 아픈 상처와 마음을 치유해 주는 것 또한 국가와 정치인들이 해야 할 일이 아닌가?

대통령이 대국민담화에서 책임은 전적으로 자신에게 있다는 최고 지도자다운 사과와 함께 해경 해체, 진상조사의 민간 참여 등 각종 수습책과 재발방지책에 관한 구상을 밝혔다. 그러나 대체적으로 유가족의 요구를 들어주고 눈에 드러난 문제를 도려내는 국부적인 해결에 치중하여 사회 전반의 심각한 부정부패, 국정 기조의 혼조 등 보이지 않는 비가시적인 원인에는 언급이 없었다. 요컨대 전면적인 사회 혁신, 국가 개조 수준은 아닌 셈이다. 어쨌든 이 담화로 우리는 새로운 국면으로 나아가게 됐다. 이 시점에서 국민들이 분노를 거두지 않고 참사를 오래도록 기억해야 할 이유가 몇 가지 있다.

첫째, 세월호 참사는 유가족들만의 슬픔과 아픔이 아니라 우리 모두의 것이기 때문이다. 개인의 통제를 벗어난 현대사회의 위험이란 지역적 범위와 개인적 차원을 넘어 지구적, 집단적이기 때문에 사고를 미연에 예방하지 않으면 언제든 나의 일이 될 수 있다. 당시 미수습 실종자가 아직도 10여 명이나 남아 있는 상황에서 슬픔과 고통으로 움푹 파인 유가족들의 마음을 치유하기엔 언어가 빈약하다. 차라리 침묵이 위안의 언어보다 더 위안이 될 상황에서 강력한 치유의 전제는 대통령의 약속이 지켜져 실종자 수습완료, 진상규명, 강력한 재발방지책이 마련되는 것이다. 유가족은 국가로부터 정당한 보상을 받을 권리를 보호받아야 한다. 이것이 담보되지 않는다면 사회적 갈등이 더 깊어지고, 이미 깊숙이 진행된 공동체의 해체에도 가속도가 붙을 것이다. 이를 막을 힘은 개인의 아픔을 모두의 아픔으로 승화할 때 생겨난다.

둘째, 유가족과 실종자 가족들을 치유하는 데 힘이 돼줘야 하기 때문이다. 그들에게 자식과 가족을 잃은 고통은 영원히 지워지지 않을 것이다. 천재가 아니라 인재인 데다 초동 단계에서만이라도 제대로 대처했더라면 살릴 수 있었는데 그렇지 못했다는 사실에 분노하기 때문이다. 후유증이 상당히 오래갈 것이다. 어쩌면 무덤까지 가지고 갈지도 모른다. 이들에게는 사건 수습 후가 더 위험하다. 사람들의 관심이 사라지고 나면 관객이 떠나고 난 뒤의 텅 빈 객석에서 홀로 처연한 고독을 느끼는 대중 스타의 심리 상태와 비슷해질 수 있다. '외상후 스트레스장애'(PTSD) 전문가에 따르면, 희생자 가족의 경우 사고부정 → 분노 → 죄책감 → 사회불신 단계로 스트레스가 전이한다. 그들은 처음엔 "나에게 이런 일이 있을 수 없다"며 분노하다가 "나 혼자만 살아서 미안하다"는 죄책감에 시달린다. 그리고는 "세상이 싫다"는 단계로 들어간다. 자녀를 잃은 부모의 경우 사소한 문제로 서로 다투다가 아이를 잃은 책임을 배우자에게 지우는 식의 언쟁이 반복될 수도 있는데, 그 경우 가정이 해체될 가능성까지도 없지 않다. 우리의 이웃이자 같은 국민이기에 그들을 방치할 순 없다. 그들을 차츰 정상적인 일상으로 돌아가도록 해야 한다.

세월호 참사를 기억하며 해야 할 일

셋째, 정확하고 신속해야 할 사고 원인 규명과 책임자 처벌, 재발 방지가 제대로 이뤄지도록 두 눈 부릅뜬 감시자가 되어야 하기 때문이다. 대통령이 대국민 약속을 했다 하더라도 정치권과 정부는 물론, 모든 국민이 거국적으로 관심을 가지고 적극 동참하지 않으면 그 약속은 실현되기 어렵다. 사고 원인 규명은 사고에 대한 책임소재를 분명히 하고 정당한 배상을 하기 위한 전제다. 이를 위해선 검찰 조사 외에 독립적인 특검과 국회국정조사도 이뤄져야 한다. 책임자 처벌은 이에 근거해야 하며, 인재의 재발을 방지하기 위해선 특별법 제정도 이뤄져야 한다. 그러나 해경과 해수부의 잘못된 초동대응에 대해선 검찰이 수사를 하지 않고 있고, 공직자의 부정을 벌할 일명 '김영란법'도 통과되지 않고 있어 '유병언법' 제정 여부를 두고 여야가 격돌할 공산이 크다. 이면에는 평소 해경, 해수부 등 관련 정부기관에 대한 감시감독이 소홀해 결국 그들과 동업자가 되다시피 한 정치권이 책임을 면탈하려는 동기가 보인다. 따라서 시민들이 정부와 정치권에 반성과 개혁을 촉구하거나, 대책 마련과 특별법안이 통과되도록 지속적으로 압박할 필요가 있다.

넷째, 참사의 배후원인이 금전만능의 전도된 가치관에서 비롯된 것이어서 다 같이 사회적 가치관을 전환해야 할 과제를 안고 있기 때문이다. 역사는 2014년 4월을 야만이 문명을 침몰시킨 달, 탐욕스러운 아귀들이 무고한 사람을 먹어치운 달로 기억할 것이다. 4월 16일은 우리의 야만성이 세계에 알려진 국치일이나 다름없다. 단기간에 경제가 압축적으로 성장함에 따라 몸과 얼이 조화되지 못한 기형적인 한국을 도덕강국으로 전환시킬 시발점으로 삼자. 대통령이 이날을 '국민안전의 날'로 정하자는 건 뜻깊은 제안이다. 도덕재무장을 위해선 국민 모두가 깨어나야 한다. 어떤 나라, 어떤 사회를 만들 것인가 하는 국가와 사회 환경 만들기에는 지도자 한 사람의 역할과 노력만으로는 부족하다. 지도자와 국민 간에 건강한 긴장이 존재하고, 서로의 역할이 상승효과를 일으켜야 한다. 국민 개개인의 실천이 정치권의 공적인 노력 못지않게 긴요한 이유다.

절망과 암울 속에서도 한 줄기 희망의 불빛을 본다. 세월호 침몰 시 자신을 희생하면서까지 직분에 최선을 다한 승무원, 친구와 제자들을 먼저 챙기려다 희생된 단원고 학생들과 교사, 구조에 사력을 다한 잠수부 등 10명의 의사자, 그리고 제자들의 죽음에 도의적인 책임을 지고 목을 맨 단원고 교감선생의 살신성인이 빈사 상태의 우리를 지탱시킨다.

2017. 04. 04.

검사는 정치인이 아니다

검찰은 정치하는 곳이 아니다. 검사 또한 정치인이 아니다. 검찰은 국민과 국가가 그들에게 한시적으로 부여한 법 운용권의 임무를 행사하는 국가기관이다. 한마디로, 검사는 국가 공무원일 뿐이다. 그런데 검찰은 법을 자의적으로, 그리고 일관성 없이 운용하면서 나라를 좌지우지하고 있다. 겉으로는 대통령과 국회가 이 나라를 통치하는 것처럼 보여도 실제로는 검찰을 필두로 한 사법부가 통치한다고 해도 과언이 아니다.

검사는 공무원이면서도 여타 공무원들보다 훨씬 많은 재량권을 행사해 오고 있다. 다른 공무원 같으면 언론에 의사를 밝히거나 자기들만의 내부망을 운용하고자 할 때 사전에 허락을 받는 등 엄격한 제한이 있다. 그런데 대한민국 검찰은 어떤가? 객관적으로 범죄혐의가 있다면 사건 담당 주체가 대검이든 중앙지검이든, 그 대상이 대통령이든 검사든 기소해야 마땅하다. 하지만 현실은 그렇지 못하다. 검찰이 법을 자기들 편의대로, 자신들만의 잣대로 운영해 오고 있다는 증거다. 또 검사가 기소해야 할 사건을 기소하지 않아도, 혹은 그 반대가 되어도 문책을 받지 않는 경우가 대부분이다.

작년, 검찰을 개혁한다며 '공수처법'이 국회에서 통과됐을 때 나는 검찰개혁의 본질을 빼먹은 '개혁 시늉'에 지나지 않는다고 비판한 바 있다. 머지않아 그간 누적되어 온 문제들이 터져 나올 것이라고 예견하기도 했다. 진정한 의미에서 검찰개혁이 이뤄지려면 국민이 검찰 업무에 대해 철저하게 감시할 수 있는 법과 제도가 마련되어야 한다. 나는 국민 감시제도가 검찰의 환골탈태를 위한 필요충분조건이라고 생각한다.

공수처법이 통과된 뒤 예견한 일이 그대로 일어났다. '공수처' 설립과 연계된 검찰개혁을 둘러싼 정치권의 논란은 단순하다. 여야를 막론하고 검찰을 자기 수중에 두기 위한 싸움, 비유하자면 '여의주'와 '보검' 쟁탈전이다. 여의주란 무엇인가? 중국에서는 예로부터 황제만 소유할 수 있는 것으로, 모든 것을 가능하게 해주는 보물 중의 보물로 여겨졌다. 검은 예나 지금이나 무(武)의 상징이다. 국가기관 중에서 오직 군과 검찰이 검을 상징물로 쓰고 있다. 군은 검을 사용해 적을 무찌르고 검찰 또한 검으로 사회의 썩은 부위를 도려낸다는 의미가 함축돼 있는 것이다.

대한민국 검찰은 말 그대로 검이다. 그 누구로부터도 견제를 받지 않는 검! 한국 검찰은 대통령도 손을 댈 수 없는 최고의 권력기관이다. 검찰이야말로 여의주와 보검을 한 손에 거머쥔 왕이나 다를 바 없다. 어떤 정권이든 권력을 잡으면 가장 먼저 검찰을 장악하려 한다. 검찰을 손에 넣으면 상대당이나 정적을 처단하고 동시에 자기편을 보호할 수 있기 때문이다.

어디 정치권뿐이랴. 이윤이 난다면 수단과 방법을 가리지 않는 기업, 편가르기를 통해 자사 이익을 극대화하려는 언론, 영혼 없는 공무원, 양심을 저버린 지식인, 취업 학원으로 전락한 대학, 돈과 시장 논리에 오염된 종교단체, 분노조절 장애를 겪는 네티즌……. 한국 사회가 양쪽으로 갈라진 채 '여의주와 보검'을 차지하기 위해 눈에 핏발이 서 있다. 우리 사회가 둘로 쪼개져 서로 돌팔매질을 하는 사이 '검찰 공화국'은 더욱 공고해지고 있다. 양극화와 불평등이 검찰의 성역화를 부추김에 따라, 그 누구의 견제도 받지 않게 된 검찰은 본분을 잊고 사회 정의를 바로 세우려는 움직임을 도리어 가로막고 있다. 한국 사회와 검찰이 악순환 구조에서 헤어나오지 못하고 있는 것이다.

'검찰 공화국'에서 가장 먼저, 그리고 가장 크게 피해를 입는 계층이 사회적 약자들이다. 가진 거라고는 몸뚱이 하나뿐인 '못 가진 자'들이 쉽게 사법 피해자가 되곤 한다. 억울하게 당한 사법 피해자의 울분과 원한이 이 나라 상공을 뒤덮고 있다. 부당한 판결로 인해 얼마 되지 않는 재산을 날리거나 화병으로 몸져눕는 사람들도 늘고 있다. 내 주변에도 적지 않다. 급기야 사법계가 잘못 내리는 판결을 인정하지 못하고 극단적 선택을 하는 이들도 있다. 대한민국에서 매년 1만 하고도 2,000~3,000명이 자살하고 있다. 한국의 자살률은 십수 년 동안 계속해서 OECD 국가 중 최고인데, 그중에는 억울하게 죽은 사법피해자들도 적지 않을 것이다.

한편, 탐욕으로 배를 불리는 저질 정치인, 정의감과 배려심이 실종된 검사, 제 식구 감싸기밖에 모르는 판사, '부모 찬스'를 마구 사용하는 자녀가 같은 하늘 아래 있는가 하면, 그들과 한편이 되려고 줄을 서는 '껍데기'들도 있다. 어쩌다 '이너 써클' 안으로 들어가거나 들어가고 싶어 안달인 이들은 기득권층을 위호하고 체제를 유지하는 데 앞장선다.

다시 묻는다. 검사는 정치인이 아닌데 왜 범죄 혐의의 유무나 법 적용 여부를 정치적으로 판단하는가? 기소 여부의 기준이 정치적인가 아니면 법률적인가? 만약 전자라면 검찰은 독립된 국가기관이 아니라 권력의 하수인임을 증명하는 것이다. 3년 전이었던가? 나 모 전 국회의원이 고발된 적이 있는데 검찰이 나 모 씨와 관련된 13건의 고발을 모두 불기소 처분했다. 정치적으로 판단한 것이 아니라 해도 13건 모두 불기소한 것은 편파적이거나 불공정한 결정으로 볼 수밖에 없다. 누구는 가족과 지인까지 탈탈 털어 기소하고, 누구는 '혐의 없음'으로 면죄부를 준 것이다. 현실이 이러한데 누가 검찰개혁을 원하지 않겠는가?

검찰은 공무원이다. 정치인이 아닌데도 정치적으로 판단하려면 옷을 벗고 여의도로 가야 한다. 검찰의 중립화? 그건 현시점에서 구두선에 불과하다. 지금처럼 '여의주와 보검'이 검찰의 손에 있는 한, 정의롭고 평등한 자유대한은 영원히 '이상'으로 남을 것이다. 여의주와 보검이 국민의 손에 들어오지 않는다면, 그 소유권이 어디에 있든, 소유 형태가 어떻게 되든 국민과 국가가 아니라 자신들의 이익을 위해 사용할 것이다. 국민이 검찰을 감시하고 견제하는 법과 제도의 마련이 긴급하고 절실한 때다.

2020. 12. 22.

판사의 '양심'은 어떻게 검증하나?

혹시 재판에 회부된 경우가 있거나 고소를 해본 일이 있는가? 그런 송사를 겪다 보면 우리나라 법조계의 검찰과 판사들이 얼마나 재량껏—자기 마음대로—기소를 결정하고 자의적으로 판결을 내리는지, 또 그렇게 자의적으로 기소 여부를 결정하거나 잘못된 판결을 내려도 법적으로 제재를 가할 수 있는 수단이 아무것도 없다는 걸 경험할 수 있다.

검찰은 잠시 놔두고 우선 법관부터 구조적으로 무엇이 문제인지 보자. 한국의 판사는 판결을 내릴 때 '양심'에 따르게 되어 있다. 헌법 제103조 "법관은 헌법과 법률에 의하여 그 양심에 따라 독립하여 심판한다"라는 조항이 그 근거다. 알다시피 우리 헌법은 거의 100년 전(1919년 8월 11일)에 만들어진 독일 바이마르 헌법을 기초로 삼아 제정된 것이다.

그런데 법학자들의 연구에 의하면, 우리 헌법이 본보기로 삼은 지난 세기 독일 바이마르 헌법에는 실상 양심 조항이 없다. 바이마르 헌법에는 "법관은 독립으로서 다만 법률에 따른다"(제102조)라고만 돼 있을 뿐 '양심'이라는 단어는 없다는 것이다. 더군다나 21세기 현재 독일이 사용하고 있는 기본법 제20조 제3항에도 '양심'을 규정해 놓은 조항은 없고, 법관은 "법(헌법)과 법률에 구속된다"라고 되어 있다고 한다. 즉 독일의 옛날 법에서나, 현행법에서나 모두 법관의 양심 조항이 없는 것이다. 또한 법관의 독립이란 오로지 법률에 따를 뿐, 증명하기도 어렵고 기준도 모호한 법관 개인의 '양심'과는 하등의 관련이 없다.

과연 우리의 사법부에선 양심에 따라 판결을 해왔고, 지금도 그렇게 하고 있는가? 물론 양심껏 재판한 판사도 있을 테지만 법원에 자주 다녀 본 사람이라면 상당수가 고개를 가로저을 것이다. 이 대목에서 근본적인 의문이 생길 것이다. 즉 법관은 헌법과 법률에 근거하면 될 텐데 왜 굳이 "양심에 따라 독립하여 심판한다"라는 조항을 뒀을까?

한국의 법 조항이나 법철학 혹은 법사상은 독일 바이마르 헌법을 직접 수입한 게 아니고 일제 강점기에 독일법을 차용한 일본의 법을 베껴 온 것이 태반이다. 따라서 '법관의 양심에 따른 판결' 조항도 일본인들이 신설한 것을 광복 후 초기 한국의 법조계에서 그대로 차용했을 가능성이 크다고 판단된다.

그런데 일본의 구헌법(즉 '大日本帝國憲法') 중 형사소송법에는 이 조항이 눈에 띄지 않는다. 일본인들이 전후 새로운 '日本國憲法'(일명 '평화헌법')을 제정하면서 법관의 독립성을 보장하기 위한 장치 중 하나로 법관의 양심 조항을 신설한 것으로 보인다. 구제국헌법에 없던 조항이 신헌법(제6장 제76조 제3항)에 "모든 재판관은 그 양심에 따라 독립해서 그 직권을 행사하고, 이 헌법 및 법률에서만 구속된다"(すべて裁判官は、その良心に従ひ独立してその職権を行ひ、この憲法及び法律にのみ拘束される)라고 명기돼 있기 때문이다.

이처럼 일본국헌법에는 재판관의 "양심에 따라 독립해서 그 직권을 행사"한다고 규정돼 있지, "양심에 따라 재판한다"라고는 돼 있지 않다. 그런데 한국의 법조인들은 "법관의 양심에 따라 독립해서 그 직권을 행사"한다는 본래 내용을 "법관은 헌법과 법률에 의하여 그 양심에 따라 독립하여 심판한다."(제103조)라고 고쳐 놨다. 요컨대 "직권"을 "판결"로 바꿔 더 구체화해 놓은 것이다.

일본의 구헌법에서 차용한 것이든 신헌법에서 베낀 것이든, 한국 법조인들이 일본신헌법보다 판사의 자유를 건드릴 수 없게 하려고 변형했든 간에 이 조항이 판사의 판결 재량권에 대해 책임을 물을 수 없도록 만든 독소 조항이라는 사실이 중요하다. 대한민국 판사들이 이 조항을 '조자룡이 헌 칼 쓰듯이' 마음대로 휘둘러서 수많은 국민이 억울함을 당해 왔고, 지금도 당하고 있는 것이다.

나의 이 주장은 전혀 과장된 게 아니다. 양심은 가시적인 게 아니다. 눈에 보이지 않는 비가시적인 마음의 작용을 어떻게 검증할 수 있겠는가? 우리말의 양심은 한자어 良心으로 "사물의 가치를 변별하고 자기의 행위에 대하여 옳고 그름과 선과 악의 판단을 내리는 도덕적 의식"이라고 『표준국어대사전』에 정의돼 있다. 원래 중국 측 한자의 의미로는 현실 사회에서 보편적으로 인정되거나 자기 스스로 인정되는 행위의 규범과 가치의 표준을 뜻한다.

그런데 판사들이 정말로 "자기의 행위에 대하여 옳고 그름과 선과 악의 판단을 내리는 도덕적 의식"에 입각해서 "현실 사회에서 보편적으로 인정되거나 자기 자신에게 인정되는 행위의 규범과 가치의 표준"으로 판결할까? 이것은 사법연수원 성적이 좋은 자들이 법관으로 임용되면 곧 그들의 양심이 헌법이나 법률의 경지에 이른다고 인정하자는 말과 다르지 않다. 참으로 오만방자하지 않은가?

판사가 양심적으로 판결했다 해도, 다시 말해 보편적 상식이나 윤리, 도덕에서 어긋나지 않는 범위에서 이뤄진 것이라고 해도 결국 주관적 판단에서 벗어날 수가 없다. 그래서 설령 판사가 '가슴 속의 빛나는 보석'(양심)에 부합하는 판결을 내린다 해도 시비가 생겨날 수밖에 없는 것이다. 그리고 법의 악용은 바로 여기에서 싹트게 돼 있다. 즉 한마디로 이현령비현령이다.

실제로 현실에서도 헌법에 명기된 이 '양심' 조항은 판사들이 헌법과 법률을 무시하고 자의적으로 판결하는 데 악용하거나 악용할 수 있는 근거가 되고 있다. 이 짧은 지면에서 일일이 예를 들 순 없지만, 단적으로 전관예우란 게 버젓이 하나의 제도처럼 정착된 관행을 들 수 있다.

전관예우, 세계에서 유례가 드문 악습

'전관예우'란 대한민국에만 있는, 세계에 유례가 없는 고약한 관행이다. 이 관행 때문에 판사, 변호사, 사건소송 의뢰자(원고)와 피고발인(피고) 사이에 은밀하게 뒷돈이나 그에 상당하는 반대급부가 거래되는 게 일반화돼 있다. 이는 법조인은 물론, 이제는 일반 국민도 다 알게 된 현실이다. 결국 당하는 건 돈 없고 힘없는 사람들이다.

왜 아직도 이런 제도 아닌 제도를 없애지 못하고 있는가? 정치권은 뭘 하고 있으며, 법조계의 법 정신과 '양심'은 어디 갔는가? 국민은 왜 가만히 앉아서 법조 3륜에 당하고만 있는가? 언론에서든, 법조인이든, 정치인이든 누구 한 사람 전관예우를 없애자는 사람이 없다. 한 나라의 국가적 집단양심은 완전히 사라지고 없는가?

지금까지 판사들이 받아선 안 될 돈을 받거나 여타 다른 부정한 방법의 청탁을 받고선 청탁한 자에게 유리하게 판결한 사례들이 숱하게 많다. 지금까지 법리적으로 누가 봐도 질 수 없는 재판에서 억울하게 패소한 사람들이 한둘이 아니라는 말이다. 나도 실제로 많이 겪어봐서 잘 안다. 내 주변에도 그런 억울한 판결을 당해도 어디 가서 하소연조차 할 수 없는 사람들이 차고 넘친다. 사연을 듣고 비분강개해 때론 같이 대응하기도 하고, 때론 무력감을 통감하면서 대응을 포기한 경우도 많다.

지금도 여전히 우리 주변에는 그런 억울한 사람들이 적지 않다. 그래도 잘못 판결한 판사는 건재하다. 자신이 내린 잘못된 판결에 대해 아무런 제재도 받지 않는다. 현행 국가배상법은 "국가나 지방자치단체 공무원이 직무를 집행하면서 고의 또는 과실로 법령을 위반해 타인에게 손해를 입혔다면, 이 법에 따라 그 손해를 배상하이야 한다"라고 규정하고 있다. 그러나 법관들은 그렇게 하지 않고 있다. 지금까지 법관들이 스스로 면책특권을 부여한 대법원 판례(대법원 99다 24218)를 근거로 이를 회피하기 때문이다. 하지만 법관도 공무원이다.

공무원이 고의든 실수로든 법을 위반해 국민에게 손해를 입혔다면 그에 대한 손해를 배상해야 한다고 엄연히 법으로 정해져 있지만, 법관들이 스스로 대법원 판례를 도피처 삼아 이를 무력화하고 있는 것이다. 어쩌면 대법원 같은 법원 지휘부에서 어떤 사건을 처음 할당받은 법관이 정의롭게 판결할 라치면 법원에서 그를 다른 곳으로 전근시켜 새로운 판사에게 맡기는 게 아닌가? 그래서 재판을 원점에서 시작하게 해 결국 유리하게 전개되던 재판도 마지막엔 정반대의 판결을 내리도록 일조하는 게 아닌가 하는 의심을 지울 수 없다. 그에 대해선 법원에서도, 국회에서도, 정부에서도, 심지어 대통령도 뭐라고 할 수 없게 돼 있다. 왜? 법관들이 판례를 만들어 놓았으니까! 사법권의 독립이 보장돼야 한다고 하니까!

내 개인이나 주위 친구들의 예는 차치하고 객관적으로 증명할 수 있는 사법계의 오판(誤判)을 보면 나의 주장이 결코 과장되거나 틀리지 않는다는 사실을 알 수 있을 것이다. 한국의 법관들이 과거 어떤 판결을 내렸는지 알 수 있는 예를 들어보자. 서강대 법학전문대학원 이은기 교수의 최근 지적은 법원이 수십 년 전부터 '양심'을 버리고, 아니 헌법의 법관 '양심' 조항을 악용해 부당한 판결을 일삼아온 적폐임을 확인시켜 주고 있다. 이은기 교수의 글을 아래에 가감 없이 옮긴다.

> 얼마 전 우연히 시청한 SBS '그것이 알고 싶다'에서 과거 권위주의 시대에 있었던 간첩단 조작사건을 재조명하고 있었다. 장기형을 복역하여 이미 인생이 송두리째 망가진 피해자들이 최근 재심에서 고문으로 인한 허위자백이었음이 밝혀져 무죄선고를 받았다. 그들은 과거 법정에서 고문을 호소했으나 판사들은 이를 무시하고 유죄판결을 내렸다고 한다. 그러한 사건의 수사나 재판에 관여했던 전·현직 국회의원, 전 대법원장, 변호사들이 인터뷰하러 찾아간 기자의 면담을 회피하거나 힐난하고 오히려 화를 내는 목소리가 여과 없이

전파를 탔다. 문제는 그들의 태도였고, 그러한 태도에 공분하는 네티즌들이 많았다. 재심에서 무죄가 선고되었다면 수사기록에 의존해 판단했던 한계를 인정하고 정중히 사과할 수는 없었을까? 오판에 대해 사과조차 하지 않는 것이 판관의 권위를 지키는 길인가?

법학에 입문할 때 법학도들은 법이 달성하려는 목적 즉 법의 이념에 대해 배운다. 독일의 법철학자 라드브루흐는 그것으로 정의, 합목적성(구체적 타당성), 법적 안정성을 들었고, 이내 통설이 되었다. 법 적용의 결과물인 판결은 어떠해야 하는가? 정의 관념에도 부합해야 하지만, 법률관계의 지속성, 안정성을 해치지 않아야 하며, 구체적 타당성이 있어(경우에 맞아서) 수긍할 수 있어야 한다.

실체적 진실에 어긋나거나 타당성 없는 판결이 선고되지 않는다고 장담할 수 있는가? 판관들은 공허한 이론, 법 문언에 매몰되거나 사리에 맞지 않는 '그들만의 판결'로 억울함을 양산하지는 않는지 늘 돌아보아야 한다. 일찍이 효봉스님은 오판을 뉘우치며 수도자의 길로 가지 않았던가?[1)]

윗글에서 이은기 교수가 지적한 것들은 구구절절 옳은 말이다. 판관들이 "정의 관념에도 부합"하지도 않고, "법률관계의 지속성, 안정성"을 해칠 뿐만 아니라 "구체적 타당성"도 없어 상식에서는 물론, 법리적으로도 수긍할 수 없는 판결을 내린 경우가 허다하다. 그중에 세간에 알려진 것들은 빙산의 일각에 불과할 뿐이다. 광복 후부터 지금까지 70년이 넘도록 검찰과 법원이 역대 정권의 칼잡이와 몽둥이 노릇을 해오면서 얼마나 많은 원혼을 만들어 냈는지는 법조계 종사자나 알 만한 사람은 다 아는 사실이다.

최근의 사례를 보면, 아직도 판사들은 신도 검증할 수 없는 '양심'에 기대어 법적 근거나 판단까지 무시해 버리고선 유력 정치인, 고위공직자나 대형

---

1) 이은기, 「[법조나침반]사법부의 변혁, 이를 강하게 요구하는 우리 사회」, 『법조신문』, 2018.03.19., 〈https://news.koreanbar.or.kr/news/articleView.html?idxno=17856〉

로펌 같은 힘 있는 자들의 손을 들어 주거나 형량을 감해주는 적폐를 계속 해오고 있다.

삼성 이재용에 대한 구속영장을 기각했던 조의연 판사, 그리고 그 이재용에게 89억 원이었던 뇌물액을 50억 원이 넘으면 집행유예를 선고할 수 없으므로 무리하게 36억 원으로 짜 맞춰 집행유예를 판결한 정형식 판사가 최근 법관의 '양심' 조항을 악용한 대표적 사례다.

악용되는 '양심' 조항

또 몇 년 전, 서울고법 형사 제13부의 정형식 부장 판사는 삼성 이재용이 최순실에게 승마 지원을 한 것을 뇌물로 보지도 않았고, 국외 재산 도피로도 보지 않았다. 이재용은 박근혜와 정경유착이 없었으며 오히려 희생자로 보고 그에게 집행유예라는 납득할 수 없는 판결을 내렸다. 박근혜 전 대통령이 이재용에게 삼성 그룹의 경영권을 승계시키기 위해 국민연금에 수천억 원의 손실을 끼치면서까지 국민연금 자금으로 삼성물산과 제일모직의 합병을 도와준 혐의가 있다는 것은 시사에 관심이 있는 국민이라면 누구나 다 알고 있는 사실이다.

그런데도 정형식은, 이재용은 아무런 청탁도 하지 않았는데 박근혜가 다 알아서 위험을 무릅쓰고 "도와준 것"이라고 하면서 최순실에게 제공한 승마 지원 등 79억여 원도 뇌물이 아니며, 그렇기에 국외재산 도피죄도 성립하지 않는다고 판시하지 않았는가?

조선일보는 문제 있는 신문이 아니랄까 봐 정형식을 "보수·진보 상관없이 법리만을 따지는 법조계 원칙주의자"로 추켜세우기까지 했다. 이런 언론이 있으니까 저런 판사들이 으스댄다. 극우 언론매체는 반이성적인, 몰지성적인 판사나 검사들과 공생하는 숙주 관계라는 걸 입증해 주는 사례 중의 하나다.

그런데 이보다 더 기막힌 희극은 청와대에서 벌어졌다. 이재용에 대한 정형식 판사의 집행유예 판결에 분개한 국민들이 청와대에다 청원을 넣었고, 이를 지지하는 사람이 20만 명을 넘어섰다. 이에 대한 청와대의 답변이 걸작이다. 청와대 정 모라는 뉴미디어 담당 비서관은 20만 명이 넘은 이재용 재심 청원에 대해 정형식 판사의 판결이 정당했다고 답했다. 공식 답변에서 그가 그렇게 말한 근거가 된 게 바로 헌법 제103조의 '양심' 조항이었다. 말하자면 청와대도, 대통령도 어찌할 수가 없다는 것이다.

법조계의 이 같은 고질적인 병폐에 문제를 제기하면 기득권을 누리는 법조인들은 걸핏하면 사법 체계의 근간을 흔드는 것이라며 우려한다. 그러나 그것은 핑계다. 판사들이 '양심'을 버리고 고의로 판결을 내림에 따라 수많은 패소자들이 재산상 불이익을 당하고 억울한 심정을 어쩌지 못하는 것은 생각하지 않는단 말인가? 억울하게 패소한 이들의 울분이 갖는 사회적 비용은 생각하지도 않는다는 말인가?

상식적으로 생각해 보자. 판사는 신인가? 어떤 경우에든 올바르게 판결할 수 있는 존재인가? 신이 아닌 한 그릇된 판결을 내릴 가능성이 없지 않다. 하지만 현행 사법체계는 오판을 해도, 정치적 판결을 내려도 법관에게 그 어떤 책임을 물을 수 없는 구조이다. 이것은 하루빨리 혁파돼야 한다. 현재 개헌 문제가 대통령, 국회, 시민단체 등에서 한창 논의되고 있는데 향후 새로운 헌법에는 법관의 '양심' 조항만큼은 반드시 삭제해야 한다.

사법 공권력은 국민이 일시적으로 법률적 소양이 있는 전문가 집단에게 위임한 것이다. 따라서 법원 판결의 공정성을 위해서도 필요할 경우 판결문의 일부나 전부를 공개해야 한다. 법원에 청구하면 개인의 신상이나 인권에 저촉되지 않는 범위에서 판례 등을 발급해 주기는 한다. 하지만 오판 시비가 일어날 만한 판결에 대해서는 공개하지 않는다. 법원의 보안은 국민의 알 권리라는 기본권 아래에 있어야 한다.

사법계는 성역이 아니다. 공익을 위해 검사와 법관의 권한도 제한이 가해져야 한다. 그런데도 그들을 국민의 감시 대상에서 제외시켜 놓았다면 이것이야말로 적폐가 아닌가? 대통령 선거, 국회의원과 지자체 의원 선거 등 정치제도 개혁도 시급하지만, 누구로부터도 견제받지 않는 법관의 비양심적인 '양심' 조항의 개정이 시급하다.

다시 한번 묻지만 良心이란 무엇인가? 어렵게 생각할 필요 없다. 거울에 비친 자신을 보고 스스로 부끄러움을 느끼지 않는 마음이라고 보면 된다. 그런데 검사, 판사나 변호사 등 소위 법조 3륜의 법조인을 선발하는 고시에 양심을 평가하는 시험 과목이 없다. 양심의 유무에 대해선 전혀 문제 삼지 않으면서 법률에서는 법관의 양심 운운하고 있으니 실로 모순이 아닐 수 없다.

수십 년 동안 성역 속에서 무소불위의 검을 휘둘러 온 검찰도 전면 개혁해야 한다. 견제받지 않는 것은 국회의원, 대통령, 법관만이 아니다. 검사도 그렇다. 가장 문제가 되어 온 기소편의주의와 기소독점주의뿐만 아니라 검사동일체 원칙까지도 모두 폐지하고, 대신 기소법정주의를 도입해야 한다. 그리고 검사도 국가 공무원인 이상, 하루 빨리 헌법이 규정한 대로 검찰 조직의 수장에 대해서가 아니라 국민에게 봉사하고 책임질 수 있도록 관련 법률을 개정해야 한다.

전관예우, 오심·오판, 유전무죄, 검찰 기소권의 자의적 행사, 정권의 시녀 따위의 문제들이 수면 위로 떠오를 때마다 사법개혁의 필요성이 거론돼왔다. 그럴 때마다 사법부가 자체적으로 개혁한다고 시늉만 하다가 유야무야 된 해프닝이 어디 한두 번이었는가? 사법부의 적폐청산을 사법부에 맡겨선 안 된다. 국민의 손으로 직접 사법부를 개혁해야 한다.

2018. 3. 20. 초고

2023. 11. 6. 일부 가필

요즘이 어떤 시대인데 '부정선거'가 있냐고?

지난 제20대 대통령 선거는 선거 전부터 부정선거 가능성이 제기되어 적지 않은 우려를 불러 일으켰다. 얼마 전 실시된 서울 강서구청장 보궐선거 후에도 부정선거 시비가 일어난 데 이어, 4개월도 채 남지 않은 내년 4월 총선에서도 부정선거가 있을 수 있다는 우려가 끊이지 않고 있다.

시민사회나 국민들을 비롯해 일각에서 지속적으로 제기되고 있는 부정선거 가능성과 우려에 대해 정치권은 전혀 귀를 기울이지 않고 있다. 부정선거 혐의를 받고 있어도 느긋해 보이는 더불어민주당은 전략적 침묵을 이어가고 있고, 이젠 여당이 되어 그런지 국민의힘 당에서도 전혀 관심을 보이지 않고 있다. 정치권의 이 같은 반응은 거대 양당이 정치적 손익계산 아래 행동하는 것인지는 몰라도 전체적으로는 한국 정치인들의 이성과 합리성이 어느 수준인지, 정치적 감수성이 얼마나 무딘지 여실히 드러내고 있다고 볼 수 있다. 과연 시민사회 및 일부 국민과 여야 정치권 중 어느 쪽이 바른 문제의식과 이성을 가지고 있는 것일까?

결론부터 말하자면 컴퓨터를 선거의 도구로 사용하는 한 투표 및 개표 조작은 얼마든지 있을 수 있다. 투표용지 부정 삽입, 투표함 바꿔치기 등 전통적이라 할 수 있는 물리적인 측면뿐만 아니라 법적·제도적 측면, 내외부의 조직적 측면, 관리적 측면, 업무 프로세스적 측면, ICT기술적 측면, 온·오프 디지털 공직선거 시스템의 전 영역에서 다양하게 발생할 수 있다. 컴퓨터 오남용의 빈틈과 허점이 상존하고 있는 상황에선 언제든지 부정선거가 일어날 가능성이 있는 것이다.

이 사실은 ICT전문가들이 널리 지적하고 있으며, 그 실체적 증거들도 넘쳐난다. 지난 21대 국회의원을 뽑은 2020년 4·15 총선에서 드러난 여러 가지 증거가 그런 사례 중 하나다. 해외에서도 부정선거가 빈발했다. 이라크(2017년), 콩고(2018년), 키르기스스탄(2020년)에서는 부정선거로 폭동이 발생하기도 했다. 더군다나 2018년 니키 헤일리(Nimrata Nikki Haley, 1972~) 주유엔 미국 대사는 한국산 전자 개표기를 사용하지 말라고 경고한 바 있다. 13억이 넘는 인구 대국이자 IT 강국인 인도는 왜 전자 개표를 하지 않고 손 개표를 하겠는가?

컴퓨터 조작으로 부정 가능

선거에서 컴퓨터 조작에 의한 부정이 가능하다는 주장은 ICT전문가, 통계전문가, 감리전문가 등 사계(斯界)의 여러 전문가의 학제적(學際的) 논구(論究) 끝에 내린 종합적인 결론이다. 필자도 작년 대선 전 '공명선거국민연합'의 일원으로 직접 참여한 바 있는 관련 회의에서 여러 분야의 ICT전문가들은 조금의 망설임도 없이 단호하게 말했다. 만약 선거의 모든 과정을 관리하는 측에서 부정을 저지르겠다고 마음만 먹으면 국내외 어디서든 해킹이 가능하고, 단 1~2명의 전문가로도 언제, 어디서든 즉각 투개표 조작이 가능하다는 것이다. 단적인 예로, 컴퓨터 프로그램에서 간단하게 전체 투표 유효 수를 100%로 잡고 A, B, C, D 네 후보에게 각기 일정한 비율로 세팅해 놓으면 결과 역시 그렇게 나온다. 요컨대 컴퓨터 기술로 언제든지 투개표 조작이 가능하다는 소리다.

그런데도 국민의힘 당은 부정선거가 있을 수 없다고 단정지은 입장을 바꿀 기미조차 보이지 않는다. 지난해 선거대책위 ICT전문가라는 이준석 당

대표와 이영 국회의원의 말만 듣고선 이런 결정을 고수하고 있는 것이다. 국민의힘 당 내에서 ICT전문가로 알려진 이영 의원이 한국의 상황에선 사이버 군사작전을 펼치지 않는 한 부정선거는 있을 수 없다고 단정했는데, 이를 토대로 당은 선거 부정은 있을 수 없다는 입장을 강화한 듯 했다. 그뿐만 아니라 부정을 저지를 가능성이 상대적으로 더 큰 사전투표를 독려했다. 참으로 점입가경이요, 목불인견이다.

이는 전형적인 선입견과 고정관념을 보여주는 동시에 해당 조직의 얕은 지적 수준과 이성적 사고능력의 결핍을 드러낸 단적인 사례다. 최고 엘리트 집단이라는 정당 내 ICT전문가의 인식력이 이 정도이니 그곳의 집단지성이 고양될 리 만무하고, 국가 전체의 이성적인 사고력도 신장할 리 없다. 검증 수단이 없는 일반 유권자는 확신에 찬 이들의 말을 그대로 믿을 수밖에 없는 현실이다. 더군다나 부정선거의 가능성을 강조해도 시원찮을 국민의힘 당에서 그렇게 강한 어조로 선거 부정은 있을 수 없다고 단정하고 있었으니 일반 국민들에겐 더욱 설득력이 있어 보이지 않았겠는가?

요즘이 어떤 시대인데 부정선거가 있냐고? 충분히 있을 수 있다! 편해 보자는 문명의 이기가 되려 공정성과 정의의 실현이라는 공공의 선을 해치는 도구로 악용될 수 있는 ICT시대야말로 선거의 투개표 조작이 더욱 손쉽고 교묘하게 이루어져 악마의 세력이 발호할 수 있는 역설의 시대라는 걸 알아야 한다! 컴퓨터가 없었던 아날로그 시대나 ICT기술이 최첨단으로 발달한 디지털 시대나 문제의 발생 소지는 부정선거를 저질러서라도 이겨야겠다는 범죄 유혹과 그 의지에 달려 있다. 인간은 특히 위기가 눈앞에 어른거리는 상황 아래에선 탐욕 때문에 악마의 유혹에서 벗어나기 쉽지 않은 존재다.

내년 4월에 있을 제22대 국회의원 선거에서도 컴퓨터 조작에 의한 투개표 부정은 충분히 발생할 수 있다. 더군다나 투개표 조작은 개연성에서, 또 기술상에서도 가능성이 확인됐다. 낙선한 후보가 선거 결과를 인정하지 않고 부정선거 의혹을 제기한다면, 그로 인해 벌어질 시시비비는 국가 역량을 낭비하는 동시에 국민통합을 저해하는 비극이 될 것이다.

짧은 식견을 가지고 있으면서 고정관념에서 벗어나지 못하는 이들에게, 또 정부 선거관리위원회 측의 말을 의심 없이 믿으면서 근거 박약한 확신을 조장하고 있는 이들에게 말해주고 싶은 게 있다. 진리를 획득하기 위해선 기존의 모든 지식은 물론, 편견과 고정관념(종족의 우상, 시장의 우상, 동굴의 우상, 극장의 우상에 해당하는 네 가지 우상)에서도 벗어나야 한다고 강조한 근대 영국의 경험론 철학자 프랜시스 베이컨의 말을 재음미해 보라.

국민의힘 당 내 대표적인 부정선거 회의론자들은 지금까지 자신의 지식을 절대시하지 말고 여타 동일 계열의 범전문가가 주장하는 반대 의견에 귀를 기울여야 한다. 그리고 국민의힘 당은 지금 당장 공정과 국익, 공공선을 추구하는 차원에서 내년 총선의 공정한 관리를 통해 부정선거 시비가 일어나지 않도록 적절한 조치를 과감히 취하여야 한다. 머뭇거려선 안 된다. 이번에도 또 시간이 많지 않다!

정치는 어떤 사람이 해야 하는가?

정치는 어떤 사람이 해야 하는가? 정치 지도자에게는 시공을 초월하는 보편적 요건과 자질, 능력이 필요하지만 21세기 한국 사회가 처한 상황에서는 특별한 리더십 또한 요구된다. 전자는 대체로 타고났을 가능성이 크고, 후자는 후천적 노력으로 얻어지는 획득 형질일 가능성이 높다. 그러나 양자는 별개의 것이 아니라 상보적으로 작용하면서 시너지 효과가 극대화되는 것이라 할 수 있다.

오늘날 우리에게 필요한 정치인은 최소한 두 가지 능력을 갖추고 있어야 한다. 첫째로 기존 정치 리더십의 결함을 메우거나 넘어서는 능력, 둘째로 코로나 팬데믹 이후의 국가와 세계(the world after Coronavirus)를 새로 기획하고 추진하는 능력이다.

주지하다시피 기성 정치인들의 결함은 한둘이 아니다. 보완하거나 극복해야 할 한국 정치인들의 문제점이 결코 적지 않지만 짧은 지면에 일일이 다 거론할 수는 없으니, 대표적인 것 다섯 가지만 언급하겠다.

첫째, 국민 다수의 이익을 우선하지 않고 자신과 자기 일족 및 패거리의 이익을 앞세우는 탐욕이다. 인재를 골고루 쓰지 않고 자기편만 챙기는 편협한 섹터주의적 리더십이다.

둘째, 배타적인 진영 논리와 지역감정, 이미 지난 세기에 승부가 난 이념 정쟁, 해묵은 '빨갱이' 프레임을 조장하는 몰지각한 행위이다.

셋째, 합리성과 균형 감각이 결핍된 상태에서 자기 세력을 만들어 그들에게 의존하지 않으면 정치를 할 수 없는 무능력이다.

넷째, 세계가 어떻게 돌아가든 자기가 속한 당의 이익에만 급급해 정쟁을 일삼는 것이다. 국제 감각의 부족은 지구촌이 직면한 인류 공동의 문제에 대한 관심 및 위기의식의 부족으로 이어진다.

다섯째, 타인의 정당한 비판이나 뼈아픈 충고를 듣지 않고 자기만 옳다고 주장하는 오만함 혹은 편협하고 배타적인 태도다.

인류는 일찍이 경험해 보지 못한 위기와 도전에 직면해 있다. 자본의 소수 독점에 따른 빈부격차가 커지면서 세계 각국은 물론, 한국 사회에서도 전체주의적 경향이 고개를 들고 있다. 지구촌을 휩쓴 코로나 바이러스가 여기에 기름을 부었다.

이번 코로나 사태에 대한 세계 각국의 대응은 크게 둘로 나뉘어 선명하게 대비됐다. 하나는 전체주의적 권력으로 대응하는 방식이다. 이들은 위기 상황을 명분 삼아 개인 정보를 악용하고, 코로나 바이러스의 확산 관련 정보를 투명하게 공개하지 않았다. 전체주의 성향의 국가는 코로나 팬데믹을 빌미로 개인의 내면을 통제하는 범위와 수준을 크게 강화했다. 다른 하나는 자유민주주의 방식으로 정보를 투명하게 공개하고 시민의 자발적 참여를 통해 위기를 극복하고자 했다. 중국, 북한, 이스라엘이 전자이고 타이완, 싱가포르가 후자에 해당한다. 한국은 어떤지 더 지켜볼 일이다.

오늘 한국 사회에 요구되는 정치인

우리는 코로나 팬데믹이라는 거대한 위기를 구실로 인간에 대한 억압과 감시를 더욱 노골화, 상시화, 기술화하는 전체주의로 나아갈 것이냐, 아니면 시민 자유권을 확대해 고전적 의미에서의 자유민주주의로 나아갈 것이냐 하는 중대한 기로에 서 있다. 지금까지 드러난 문제점을 종합하면, 지금 우리에게 절실한 정치인은 아래와 같은 비전과 리더십을 갖춘 정치인이다.

첫째, 신이 아닌 이상 완벽한 인간은 있을 수 없지만, 정치인은 일정 수준 이상으로 청렴하게 살아온 자라야 한다. 경제적 자립 능력을 갖추면 더욱 좋을 것이다. '무항산무항심'(無恒産無恒心), 즉 일상적 삶이 안정되지 않으면 마음이 올바르지 않다는 공자의 가르침은 특히 정치인에게 요구되는 덕목이다. 경제적으로 안정되고 청렴한 삶을 살아온 자가 각종 유혹으로부터 자유로울 확률이 높다.

공산주의 국가와 달리 자유민주주의 국가에서는 정치적 속성상 '진흙탕 싸움'을 피할 수 없다. 하지만 우리 정치권이 본질을 멀리하고 이다지도 소란스럽고 전투적이고 살기등등한 것은 정치다운 정치는 실종되고 정치꾼들의 이권 다툼만 남았기 때문이다. 의석을 하나라도 더 확보하기 위해 당을 깨고 새로 만드는 걸 손바닥 뒤집듯이 쉽게 생각한다. 이런 행태는 세계적으로 유례를 찾아보기 힘들다. 우리 헌정사에서 반세기는커녕 사반세기도 채우지 못한 정당들이 무수히 난립하다 사라지곤 하는 배경이다.

이런 배경에서 볼 때 사익을 추구하려는 사람은 정치를 해서는 안 된다. 정치인에겐 공익이 먼저이고, 공익이 전부여야 한다. 사익은 공익 실천에 필요한 비용 정도만 취해야 한다. 그래도 사익이 끼어들 소지가 다분하므로 이를 방지하기 위해 크게는 21세기에 부합하는 헌법 개정에서부터, 작게는 국회의원 선거법 개정, 사법기관의 권력화 방지에 이르기까지 관련 법과 제도를 획기적으로 개선해야 할 것이다. 이와 별개로 최소한의 생활비와 연구비, 활동비만 받더라도 이를 감내하고, 오로지 국가와 국민을 위해 봉사할 수 있는 인성의 소유자가 정치를 하도록 해야 한다.

국회의원은 세비 중 최소 20% 이상을 지역사회나 공익을 위해 기부하도록 해야 한다. (말 나온 김에 국회의원의 주택은 공시지가가 일정 수준 이하인 것으로 하되 선출직 고위공직자도 1가구 2주택까지만 인정해야 한다.) 기득권을 내려놓고 공공선을 우선하는 마인드가 필요하다. 거듭 강조하지만 사익을 포기하거나, 가족의 생계와 자신의 의정 활동에 필요한 부만 가지도록 최소화해야 한다는 것이다. 이것은 새로운 제안이 아니다. 국민의 기본권을 되찾아 오기 위한 최소한의 요청이다. 대의정치란 무엇인가? 국민이 소유한 주권을 국회의원이 위임받아 행사하는 게 아닌가? 국민의 대리인인 정치인에 대한 합리적 요구는 주권자 국민의 정당한 권리다.

둘째, 정직과 신의, 양심과 정의감이 높은 자라야 한다. 이 같은 마음가짐은 자신이 손해를 보더라도 옳은 일이라면 행하는 용기, 자신이 행한 언행에 대해 끝까지 책임지는 의지가 있어야 형성되는 것이다. 국회의원이나 입후보자 중에 전과자가 많은 것을 볼 때마다 절감한다. 성범죄, 음주운전, 사기, 폭력 등 흉악범이 적지 않다. 가정생활이 모범적이지 않은 자들도 있다. 위로 대통령을 위시해 국무총리, 장·차관, 국회의원 등 고위공직자 중에는 병역 의무 불이행, 부동산 투기, 위장 전입, 논문 표절, 인사 청탁 등 각종 불법과 비리로 얼룩진 인사가 의외로 많다. 아니, 너무나 많다. 이런 유형의 정치인들은 이 당 저 당 옮겨 다니는 '철새'가 되거나 각종 이권, 공짜 돈과 차기 공천에만 신경 쓰는 '정치꾼'으로 전락한다. 이처럼 정치인들이 '정치 혐오'의 원인을 제공하고 있는 것이다.

셋째, 코로나 팬데믹 이후 개인의 삶과 사회, 국가와 세계를 어떻게 '리세팅'할 것인지에 대한 비전과 역량을 갖춰야 한다. 시대정신이 무엇인지 명확히 파악하는 안목, 더 나은 미래사회를 기획하는 능력이 이에 해당한다. 코로나 사태에서 경험했듯이 모든 시대적 과제는 지구 차원에서 대응해야 한다. 어디 코로나뿐인가? 빈발하는 전쟁, 빈부격차, 절대빈곤 및 기아문제, 기후 재앙, 생태계 교란, 핵 확산, 에너지와 식량 문제, 신종 질병 등 우리가 직면한 복합 위기는 국가 단위의 의지만으로는 절대 해결할 수 없다.

오늘날 국제사회의 상호연관성은 그 어떤 시대보다 광범위하고 심층적이다. 인간과 자연 간 관계도 마찬가지다. 정치인과 국민이 공히 글로벌 마인드와 시민 자율권(citizen empowerment)을 갖춰야 한다. 세계 판도가 일초다극(一

超多極)의 시대로 빠르게 변화하고 있으며 일찍이 겪어보지 못한 다양한 위기가 지구 차원에서 발생할 것이다. 해외무역 의존도가 높은 한국은 자력으로 해결 가능한 독립변수보다는 국제정세에 영향을 받는 종속변수가 더 크게 작동하는 환경과 조건에 처해 있다는 사실을 한시도 잊어서는 안 된다.

강대국의 오만에서 비롯되는 신군국주의적 대외 영향력의 확장이나 책임을 회피하는 국수주의적 고립은 우리의 선택지가 아니다. 정치적으로 각성된 국내외 시민, 즉 세계시민이 국제정치의 한 축이 되어 국제적 연대와 협력을 강화해야 한다. 국내외를 막론하고 더 많은 공감과 소통, 더 많은 정보 교환, 더 많은 상호 지원이 있어야 한다. 이러한 시대적, 범지구적 과제를 추진할 수 있는 세계관 및 국가관과 능력을 갖춘 인물이 정치를 해야 한다.

넷째, 2~3개 분야에서 전문가 역할을 할 수 있는 인물이 정치를 해야 한다. 정치는 양심과 정의감, 봉사와 희생정신으로만 가능한 것이 아니다. 전문지식도 필수적이다. 고도의 전문성이 요구되는 현대 사회의 정치에서 '제너럴리스트'(generalist)는 국정에 참여해선 안 된다. 지금은 공자(B.C. 551~479)와 소크라테스(Socrates, B.C. 479~399) 같은 도덕군자가 다스리는 고대 사회가 아니다. 국제관계에서 경제, 법률, 언론에 이르기까지, 나아가 인문학, 국방, 안보, 교육, 의료 등에 자기만의 전문성을 갖추고 있어야 한다. 자기만의 고유한 전문 분야가 없는 정치인은 제 역할을 다하지 못할 뿐만 아니라 정치를 하더라도 단명으로 끝날 수밖에 없다.

국회의원 후보자들이 내거는 공약을 살펴보면 국회의원이 무엇을 하는 직업인지 제대로 알지 못하는 이들이 많은 듯하다. 국회의원은 소속 지역주민을 대표해 대한민국 전체의 국정을 감시, 기획하고 지역 발전을 견인하는 역할을 맡은 헌법기관이다. 그럼에도 국회의원 후보자 대부분은 전자와 관련된 공약은 없고, 오로지 후자에 관한 공약을 내놓는다. 하루빨리 사라져야 할 대표적인 포퓰리즘 중 하나다.

다섯째, 몸과 마음이 가난한 정치인만이 국민을 섬길 수 있다. 몸과 마음이 가난한 사람은 자신을 낮추는 겸손과 봉사 정신이 몸에 밴 사람이다. 평소 봉사 정신과 겸손함이 투철하면 '비교적' 깨끗하게 살 수밖에 없다. 지금까지 한국의 정치는 가진 자들끼리만 누리는 '특권'이었다고 말해도 과언이 아니다. 모든 부자가 다 그렇지는 않지만 대다수 부자는 거만하다. 가지지 못한 자의 심정을 알지 못하고, 또 알려고도 하지 않는다. 타인, 특히 사회적 약자를 존중하지 않는 자가 정치를 하면 사회가 삭막해지고 그 자신도 부정과 비리에 물들 수밖에 없다. 이런 부자들이 정치를 하면 부자를 위한 정치를 할 수밖에 없다.

올바른 지도자 선출을 위한 당부

거칠게나마 하고 싶은 이야기는 거의 다 했다. 한두 마디만 덧붙이고자 한다. 지난 21대 총선에서 정당들이 이른바 '젊은 피'를 수혈하겠다고 목소리를 높였다. 당의 수구적 이미지를 쇄신한다며 경쟁적으로 청년층을 영입하고 나이 든 인물들은 제한했다. 나는 이런 방식은 옳지 않다고 본다. 나이 제한은 자유민주주의 이념에 반하는 행태다. 평등의 원칙에 어긋나는 반헌법적 발상일 뿐만 아니라 나이는 도덕성 및 전문성과 정비례하지도 않는다. 더군다나 젊은 층에도 기성 정치인 못지않게 '한탕'을 노리는 자도 적지 않다.

나이의 많고 적음은 본질이 아니다. 문제는 어떻게 정치인다운 정치인을 가려 뽑느냐, 즉 옥석을 가려내느냐에 있다. 나이 제한을 두지 말고 모든 연령의 인물에 대해 양심, 정직성, 봉사 정신, 미래 비전, 전문성 등을 공정하게 따져 본 다음, 점수가 같을 경우 젊은 층에 가산점을 주는 방식이 합리적이다. 한편, 오직 선거에서 승리해야 한다는 일념에서 연예인이나 스포츠 스타, 유명 기업인을 영입하기도 하는데 이런 행태는 정치를 희화화한다. 인기인이라고 해서 모두 정치적 역량이 없다는 이야기는 결코 아니다. 대중스타 중에서도 탁월한 정치인이 나올 수 있다. 하지만 작금의 행태를 보면 정치를 조롱하게 만드는 장본인은 다름 아닌 정치인 자신들이다.

정치인과 정치 지망생들에게만 높은 기준을 요구할 수는 없다. 그들을 뽑는 국민, 즉 유권자의 자질과 역할도 중요하다. 정치인과 유권자 사이의 관계는 물과 물고기의 관계와 같다. 감시자, 비판자임과 동시에 서로를 견인하는 상생적, 상보적 동반자 관계다. 유권자 또한 정직, 정의, 청렴, 성실, 섬김과 같은 덕목을 소중하게 여겨야 한다. 좋은 사회가 좋은 정치를 만든다. 깨어 있는 유권자가 유능하고 참신한 정치인을 탄생시키는 것이다.

그런데도 유권자 중 '못 가진' 유권자들은 부자들이 모인 정당, 즉 '가진 자'들의 배를 불리는 정당에 표를 찍는다. 그 당 후보자가 당선되면 가난한 자들의 주머니를 털어가는 정책을 펼치는데도 '묻지마 투표'를 한다. 지지하는 정당의 활동을 예의주시하고 만일 성에 차지 않을 때는 지지하는 정당을 바꿔야 한다.

'빨갱이' 프레임도 당장 뿌리 뽑아야 할 적폐 중의 적폐다. 남한은 스파이와 '빨갱이'들의 천국이 맞다. 북한은 물론 다른 나라 스파이들이 국내 도처에 없는 데가 없어 심지어 국회에서까지 암약하고 있고, 이에 동조하는 진짜 '빨갱이'도 적지 않지만, 이와 별개로 정치적 목적으로 무고한 사람에게 가하는 '빨갱이 사냥'은 하루빨리 사라져야 한다. 요즘은 국민이 누가 정말 '빨갱이'인지 충분히 판단할 수 있다. 양극단의 실체를 바로 봐야 한다. 언제까지 자기 이익만 추구하는 기성 정치인들의 거대한 카르텔에 희생당해야 하는가? 주권자인 우리가 언제까지 그들의 하수인이 돼야 하는가?

지금이라도 늦지 않았다. 이 위기의 시대를 헤쳐나가 이 나라를 또 한번 새로운 도약대 위에 올려놓을 수 있는 정치인은 누구인가? 두 눈 부릅뜨고 지켜봐야 한다. 다시 묻는다. 정치는 어떤 사람이 해야 하는가? 누가 우리와 함께 미래를 열어 나갈 것인가?

2020. 4. 6.

통일 문제에서 동독과 북한의 다른 점

남북한 통일은 독일의 동서독 통일을 참고해야 한다는 주장이 많다. 반면 참고는 하되, 독일처럼 남한이 북한을 흡수하는 방식의 통일은 바람직하지 않다는 주장도 있다. 어느 단톡방에 독일 교민인 듯한 이가 서독이 동독을 흡수통일한 것을 두고 독일 통일이 남북한 통일에 바람직한 교본이 돼선 안 된다는 글을 올렸다. 아래 글은 그에 대한 나의 견해를 적은 것이다.

동서독 통일이 남북한 통일의 교본이 될 수 없다는 주장에 동의한다. 독일 교민의 글에는 남북한이 독일처럼 흡수통일을 해서는 안 된다는 의지와 바람이 들어 있다. 즉, 외국의 선례를 조건 없이 받아들여선 안 된다는 원칙적 견해가 담겨 있다. 역사적 배경, 현실적 환경, 여건 및 조건 등이 각기 달라서 맥락을 동일시할 수 없기 때문이다.

남북통일의 형식 혹은 주체와 관련해서는 대등하고 평등한 관계로 통일을 이루는 것이 가장 바람직하다. 그러나 인류 역사상 대등한 관계로 통일을 이룬 경우는 거의 없다. 나는 경우에 따라서는 남한이 북한을 흡수통일하는 방안도 무조건 배척할 필요는 없다고 본다. 왜냐하면 통일 과정에서 남북한이 자기 주도형 결정자가 될 경우와 그렇게 되지 않을 경우도 상정해 대비할 필요가 있기 때문이다. 많은 논란이 일어날 수 있다. 하지만 독일 이웃 나라 오스트리아와 스위스가 이뤄낸 것처럼 영세중립화 통일방안도 포함해서 보다 폭넓은 논의를 거쳐야 할 것이다.

무엇보다도 북한과 동독 간에는 근본적으로 다른 부분이 존재한다. 그 차이를 변별할 수 있는 몇 가지 사실을 살펴보자.

첫째, 북한과 동독의 가장 큰 차이점은 동독이 평화혁명 노선을 추구한 데 반해 북한은 말로는 평화를 내세우면서도 실제로는 무력 노선을 우선하거나 병행해오고 있다는 사실이다. 동독의 평화혁명 의지는 동독이 서독과 협상을 통해 체제 전환을 모색하는 데 결정적으로 이바지했다. 말하자면 동독은 서독과 대화를 함으로써 자신들의 체제 변화 필요성을 인식함은 물론, 전환의 방향도 그렇게 잡아갔다.

여기에는 독일 관념 철학을 최고조로 발달시킨 쇼펜하우어(Arthur Schopenhauer, 1788~1860), 헤겔, 칸트로부터 형성된 이성적 사유 능력이 크게 작용한 것으로 보인다. 동서독이 철학을 공유한다는 것은 어떤 주장에 대해 양자가 동일한 차원에서 분별할 수 있다는 뜻이다. 한마디로, 정치적 욕망만 제거하면 동서독이 서로 말이 통했다는 소리다. 하지만 북한과 남한은 아직 맥락이 같은 언어와 철학이 공유되지 않은 상태다.

둘째, 동서독이 통일 후 체제 전환의 방향을 '사회적 시장경제'로 확대 적용하자는 합의점을 도출했다는 사실이다. 이는 남북한이 필히 참고해야 할 중요한 사실이다. 사회적 시장경제란 서방 자본주의 시장경제가 아니라 전후 독일 경제를 일으키는데 물꼬를 튼 두 주역인 루트비히 빌헬름 에르하르트(Ludwig Wilhelm Erhard, 1897~1977)와 알프레드 뮐러-아르막(Alfred Müller-Armack, 1901~1978)이 제시한 것으로, 자본주의경제에 대한 비판적 운용이 가미된 것이다. 당시 사회주의적 요소를 강화하거나 최소한 당시의 사회주의적 성격을 유지해야 한다고 주장하는 세력이 동서독 전역에 널리 분포하고 있었다. 남북한 실정과 크게 다른 점이다. 참고로 '사회적 시장경제'라는 말은 전후 에르하르트가 경제부 장관으로 있을 때 그의 휘하 관료였던 뮐러 아르막 콜린대 교수가 자신의 저서에서 최초로 사용한 용어다.

다시 말해, 남북통일 의지에 진정성이 있다면 남한의 진보와 보수 어떤 정권이든 자신들이 주장하는 복지사회의 방향이 분명한 철학적, 현실적 목표와 구현 방안을 가지고 있어야 하고, 그것을 북한에서 어떻게 받아들일 것인지 심사숙고해야 한다는 소리다. 이 같은 준비 자세는 북한 정권에도 동시에 적용되어야 한다.

북한과 동독의 근본적인 차이점

셋째, 동독과 북한은 공히 공산주의를 표방하면서 그 과도기적 단계로 사회주의를 실시·운용했거나 해오고 있다. 하지만 동독이 사회주의를 사회적 변화에 대응하기 위해 비고정적 이념으로 삼은 것에 반해 북한은 그것의 가변적 탄력성이 많이 떨어진다. (이것은 보는 이에 따라서는 견해가 다를 수 있다.)

넷째, 동독은 동유럽 사회주의 국가 중 체코슬로바키아와 함께 1인당 GDP와 국민소득(ppp)이 가장 높았다. (1990년 당시 동독 1인당 국민소득은 약 $9,700였으며, 명목 소득은 $6,800로 2위였다.) 같은 시기 1인당 GDP가 약 2만 달러에 달했던 서독에는 절반에도 미치지 못했고, 국가 경제력은 서독의 10분의 1에 불과했지만, 전체 공산권 내에선 사회주의 종주국인 소련을 포함해 가장 잘 사는 국가였다. 전체 세계에서 20~30위 정도의 경제력이었으니 말이다. 게다가 동독은 정치에 대한 비판도 어느 정도 허용된 상황이었다.

하지만 북한은 전 세계에서 가장 가난한 나라 중의 하나이고, 인민들의 정치 비판은 아예 생각도 못하는 실정이다. 물론, 장기간 통일비용을 준비해 온 서독이 충분한 자금을 동원해 동독을 구매한 것이라고 보는 주장도 없지 않다. 동독 주민들이 먹고사는 문제가 어느 정도 해결이 되었다면 통일에 적극적으로 응하지 않았을는지도 모른다는 것이다. 그러나 남한과 북한의 경제력은 동서독의 경우와는 비교가 되지 않을 만큼 큰 차이가 난다.

다섯째, 동독은 주민들이 동독 공산당의 일당 독재를 무너뜨리고 스스로 다당제를 이뤄냈지만, 북한 주민은 이 같은 변혁을 엄두조차 내지 못하고 있는 실정이다. 동독은 통독 직전인 1990년 3월 18일 주민들이 동독 역사상 처음으로 자유 총선거를 실시해 공산당을 무너뜨렸다. 이후 서독의 당명을 본딴 여러 정당이 우후죽순처럼 생겨났다. 그중 동독 기민당은 "동독을 서독에 흡수시키겠다"라는 노선을 밝히기까지 했다. 과연 북한에서도 이런 사건이 발생할 수 있을까? 상황 변화에 따라 전혀 불가능한 것은 아니지만 현 시기 북한 주민들의 정치적 각성 정도를 볼 때 기대할 수 있는 일이 아니다.

여섯째, 동독 주민들은 서독을 방문할 수 있었고, 절차가 까다로웠지만 해외여행도 가능했다. 하지만 북한 주민은 남한 방문은 물론 외국 여행이 전혀 불가능한 상태에서 살고 있다. 동독 주민들이 나라 밖 정세를 이해하고 있었던 데 비해 북한 주민들은 외부 정보가 차단되어 세계가, 세상이 어떻게 돌아가고 있는지 제대로 알지 못하고 있다. 이 같은 차이도 통일을 가로막는 마이너스 요인이다.

일곱째, 같은 공산당 계열의 일당 독재 체제지만 동독은 당수가 세습하지 않았다. 반면 북한은 세계에서 유례를 찾아보기 어려울 정도로 김일성 일가가 3대를 이어온 '세습 왕조'다. 앞으로 4대로 내려갈 수도 있다. 이것은 동독과 북한의 대단히 중요한 차이로 평화적 통일을 가로막는 최대 장애 요인이라 할 수 있다.

특히 동독은 김정일과 김정은 부자 이래 끊이지 않고 있는 핵무기 개발과 도발을 하지 않았고 할 수도 없었다. 핵 문제는 남북한 간 상호 신뢰를 저해하는 가장 중요한 원인으로 작동되고 있다. 베를린장벽이 붕괴된 직후 서독 헬무트 콜(Helmut Josef Michael Kohl, 1930~2017) 수상과 통일방안을 논의한 한스 모드로우(Hans Modrow, 1928~) 전 동독 총리는 통일의 가장 중요한 전제조건이 '상호 신뢰와 화해'라고 강조한 바 있다. 그는 남북통일과 관련해 한국 측에 이렇게 조언했다. "통일되려면 서로 간에 신뢰가 생겨야 하고, 문제가 있는 부분에서는 화해가 있어야 한다. 대립 상태가 몇 세대를 거쳐 유지되어선 안 된다."

2010년 11월 북한의 연평도 포격사건을 비롯해 지금까지 북한의 대남 도발은 수없이 많았지만, 북한이 단 한 번도 진정성 있는 사과를 한 적이 없다는 사실 자체가 남북한 상호 신뢰는 여전히 요원함을 잘 말해주고 있다. 동서독과 달리 오랫동안 지속되어 온 남북 간 긴장 상태가 신뢰와 화해를 가로막는 최대 장애 요인 중 하나다.

사상적 전통 공유의 중요성

지금까지의 논의를 종합하면, 동독의 탄력적 대응이 가능했던 것은 경제적 배경과 사상사적 배경이 있었기 때문이다. 서독은 동독에 비해 경제적으로 월등하게 앞섰기 때문에 통일 담론과 협상에서도 확실하게 우위에 있을 수 있었고, 동독은 상호 신뢰가 선결 조건임을 인정하고 있었다.

동서독과 남북한의 정치 사상사적 배경이 다른 것도 무시할 수 없는 차이다. 19세기 칼 마르크스(Karl Heinrich Marx, 1818~1883) 이래 독일 내에 존재해 온 칼 카우츠키(Karl Johann Kautsky, 1854~1938)와 베른슈타인(Bernstein Eduard, 1850~1932)류의 사회주의(수정 사회주의 혹은 개량 사회주의) 운동 전통이 동독 지도자들을 독일 통일의 방향으로 나아가도록 습합(習合) 작용을 불러일으켰다. 독일 사회주의자들은 의회를 인정하는 등 레닌(Lenin, Vladimir Il'Ich, 1870~1924)과 다른 노선을 택했다. 남북한에는 동서독과 같은 정치 사상적 전통이나 세력이 지극히 미미하다.

이외에도 다른 부분은 많다. 예컨대 동독에 영향력을 행사해 온 소련은 동독의 자유의지를 존중해 주었다. 고르바초프(Mikhail Gorbacheve, 1931~)가 아무런 대가 없이 독일 통일에 동의한 것이 그 대표적 사례다. 그러나 북한에 영향력을 행사하는 중국의 대북 발언권은 결이 다르다. 한국전쟁에 개입해 북한을 지원한 중국은 참전 지원 사실을 근거로 대북한 지분을 주장했다. 그뿐만 아니다. 중국은 남북통일 이후 북한이라는 완충지가 사라지면 자국의 안전에 위협이 될 것이라 보고 있다.

또한 동독과 북한은 통제와 선전 등을 포함한 국가권력의 작동 방식, 최고지도자의 대외 인식, 주민의 교육 및 정치적 각성의 정도, 사회경제적 기초 등 차이가 작지 않다.

위에서 언급한 것 외에도 전체적으로 동독과 북한이 어떤 식으로 다른지, 또 그 차이가 남북통일 과정에 어떤 작용과 반작용을 일으킬지, 그리고 한 세기 가깝게 서로 전혀 다른 체제를 유지했던 남북이 통일 이후 어떻게 사회적 통합을 이뤄낼 것인지 등 다양한 방면에서 해법을 모색해야 할 것이다. 동서독이 통일 과정에서 증명했듯이, 지혜를 모아 남북한 간의 신뢰 회복과 진정한 화해를 이루는 것이 가장 먼저 이뤄내야 할 과제다.

2021. 1. 19.

일본 '평화헌법'의 개헌과 우리의 대비 방향

일명 '평화헌법'으로 불리는 일본국 헌법은 1947년부터 시행돼 오늘에 이르기까지 단 한 번도 개정된 바 없다. 그런데 아베 신조(安倍晋三, 1954~2022)에 이은 키시다 후미오(岸田文雄, 1957~) 내각과 일본의 집권 자민당은 '일본국 헌법' 제2장 '전쟁의 포기' 중 제9조의 개정과 군대재무장 금지조항 개정에 총력을 기울여오고 있다. 군대 보유와 전쟁을 할 수 없도록 한 현행 헌법의 족쇄를 풀고, 전쟁이 가능한 국가, 즉 '보통 국가'로 탈바꿈하기 위해서다.

일본이 비전쟁, 비무장 중립주의를 국제사회에 약속한 일본국 헌법 제2장 제9조의 원문을 그대로 옮기면 이렇다.

> "일본 국민은 정의와 질서를 기조로 하는 국제평화를 성실히 희구하고, 국권의 발동인 전쟁과 무력에 의한 위협 또는 무력의 행사는 국제분쟁을 해결하는 수단으로서는 영구히 이것을 포기"하고(제1항), "전항의 목적을 달성하기 위해 육·해·공군, 기타의 전력을 가지지 않는다. 나라의 교전권을 인정하지 않는다."(제2항)

오늘날 전쟁과 무력 분쟁, 폭력적인 대응이 반복되는 국제사회에서 일본 국민이 전 세계인들과 함께 항구 평화주의의 헌법 원리에 따라 평화롭게 살 권리(평화적 생존권)를 지향하고, 헌법 제9조의 내용대로 "정의와 질서를 기조로 하는 국제평화"를 희구하는 것은 대단히 중요한 의미를 지닌다.

여러 나라에서 진보와 보수가 대립하듯 일본에서도 평화 상태를 유지하려는 세력과 이 상태를 깨트리려는 세력이 대립하고 있다. 전자가 다수인 상황이 지속되어야 바람직하다. 그래야 동북아 지역의 평화가 유지된다. 일본 헌법의 3대 특징은 전쟁 포기를 내핵으로 한 평화주의, 정치의 주권은 국민에게 있다는 국민주권, 인권이 보장되지 않으면 안 된다는 기본적 인권의 존중이다. 평화주의가 무너지면 여타 두 특징도 흔들릴 공산이 대단히 크다. 이는 일본의 평화 유지뿐만 아니라 동아시아의 평화 유지와도 직결되는 일이다.

지금까지 다수의 일본 국민이 현행 헌법을 끝까지 지키려고 한 이유는 지난 세기 군대의 전횡과 폭주로 비극을 초래한 것에 대한 통절한 반성 때문이었다. 일본이 제국주의적 침략전쟁과 군국주의의 길로 나아간 결과는 일본이 겪은 원폭의 참상뿐만 아니라 동아시아 여러 나라에 끔찍한 불행을 초래했다.

다행히 지금까지는 이러한 역사적 성찰에 근거하여 일본 내 '호헌' 논리에 힘입은 헌법 제9조가 지켜져 왔다. 하지만 헌법의 개헌은 시간문제일 뿐, 머지않아 극우파의 바람대로 실현될 것이다. 최근 몇 년 사이 개헌에 대한 일본 국민의 여론이 반대에서 찬성으로 바뀌고 있기 때문이다.

일본 내 최대 유력 일간지인 아사히(朝日)신문은 2013년부터 매년 4월에 한 차례씩 개헌 찬반에 대해 전국적인 여론조사를 해왔는데, 2013년 찬반이 각기 60%와 32%가 나온 뒤로 2015년에 45%와 43%, 2016년에 42%와 42%, 올해는 48%대 33%로 조사됐다.

2016년 산께이(産經)신문의 여론조사에서는 헌법 제9조를 유지한 채 자위대의 존재를 헌법에 명기하자는 아베 수상의 방안에 대해서도 찬성이 55.4%로 반대 36%보다 높게 조사됐다. 아사히 신문사는 2022년 참의원 선거 후인

7월 16일과 17일 이틀에 걸쳐 전화로 전국 여론 조사를 실시한 결과 현 키시다 내각하에서 헌법 제9조를 개정해 자위대를 명기하는 방안에 반대가 33%였던 것에 비해 찬성이 무려 51%나 나왔다. 이런 배경에서 개헌이 될 것이라고 보는 논거는 계기적으로 맞물린 다음 세 가지 이유를 들 수 있다.

평화헌법 개헌의 논거

첫째, 그간 일본인들 사이에서 중시되어 온 '평화주의'에 대한 관념이 변하고 있다. 일본이 국력에 걸맞게 국제사회에 공헌하고 주변국의 위협에도 대처해야 한다는 안보 중시 관념이 크게 대두하고 있는 것이다. 지금은 고인이 된 아베 수상을 위시한 자민당의 개헌 집념과 노력이 그들의 로드맵에 따라 조직적으로 전개되고 있는 가운데, 위에서 본 여론조사 결과대로 개헌에 대한 국민 여론이 수년간 호응을 얻고 있기 때문이다. 당시 아베도 개헌의 물꼬를 틀 첫 단추로 헌법의 개정 절차 및 공포를 규정한 현행 헌법 제96조의 2개 항을 개정하는 데 힘을 쏟았었다.

평화헌법은 집권당이 바꾸고 싶다고 해서 쉽게 바꿀 수 있는 게 아니다. 헌법이 정하는 까다로운 헌법 개정 절차를 필히 밟아야 한다. 헌법을 개정하려면 국회가 중참 양 의원의 전체 의원 3분의 2 이상의 찬성으로 개헌 의사를 발의하고, 국민투표 또는 국회가 정하는 선거에서 과반수의 찬성을 얻으면, 일왕이 국민의 이름으로 즉각 공포하는 것으로 헌법 제96조에 규정돼 있다.

2017년 당시 집권당이었던 자민당은 아베 총리가 토쿄 올림픽과 패럴림픽이 열리는 2020년까지 개헌을 이룰 것이라는 의사를 공표함에 따라 중의원과 참의원 내 개헌을 연구하고 준비하는 전문기관인 '헌법조사회를 통해 국민 여론을 지켜보면서 개헌 논의를 왕성하게 진행했지만, 다행스럽게 성사되지는 않았다.

그로부터 6년이 지난 2023년, 아베 수상의 뒤를 이은 키시다 후미오 수상은 11월 22일의 중의원 예산위원회에서 자신이 목표로 내건 바대로 자신의 자민당 총재 임기가 끝나는 내년 9월까지 "헌법 개정"을 실현하겠다고 공언했다.

자민당이 노렸던 것은 자위대 명문화, 고등교육을 포함한 교육의 무상화, 긴급사태조항(대규모 재해 시 중의원의 임기 연장), 참의원 선거구 조정 등 현안들의 개정 혹은 신설이었다. 그래서 그해 '헌법개정추진본부'가 중심이 돼 8월 초까지 이에 대해 집중 토론을 벌여 가을쯤 당내 자민당 차원의 개헌안 초안을 마련하고, 연내 자민당의 공식 개헌안을 제시하는 것을 목표로 삼았었다.

헌법 제9조의 기존 조항을 놔둔 채 자위대의 존재를 명기하는 제3항을 새로 만들자고 주장한 전 수상 아베의 개헌 방안을 둘러싸고 자민당 내에는 여전히 강경파와 온건파 사이에 격론이 벌어지고 있다. 즉 헌법 제9조를 그대로 두고 헌법에 대한 해석만 바꿔 자위대가 미군과 함께 참전할 수 있도록 하는 기존의 '해석개헌'에서 이제는 실제로 헌법의 조항을 변경, 수정하려는 '명문개헌'으로 진화한 것이다.

자민당 내 이시바 시게루(石破茂, 1957~) 전 방위상을 대표로 한 개헌 강경파는 2012년 자민당 개헌 초안에서 "전력 불(不) 보유와 교전권 부인을 내용으로 하는 제2항을 수정하는 것과 2017년 6월 9일 아베 수상의 '2012년 초안'을 "우리 당으로서는 베스트"라고 하면서도 "국회에서 다수를 득하지 못하고 있다는 냉엄한 사실을 인정"해야 한다며 제9조 개헌 제안이 기존 자민당 초안보다 후퇴한 것이라 비판하였다.

2012년 자민당에서 제시한 개헌 초안은 헌법 제9조에 '국방군'을 보유한다고 명시하면서 제1항의 '영구히 포기한다'를 '사용하지 않는다', 제2항을 '전항(1항)의 규정은 자위권의 발동을 방해하지 않는다'로 바꾸는 내용을 담았다.

반면, 자민당 내 온건파는 개헌 논의 자체를 반대하는 것은 아니고 단지 개헌에 대해 '과속'하는 것이 문제라고 지적하면서 속도 조절을 요구하였을 뿐이다. 여타 여당인 공명당(公明黨)과 제1야당인 입헌민주당, 민진당(民進黨) 등 여야 전체의 정치권에서는 아베의 자위대 개헌안을 각기 다른 이유로 비판하거나 거부하였지만, 당시 나는 머지않아 각 당도 개헌에 대한 안을 제시하게 될 것으로 내다봤다. 2023년 11월 현재, 야당인 일본유신회가 개헌에 찬성하고 있다. 그들은 자위대가 공격받지 않기 위한 방위력을 근본적으로 강화하도록 헌법 제9조에 자위대를 규정해야 한다는 입장이다. 즉 무력 보유를 금지한 원래의 조항을 없애겠다는 주장을 펴고 있다.

과거나 지금이나 평화헌법 제9조의 개헌을 선명하고 일관되게 반대해 오는 것은 일본공산당이다. 일본 헌법 전문을 포함한 전 조항을 준수하며, 특히 평화적, 민주적 조항의 완전 실시를 목표로 한다고 입장을 밝히고 있다.

이외에 개헌파, 호헌파 모두 정치를 잘 모르는 여성들과 젊은 층을 속이는 "국민 사기"를 벌이고 있다고 비판하는 입장도 있다. 또한 헌법 제9조를 삭제하고 바람직한 안전 보장이 무엇인지 문제를 논의하고 결정하자는 학계의 주장과 입헌주의를 지키자는 시민사회의 목소리도 있지만, 이 역시 일본 사회 전체의 시대적 흐름을 저지하기에는 역부족인 것으로 판단된다.

둘째, 러시아의 우크라이나 침공이 지속되고 있는 유럽, 중국의 지속적인 대외팽창 그리고 일본 상공을 넘어 태평양까지 북한의 미사일 시험이 계속되는 등 세계의 안보 환경이 자민당의 개헌에 유리하게 바뀌고 있다. 또한 극우파들과 자민당 내 강경파들이 이에 편승해 미·일 동맹 강화를 명분으로 개헌 찬성의 정당성을 호도하고 있다. 게다가 개헌을 크게 우려하고 있는 한국, 중국 등 주변국들의 중단 요청에 대해서도 전혀 개의치 않고 있다.

국제관계에서는 보통 통제 가능한 변수(contollable variable)와 통제가 어려운 변수(uncontollable variable)가 있는데, 일본의 평화헌법 개정과 재무장은 주변국의 통제권 밖에 있는 게 확실해 보인다.

몇 년 전, 일본 내 미국 국력의 상대적 저하와 트럼프(Donald J. Trump,

1946~) 행정부의 불확실성에 대응해 일본의 방위비를 GNP 1.2% 수준까지 증액해서 일본이 스스로 방어할 수 있는 자체적인 방위력을 증대시켜야 한다는 의견도 있었다. 순항 미사일의 개발 및 배치, 소형 탄도미사일 전력을 보유할 필요성이 있다는 주장과, 북한 미사일 위협에 대응해 일본도 순항 미사일 개발을 통한 선제 타격 능력을 갖춰야 한다는 주장도 개헌의 명분을 강화하고 있다.

셋째, 미국은 오히려 일본의 재무장을 요청하고 있다. 아베 정권에 이은 키시다 정권에 대한 미국의 지지와 재무장에 대한 압력이 개헌을 촉진할 외압으로 작용할 것이다. 미국은 군사력 증강 일변도의 안전 보장론에 빠진 아베와 그 후임 수상 키시다와 안팎으로 동기졸탁(同期啐啄)의 관계에 있다.

개헌은 동중국해의 조어도(釣魚島, 중국명 띠아오위따오, 일본명 센카쿠열도)를 중국으로부터 "지키기" 위해 미국의 지지와 지원을 절대적으로 필요로 하는 일본 극우파의 염원과 의지뿐만이 아니라, 중국을 견제하고 포위하고자 이미 오바마 행정부 때부터 "아시아 회귀"(pivot to Asia)와 "아시아 재균형"(rebalancing to Asia)을 선언한 미국의 전략적 이익과 맞아떨어지는 것이기도 하다. 시진핑 정권이 자국민을 대상으로 노골적인 중화주의를 부추기면서 남중국해의 영유권을 둘러싸고 동남아의 관련국들과 충돌을 일으키는 등 대외 확장 의도를 내보이는 것을 견제 및 포위, 봉쇄하고자, 미국은 여당이든 야당이든 앞으로도 일본의 역할 제고를 지속해서 요구할 것이다.

일본 국내 일각에서는 미국과 함께 중국을 포위하겠다는 집권당의 발상을 망상이라고 비판하는 논자도 있다. 안전 보장은 군사력과 동의어가 아니고, 군사력을 증강한다고 해서 반드시 안보 능력이 향상되는 것이 아님에도 국가의 안전을 군대로 지키는 것이라고 맹신한다는 비판이었다. 일본이 군사력을 증강하는 만큼 대항하는 상대국도 군사력을 키우게 되고, 결국 군비경쟁에 돌입하게 돼 안전성은 오히려 위험한 수준으로 떨어질 수 있다는 것이 상식임에도 말이다.

그렇다면 평화헌법이 개정되면 어떤 변화가 일어날까? 평화헌법이 개정되면 비유컨대 타오르는 불에 기름을 붓고, 날고자 하는 여우에게 날개를 달아주는 꼴이 된다. 먼저 일본 국내적으로는 현 자위대의 모병제가 징병제로 바뀌고, 헌법이 보장한 인권과 자유권이 축소되는 등 전쟁이 가능한 체제로 가게 된다. 즉, 일본 사회가 전전의 군국주의 체제나 나치 체제와 유사한 구조로 갈 가능성이 농후해진다.

지난 세기 1933년 독일의 수상이 된 히틀러(Adolf Hitler, 1889~1945)가 맨 먼저 한 게 무엇이었던가? 국익은 사익에 우선하며, 게르만 민족의 영원불멸성과 국가는 영원해야 한다는 국가주의를 선언하지 않았던가? 그리고 바로 적대하던 공산당을 음모로 일소시키고 '국민과 국가의 방위를 위한 대통령 긴급령'을 포고해 나치 체제를 상징하는 중요한 법적 기초를 만들어 국가의 폭력과 테러를 합리화했다. 이와 유사한 조짐은 이미 3년 전에 아베 정권이 의회 민주주의를 파괴하듯이 '특정비밀보호법안'의 수정안을 의회에서 무리하게 채택을 강행한 데서도 나타나고 있었다.

현재까지 일본 국민은 헌법 제13조가 규정한 '최고법규'에 의해 기본적인 인권을 보호·보장받고 있다. 하지만 자민당의 개헌 초안에는 '최고법규'인 '기본적 인권의 본질' 개념이 빠져 있고, 이 특정비밀보호법은 기본적으로 1925년에 만들어진 '치안유지법'과 맥을 같이 하고 있다. 이는 국민의 기본적 인권을 무시하지 않으면 성립될 수가 없는 것이다.

한국의 대비 방안

언제가 될지 단정할 순 없지만, 일본자위대가 정식으로 국가군대로 명기되어 군비가 증강되면 비핵 3원칙도 뒤집힐 것이다. 실행 여부와 별개로 이론적으로는 평화적 활동의 해외 파병과 전쟁 개입이 가능할 뿐만 아니라 선제공격 혹은 예방 공격을 명분으로 타국에 대한 침략전쟁을 도발할 수도 있게 된다. 이와 관련해 아베가 수상 시절 "침략의 정의는 없다. 사람마다 그 입장에 따라 다르다"라고 한 망발은 시사하는 바가 크고 미래의 어떤 방향성을 감지하게 해준다.

그렇지 않아도 북한 핵무장과 계속되는 미사일 시험 발사를 빌미로 무력을 강화해 오고 있는 일본인데, 전쟁이 가능한 체제가 되면 국제적으로도 중국, 한국, 타이완 등 동아시아 지역의 군비경쟁을 격화시키는 등 거센 폭풍을 몰고 올 것이 분명하다. 더욱 우려되는 것은 한국이 주변 4대 강국 간의 안보적 불확실성이 높아짐에 따라 군사적 충돌에 연루될 가능성이 상존하고 있다는 사실이다.

그러면 우리는 어떻게 대비해야 할까?

첫째, 평화헌법 개헌의 저지가 이미 우리의 손 밖에 있는 것이라면 우리는 실리 외교를 펴고 자주국방 능력을 갖추는 등 스스로 자강책을 마련해야 한다. 미국의 제한을 받는 미사일 사거리의 연장 등 우리 군이 필요한 군사력 확충을 기하는 게 바람직하다. 또 필요한 각종 무기 장비들의 현대화, 육군 위주의 체제에서 해군력과 공군력을 증강하는 방향으로 개혁해서 다가올 미래의 전쟁이나 안보 환경에 대비해야 할 것이다.

군 내에 뿌리 깊이 존재하는 비합리성과 관료주의적 행태의 제거, 군의 4대 구조(지휘구조, 병력구조, 부대구조, 전력구조) 개편을 더욱 철저하게 하도록 한다. 전력증강, 국방재원의 안정적이고 지속적인 확보, 병영문화의 선진적 개선, 4차 산업에 근거하는 민간기술의 확충은 물론, 그것을 군사기술과 결합하고 국방개혁에 응용할 수 있는 시스템을 갖춰야 한다.

둘째, 북한의 도발에 대한 억제력 증강에 국한하지 말고 동아시아 역내의 잠재적 위협에도 대처해야 한다는 인식의 전환과 준비가 필요하다. 북한의 핵과 미사일 위협에 직면한 우리는 지금까지 양국 원수들이 공고히 하기로 언약한 한미동맹을 축으로 대북 억제 태세를 강화하는 한편, 서두르지 말고 여유 있게 전시 작전 통제권까지 환수하고, '전략적 모호성'이 아니라

'전략적 자율성'(strategic autonomy)의 능력을 높이는 방향으로 나아갈 필요가 있다.

기존의 북핵 위협으로 인한 안보 위기가 지속되는 가운데 최근 유럽과 동아시아 주요 국가들의 국제관계가 트럼프가 대통령 재임 시 선언한 '미국 우선주의'(America First), 즉 미국 중심의 일방주의적 안보정책이 계기가 되어 '전략적 모호성'에서 '전략적 자율성'으로 전환되고 있는 상황에 대응해야 할 것이다.

셋째, 군사 지상주의의 안보관에서 탈피해 국가 총체적 안보관에 입각할 필요가 있다. 안전 보장이란 군사력만이 아니라 군사력에다 외교, 정보, 경제 관계, 상호 신뢰관계의 공고화 등 많은 요소들이 더해져야 비로소 확보될 수 있다. 군사력 증강만이 안보를 보장·강화할 것이라라는 맹신에서 벗어나 외교력, 경제력, 과학기술력과 정보력의 증강 국가 간 경제교류의 심화 및 신뢰 확보 등 많은 분야에서 근본적인 점검과 함께 안보 역량을 최대화해야 한다.

인도양을 다시 보라

아래 본문은 필자가 2014년 12월에 작성한 글이다. 내용을 보면 알겠지만, 그 뒤의 상황은 필자가 이 글에서 예측한 대로 흘러갔고, 또 일부 내용은 약 10년이 지난 지금 상황에도 해당되는 것이다.

21세기 들어 미국과 중국 간 대결의 장이 서태평양과 남중국해에서 인도양(印度洋, Indian Ocean)으로 확대됨에 따라 인도양을 둘러싼 강대국 간의 각축전이 심화하고 있다. 서남아시아의 지역 강자인 인도가 전통적으로 자국의 앞바다로 간주해온 인도양을 '수호'함과 동시에 중국의 인도양 진출을 막기 위해 미국의 접근에 호응하는 등 외교, 군사적으로 다양한 행보를 보이고 있다. 일본도 중국을 견제하기 위해 이 각축전에 뛰어들고 있는 형국이다.

각축전의 뒷면에는 미국의 '아시아 재균형(rebalancing) 전략', 중국의 '신형대국관계론', 일본의 '적극적 평화주의' 정책과 맞물려 가속화되고 있는 동북아 질서의 재편 상황이 연동돼 있다. 강대국들이 인도양을 둘러싸고 세력 경쟁을 벌이는 것은 이 대양이 지니는 지정학적 중요성 때문이다. '인도'라는 명칭에서 유래된 인도양은 동경 20°에서부터 태평양의 동경 146° 55'까지의 해역을 말한다. 태평양과 대서양에 이어 세계에서 3번째로 큰 바다다. 넓이는 세계 전체 바다 면적의 20%를 차지한다. 인도양을 에워싸고 있는 나라들은 아시아, 아프리카, 오세아니아에 걸쳐 총 47개국이나 된다. 이 국가들은 모두 직간접적으로 인도양에 국가 이익이 걸려 있다.

인도양은 세계 해상 교통로가 밀집된 해역으로 원유, 광물자원, 곡물 및 상품 수출입의 요로이다. 세계 컨테이너 선박의 50%, 유조선의 70%가 이 해역을 통과한다. 세계 제1, 제3의 무역 대국인 중국과 일본에 인도양-말래카 해역은 중동·아프리카의 해상 석유 수입 통로인 '시레인'(sea lane)이다. 이는 한국에게도 동일하다.

특히 미국을 제치고 세계 제1의 무역국(수출 1위, 수입 2위)으로 올라선 중국은 대외무역의 90% 이상이 해운으로 이루어진다. 중국이 수입하는 전체 원유의 80% 이상이 인도양-말래카 해협을 거친다. 즉 인도양은 중국의 '목줄'인 셈인데 실제 중국인들도 스스로 '전략적 생명선'으로 부르고 있다. 중국, 일본, 한국, 타이완 등 동아시아의 주요 국가들은 모두 인도양에 국가의 사활 혹은 국가 활로가 걸려 있다고 해도 과언이 아니다.

고대부터 현대에 이르기까지 많은 국가 지도자와 군사전략가들이 인도양을 제패하면 인도와 서남아시아를 제압할 수 있다고 믿었다. 알렉산더 대왕(Alexandros the Great, B.C. 356~B.C. 323), 표트르 대제(Pyotr Ⅰ, 1682~1725), 히틀러, 처칠, 스탈린, 네루(Jawaharlal Nehru, 1889~1964), 마오쩌둥, 닉슨(Richard Nixon, 1913~1994) 등의 정치 군사 지도자에서부터 맥킨더(Halford John Mackinder, 1861~1947), 마한(Alfred T. Mahan, 1840~1914) 같은 군사전략가이자 지정학자들이 그들이었다. 많은 전략가들이 인도와 인도양의 전략적 중요성을 강조해 오는 가운데 현대 미국의 저명한 지정학 분석가인 카플란(Robert D. Kaplan, 1952~) 또한 인도양이 21세기 강대국 간에 세력 경쟁이 벌어질 주요 각축장이 될 것이라고 내다보고 있다.

각축전은 이미 진행 중이다. 미국의 대중국 봉쇄망을 벗어나기 위해, 혹은 그 봉쇄망 중 취약한 고리 부분을 끊기 위해 인도양에 진출하고 있는 중국의 행보와 그에 대한 미국의 견제가 전개되고 있다. 여기에는 시진핑(習近

平, 1953~) 주석의 국가 비전인 '중국의 꿈'(中國的夢)이라는 정치적 의지와 밀접하게 결부돼 있다. 중국의 꿈이란 중공 창당 100주년이 되는 2021년과 중화인민공화국 수립 100주년이 되는 2049년까지 "중화민족의 위대한 부흥"을 실현하는 것을 말한다. 이를 위한 구체적 목표로 국가 부흥, 민족 진흥, 인민 행복 달성이 제시된 바 있다.

이 꿈이 실현되려면 무엇보다 경제적으로 고도성장의 지속과 대국으로서의 위상 및 영향력이 지속되어야 하고, 군사적으로는 이를 보호할 수 있는 군사력이 증강되어야 한다. 경제성장을 유지하기 위해 중동 및 아프리카산 원유와 자원은 없어서는 안 될 필수불가결한 것이다. 즉 이 해상 통로는 중국에게 사활이 걸린 생명선인 것이다. 중국만이 그런 게 아니라 한국, 일본, 타이완 등 동북아와 동남아의 주요 국가들에게도 마찬가지다.

그런데 말래카 해협을 자국의 영향권 아래 두고 있는 미국이 중국의 생명선을 봉쇄할 경우, 중국은 자원 수송과 대외무역에 크게 지장을 받는다. '중국의 꿈'의 실현 여부가 불투명해지는 것이다. 중국이 이 꿈을 실현하는 데 미국을 최대 걸림돌로 상정하고 있는 이유다. 겉으로 보기에 미국은 중국과의 교류 협력 모드를 유지하고 있지만 내심 중국의 세력 확장에 의구심을 가지고 있다. 미국, 일본, EU의 쇠퇴와 함께 중국이 상대적으로 부상함에 따라 미·중 양국 사이에는 협력보다 갈등 요인이 많아지고 있다. 협력 기조가 약화하면서 경쟁이 심화하고 있다.

양양(兩洋)전략의 배경과 성과

따라서 미국이 구사해 오고 있는, 중국 주변국들과의 관계 강화를 통한 대중국 팽창에 대한 견제와 중국 포위 정책은 상당 기간 바뀌지 않을 것이다. 해양 대국이긴 하지만 강국은 아닌 중국이 '해양 강국' 건설을 선언하고 해군력 증강에 박차를 가하는 배경이기도 하다. 전략 면에서 중국은 태평양(남중국해)과 인도양 두 바다를 연결하려는 '양양전략'(兩洋, Two Ocean Strategy)을 추진하고 있다. 배경과 성과는 크게 두 가지로 정리된다.

첫째, 주요 동기는 말래카 해협을 거치지 않고도 안전하게 중동과 아프리카산 석유 및 광물자원을 자국으로 운송하고, 대외 수출 무역로를 확보하기 위해서다. 실현 방안으로는 미얀마와 파키스탄을 각기 '국제송유관'으로 연결해 에너지를 수송하고, 이 지역의 항만을 이용하는 것이다. 중국은 국제송유관 건설을 통해 원유의 수송 거리 단축에 따른 경비 절감 등의 경제적 이익을 거둘 수 있다. 그뿐만 아니라 여기에는 미국의 대중국 봉쇄에 대한 대응은 물론, 인도에 대한 견제, 국경 지역 국가들과의 각종 협력 강화와 국경 분쟁 및 국내 소수민족의 이탈 예방 등과 같은 국가안보 면에서의 이익까지 염두에 둔 다목적 포석이 깔려 있다.

중국은 최근 몇 년간 미얀마 군사정권에 공을 들인 결과 미얀마 서부 항구도시 차육 퓨–만달래이–중국 쿤밍(昆明) 구간 800km의 송유관에 대해 20년간 사용권을 획득했다. 말래카 해협을 통하지 않고 인도양에 진출할 수 있는 출해권(出海權)을 확보한 것이다. 또 중국은 항구 운영권 인수와 경제원조를 통해 중국–파키스탄 간 철도 및 인프라 건설, 방글라데시의 무역항 치타공의 항구 운영권 인수와 스리랑카의 콜롬보·함반토타항의 개발을 위한 협력도 강화하고 있다.

둘째, 인도양을 미국이나 인도의 제해권에 두는 것을 막고, 나아가 인도양의 제해권 경쟁에서 우위를 차지하려는 의도다. 미얀마(차육 퓨)와 파키스탄 항구(과다르 항)를 활용해 인도양 진출로를 뚫어 중국 해군은 태평양 위주의 한 바다('一洋전략')에서 두 바다를 동시에 활용하는 '양양전략'으로 전환할 수 있었다. 또한 중국은 인도 대륙을 둘러싼 국가들의 거점 항구 건설을 지원해 이 항구들을 임차하거나 친중적인 협력 관계로 만들겠다는 '진주목걸이' 전략을 구사하고 있다. 이를 통해 중동과 아프리카에서 들어오는 원유 및 상품 수출의 해상 수송로를 확보하고, 나아가 미국이 중국의 '신실크

로드' 전략을 무력화시키기 위해 서남아시아 국가들을 지원하는 것에 대항하겠다는 복안이다.

인도-태평양 시대(Indo-Pacific era)에 선제적으로 대응하려는 미국은 아태지역에서의 중국의 부상과 세력 확대를 막고, 중국을 견제하기 위해 '일본-한국-필리핀-인도'를 잇는 군사·안보동맹을 구축하려고 한다. 오바마 정부는 아시아 균형 정책을 내걸면서 동북아 지역보다 동남아와 남중국해에 전략적 힘을 강화하고 있다. 서남아시아 지역 대국인 인도, 파키스탄과도 전략적 제휴를 강화하고 군사력 재배치에 착수한 배경이라 할 수 있다. 그동안 불협화음이 잦았던 인도와의 관계 개선에 나선 이유이기도 하다.

인도의 대응과 동아시아 각국의 행보

인도도 중국을 견제하고 서남아시아 지역의 패권적 지위를 유지하기 위해 미국과의 관계 개선에 호응하고 있다. 결과는 인도 정부가 인도 남부 첸나이 기지에 미군 주둔을 허락해 준 것으로 나타났다. 미국은 이곳에 최정예 육군 1,000명, 공군 500명의 병력을 배치하고, 인도의 요청이 있을 시 인도양 디에고 가르시아(Diego Garcia) 섬에 미 해군을 수시로 동원하기로 했다.

중국이 미국을 견제하고 아태지역의 패권을 장악하려면 인도와의 관계 개선이 그 어느 때보다 중요하다. 인도와 아세안(동남아국가연합)을 발판으로 미국의 아태지역 세권 확대를 봉쇄하려는 중국에게 인도는 상당한 공을 들이지 않으면 안 될 중요한 나라다. 만일 인도가 중국에 적대적인 입장을 취할 경우 중국의 외교 전략에 큰 차질이 빚어질 수 있기 때문이다.

그런데 근년 제4세대 전략 핵잠수함(094급)까지 확보한 중국이 아시아에서 유일하게 잠수함 발사 핵미사일을 배치하면서 인도의 안보 불안감을 증폭시켰다. 1962년 중·인전쟁 이래 중국과의 육상 국경선 문제가 해결되지 못한 상태에서 중국이 인도양에까지 진출해 진주목걸이 전략을 시도하자

인도는 중국이 자국을 겨냥한 것이라 보았다. 인도 입장에서는 해상 안보에 적신호가 켜진 셈이다.

그래서 중국은 진주목걸이 전략에 대해 우려하는 인도를 대규모 경제지원을 통해 안심시키는 한편 궁극적으로는 파키스탄을 지원했다. 중국이 인도를 견제하는 정책을 접지 않는 한 중국을 향한 인도의 의심과 양국 간의 전략적 경쟁 관계는 쉽게 해소되지 않을 것으로 보인다. 이는 인도 정부가 최근 발표한 '신해양군사전략' 보고서에서도 확인할 수 있다. 보고서에는 인도양 진출을 노리는 중국 전략 핵잠수함의 위협을 집중적으로 부각하며 이에 맞서 군비를 증강하겠다는 뜻을 밝혔다. 노골적으로 중국을 겨냥한 이 보고서에서 인도는 "국방 현대화를 추진해 온 중국이 인도양에 눈독을 들이고 있어 중국의 군사적 팽창에 맞서기 위해선 핵잠수함 확보에 속도를 내야 한다"고 언급했다.

삼면이 바다인 데다 정치 지도자들의 강력한 해양 의식이 뒷받침된 인도 해군은 연해 방어–지역 통제–원양 공격력의 육성 경로로 발전해 왔다. 2014년 4월 현재 인도는 이미 취역했거나 건조 중인 항공모함만 3척이며, 구축함 8척(이와 별도로 3척을 다시 건조할 계획임), 호위함 17척(이와 별도로 10척을 더 건조하고 있거나 건조 계획 중임), 경호위함 24척(이 가운데 22척이 건조 중이거나 건조 계획 중임), 잠수함 16척 등 약 140척의 함정을 보유하고 있다. 또한 2027년까지 항공모함 3척을 포함해 신형 수상함과 잠수함 150척으로 세계 3위의 해군력 보유를 목표로 육·해·공 3군 중 3분의 1 이상의 예산을 해군 군비에 할당하고 있다. 어떤 해는 유례를 찾아보기 어려울 정도로 60%에 가까웠던 적도 있었다.

중국과 센카쿠열도(중국명 댜오위다오) 영토 분쟁을 벌이고 있는 일본은 인도를 끌어들여 중국의 '남진'을 차단하겠다는 의도를 가지고 있다. 이는 인도와 이해가 일치하는 부분이다. 아베 총리는 인도에 향후 5년간 무려 3조 5,000억 엔(약 34조 원)의 투자와 융자를 약속하면서 미국과 인도의 해상 공동훈련에 일본 해상자위대가 참여하는 성과를 얻어냈다. 일본은 또 남아시아의 관문이며, 원유 등 수입 자원의 해상수송로에 놓여 있는 스리랑카와 방글라데시에도 적지 않은 액수의 차관을 제공하기로 약속했다. 아베가 일본 정부의 재정문제로 한동안 중단됐던 남아시아 국가들에 대한 원조에 박차를 가해 관계를 강화하려는 것은 중국의 양양 및 진주목걸이 전략에 대항하려는 의도가 숨어 있는 것이다.

이렇듯 인도양을 둘러싼 강대국들의 각축전이 벌어지고 있지만 한국은 열외에 있는 느낌이다. 중국, 일본처럼 한국도 인도양-말래카 항로에 국가의 명운과 활로가 걸려 있음에도 우리는 인도양을 전략적 인식 속에 넣지 않고 있으며, 이러한 각축전에 대해서도 남의 일처럼 팔짱을 끼고 있다. 자칫하다간 미국이 주도하는 '미국-일본-한국-필리핀-인도' 라인에서 배제될 수도 있다. 이제부터라도 다가올 미래를 내다보고 인도양의 전략적 가치에 주목해야 한다. 우리의 국익은 우리 힘으로 보호할 수 있는 해군력을 길러야 하지 않겠는가?

2014. 12. 18.

'20년 大計'로 탈중국을 준비해야 한다

작금 세계가 미·중 무역 전쟁의 추이를 지켜보고 있는 가운데 그 귀추가 주목된다. 종국엔 트럼프가 시진핑의 전면 항복 직전에 어느 정도 그의 체면을 살려주는 선에서 미국의 완승 형태로 봉합될 것으로 보인다. 중국이 경제 대국이 된 것은 지난 세기 미국이 소련의 팽창을 견제하기 위해 중국과 전략적으로 손을 잡고 무역에서 많은 특혜를 준 것이 배경이자 원인이 되었다. 즉 미국이 중국의 부상 및 팽창을 문제시한다면 그것은 미국 스스로 문제를 키운 것이다.

문제는 우리 한국이 어떻게 대응할 것인가 하는 점이다. 내가 주장하는 바의 핵심은 미국에 할 말을 다 하면서도 미국과 척을 지지 않음과 동시에 중국의 영향권에서 벗어나야 한다는 것이다. 물론 이는 말처럼 쉬운 일이 아니다. '우선' 지금까지의 중국과의 관계 및 중국을 향한 대응이 적실했는지를 재점검하고, 득실을 분석해 다각도로 새로운 대응 전략을 모색해 수립하고 가다듬어야 한다.

한국은 지정학적 측면에서 중국의 이익과 상당 부분 포개지기 때문에 중국과 충돌을 겪을 수밖에 없다. 중국 둥베이 지역과는 협력을 통한 상생 정책이 필요하지만, 한국의 주된 무역로인 동중국해와 남중국해에선 대립과 충돌이 잠재되어 있다. 만약 중국이 미국과의 패권전쟁에서 이겨서 남중국해의 영유권을 단독으로 확보할 것이라고 판단되면 한국은 중국에 머리를 숙이고 들어가 중국으로부터 동중국해와 남중국해의 항행을 보장받는 수밖에 없다. 요컨대 양자택일을 해야 되는 처지다. 그러나 중국이 미국을 이길 수 있는 가능성은 높지 않다. 따라서 우리가 한미동맹 관계를 지속시키고 중국의 팽창을 더 이상 좌시해선 안 되는 것이다.

매년 400억 달러가 넘는 대중국 수출 흑자는 이대로 가선 안 되고, 그대로 갈 수도 없다. 이를 방치해 놓는 건 그 자체로 경제뿐만 아니라 안보에도 영향을 미칠 위험 요소다. 더군다나 중국에 예속되는 길로 빠져드는 수렁이다. 따라서 수출선의 다변화를 꾀해야 하고, 신기술을 개발해 리스크를 점진적으로 줄여나가야 한다. 수출선의 다변화를 위해선 중국 외의 국가들과도 돈독한 협력 관계를 유지해야 한다. 중국과 국경을 맞대고 있는 16개국, 해양과 접속된 4개국을 포함해 총 20개 국가 중에서 중국과 사이가 좋은 나라는 거의 없는 상황을 잘 활용해야 한다.

특히 시장이 날로 확대되고 있는 인도양의 신흥 강국인 인도, 천연가스 등 자원의 블루오션인 러시아와 튀르키예, 무궁한 개발 잠재력을 지닌 몽골은 물론이고, 새로운 경제성장지로 주목받고 있는 베트남, 태국, 인도네시아, 말레이시아 등등의 아세안 국가(10개국), 중공지도부가 공을 들여온 CIS 5개국(카자흐스탄, 우즈베키스탄, 키르기스스탄, 투르크메니스탄, 타지키스탄)들과도 협력을 대폭 강화해야 한다.

재차 강조하지만, 이 국가들과의 협력 강화는 단순히 경제적 측면만 관련이 있는 게 아니라 국가안보와도 밀접한 관련이 있는 중차대한 국가생존 차원의 전략적인 부분이다. 현재 아프리카 시장은 중국이 1950년대 제3세계 국가들과의 비동맹 전략을 강화하면서 오랫동안 공을 들여온 결과, (중국 정부에 대한 반감도 상당하지만) 대부분 중국 자본에 잠식돼 있다. 마찬가지로 일본이 잠식하고 있는 동남아 시장도 우리가 공략하려면 지혜로운 전략과 엄청난 노력이 뒤따라야 할 것이다.

이러한 맥락에서 대통령이 국가원수로서 다녀온 동남아 순방은 중요한 의미를 지닌다. 순방의 의의 중 하나인 '신남방정책'이 지속성과 실효성을 거두려면 중국보다 비교 우위에 있는 산업의 기술을 계속 발전시키면서 제4차 산업에 대비하는 새로운 블루칩을 연구·개발해야 한다. 여기에는 몇 수 앞을 내다보는 과학적인 전문성 그리고 국가전략적 차원의 막대한 지원과 연구가 필요하다.

동시에 중국 정부가 야심차게 벌여온 '일대일로 노선의 확산'으로 인해 중국에 상환이 불가능할 정도로 큰 빚을 지게 됐거나 국가도산 상황으로까지 내몰린 국가들을 함께 연구할 필요가 있다. 일대일로 전략에 휘말린 중국의 주변국들과 아프리카 국가들 중 자국 영토의 일부까지 중국에 내준 경우도 있다.

인도는 물론, 베트남, 태국, 인도네시아, 말레이시아, 필리핀 등이 모두 현재의 시진핑 정권과는 관계가 좋은 편이 아니다. 특히 인도와 베트남은 중국과의 영토 분쟁이 미해결된 상태이다. 두 나라는 중국과 쉽게 화해하기 어려울 정도로 골이 깊은 역사적인 배경을 공유하고 있다. 튀르키예와 몽골 역시 중공 지도부로부터 중국 내 소수민족의 반중공 투쟁을 지원하거나 연계돼 있다는 의심을 받고 있으며, 또한 종교적인 이유로 중국과는 불신과 앙금이 두텁다. 적의 적은 곧 친구가 아닌가? 이 국가들과의 교류를 확대해 공산품 수출 및 자료 수입 시장의 다변화를 꾀하고, 대중국 견제의 이중 목적이 충족되도록 국가전략의 틀을 새로 짜야 한다. 이에 관한 구체적인 내용은 뒷부분의 「우리에게도 세계전략의 수립 운용이 필요하다」와 「미·중관계의 변화와 대한민국의 생존전략」 두 글을 참고하기 바란다.

우선, 접촉이 늘어나고 있는 인도와의 교류를 더욱 확대하고, 중국 주변 국가들과의 교류 협력 관계를 상시화할 수 있는 틀이나 기구를 만들어야 한다. 이는 반드시 중국의 반발을 피할 수 있는 명분을 확보한 뒤에 추진해야 한다. 인도의 중요성에 관해 쓴 앞의 졸문 「인도양을 다시 보라」를 참고하여 지피지기知彼知己면 백전불태百戰不殆의 관점에서 중국이 우리를 어떻게 보고 있는지를 알아야 한다.

「인도양을 다시 보라」와 이 글 「'20년 大計'로 탈중국을 준비해야 한다」는 각기 9년 전과 3년 전에 쓴 글이지만, 내용상 실효성은 지금도 유효하다.

중국과 대등해지려면 대사부터 급을 맞춰라

한중 수교 이후 한때 학계에서는 중국 학자를 초청하는 일이 빈번했다. 국가연구기관에서 중국 학자를 초청하면서 왕복 항공료, 체재비용 외 논문 발표 사례비로 100만 원이 넘는 돈을 지불하는 게 예사였다. 당시 중국 화폐 가치로는 거금이었다. 중국 학자 섭외를 맡은 어느 국가기관의 모 후배에게 국민 세금을 왜 그런 식으로 낭비하느냐며 초청 경비를 줄여도 된다고 했더니, 이미 중국 학계에 알려진 기존 '몸값' 때문에 초청하는 데 애를 먹는다고 했다.

군 계통 연구기관에서는 이런 일도 있었다. 수년 전, 업무차 중국 국방부 외사판공실에 연락했는데 전화를 받은 젊은 대위가 기존 중국 주재 한국 무관에게 해온 대로 처음부터 '아랫것' 대하듯 거만한 어투로 이죽거렸다. 내가 자기보다 계급이 높은 줄 알면서도 말이다. 나는 국제적으로 인정받는 게 군인 계급인데 이 무슨 무례한 언사냐고 호통을 쳐 그에게 "앞으로 주의하겠다"라는 다짐을 받아낸 바 있다.

또 중국 주재 한국 무관이 중국 국방부에 업무차 연락을 할 때는 40대 중후반 나이의 중령, 대령 계급이 업무를 담당하는데 중국 측에서 한국 무관부에 연락할 때는 20대 후반 나이의 대위나 소령이 응대한다. 외교부 사정은 어떨지 모르지만 아마 비슷하지 않을까?

한중 양국은 주권국가로서 대등한 관계임에도 두 나라 사이에는 눈에 보이지 않는 비대칭적 사례나 관계가 적지 않게 존재한다. 과거 조선이 중국을 '상국', '천조'(天朝)의 대국으로 받들고 중국도 조선 왕을 신하로 대했듯 양국의 저변에는 중국=대국, 한국=소국이라는 자대(自大)와 사대 의식이 여전히 존재하는 것인데, 비단 이것만이 원인은 아니다.

상대국에 파견하는 대사의 급도 다르다. 중국은 대사를 4등급으로 나누고 상대국의 중요성, 자국과의 관계 경중에 따라 외교관을 보낸다. 1등급은 외교부장 아래 부부(副部)장급 대사, 2등급은 국장(正司)급 대사, 3·4등급은 부국장급 대사거나 영사다. 중국의 159개 해외 주재 대사는 모두 부국장급 이상인데, 2~3등급이 대다수다. 차관급인 부부장급 대사를 보내는 국가는 미국, 러시아, 영국, 프랑스, 독일, 일본, 인도, 브라질, 북한 등 9개국뿐이다. 북한은 미국, 러시아와 동급으로 대우받는다. 역대 총 17명의 북한 주재 중국 대사가 모두 차관급임에 반해 한국은 북한보다 한 급 아래로 분류돼 국장급이 대사로 나왔다.

우리 정부는 선진국, 상대국의 중요성, 외교관의 선호도에 따라 대사를 가, 나, 다, 라 4등급으로 분류한다. 그리고 중국을 미국, 일본, 유엔본부 등과 함께 '가' 급으로 분류해 중국에는 외교관이 아닌 집권당 유력자나 대통령의 신임을 받는, 공무원 급수로 따지면 장차관급 이상의 정치 실세를 보낸다. 겉보기엔 양국 대사의 급수가 1~2급 정도 차이 나지만, 중국의 외교정책 결정 시스템을 알면 격차는 더 크다. 중국의 주요 외교정책은 대개 중공 중앙위원회 직속 외교담당 국무위원과 총서기가 조장인 총서기 직속의 외사공작영도소조에서 조율된다. 외교부는 당 계통이 아닌 국무원 소속으로 외교업무 집행기관일 뿐이다. 여기엔 부장 1명, 부부장과 조리(차관보)가 12명 있고, 그 아래에 우리의 국에 상당하는 사(司)가 약 30개나 있다.

이번 윤석열 정부는 달랐지만 이전까지 역대 정부가 장·차관급 실세를 중국 대사로 보낸 것은 우리 스스로 작아지는 당당하지 못한 자세였다. 우리는 '4강 외교'의 중요성을 명분으로 내세웠지만 이는 오랜 관행의 소산이었을 뿐이다. 양국 외교 시스템에는 각기 장단점이 있다. 2017년 방중 때 중국을 대국이라고 치켜세운 문재인 대통령의 발언은 대국임을 과시하길 좋아하는 중국인들의 비위에 맞춰 실리를 챙기기 위한 것이었다고 할 수도 있다. 그러나 그로 인해 국내외에 우리가 특정 국가에 굴종적인 것으로 비치게 될 때 국가 위상이 훼손될 것과 우리 국민의 자존감 손괴라는 보이지 않는 손해는 실리를 능가한다. 중국이든 미국이든 상대국 대사의 급에 맞춰 대등하게 대사를 보낸다고 해서 국익이 손상되지 않는다.

특히 중국은 우리가 중국 대사의 급에 상응하는 국장급 대사를 보내도 불만을 드러내지 못할 것이다. 마오쩌둥 이래로 강대국이든 약소국이든 서로 대등해야 한다는 호혜평등을 누누이 강조한 외교 원칙을 거스르는 것이기 때문이다. 중국과의 대등한 관계는 대사의 급을 대등하게 맞추는 데서 시작된다. 베트남처럼 스스로 중국에 대등해지려는 의지가 절실하다.

지난해 윤석열 정부에서 처음으로 정치인과 고위 관료가 아닌 중국학 학자를 중국 대사로 보낸 것은 새로운 시도로서 고무적인 변화다. 이러한 자세는 앞으로도 변함 없이 견지돼야 한다. 그래서 한중 양국 사이에 서로를 바라보는 평등하고 대등한 인식이 확산되어 선린 우호 관계의 기풍이 조성돼야 할 것이다.

2018. 02. 08.

서해의 무법자, 중국 불법 어선 퇴치법

서해의 난폭한 무법자, 중국 어선의 불법조업이 아직도 근절되지 않고 있다. 벌써 수십 년도 더 된 일이다. 막대한 국부가 중국으로 유출될 뿐만 아니라 서해의 별미인 꽃게와 조기가 중국에 침탈당하고 있다. 이에 따라 수산물 가격이 폭등해 우리 국민 중엔 서해의 해산물을 실컷 먹어본 지 오래된 이도 많다. 경제적 피해에만 그치지 않고, 주권 국가의 국가 존엄도 훼손되고 있다. 정말 골칫거리가 아닐 수 없다. 결론부터 단도직입적으로 말하자면, 한국 정부가 너무 물러 터져서 그렇다!

중국 당국의 비호를 받거나 당국이 사전에 눈 감아 주는 게 아니라면, 중국 내에서 할 수 없는 조직적인 범법행위는 해외에서도 절대 하지 않는 게 보통의 중국인들이다. 지난 2008년 베이징올림픽이 열리기 전, 한국 정부의 달라이 라마 초청 건과 관련해 국내 중국 유학생들이 반한 시위를 조직적으로 벌인 것도 마찬가지다. 중국 당국의 지시나 지원을 받지 않고 자발적으로 했을 리 만무하다. 이 주장을 뒷받침하는 몇 가지 근거가 있지만 주제 관계상 여기선 생략한다.

서해의 우리 영해로 들어와서 조업하는 중국 어선들도 묵시적으로 중국 당국의 묵인이나 방관이 있기 때문에 가능한 것이다. 그들의 월경이나 입어를 막을 묘안은 없는가? 그들의 불법조업을 예방하거나 근절하는 방법이 없지 않다. 정공법을 소개하면 다음과 같다. 어선을 나포 및 몰수해도 불법조업이 끊이지 않을 경우엔 향후 언제부터 기관포를 쏠 것이라고 미리 중국 정부에 알린 뒤 실제로 실행하는 것이다. 예정일 이후 중국 어선이 넘어와 불법어로를 하면 바로 해경이 기관포를 쏴서 퇴치하라. 중국에서 트집을 잡아 외교 문제로 불거질 때는 나를 전권대표로 중국에 보내라. 그러면 내가 가서 속 시원하게 말끔히 해결하고 올 테니까!

중국인들은 대체로 강자에겐 약하고 약자에겐 큰소리치며 군림하려는 속성이 있다. 반면 도의와 이치에 맞는 논리를 펼치는 자에겐 약하다. 이는 내가 지금까지 중국인과 만나거나 부딪히면서 경험한 바에 따른 결론이다. 불편한 진실이지만 북한이 중국의 외압을 이겨내는 경우가 자주 있는데 그 비결도 바로 북한이 이 방법을 구사하기 때문이다. 중국인은 전반적으로 아직도 한국과 한국인을 아주 우습게 보는 오랜 관성에서 벗어나지 못하고 있다. 정치인, 국가지도자 모두 중국인이 아닌 자가 없다!

지금까지의 예를 보면, 중국 정부 고위층은 '한국은 손바닥 안에 놓고 마음대로 갖고 놀아도 자기들에게 입도 뻥긋하지 못할 것'이라고 생각하는 경향이 강하다. 1992년 8월 한중수교 체결 때부터 첫 단추를 잘못 끼웠다. 얼마 전 사드 배치 때도 그랬고, 문재인 대통령이 중국을 방문해 홀대받았을 때도 마찬가지다.

불법조업 방지를 위한 세 단계 전략

우리 정부가 중국어선의 월경 불법조업을 미연에 방지하거나 퇴치하기 위해서는 아래와 같이 세 단계를 밟으면 된다. 이때 모든 조치는 반드시 법과 원칙에 따르는 것을 기본 방침으로 삼는다.

첫째, 한국 외교부가 서울 주재 중국 대사를 불러 엄중하게 최후통첩을 내리겠다고 알린다. 앞으로 한국의 서해안에 넘어와 불법조업하는 중국 어선은 영토를 무단 침범한 범죄자로 취급할 것임을 알리고, 지금부터는 과거와 달리 그들에 대해 강력하게 단속할 것이라고 전한다. 그 시행 방법은 구체적이면서 정확하게 밝혀야 한다. 언제부터 시작할 것이며, 취할 수단과 함께 그 과정에서 일어나는 중국 어민의 각종 피해는 전적으로 중국 측 책임임을 분명히 밝힌다. 또한 중국 정부가 사전에 계도해서 재발하지 않도록 해주기를 바란다고 통보하는 것도 잊지 않는다.

둘째, 그래도 중국 어선들은 여전히 서해안으로 넘어와 불법조업을 계속할 것이다. 지금까지 그래 왔듯이 중국 정부는 단속하는 시늉만 할 것이다. 왜냐하면 그렇게 해도 한국은 어쩌지 못할 거라 생각하기 때문이다. 즉 한국을 우습게 봐도 된다는 관성이 또다시 작동하는 것이다. 그러면 한국 해양경찰과 해군이 합동작전을 펼쳐, 중국어선이 불법조업하는 현장에 출동해 중국 정부에 알린 대응 방법의 순서대로 단속한다. 예컨대 육성 경고 후 공포탄을 먼저 쏘지만 그래도 그들이 물러나지 않고 조업을 이어가거나 지금까지 보여준 것처럼 무기를 들고 위협을 가해오면 즉각 기관포를 쏴서 대응한다.

셋째, 이런 단속을 통해서 중국 어선들이 돌아가면 다행이지만 그렇지 않을 경우, 즉각 중국 어선을 나포해 한국 법률에 따라 엄중한 벌금 부과와 함께 국내 교도소에 수감시키는 신병 처리를 한다. 어선은 돌려주지 않고 몰수한다. 그렇게 해도 관련 국내외 법에 저촉되지 않고 정당하다. 국제법인 유엔해양법협약 위반도 아니고 국내 외국인어업법에도 부합한다. 이 법들에 따르면 불법조업 어선은 담보금이 납부되지 않을 경우 모두 몰수할 수 있게 돼 있다.

과거 한국인이 중국에서 범죄를 저질렀을 때 중국 공안 당국이 중국 주재 한국대사관에 그 사실을 통보한 경우는 드물었다. 또 중국 당국은 당사자의 신병이 어디에서, 어떻게 처리되고 있는지도 알리지 않았다. 하물며 그 가족들에게 전혀 알리지 않은 채 몇 년이 지나버린 경우도 있었다. 그중에는 행방불명이 되어 지금까지도 죽었는지 살았는지 모를 이들도 많다. 내가 직접 목도한 적도 있다.

적법한 절차에 따라 기관포를 쏴라! 그러면 한중관계의 장이 판이하게 달라질 것이다. 그러다가 중국과 갈등이 생기거나 중국 정부의 보복 조치를 당하게 되면 어쩌냐고? 중국은 경제적으로 우리의 최대 교역국이다. 최고치를 기록한 2020년엔 대중국 무역수지 흑자가 600억 달러에 달했다. 한국 지도자 누구든 중국의 눈치를 보게 되는 상황에서 경제를 분리해 대응하는 게 쉽지는 않을 것이라는 반론이 있을 수 있다. 동시에 중국에 이익이 걸려 있는 사람들을 중심으로 국내 비난 여론도 비등할 것이다.

그렇다! 그럴 가능성이 아주 높다. 확실히 요즘 중국 지도자들은 지난 세기 덩샤오핑(鄧小平, 1904~1997) 이전 시대의 지도자들과 달리 쫀쫀해져서 경제와 연결해 보복을 가할 것이다. 나 역시 100% 그렇다고 본다. 국가지도자의 강단과 배짱은 그래서 필요하다. 그럴 때는 또 대국의 자존심과 중공이 금과옥조로 내세우는 '마르크스 레닌주의 마오쩌둥 사상'(馬列主義毛澤東思想) 및 중국의 천적 미국을 활용하는 방법이 있다. 여기서 구체적인 노하우를 다 말할 순 없다. 우리가 상대를 그만큼 모르는 게 문제일 뿐이지 사실 그들도 구멍과 허점이 적지 않다. 또 중국이 스스로 대국이라고 거들먹거리지만, 중국 사람들은 전혀 대국적이지 않다. 이 부분에 대해서는 나중에 중국인의 사고패턴과 특성을 논할 때 소개할 기회가 있을 것이다. 중국은 근현대 대외관계나 외교사에서 허를 찔려서 낭패를 본 경우도 많다. 아무튼 나를 한번 보내 보라니까.

이미 밝혔듯이 정말로 그땐 나를 대통령이 임명하는 특명전권대사로 중국에 보내라. 서희(942~998) 장군(사실은 장군이라기보다 文士로서 외교관의 역할을 수행)의 후손답게 내가 가서 중국지도부를 세 치 혀로 납득시키는데 그치지 않고 사과를 받아내고 재발 방지까지도 약속받아 올 테니까!

어떻게 그게 가능하냐고? 나는 중국인들이 펼칠 논리 전개 및 모순과 아킬레스건을 꿰뚫고 있다. 숨통을 조이고 풀어주는 혈맥이 어딘지도 잘 알고 있다. 사후 이 일로 중국과 척지지 않게 상대의 위신도 세워주면서 다른 사안에선 서로 도울 수 있는 관계로 만들 수도 있다.

혹여 나를 중국에 협상 대표로 보낼 수 없다면 우리 정부 당국자들이 필히 명심해 두어야 할 게 있다. 중국 어선의 불법어로를 외교적 협상의 의제로 올리면 절대 안 된다는 점이다. 우리가 당연히 재발을 방지하고 주권 및 국익을 보호해야 할 것들을 외교협상의 의제로 만들면 중국은 이를 '양보'(사실 이건 양보도 아니다!)하는 대신 다른 걸 요구할 수 있기 때문이다.

절대 협상은 금물이다! 원칙을 주장하고 강조하는 것만 되풀이해야 한다. 그렇게 하다 보면 공세이전의 기회가 올 것이다. 외교란 상대가 있기 마련이어서 식민지나 종속국이 아닌 이상 독립된 주권 국가라면 자국이 하기에 따라 상대국도 변하게 돼 있다. 굴욕적인 현상 유지가 좋다면 몰라도 대등한 호혜 관계를 원한다면 한바탕 홍역을 치르지 않으면 안 된다. 자국 해역에 무단으로 넘어와 조업하고 있는 중국의 불법 어선을 강력한 대응으로 근절시킨 외국의 사례들도 참고할 필요가 있다.

문제는 해결 의지가 없을 뿐만 아니라 중국이 경제 보복을 하면 시끄러워지는 것만 생각하느라 대응 전략을 세울 엄두를 못 내는 것이다. 경제 보복에 대한 대응책을 마련해 둬야 하는 것 또한 당연하다. 한 마디로, 국가지도자가 하기 싫어하는 건 일반 공무원들도 마찬가지로 꺼려한다. 무능하고 용기 없는 지도자가 버티고 있는 한 국가지도자의 무사안일과 복지부동은 국제적인 웃음거리가 되고 국민들에게 굴욕만 안길 것이다!

2021. 4. 22.

우리에게도 세계전략의 수립 운용이 필요하다

대한민국은 지금까지 세계적 규모의 국가전략인 세계전략(world strategy)을 가져 본 적이 없다. 문재인 정부 때 잠시 '신남방정책'과 '신북방정책'이 구사된 적이 있지만 지속되지 못하고 윤석열 정부가 들어서면서 '인도-태평양 전략'으로 대체되었다. 어떤 것이든 우리가 새로운 세계전략을 수립하고 시도해야 하는 이유는 대략 세 가지로 요약할 수 있다.

첫째, 사람이 자라면서 자기 몸에 맞는 옷을 입어야 하듯이 국가도 국력에 걸맞은 국가전략이 있어야 한다. 세계 10대 경제 강국, 세계 6위의 군사 강국인 한국은 국력에 맞는 대외전략을 운영해야 한다. 세계는 무한경쟁, 협력과 대결의 이합집산의 시대다. 한반도를 둘러싼 동북아와 4강과의 관계에만 머물러선 안 된다. 기존의 위상보다 더 발전하거나 최소한 현상 유지라도 하기 위해선 지금까지의 외교와 인적 교류의 범위에서 공간적으로 영역을 더 확장시켜야 한다.

지난 8월 윤석열, 키시다, 바이든(Joe Biden, 1942~)의 의기투합으로 공조의 틀이 완성된 한미일 3국 협력체계가 나날이 강화되면서 한국은 동북아 지역에서 벗어나 세계무대에까지 나갈 수 있게 되었다. 그런데 미국이 대중국 봉쇄전략에 기존의 일본 외에 한국을 끌어들인 이상 협력의 형태는 군사적이거나 전쟁 참여일 가능성이 높다. 따라서 그것이 한반도에 미치는 영향이 부정적일 거라는 건 두말할 나위 없다. 이 때문에 새로운 국가전략적 차원의 대응이 시급히 요구되는 시점이다. 즉 기존 국제관계의 작동 방식에 질적 변화가 발생한 것에 대해 우리도 능동적으로 대응할 필요가 있다.

둘째, 강대국의 국익 우선 정책이 노골화되는 가운데 트럼프가 집권 당시 강조한 '미국 우선주의'(America first)가 바이든 행정부에서도 그대로 지속되고 있다. 미국은 경제이익을 위해 동아시아에서 군사, 외교, 안보적 상황을 수단으로 삼고 있다. 즉 경제나 미국 국익과 불가분의 관계, 표리관계에 있는 군사 외교적 관점에서 보면, 바이든은 세계적 차원에서 중국이 더 이상 세력을 확장하지 못하고 미국에 도전하지 못하게 하려는 의도를 갖고 있다. 그래서 시진핑 정권을 완전히 제압하기 위해 미일 동맹을 강화하고, 윤석열 대통령까지 대중국 견제의 대오에 서게 하려는 것이다.

이로 인해 한국의 입지가 위축되거나 손상을 입을 가능성이 상존한다. 지금까지 한국의 역대 보수 정권들이 동맹국으로서 철석같이 믿어 왔던 미국이 동맹국인 한국과의 동맹의 가치나 지속보다 자국 이익을 더 우선시한 것이다. 이는 우리에게도 동맹의 가치를 넘어서는 새로운 국익 우선 전략이 시급하다는 점을 일깨워 준다.

셋째, 중국이 세계적 차원에서 미국의 패권에 도전해 일부 국가들에 대한 중국의 이익을 인정받으려고 하고 있다. 최소한 동아시아 지역에서는 미일 안보동맹으로 대중국 배타적 지위를 누려온 미국과 일본이 그로부터 보유할 수 있었던 국익의 일부를 분점하거나 독자적인 국익을 확보하고자 하는 것이다. 중국 역시 이미 글로벌 차원의 국가전략을 마련한 상태이다. "중국의 꿈", "신형 대국관계"나 "일대일로"(One belt one road)가 그런 전략의 일부이다. 그 일환으로 중국은 동아시아 수준에서는 미일 양국에 대항하기 위해 한국을 미국의 영향권에서 벗어나게 하려 한다. 중국은 한국과 미국이 서로 거리를 두게 하거나 한국을 완전히 중국 편으로 포섭하려는 전략적 동기를 가지고 있는 것이다.

해외무역과 자원 수송에서 우리에게 생명선인 타이완해협과 남중국해의 안전 확보는 사활적 과제이고, 이를 위해선 미국과의 군사동맹 유지가 필수적이다. 트럼프와 시진핑이 각기 태평양을 사이에 두고 국가권력을 잡게 되면서부터 악화된 미중 양국관계는 두 강대국이 도덕적 책무를 버리고 국익을 최우선시하는 비정형의 전쟁, 즉 패권전쟁으로 이어졌다. 2023년 11월에 바이든은 더 이상의 관계 악화를 막자고 시진핑과 합의를 했지만 '디리스킹'(de-risking)은 변함없을 것이라고 공언한 상황이라 우리도 세계전략 측면에서 조응할 필요가 있다.

현재 동북아에서는 러시아–우크라이나 전쟁, 이스라엘–팔레스타인 전쟁이 진행되고 있고, 미국이 타이완의 지위를 격상시키려는 여러 가지 전술을 구사하는 상황에서 중국의 위기가 심화됨에 따라 중공이 무너질 가능성까지 거론되고 있다. 그렇기에 중국의 타이완 공격 가능성 또한 상존하고 있다. 일본은 이미 중국이 타이완을 공격하면 개입할 것이라고 선언한 상태이다. 한국도 한미동맹과 한미일 공조 체제의 일원이 된 이상 중국-타이완 전쟁에 연루될 가능성을 배제할 수 없다. 현재 중국은 시대 조류와 안팎의 압력에 밀려 공산주의 이념을 벗어 던지고 자유민주주의 국가로 이행해 가든가 공산주의 이념의 일당독재 권위주의 정책을 지속해서 심각한 위기에 빠질 수 있다. 여러 변수들로 인해 전자에서 연착륙이 되지 않더라도, 지난 홍콩사태와 같이 후자처럼 시진핑의 강압적인 정책이 지속된다면 두 경우 모두 세계적 차원의 불안정성과 혼란의 불가피함으로 이어질 것이다.

전통적인 전쟁 형식이 아닌 다양한 수단들이 동원되는 '초한전'(超限戰, unrestricted warfare)이 전개되고 있는 가운데 자국의 국익에 반하는 타국의 정권을 교체시키려는 움직임도 포착되고 있다. 가령 일본의 전임 수상 아베는 미국과의 동맹을 더 강화시키거나 배후에서 미국이 앞장서게 만들어 중국을 포위·견제하려고 했는데, 이를 위해 남북통일을 위한 토대를 조성하면서 일본 극우파들의 이익에 반하는 행보를 보여 온 문재인 정권을 다른 보수 정권으로 대체하려는 전략을 구사한 바 있다. 반대로 현재 중국은 한국

내 보수정권을 교체시키려는 동기를 간취하고 있다.

이처럼 한반도를 둘러싼 안보 환경의 변화를 개략적으로만 짚어 봐도 한국의 국가 대응전략이 과거의 것에 머물러 있으므로 기존의 국익 수호 방식만을 고수해선 안 된다는 사실을 알 수 있다. 한국은 기존에 한 번도 생각해 보지 못했거나 생각은 했어도 실제로 시도하지 못한 세계전략을 세워서 구체적이고 당당하게 추구할 필요가 있다. 일본은 지난 2세기에 걸쳐 한때 세계를 대상으로 세계전략을 추구한 바 있다. 세계 차원의 국가전략을 통해 무형의 보이지 않는 경험, 노하우를 얻은 일본은 패전으로 황폐화된 뒤에도 단기간에 경제성장을 이뤄 또다시 세계적 반열의 강대국으로 올라섰다. 우리는 이 사실을 유념할 필요가 있다.

세 차원의 국가전략 수립 필요

한반도를 둘러싼 이러한 안보 환경의 변화에 즉응해 우리는 보수 정부든 진보 정부든 간에 세계적 수준, 동아시아적 수준, 한반도적 수준이라는 세 차원의 국가전략을 짜야 한다. 사실, 2000년대 들어 중국이 일약 G2 국가가 되면서 미국이 중국공산당을 완전히 제어하려고 해 안보 환경의 축이 바뀌던 시점부터 세계전략을 마련했어야 했는데 10여 년 이상 늦은 감이 있다. 지금부터라도 긴장감과 절박감을 갖고 기존 국가전략을 재점검하는 한편 안보 환경에 대응해 치밀성, 도덕성, 합리성을 제고한다면 만회할 수 있다.

세계적, 동아시아적, 한반도적 세 수준의 국가전략을 관통할 목적, 이념 등의 핵심은 자국 안보와 국익 확대에 힘쓰는 한편, 세계의 보편가치를 따라 범지구적, 인류적 문제 해결에 공헌하고 세계평화와 국제질서를 선도하는 리더 국가가 되는 것에 둬야 한다. '정의', '도덕', '공정성', '지구 환경 및 생태계 회복', '지구 온난화 및 기후문제', '지구 자원 고갈에 대한 대안 마련', '빈부격차의 해소' 등 원론적이고 범지구적, 범인류적 차원의 과제에 집중해야 하는 것이다. 미국이 20세기 초 많아야 200여 년밖에 되지 않은 짧은 기간에 세계무대에서 최강국이 된 것은 모순적이었으며 양면적이긴 했지만, 도덕과 정의를 명분으로 내세웠던 것도 한 요인이 됐다. 즉, 미국의 역대 정권은 국익을 도덕과 정의로 포장하고서 세계 경찰국가라는 명분을 내세워 왔다. 이는 지난 세기 일본이 서세동점(西勢東漸)의 시대에 이은 제국주의 시대라는 시대적 조류에 편승해 세계전략의 방향성을 침략으로 잘못 잡아 완전히 패망한 사실과 대비된다.

트럼프가 집권한 후 미국은 도덕과 정의의 실현이라는 명분을 완전히 팽개쳤지만, 이제 우리가 정의와 도덕을 내세우고 실천하면 세계적 수준에서나, 동아시아적 수준에서나, 한반도 수준에서나 어디에서든 명분을 선점하고 신뢰를 득할 수 있다. 트럼프 이전의 역대 미국 정부가 그래왔듯이 사안마다 옳고 그름을 내세우는 정의와 도덕에 입각해서 실제로 정의 및 도덕과 국익이 일치하는 방향으로 국가 운영과 대외적 대응을 해나가면 명분상 아무도 비난하거나 흔들 수 없기 때문이다.

세 차원의 전략은 뛰어난 한 사람의 전략가나 소수 몇몇 학자들의 머리에서만 나오게 할 게 아니라 여러 분야의 전문가들로 그룹을 짜서 깊이 있는 연구와 검증, 피드백을 거쳐 완성해야 할 것이다. 내가 2000년대 초반부터 생각해 온 '한반도 4강 전략문제연구소'(가칭)를 국가 차원의 대통령 직속 연구기관으로 설립해서 집단 지혜로 세계전략을 짜는 것도 한 방안이다. 이와 관련해서 나의 견해는 대략 아래와 같다.

소련 붕괴 후 미국이 선점하고 있던 초강국의 지위가 퇴색되고 세계가 '1강 다극화' 구조로 재편되면서 신냉전(New cold war) 중 중동에서 오랜 적대국 사이에 국교가 수립되는 등 차가운 평화(cold peace)가 오고 있다. 그 가운데 미국이 세계 문제에서 자국의 국익을 우선하는 쪽으로 전환하면서 세계 각국도 자국의 국익을 최우선시하고 있다. 이 경향과 움직임에 대응하기 위해 우리도 실리외교와 함께 동북아를 넘어 경제 영토와 문화 영토를 배가시킬 목적으로 지경적, 지정적 관점에 입각한 세계전략을 세워 유라시아 대륙과 태평양을 잇는 쌍방향 허브 국가, 환태평양 중심 국가가 되는 방향으로 나아가야 한다.

외교와 군사 면에서 중소국에서 소강국으로 나아가기 위해 국가 역량을 극대화하고 집중시켜야 한다. 국민들, 특히 정치인들은 내부적으로 정쟁이 있어도 절대 더 이상 외세를 불러들여선 안 된다는 걸 철칙으로 알고 행동해야 한다. 중장기적으로는 전작권 회수에다 주한 미군도 철수하도록 군사력을 증강시켜야 자주국방과 더불어 명실상부한 자주독립 국가가 완성된다. 군비 확장에 대해서 반대하고 알레르기 반응을 보이는 사람들은 현재 군비증강 경쟁을 벌이고 있는 일본과 중국에 대응해야 할 필요성을 인식해야 한다.

'2원-2망 세계전략'의 비전과 한반도 주변 4강 노선

국토가 큰 대국이든, 국가경쟁력이 높은 강국이든, 그 반대의 소국이나 약국이든 모두 대동한 호혜평등의 관계를 형성하고 유지해야 한다. 먼저 지구적 차원에서 한국을 중심으로 2개의 큰 원이 중첩되는 형태의 정치, 외교, 안보, 경제 및 무역, 문화상의 국제 협의체에다 '형제국 결맹'과 '한국전쟁 혈맹'이라는 2개의 망을 유기적으로 연계시키는 네트워크를 조직해서 운용할 필요가 있다. 이것은 부국강병을 이루고 한국의 경제 영토, 문화 영토를 확장시킬 수 있는 세계전략의 구현 방안이다.

첫째 원은 한국, 중국, 일본 3국을 상호 견인하여 발전시키고자 하는 동북아 역사공동체의 결속이 주는 원이다. 이 원은 과거사 문제, 영토 문제의 극복과 더불어 상호 간 대등한 국가라는 인식의 정착이 전제돼야 가능해지는 것이기도 하다.

둘째 원은 일본, 타이완, 호주, 뉴질랜드, 멕시코, 미국, 캐나다, 멕시코, 콜롬비아, 칠레와 페루 등등의 국가들을 엮어서 태평양 연안 국가들 간 국가 단위의 민주주의 가치, 안보, 경제협의체로서 '환태평양경제문화산업공동체'를 결성하는 것이다.

상기 두 개의 원 외에 2개의 망은 대륙과 해양을 연계시킬 서진 정책의 교두보로 기능할 유라시아 대륙 국가들 간의 연맹체로서, 몽골, 알타이, 튀르키예, 인도, 헝가리, 폴란드로 결성될 '형제국망', 그리고 한국전쟁 시기 우리에게 군대를 보내 지원해 준 16개국의 연맹체인 '혈맹국망'이다.

한중일의 동북아 역사공동체의 원, 환태평양경제문화산업공동체의 원 등 두 원과 형제국망과 혈맹망을 합쳐서 '2원-2망 세계전략'이라 명명해도 좋다. 2원-2망 국가들 중에 몽골, 튀르키예, 헝가리, 폴란드, 인도, 남아프리카공화국, 멕시코, 칠레와 페루는 우리의 세계전략 추진에 필수적인 거점 국가로 만들어야 한다. 한국은 이 '2원-2망'의 중심이 돼 아세안국가, 태평양, 남미, 중동, 인도양, 아프리카로 한국의 경제 영토, 문화 전파 확장, 인적 교류의 장을 확대시키기 위한 세계전략을 실행에 옮겨서 국가안전을 도모하면서 역내 외교, 경제교류와 문화교류를 통해 다양한 영향력을 높여야 한다.

다음으로 한국 주변의 4강에 대한 관계는 어떠해야 바람직할까? 4강은 아무리 서로가 싫어도 떠날 수 없는 숙명적 관계에 놓여 있다. 만고불변은 아니지만 향후 공산국가가 무너지는 것과 같은 급격한 변화가 없는 한 한국은 4강에 대해 각기 親美, 等中, 連日, 協러가 필요하다. 이에 대해 구체적으로 논하면 아래와 같다.

미국과는 한미동맹을 유지해서 북핵과 대중국 정책을 공조하는 것이 우선적이다. 친미라 해서 늘 미국에 비위를 맞추고 간과 쓸개를 다 빼주는 얼빠진 대응을 하라는 건 아니다. 지금까지 '安美經美'(안보는 미국, 경제도 미국), '安美經中'(안보는 미국, 경제는 중국)으로 전이되는 동안 미국의 덕을 많이 본 것은 잊지 말아야 하지만, 미국 역시 우리에게서 많은 이득을 챙겨 갔다는 사실도 잊지 말아야 한다. 그래서 미국에 대해서도 우리의 국익과 상충될 경우엔 할 말을 하는 외교적 대응을 해야 한다.

중국에 대해선 단기, 중기, 장기적 목표와 전략 그리고 그에 부합하는 대응이 있어야 한다. 단기적으로는 지금까지 한중관계를 수정, 교정하는 데 노력해서 等中관계를 만들어내는 것이 있다. '等中'이란 중국과의 대등한 관계를 말한다. 지금까지 우리를 속국으로 봐온 중국의 오만을 걷어내도록 해야 한다. 그럼으로써 수천 년 동안 중국에게 중국 변방의 오랑캐 가운데 하나로 인식되어 온 것에서 우리 스스로 벗어날 필요가 있다. 인도 다람살라의 티베트 망명정부와 종교문화 교류도 중국의 눈치를 보지 않고 행할 수 있을 정도로 한중 양국이 서로 자유로워져야 한다. 그것의 첫걸음이 바로 우리 스스로 세계전략을 세워 실행하는 것이다. 중장기적으로는 중국 내 유사시에 대비하는 국가전략을 세우고 대비해야 하지만 구체적인 목표와 실행 방안에 대해선 여기서 자세하게 논할 계제가 아니기에 생략한다.

일본에 대해서도 단기, 중기, 장기 전략과 대책이 있어야 한다. 단기적으로는 북핵 위협에 대항하기 위해 일본과 연계해서 공동 대처하는 것이 있다. 중국의 공세적 확장이 더 진전될 중기에는 일본과 협력할 필요가 없지 않지만 장기적으로는 일본의 재부상과 해외 팽창에도 대비해야 한다. 지금 한일 두 나라는 그 어느 때보다 밀착되고 협력하는 관계에 있지만 그러면서도 과거사 문제는 전혀 진전되지 않고 있고, 오히려 독도 영유권 주장을 더 한층 노골화하고 있듯이 향후 일본은 자국 내 각종 문제들을 해결할 실마리를 바깥에서 찾기 위해 반드시 대외적으로 세력을 확장하고 공세적으로 나갈 것이기 때문이다.

러시아는 민간 기구를 통해 한국 측에 연해주(프리모르스키 주) 영토의 일부를 제공할 테니 한국이 자본과 인구를 투입해서 새로운 도시를 개발해 줄 것을 요청해 왔다. 게다가 향후에도 천연가스, 산림자원 등을 공급받을 수 있기 때문에 러시아와 협력해야 할 이유가 적지 않다. 그러나 현재 북한과 러시아의 군사협력 관계가 강화되고 있어 당분간은 이 구상을 실현시키기는 쉽지 않아 보여 여기선 논의를 생략한다.

외치와 내치는 상호 연동된 경우가 대부분이다. 국태민안의 지속성과 안정감 있는 내치는 외치에서 힘의 결집과 국민과 국가지도자의 근거 있는 자신감으로 나타난다. 내치가 바르지 않은 외치는 힘을 받을 수 없고, 세계전략의 구사는 내치에도 상당한 파급력을 미칠 것이다. 시대와 한국의 위상이 많이 달라졌다. 이제 우리도 세계를 대상으로 한 세계전략이라는 마인드로 대외 문제에 접근하고 사고해야 한다.

미·중관계의 변화와 대한민국의 생존전략

— 동북아와 환태평양, 형제국과 혈맹국 연계하는 '2원-2망 경제문화 공동체'

지금 우리는 왜 미국-중국 관계의 변화와 행보를 주시해야 하는가? 미·중 패권 경쟁 관계는 세계적 차원에서 변화와 긴장과 갈등을 불러일으키고 있으며, 그 영향이 동북아 역내와 한반도와 대한민국에도 파급되고 있기 때문이다. 그렇다면 한국이 두 강대국의 전쟁에 개입하거나 연루될 가능성을 배제할 수 없다. 미·중관계는 한국이 영향을 미칠 수 있는 종속변수가 아니라 우리가 크게 영향을 받을 수밖에 없는 독립변수로 작용하고 있다.

임진왜란, 병자호란을 거쳐 결국 일제 식민지가 된 근본 이유는 하나다. 16세기 동아시아 세력 전이 시기와 19세기 국제정세의 변화에 능동적으로 대응하지 못했기 때문이다. 이 같은 역사의 교훈을 잊지 말아야 한다.

1844년 '중미망하조약'(中美望厦條約)의 체결로 미·중관계가 시작된 이래 미국과 중국은 지금까지 약 180년 동안 대립, 갈등, 협력 속에서 서로 자국의 이익을 위해 상대국을 이용해 왔다. 특히 미국은 동아시아 정책에서 중국과 일본 중 자국의 국익을 위협할 만한 국가를 견제하기 위해 다른 한 국가를 지지하다가 그 반대의 상황이 되면 다른 국가를 지지하고 나머지 한 국가를 견제하는 정책을 취해 왔다. 그리고 지금 미국은 일본을 지원해서 중국을 견제함으로써 자국의 군사·외교·경제적 이익을 유지·보호하거나 극대화하려는 정책을 펴고 있다.

1979년 미·중 수교 이후 미국은 중국을 지원해 주면 중국이 사회주의 체제에서 자유민주주의 체제로 전환되리라 판단했지만 그것은 거대한 착각이었다. 미국은 그만큼 공산 중국을 몰랐던 것이다. 중국은 바뀌지 않았고 여전히 사회주의 국가로 남아 오히려 미국에 도전하고 있다. 이제 오바마 대통령부터 트럼프, 바이든을 거치면서 기존 대중국 협력 정책에서 벗어나 중국을 견제, 봉쇄, 압박하고 심지어 중국공산당을 붕괴시켜야 한다고 공언하는 단계에 와 있다. 그간 '넘버 2' 국가를 압박해 온 것이 미국 역사의 한 축이다. 미국의 과거 역사에서 보듯이 미국의 대중국 정책의 기본 틀은 세계적 차원에서 변화와 긴장, 갈등을 불러일으키고 있을 뿐만 아니라 향후 아시아 지역에서 다양한 형태의 국지전으로 나타날 수도 있다.

현재 진행되고 있는 러시아-우크라이나 전쟁과 이스라엘-하마스 전쟁도 근원적으로는 미·중 관계의 변화에서 기인한다. 아시아에서 중국의 팽창에 대응하기 위해 미국이 유럽과 중동의 군사력을 아시아로 이동시킴에 따라 힘의 공백이 생겼기 때문이다. 이른바 '아시아 재균형'(Rebalancing to Asia) 정책이다.

지난 11월 15일 개최된 APEC 회의에서 바이든 대통령과 시진핑 주석은 미중 두 나라 간에 더 이상 충돌이 없도록 하자고 의견을 모았고, 미국의 대중국 정책도 'decoupling'(중국을 세계 체제에서 단절)에서 'de-risking'(위험 요소 경감)으로 한발 물러섰다. 실제로 미국인들은 일상생활에서 중국의 저가 상품 없이는 살아갈 수 없고, 중국 역시 미국의 각종 산업기술과 시장을 제공받지 못하면 제품 생산이 불가능해지는 만큼 상호 경쟁적 공존(competitive coexistence) 관계에 있다.

하지만 트럼프 행정부 이래 미국 행정부에서 중국공산당을 붕괴시켜 공산 중국을 새로운 민주주의국가로 탈바꿈시켜야 한다는 의지가 표명되고 있는 이상, 향후 양국의 견제와 교류, 충돌과 협력이 지그재그 형태로 지속될 전망이다. 사실상 현재 강대국들의 세력 경쟁은 경제 무역전, 과학기술전, 우주전, 정보전, 첩보전 등 이른바 '초한전'의 형태가 전개되고 있다. 그 가운데 미·중 간에 국지적이든, 전면전이든 군사적 충돌이 일어날 가능성이 있는 곳으로는 타이완, 남중국해, 동중국해, 한반도가 거론된다. 이 지역은 무역 및 자원 수송로, 즉 한국 경제의 사활이 걸려 있는 생명선이다.

미·중관계 악화는 한국 경제에도 악영향

미국은 기술혁신과 신성장동력 산업의 발전을 통해 중국에 대한 우위를 확고히 구축하려는 전략을 갖고 있다. 중국이 거대한 자국 시장을 기반으로 희토류 등 자원을 무기화(세계 생산량의 70% 생산)한다면 미국은 반도체, 인공지능, 이차 전지, 석유, 가스, 석탄 등 에너지 자원을 무기화할 것으로 전망된다. 트럼프가 다시 미 대통령으로 당선된다면 중국에 대한 압박이 거세질 것이다. 벌써부터 미·중관계의 악화로 인해 양국의 경제성장이 주춤하고 있다. 앞으로 미국이 계속 중국을 견제, 봉쇄, 압박하면 중국 경제는 엄청난 충격을 받을 것이다. 최근 IMF가 발표한 한 논문에 따르면, 이 경우 중국 경제는 10년에 걸쳐 −8%나 역성장하게 된다. 최근 6%대 성장에서 3%대의 저성장 국면에 들어간 중국 경제가 −8%나 역성장을 하게 되면 경제 전체에 거의 파국적 충격이 있을 것이다. 중국 정부는 금년 상반기 경제성장률이 5.5%라고 발표했지만 이 수치를 액면 그대로 믿을 수 있을지 의심스럽다. 같은 시기 중국 광동성에서 경제성장률이 가장 높았던 동관(東莞)시의 경제성장률이 1.5%에 불과했다는 사실은 시사하는 바가 크다.

중국의 산업 및 시장이 위축됨에 따라 한국의 대중국 수출량이 대폭 감소되고 있다. 1%대의 성장률에 머물러 있는 한국 경제 역시 미·중 관계의 영향을 받아 중국과의 교역량이 대폭 떨어지고 있다. 한국 기업인들은 이미 '미·중 무역분쟁 장기화'를 '중국 내 소비침체'와 '산업생산 부진'과 함께 가장 우려하는 요인으로 인식하고 있다. (출처 : 대한상공회의소, 「최근 중국경제 동향과 우리 기업의 영향 조사」, 2023년 8월 31일) 경제불황에 따른 기업의 매출 저하와 이익 감소, 투자와 임금 삭감, 가계의 임금소득과 자산소득 감소에 따른 소비 지출 감소, 소비불황, 정부의 세수 감소와 함께 전체 경제가 구조적인 악순환에 빠져든 일본처럼 우리도 장기간 저성장의 늪에 빠질 가능성이 커지고 있다.

이러한 국내외 정세 속에서 한국이 살아날 길은 국내적으로는 저성장 모면, 청년실업 해소, 인구 증가 주력, AI로 대체 불가능한 창의적 인재 양성, 법과 제도 개혁, 부정부패 일소, 교육 개혁, 과학기술 진흥 등 국가 생존 발전의 기본 역량을 강화하는 것이다. 그리고 대외적으로는 경제 영토, 문화 영토를 동시에 확장하는 것이 우리의 살 길이다. 즉, 내치와 외치의 정합성을 제고시켜 국력을 증강시키는 일뿐이다. 내치가 안정화될 때 외치가 강력해지는 건 상식이다. 내치에 관해서는 본서 에필로그에서 언급한 게 많다. 여기에서는 주로 외치만 논하겠다.

한국은 미·중관계의 상황 전개와 국제정세에 대해 예의 주시해야 한다. 대외 국가들과 적대적이지 않은 관계를 유지하면서 위험 요인을 줄여 나가는 전략으로 미·중관계의 변화를 활용하면서 외치를 강화해야 한다. 한반도를 둘러싼 안보 환경의 변화에 유연하게 대처하면서 보수 정부든 진보 정부든 간에 세 차원, 즉 '세계 수준, 동아시아 수준, 한반도 수준'에서 국가전략을 수립해야 한다. 범국가적 정치 리더십을 가진 각 분야 전문가들이 참여하는 국가전략 수립 기구를 만들어야 한다. 이를 통해 기존 국가전략을 재점검하고 급변하는 안보 및 경제 환경에 대응하는 치밀성, 도덕성, 합리성을 제고해야 한다.

지금 세계는 힘의 축이 재편되면서 세계적 수준과 지역 수준의 패권전쟁이 상호 중첩되고 있다. 과학기술이 '최고의 무기'로 등장했고, 문화 영역의 소프트파워 또한 강력한 무기로 활용되고 있다. 동시에 인간의 인간다움을 담보하는 가치, 즉 도덕성, 공감과 연대, 우애와 환대 같은 공동체적 가치와 능력은 빠른 속도로 사라지고 있다. 이 같은 상황이 우리에겐 큰 기회가 될 수 있다. 우리에게는 '홍익인간, 재세이화'(弘益人間, 在世理化)라는 남다른 인류의 보편가치가 있기 때문이다. 우리 안에 갇혀 있던 건국이념을 현재화, 세계화하여 인류의 미래 비전으로 만들어내야 한다. '홍익인간'의 근본정신으로 기후 환경과 에너지 고갈 문제에서부터 양극화와 불평등 문제에 이르기까지 지구적 난제를 해결하는 데 선도적으로 기여해야 한다.

우리가 정의, 평등, 상생과 같은 보편가치를 내세우고 실천하면 세계 수준에서나, 동아시아 수준에서나, 한반도 수준 어디에서든 명분을 선점할 수 있다. 트럼프 이전의 역대 미국 행정부가 그랬듯이 사안마다 정의와 도덕이 국익과 일치하는 방향으로 국가를 운영한다면 그 누구도 비난할 수 없게 되어 있다. 국토가 큰 대국이든, 국가경쟁력이 높은 강국이든, 소국이나 약국이든 모두 대등한 호혜평등 관계를 형성, 유지해야 한다.

내가 누누이 강조하는 바이지만, 안보 차원에서 향후 공산국가가 무너지는 따위의 급격한 변화가 없는 한 한국은 주변 4강에 대해 각기 친미(親美), 등중(等中), 연일(連日), 협러(協러) 노선을 취할 필요가 있다. 이에 대한 구체적인 내용은 앞의 글 「우리에게도 세계전략의 수립 운용이 필요하다」를 참조하기 바란다.

'2원 2망 세계전략'은 구현 가능한가?

안보 공고화 이외에 이상적 국가 가치의 실현, 목적 및 목표를 구현시킬 방안으로서 한국을 중심으로 2개의 큰 원을 중첩시키고, 여기에 '형제국 결맹'과 '한국전쟁 혈맹'이라는 2개의 망을 유기적으로 연계시킬 필요가 있다. 이를 통해 정치, 외교, 안보, 경제 및 무역, 문화 등의 국제협의체를 창설하여 운용해야 한다. 이것이야말로 한국의 경제 영토, 문화 영토를 확장시키는 국가전략의 구현 방안이다. 「우리에게도 세계전략의 수립이 필요하다」에서 제시한 바 있는 이른바 '2원 2망 세계 전략'인데, 여기에서 좀 더 구체적으로 소개하겠다.

첫째 원은 한국, 중국, 일본 3국 간 상호 발전을 견인시킬 동북아 역사공동체의 원이다. 이 원은 북핵 위협, 과거사 문제, 영토 문제의 극복 그리고 상호 대등한 대상이라는 인식의 정착이 전제돼야 가능해지는 것이어서 현 상태를 잘 관리하면서 장기적으로 현실화시켜나갈 수밖에 없다는 한계가 있다. 그러나 중국과 일본은 앞으로도 아시아에서의 맹주 지위를 놓고 갈등과 충돌, 화해와 협력하는 관계를 반복할 것이기 때문에 한국이 중간에서 한중일 3국의 갈등 요인을 제거하고 공동으로 발전하는 방향으로 유도하는 역할을 맡아야 한다. 나아가 궁극적으로 동북아는 3국을 비롯한 다자간 협력의 집단안보체제로 발전시켜 나가야 한다.

둘째 원은 환태평양 연안 국가들(한국, 타이완, 필리핀, 베트남, 인도네시아, 싱가포르, 말레이시아, 브루나이, 파푸아뉴기니, 호주, 뉴질랜드, 칠레, 페루, 에콰도르, 콜롬비아, 멕시코, 미국, 캐나다, 러시아, 일본)로 국가 단위의 민주주의 이념과 가치, 안보, 경제 협의체로서 '환태평양경제문화산업공동체'를 결성하는 것이다.

두 개의 원 외에 2개의 망은 '형제국망'과 '혈맹국망'이다. 전자는 해양과 대륙을 연계시킬 서진(西進) 정책의 교두보로 기능할 유라시아대륙 국가들(한국, 몽골, 알타이, 튀르키예, 헝가리, 폴란드, 인도)의 연맹체를 말한다. 이 관계는 영국이 주도하고 있는 50여개 구 영연방 국가들로 이뤄진 연맹체의 운용을 참고할 필요가 있겠다. 후자는 한국전쟁에 군대를 보내 우리를 도와준 16개국(미국, 캐나다, 콜롬비아, 영국, 프랑스, 룩셈부르크, 네덜란드, 벨기에, 튀르키예, 그리스, 에티오피아, 남아프리카공화국, 호주, 뉴질랜드, 태국, 필리핀)으로 결성하는 연합체다. 향후 의료와 전쟁 구호물자를 보내준 나라들을 포함시켜 망을 확대할 수도 있다.

선행 논의에서 언급한 바 있듯이 한중일의 동북아 역사공동체, 환태평양경제문화산업공동체의 두 원과 형제국망과 혈맹국망 두 망을 합한 것이 '2원 2망 세계전략'이다. 이 중 '2망'은 패도국의 팽창을 제지하기 위한 대항

세력의 연계이자 우리의 대중국 및 대일본 전략의 중기 목표를 이루기 위한 것이다. 이를 위해선 특히 사우디아라비아, 인도, 싱가포르, 인도네시아, 말레이시아, 필리핀, 베트남, 타이완과의 관계를 강화할 필요가 있다. 총 인구 6000만 명이 넘고 중국이 오랫동안 공을 들여서 친중적 성향이 강한 중앙아시아 5개국(카자흐스탄, 키르기스탄, 타지키스탄, 우즈베키스탄, 투르크메니스탄)에 대해선 몽골과 그 서쪽의 알타이국과 협력의 장을 넓힌 뒤 진출해야 한다. 그리고 튀르키예를 거쳐 중동과 아프리카 북부로 진출하는 동시에 지중해를 통해 남유럽으로 진출하고, 인도로 남하해서 인도양과 아프리카 동부로 진출할 수 있는 교두보를 구축해야 한다.

환태평양경제문화산업공동체의 총 인구 14억 4000만 명, 형제국 결맹 인구 16억 4700만 명과 16개 혈맹국 인구 8억 6000만 명을 합하면 총 39억 5000만이 된다. 여기에서 중복되는 국가들의 인구 5억 5000만 명을 감하면 대략 34억 명이 되는데 이는 전세계 총인구 78억의 절반이 되는 인구다. 이 두 망에다 해외 거주 한인들을 적극 연계시켜서 미·중관계의 변화에 대응할 국제적인 '시장, 무역, 자원 협력과 문화, 인적 교류'가 상호 호혜평등의 'win-win'으로 귀결되도록 하는 체제 수립이 필요하다.

형제국망은 역사적 상상력의 발로다. 때로 역사적 상상력이 거대한 역사의 흐름을 바꾸기도 한다. 물론 실현하기가 쉽지 않겠지만 가능성은 분명히 존재한다. 몽골, 알타이, 튀르키예, 인도, 헝가리, 폴란드는 한국과 제각기 언어, 민족, 역사 기억 혹은 역사의 공통성을 공유하고 있다. 이것을 명분으로 '역사, 언어, 민족 기억 공동체 연맹'을 만드는 것이다. 먼저 학술, 문화, 스포츠 등의 비정치적인 분야부터 교류를 시작하고 점차 경제, 통상, 행정 문제로 격상시켜가면서 상대국과 상호 'win-win'할 수 있다는 비전을 제시할 필요가 있다. 러시아와 중국이라는 강대국의 틈바구니에서 해양으로 나오고 싶어 하는 몽골이 한국과 관계를 강화하고자 하듯이 여타 국가들과도 다양한 결맹의 끈을 찾을 수 있다. 형제국에게는 상대국 국민의 한국 내 이

주 노동의 우선권 부여, 유학생 우대, 관세율 우대 등과 같은 혜택을 주는 것도 한 방법이다. 혈맹국과도 유사한 관계를 모색할 필요가 있다. 혈맹국과의 연대 강화는 우리가 은혜를 잊지 않는 국가라는 사실을 국제적으로 알려 국가 이미지를 제고하는 효과로 이어질 수 있다.

한국은 2원-2망의 중심에 서서 아세안국가, 태평양, 남미, 중동, 인도양, 아프리카로 우리의 경제 영토, 문화 전파, 인적 교류의 장을 확대시켜야 한다. 2원-2망 국가 구성원들 중 특히 몽골, 튀르키예, 헝가리, 폴란드, 인도, 남아프리카공화국, 멕시코, 칠레와 페루는 우리의 세계전략 추진에 필수적인 해외 교두보가 될 수 있는 거점 국가로 만들어야 한다. 튀르키예는 중국 내 신장(新疆) 회교도들을 민족 독립, 종교 면에서 지원하는 강력한 배후의 후견국이라는 사실을 참고해야 한다. 거점 국가는 군사력을 주둔 혹은 유사시 투사시킬 수 있는 군사동맹을 체결할 수 있으면 좋겠지만, 주둔국 행정문제(Status of Forces Agreement, 'SOFA'로 약칭)와 자체 병참문제의 해결이 어려워 해외 군사기지 건설이 불가능하다. 그래서 군사동맹이 아닌 경제동맹이나 문화동맹을 맺는 게 좋다.

한국은 몽골을 통해 서쪽의 알타이, 중앙아시아 5국과 협력의 장을 넓히면서 튀르키예로 나아가고, 튀르키예를 통해서는 흑해, 지중해 연안 남유럽과 북아프리카 국가들로, 인도를 통해선 중동, 아프리카 서안, 인도양 연안 47개의 국가들로, 헝가리와 폴란드를 통해서는 북유럽 국가들로, 멕시코, 페루와 칠레를 통해서는 중남미로 나아갈 수 있다. '2원-2망 세계전략'을 통해 한국의 경제적, 문화적 영향력이 지구 차원으로 확장되는 것이다.

한국은 '2원-2망'을 통해 역내 중핵 국가로 성장함으로써, 다극 체제로 재편되는 세계 질서 속에서 새로운 하나의 극이 되어야 한다. 우리가 극이 돼야 할 이유는 우리 역사에서 쉽게 찾을 수 있다. 고구려가 동북아에서 가장 강성한 국가로 존재했을 때는 주변 국가들이 함부로 대하지 못했다. 고려는 26년간 거란의 침략에 맞서 끝내 거란을 패퇴시킴으로써 거란과 여진은 물론 당시 중국의 패자였던 송나라도 고려를 만만히 보지 못하도록 했으며, 고려, 송, 거란 3국의 대등한 관계를 정립한 바 있다. 이처럼 세계사는 국가 간 힘의 균형이 무너지면 무너진 국가가 강한 국가에게 복속되는 역사를 되풀이해왔다. 더 거슬러 올라가 우리에겐 한민족을 넘어 인류를 위한 원대한 건국이념이 있었다는 사실을 잊지 말자. '2원-2망 세계전략'의 뿌리이자 열매가 바로 '홍익인간, 재세이화'이다.

에필로그

더 나은 내일, 우리에게 달려 있다

본문에서 나는 내가 살아온 과정 중 극히 일부를 소개했다. 평소 가지고 있던 나의 문제의식이나 희망 사항들도 밝혔다. 그건 나의 꿈이기도 하다. 각 희망 사항이나 꿈에 관해선 더 자세하게 논할 필요가 있었지만 큰 틀 위주로 이야기할 수밖에 없었다. 어쨌든 그것이 내가 말하고자 하는 각론이라면, 여기에선 그것들을 종합해서 국가적, 사회적 과제로 제시하는 총론으로 나의 이야기를 마무리하고자 한다. 다만 구체적인 목표 달성이나 접근 방법까지를 이야기하기에는 주어진 공간이 제한적이어서 당위론적인 필요성만 제시하겠다.

인류 문명의 발달단계에서 지금 우리는 제4차 산업혁명 시대에 진입해 있으며, 이 시대에 대한민국은 추락하거나 재도약하는 중요한 기로에 서 있다. 국가 지도층, 정치인과 국민이 모두 공전의 위기 상황임을 깊이 인식해야 한다. 국민 개개인이 지역과 정파적 진영논리에서 벗어나 독자적으로 생각할 수 있는 능력을 회복하고, 정치인과 고위 공직자들이 양심에 토대를 둔 수치심과 염치(즉 윤리 및 도덕의식)를 회복하면 도약의 기회를 붙잡을 수 있다. 그러나 여전히 거짓말을 밥 먹듯 하고, 패거리 짓고, 타인에게 책임을 전가하거나 충분히 가졌음에도 탐욕을 버리지 못한다면 구태의 패러다임에서 헤어나지 못하고 급전직하할 것이다.

도약의 기회가 될 수 있는 이유는 이렇다. 지금 대한민국은 하드 파워와 소프트 파워의 결합으로 1인당 국민소득 3만 달러, 인구 5,000만 명 이상에 해당하는 '3050클럽'의 세계 7번째 회원국이며, IT강국에다 경제규모 세계 10위권, 군사력 세계 6위에 오를 정도로 국력이 강하다. 또한 문화력(K팝, K드라마, K푸드 등의 한류)이 융성하고 있기 때문에 정파적 이해관계를 넘어 정치 시스템과 교육 시스템을 새 시대에 부합하도록 바꾸기만 하면 또 한번 국운이 상승할 수 있을 것이다.

국운 상승이냐? 급전직하의 패망이냐?

그러나 국운 상승의 기회를 잡는다 해도 향후 대한민국이 이 지구상에 끝까지 살아남느냐, 그리고 좀 더 나은 국가, 사람 살 만한 나라가 되느냐라는 것은 다섯 가지를 이룰 수 있는가에 달려 있다. 즉 ▲출산율을 증가시켜 현 인구 수를 유지하고 교육 개혁을 통해 21세기형 인재를 양성하기, ▲지속 가능한 경제성장 및 경제 영토와 문화 영토 확장, ▲과학기술이 국가와 세계의 운명을 결정하는 기정학(技政學) 시대에 첨단 과학기술(반도체와 디스플레이, 2차전지, 인공지능, 우주개발 같은 초격차 분야의 차세대 기술 등)의 지속적 투자(신재생에너지 시대에 맞는 산업의 다각화와 친환경 사업)와 창안, ▲죽어버린 윤리 및 도덕의식에 토대를 둔 정의와 공정성, 상식과 합리성의 제고 내지 착근 여부인데 정치 개혁, 부정부패 척결과 정의와 공정을 실현시킬 수 없으면 중남미 국가 꼴이 되지 않는다는 보장이 없다. ▲즉각 착수해야 할 과제는 '경기동부연합' 출신의 자칭 혁명가들이 배후에서 주도한 것으로 알려진 대장동 개발 사업의 수익금 8,000억 원의 행방을 밝혀내는 일이다. 이 천문학적 돈은 여야 양당 국회의원들에도, 판검사, 언론인 등등 사회의 유력한 자들에게도 모두 가 있을 것이라는 합리적 의심이 든다.

만약 이 돈이 부정선거의 자금으로 활용되어 북한이나 어떤 다른 나라의 배후 협력을 받고 내년 4월 제22대 국회의원 총선에서 모 당이 장담하는 것처럼 야당이 200석을 장악한다면 그날부로 대한민국은 끝장이다. 공산주의자가 대통령이 되고, 사회주의국가이자 강대국의 속국으로 가는 것은 불 보듯이 뻔한 일이기 때문이다. 그냥 하는 소리가 아니다. 내가 지금까지 간접적으로 경험한 것에 따른 합리적인 추론이다.

한국은 지금보다 하드 파워와 소프트 파워의 상생적 결합도가 더 높아져야 한다. 그것을 실현시킬 이념이나 가치 등 정신적 측면에선 '홍익인간 재세이화'(弘益人間, 在世理化)가 나라를 재건하는 목적과 운영원리가 되어야 한다. 이는 인간을 널리 이롭게 하고 행복하게 만들라는 의미로서, 세계평화와 지구촌 문제들(지구 자원고갈, 환경 및 생태계 파괴, 절대 빈곤과 기아, 전쟁 방지 및 인권의 신장 등)의 해결에 공헌하고 인류 보편적 이상에 부합하는 국가와 국민이 되는 것을 '이상'으로 생각한다. 그런데 지금까지 한국사회는 '홍익인간 재세이화'와는 전연 딴 판으로 전개돼 왔다. 국가경쟁력이 가까스로 세계 6위에 올라가 있어도 언제 붕괴될지 모르는 사상누각의 불안감을 안고 사는 나라가 한국이다. 옛것을 가지고 있으면서도 현실에 적용하지 못하는 이른바 '식고불화'(食古不化) 상태에 머무르고 있는 것이다.

구체적인 내치 방향

수정·보완해야 할 대한민국 헌법과 법률도 적지 않지만 무엇보다 우리가 깊이 인식해야 할 것은 현재 사회지도층 사람들이 헌법과 법률을 제대로 지키지 않고 나라의 근간과 기강을 선두에 서서 허물고 있다는 사실이다. 그것의 물적 토대가 되는 그들의 초법률적 특권들을 없애지 못하면 부정부패가 만연할 수밖에 없고 정의와 공정의 실현은 요원하다. 또 해방 후 지금까지 산업화와 민주화에만 치중하다 보니 상대적으로 왜소하게 된 평등의 확장을 통한 사회적 통합은 공염불이 되었다. 이 책에서도 말했지만 거짓말과 비양심을 혐오하는 국민이 다수가 되어 역사의 탁류(濁流)를 밀어낼 청류(清流)가 돼야 한다.

위 목적들을 달성하기 위해 하부 차원에서 내치와 외치로 크게 나눠서 제언하고자 한다. 외치는 이미 본문에서 제시한 '우리도 세계전략의 수립과 추진이 필요하다'와 '미중관계의 변화와 대한민국의 생존전략'의 내용으로 갈음한다. 내치가 원활하고 견고하면 외치에서도 지도자와 국민들이 처변불경(處變不驚, 엄혹한 환경에서도 당황하지 않는 자세)이 되어서 한민족 특유의 신명나는 힘을 발휘하게 돼 있다.

우선 급한 불부터 끄자. 현재 민생안정과 직결되는 대출 이자가 지나치게 높아서 소비자물가와 민생고를 가중시키고 있으므로 국내 은행들이 금리를 낮추도록 정부(금감원)가 개입해야 한다. 시중 은행들은 한국은행에서 낮은 금리로 돈을 빌려 와서 국민들에겐 높은 이자를 받아 이익을 챙기고 있다. 올해만 이자율 상승으로 은행이 벌어들인 수익이 50조 원이 훨씬 넘었고 은행직원들도 급여가 평균 억대가 넘는 고수입자들이다. 정부와 국민들이 IMF 외환 파동 시 국민들의 금붙이와 공적자금 투입으로 구제해 줬으면 지금처럼 물가가 앙등하고 금리가 높아서 서민들이 생활고에 허덕이고 있을 때 지난날 국민에 대한 보은으로 금리를 낮춰야 한다. 금융기관의 배은망덕하고 도덕적 해이와 탐욕이 도를 넘었다.

출산율 감소(인구 수가 현상유지라도 되려면 합계 출산율이 2.3%가 돼야 하는데 현재 0.7%로 급감)에 대한 대책 마련과 시행, 자살률(매년 1만명 이상 자살) 저하와 국민 안전책(세월호, 이태원 참사 등 대형사고가 근절되지 않고 있음) 마련 및 물가 앙등과 경기 불황에 따른 민생, 경제난 해결이 또한 시급하다. 현세대가 잘못한 과보를 다음 세대에게 짊어지게 해선 안 된다. 지금만이 아니라 미래의 차세대를 위한 국가 운영이 필수적이다. 국민연금의 대대적 수술과 교육개혁은 진실로 국가의 미래를 걱정하는 지도자라면 더 늦기 전에 빨리 착수해야 된다. 또한 입시 위주의 시스템을 근본적으로 수술해서 윤리와 도덕성을 중요시하는 내용으로 채워야 한다.

소득 하위 80% 가정의 자녀가 혼인할 경우 신랑과 신부에게 결혼 후 5년간은 이혼하지 않는다는 조건으로 각각 결혼 자금으로 5,000만 원씩을 지원하고, 첫째 아이를 출산하는 가정엔 육아비 명목으로 5,000만 원을 무상으로 지급하고 둘째 아이를 낳으면 다시 1억 원을 지급해야 한다. 나랏빚이 많은데 무슨 소릴 하느냐며 포퓰리즘이라고 비난하는 이들도 있지만, 최근 관련 전문가와 토론하면서 확인한 결과, 저출산 대책 예산액이 총 46조나 되어도 부처별로 분산돼 있어 각기 적은 예산을 다른 곳에 전용하고 있는 실정이다. 그러므로 예산총액을 출산율을 높이고자 한 원래의 취지에 맞게 한곳에 집중시킨다면 충분히 가능한 일이다.

여기에다 정부가 의사, 고소득 변호사, 회계사, 세무사, 방송인, 연예인, 스포츠 선수들의 세금 포탈 그리고 대장동 방식의 개발로 오고 간 자금처럼 음성적으로 거래되고 있는 검은돈, 구린 돈을 색출해서 그 돈을 출산장려금 예산에 보태면 나라 재정을 더 악화시키지 않을 것이다. 우리 사회엔 영세상인, 저소득 급여 생활자를 제외하면 세금을 성실하게 내는 사람이 많지 않다. 동시에 인구를 증가시키거나 현상 유지라도 하려면 자살 방지, 청년과 노인 실업 문제의 해결에도 더 많은 예산과 관심 및 지혜를 모아야 한다. 예컨대 60세 정년퇴임 후 할 일이 없어 노년을 의미 없이 보내는 노인 세대들에게 일자리가 주어져야 하는데 그들을 유아원, 유치원, 아동 시설 등에 취직시켜 아동들의 안전, 픽업 서비스, 손주 돌보기, 폭력 방지 등의 역할(가칭 아동 안전요원 혹은 아동 돌봄 할머니, 할아버지)을 맡기고 그들에게 지불할 보수는 정부가 지급하는 방안을 연구해서 합리적이고 구체적인 내용을 법제화하는 것도 고려해 볼 필요가 있다.

또한 청년 실업문제 혹은 청년 일자리 문제를 해결할 수 있는 방안의 하나로서 20대 여성을 같은 또래 남성들처럼 군대에 보낼 수도 있고, 아니면 육아 시설이나 고령자의 간병을 위한 요양병원에 보내는 것도 한 방법이다. 육해공 해병대 평균 복무기간인 약 20개월간 군 복무를 하게 하든가 어린이 돌봄 임무를 20개월간 맡기는 것이다. 여기에 드는 비용 역시 모두 국가가 지급한다. 저출산 예산인 46조에서 매년 약 6조 원만 떼어내어 투입(20대 여성 약 25만 명×연봉 2,400만 원=6조 원)하면 모두 해결할 수 있다. 이 제도가 국민 정서상 거부되지 않고 법제화되어 효율적으로 시행되고 하나의 제도로서 정착이 되면 20대 청년들 사이에 군병력 특혜 등의 문제로 존재하는 젠더 갈등이 부분적으로 완화될 뿐만 아니라 동시에 청년실업 문제 해소와 함께 저출산, 육아 문제도 어느 정도 해결되는 일거삼득의 정책이 될 것이다.

오랫동안 개미 투자자들 사이에 원성이 자자한 주식 거래상의 공매도(Short selling) 제도 또한 바로잡아야 한다. 국부 유출과 대기업의 횡포를 막고, 빈익빈 부익부를 부분적으로라도 해소하고 법치를 확립하기 위해 하루 빨리 위법자에 대한 형을 미국보다 더 많은 20년 이상으로 높여야 한다.

정경분리의 시급함

또 정경분리를 확실하게 실행해야 한다. 즉 정치권과 행정부가 기업의 창의성을 창달시키기 위해 정당한 규제 외에 정치자금을 뜯는다든가 하는 간섭을 없애고 기업은 사회적 책임을 확대해야 한다. 경제성장과 경기 활성화를 위해서는 헌법에도 명기돼 있지만 제대로 실행되지 않고 있는 경제민주화를 이뤄내야 한다. 이와 동시에 재벌개혁과 노동개혁을 진행해야 한다. 노사정 3자 관계에서 정은 노와 사의 중간에서 중립을 지킬 수 있도록 의식, 법과 제도를 개혁할 필요가 있다. 당연히 노조의 불법행위를 막고 탈정치화하도록 만들어야 한다.

그리고 소위 '87체제'에서 만들어진 헌법을 현시대에 맞게 개헌할 필요가 있다. 지금까지 여야가 유불리를 계산하다 보니 합의를 이루지 못했기 때문에 개헌이 계속 미뤄졌다. 그러나 수년 후는 어느 당이 집권당이 될지 알 수 없다. 이 상태에서 가령 '2028년 5월 5일'에 개헌하기로 약속을 해놓고 그 때 가서 시행하면 정쟁 없이 개헌할 수 있지 않겠는가? 그리고 개헌 시엔 현재의 헌법(제42조)처럼 국회의원 수를 헌법에 정해서 200명 이하로 줄이고 그들의 면책특권과 각종 특혜도 없애야 한다. 그들의 불체포특권 등 면책특권과 각종 특혜도 없애야 한다. 요컨대 국회의원과 시도의원의 특권과 세비와 수당을 대폭 줄여 대국민 봉사직에 가깝도록 만들어 버리면 지금 같은 선거 과열, 정쟁과 부정부패는 절반 이하로 줄어들 것이다. 헌법에는 민주화라는 기존 패러다임에서 인간성과 양심 회복에 역점을 두는 새로운 패러다임이 만들어지도록 하는 게 절실하다.

대대적인 수술이 필요한 공무원의 관료화, 전 영역에 걸친 부정부패, 포퓰리즘, 적대적 공생관계의 정치 패거리화, 극심한 사회적 불신과 분열을 더 이상 방치해 둬선 안 된다. 특히 깊숙이 진행된 금융, 외무 분야 공무원의 관료화, 선민의식과 특권의식은 여전히 근절되지 않고 있다. 비근한 예로 경제기획원, 금융감독원의 관료들로 결속돼 있는 이른바 '금융 마피아'를 혁파시켜서 이권 카르텔의 독점적 이익을 국민에게 재분재할 수 있는 가히 혁명적 '금융 민주화'를 구현해야 한다. 또한 외무부 해외공관 외교관들의 자국민 보호가 여전히 고압적 자세로 철저하지 못하고, 오히려 문제에 봉착한 해외 한국인에게 책임이 있다면서 무시하는 거만하고 삐뚤어진 엘리트의식과 그 태도는 아직도 개선되지 않고 있다.

잘못을 저질러도 국가 지도층 인사들은 쉽게 법망을 빠져나오고, 여타 국가적 문제가 발생했을 때 그에 대한 응분의 책임을 지는 자가 없다는 것이 문제의 근원 중 하나다. 판검사도 국가공무원이다. 책임을 지지 않아도 되는 법과 제도를 시급히 대폭 개선하거나 강화해야 한다. 임진난 이래 양차 호란, 1905년의 국권상실, 한국전쟁, 외환위기, 국부유출, 세월호 사건 등등 지금까지 나라를 쑥대밭으로 만들고 국민을 도탄에 빠지게 한 국가 중대사에 대해 어느 지도자도, 그 누구도 책임을 지고 물러난 이가 없었다. 임난 후 침략당한 실상을 기록으로 남기고 훗날 교훈이 되도록 『징비록(懲毖錄)』을 쓴 유성룡 정도가 예외라면 예외다.

우리 사회가 불신의 늪에서 서로 믿지 못하고 배타적이 되는 것은 이유가 있다. 소아적으로 잘못 이해한 '의리론'에서 바른말 하고 옳은 말 하는 사람들을 "내부총질"이니, "배신자"니 하면서 매도하고 따돌리는 사회적, 정치적 풍토가 지속되다 보니 본받을 만한 사람이 없고, 정직하고 양심적이고 존경받는 인물이나 스승이 생겨날 수 없기 때문이다. 사회 전반에도 금전, 권력이나 인간관계에 좌우되는 정실주의가 배제되는 풍토를 만들어 나가야 한다. 그렇게 되려면 광고주(대기업) 손에 넘어가서 성역이 존재하는 언론이 바로 서야 한다. 언론은 언론 자유를 누리되 의도적 과오나 범죄에 대해선 엄격하게 책임을 묻도록 재정비해야 할 것이다. 현재 언론의 자유는 OECD 국가들 중 하위이고 고질적인 문제가 개선되지 않고 있다.

정말 고질적인 문제는 한국에서 무오류의 신들로 군림해오고 있는 판검사의 잘못에 대해 끝까지 책임을 묻고 징치를 할 수 없는 구조적 문제다. 검사가 기소 여부를 자의적으로 결정해도, 판사가 판결을 질질 끌거나 의도적으로 잘못된 판결을 내려도 그들은 자신의 과오를 조금도 인정하지 않는다. 그들에게 책임을 물을 수 있는 법적, 제도적 장치도 없다. 그들의 잘못이 문제가 되어 언론에 대서특필 되어도 검찰이나 법원에서는 제각기 제 식구 감싸주고 일이 불거진 초기에만 국민 여론의 눈치를 보느라 제제를 가할 듯 시늉할 뿐이다. 조금만 시간이 지나 여론의 포화가 가라앉으면 없던 일로 하든가 경미한 경고 정도만 주고 끝낸다.

지금까지 한국 사회가 시끄럽고 극도로 혼란스러운 것은 모두 법이 물러 터졌기 때문이다. 법이 돈으로 거래되면서 법이 법률과 진실이 아니라 정치적으로, 정실주의로 집행되고 있기 때문이다. 한마디로 돈이 법 위에 있고 나라 전체가 부패했다는 소리다. 법관 출신의 김영란 국민권익위원장이 소개한 바에 따르면, 대법관 퇴임 후 로펌에 가면 1년에 100억 원까지는 받을 수 있다고 한다. 이런 상황에서 사법제도 개혁이 무엇보다 시급하다. 전관예우라는 제도 아닌 제도를 하루빨리 없애야 한다. 그러면 유전무죄도 점차 도태되고 국가 기강이 잡힐 것이다. 법의 집행이 가을날의 서릿발처럼 엄해야 국가발전의 지속성, 부국강병, 국민의 존엄, 안전과 행복을 담보할 수 있다.

나랏일 하는 이들에겐 엄격한 잣대를

정치인과 공무원의 위증이나 거짓말에 대해선 법을 엄격하게 적용하도록 법을 전면 개정하거나 다시 제정해야 한다. 온 나라가 공무원과 정치인들의 거짓말, 위증, 책임 전가, 꼼수, 변명 따위들이 난무해서 눈이 따가울 정도로 혼탁하다. 인사청문회에 나오는 자마다 병역의무의 부당 면제, 부동산 투기, 각종 저작의 표절, 위장전입, 다운 계약서 작성, 세금 포탈이 없는 이가 거의 없다는 게 오늘 우리의 현실이다. 이 모든 문제를 당장 해결할 순 없다 하더라도 대통령, 국회의원, 지자체 의원 선거에 출마하는 후보자와 지자체장 등의 정치인과 국무총리 및 장관과 그와 동급의 고위 공무원들의 이러한 6대 부정 및 비리와 위증에 대해서는 철저하게 책임을 물어 엄벌해야 한다.

이런 범죄형 부정과 비리를 범한 자들은 반드시 각종 정치인 후보와 고위 공직자가 되지 못하도록 만들어야 하고, 이 범죄에 더해 정상이 참작되지 않는 음주운전, 폭력과 성범죄 등 파렴치범도 공직자가 되지 못하도록 만들어야 한다. 일단 국회의원들과 지자체장의 권한을 대폭 축소할 필요가 있다. 국회 윤리법을 바꿔서 국회의원 임기 기간에 주식을 거래하거나 코인 장사하는 의원은 가차 없이 자격을 박탈시켜야 한다. 국회의원, 시도 의원의 권력을 이용해 뇌물과 특혜를 받는 자는 관용 없이 감옥에 보내야 한다. 또한 범죄나 비리 국회의원들이 '약'을 써서 자신이 고소된 재판을 질질 끌어 결과적으로 4년 임기를 다 채우고 나오지 못하도록 정치인 재판은 예외 없이 기소부터 최종 판결까지 6개월에서 1년 안에 끝내도록 법과 제도를 바꿔야 할 것이다.

경제민주화, 사법제도 개혁, 언론 개혁을 바람직한 방향으로 작동하게 만들려면 결국 정치 문제로 귀결되므로 정치 개혁이 있어야 한다. “바보야, 문제는 경제야!”라는 말도 맞지만 동시에 “바보야, 결국은 정치 문제야!”라는 말도 맞다. 정치 개혁은 의식 개혁과 연동되어 이뤄져야 한다. 당을 허물거나 빠져나와 정치공학적으로 분당시키거나 다른 당을 만드는 인위적 정치 작당은 해선 안 된다는 생각을 가지도록 국민이 눈을 부릅떠야 한다. 창당된 지 최소 100년이 넘는 미국의 거대 양당인 공화당과 민주당, 중국국민당, 영국노동당, 독일의 사회민주당만큼은 아니더라도 우리의 정당은 20년 넘은 정당이 없다.

정당에서 인물을 키워야 한다. 언제까지 외부에서 대통령 후보를 데려와서 대선을 치르려고 하는가? 언제까지 비상대책위원장을 외부에서 모셔오려는가? 그럴 것 같으면 정당은 왜 만드는가? 당원과 비당원의 차이가 뭔가? 인물은 키우지 않고 국가권력을 잡아서 권력은 누리고 싶은 모순적이고 이기적이며 얄팍한 심보를 버리고 국민과 국가와 미래 민족의 흥망사를 보고 정치하는 자세를 가지도록 제도와 법과 가치를 새롭게 창안해내야 한다.

통일문제와 관련해서는 북한에 대해서 두 가지 상반된 대응을 해야 할 필요가 있다. 즉 북한은 우리 민족이기도 하지만 동시에 우리의 운명을 위협하는 ‘주적’이라는 사실을 동시에 인식하고 상황에 따라 대응해야 한다. 사회주의 사회인 북한은 자유대한민국을 전복하려는 목적을 포기한다고 천명하지 않은 체제 위협의 적대 정권임과 동시에 우리가 자유민주주의로 통일해야 하는 같은 민족, 동포임을 알아야 한다. 중국에게 관세 특혜를 베풀고 지원해 주면 중국공산당이 바뀔 줄 알고 수십 년 동안 중국경제를 살려줘서 경제 대국이 되게 해준 미국의 대중국정책이 실패했듯이, 북한과 교류 협력을 잘하면 북한이 변할 것이라는 생각과 그런 정책은 잘못된 것임이 이미 입증되었다.

지금까지 있었던 총선과 대선의 부정선거에 대해선 국가가 지금이라도 전면 조사에 착수해야 한다. 이것은 정치보복으로 접근하지 않고 국가 기강을 바로 세우는 일의 일환으로 처리해야 한다. 국가 기강을 세우기 위한 일은 또 있다. 종교의 정치화를 막는 일이 시급하다. 한국은 헌법에 종교, 신앙의 자유가 명시돼 있다. 그러나 그 자유의 개념을 제대로 이해하지 못하고 비종교인의 권리가 침해되는 사례가 일상화되어 있다. 예컨대 극우 기독교인들은 이 나라를 '하나님 나라', '기독교 국가'로 만들어야 한다고 공공연히 얘기할 뿐만 아니라 실제 정치에서도 이를 구현하고자 한다. 이것이야말로 국민화합과 국민통합을 저해하는 패악이다. 정치를 하고 싶으면 기독교인들의 이해관계를 대변하는 정당을 만들어서 하라. 왜 돼먹지 않은 목사나 교인들과 스님들이 나서서 정치판과 나라를 혼란스럽게 만드는가? 이 나라와 정당에는 "주사파"를 척결하는 데 꼭 그런 목사와 스님이 나서지 않으면 이루지 못할 정도로 사람이 없단 말인가?

국가기관의 정치적 중립화 필요

검찰, 법원, 국방부, 국정원, 국영방송의 정치적 중립화를 이뤄야 한다. 언제까지 대통령이 바뀌면 수장들이 자기 입맛에 맞는 인물로 갈아치우느라 나라를 시끄럽고 혼란스럽게 만들어 쓸데없이 사회적 비용을 지불하고 정치적 소모전을 벌여야 하는가? 언제까지나 이러한 기관들의 구성원들로 하여금 이념과 정파로 갈려서 갈등, 대립하고 싸우게 만들 것인가? 정말 능력 있고 깨끗한 인물은 줄 서지 못하거나 줄 서지 않으면 집권당과 대통령이 바뀌는 것을 바라보게 만들 것인가? 인간성이 피폐해지고 국민이 너무 피곤해한다.

지자체 의원 제도를 없애거나 아니면 의원들이 각종 이권에 개입하지 못하도록 만들어야 하고 해당 지역 국회의원들이 기초단체와 광역단체 의원과 지자체장을 추천하는 관행을 없애는 대대적인 개혁도 단행해야 한다. 현직 군수, 시장, 도지사가 자신의 선거를 위해 해당 지자체 공무원들을 선거운동에 나서게 만들고 재선되면 그 공헌도를 보고 진급시키거나 좋은 보직에 앉히는 보상성 인사를 못하도록 제도와 법을 엄격하게 재정비해야 한다.

정치 개혁에 이어 행정 분야에도 쇄신이 필요하다. 여야가 각기 정부(공무원)의 실정을 두고 공격하고 방어하는 현행 제도를 바꿔야 한다. 야당이 행정부 공무원의 실책에 대해 공격하면 여당이 그에 대해 막아주고 변호할 게 아니라 국가공무원을 감시, 견제하고 그들의 부정에 대해서는 여야 중 누가 더 잘 밝혀내고 더 건설적이고 효율적으로 개선시키는지 경쟁하도록 관련 법과 제도를 바꾸는 것도 고려할 만하다. 그래서 국회의원 비례대표 자리는 선거의 득표에 따라 가져가지 않고 그 역할을 계량화해서 국민이 매긴 점수에 따라 의석을 배분하도록 제도화하면 어떨까 싶다.

또한 각종 위원회로 넘쳐나는 "위원회 공화국"에서 여야가 자릿수로 다투지 말고 위원들을 여야 동수로 임명하고 어떤 사안을 두고 찬반 동수가 나왔을 땐 주사위를 던져서 결정하도록 하면 기존의 극한 대립을 피할 수 있다. 내가 직접 경험한 바로 감사원이나 국민권익위원이든 민원인이 찾아가면 민원 내용을 다 듣고 그 기관에서 해결하는 게 아니고 다시 민원인이 소속돼 있는 정부 부처에 연락을 해서 이런 민원이 들어왔으니 다시 잘 검토하라고 권고하는 것뿐이다. 이처럼 옥상옥이자 있으나 마나 한 감사원, 국민권익위원회, 국가인권위원회 등 정부 기관의 기능이 업무에 책임질 수 있도록 현실화돼야 한다.

마지막으로 한마디 더 보태면, 이젠 국민들이 깨어나고 다시 일어서야 할 때다. 과거 조선이 망한 것은 국왕을 비롯한 권력자들이 국가의 지속과 국익 차원에서 정치를 한 게 아니라 정권의 유지와 개인적 부귀영화의 획득을 위해 나라를 통치했기 때문이다. 정치인들이여, 지금이라도 대오 각성하고 반성하여 새로운 대한민국을 건설하는 데 앞장서라! 그래서 대한민국이 영원해야 한다. 이를 위해 지금까지 그래 왔던 것처럼 나는 또다시 '돌파'의 전선에 설 것이다.